솔롱고,
그 연인의 나라

솔롱고, 그 연인의 나라

전 철 우 장 편 실 화 소 설

베누스

아직도 이루지 못한 승혁과 나란트야의 가슴 아픈 사랑에게,
이제는 북한에 돌아가 살고 있는 동독 유학 시절 친구들에게,
그리고 이토록 자유롭게 숨 쉬는 나 선철우에게
이 소설을 바친다.
그리고 어머니, 아버지……

차례

제 1 부

1

새벽의 짙은 어둠에 묻혀 있는 복도는 무섭도록 적막했다. 사방이 고요했으며 우물처럼 깊어 보이는 복도 바닥에는 희미한 비상등 불빛만 엷게 깔려 있었다. 창밖에는 독일 지방 특유의 진눈깨비까지 구질구질하게 내리고 있어 기숙사 전체가 쓸쓸하게 가라앉은 느낌이었다.

성혁은 소리 나지 않도록 조심스레 발뒤꿈치를 들어 올리고 천천히 계단 쪽으로 향했다. 세상이 모두 축축한 어둠에 덮였지만, 성혁의 마음만은 은은한 열기로 가득 찼다. 방금 전의 열정적인 행위가 남긴 여운이었다. 하지만 그 여운 속에는 사실 커다란 안타까움도 있었다. 이렇게 돌아서는 시간이면 늘 갖게 되는 쓸쓸한 안타까움이었다.

계단에 이르렀을 때 성혁은 고개를 돌려 방금 빠져나온 방을 바라보았다. 그 순간, 마치 기다렸다는 듯 이십여 미터 저쪽의 방문이 빼꼼히 열렸다. 곧이어 나란트야의 얼굴이 나타났다.

"아, 나란트야!"

성혁은 탄식처럼 낮게 중얼거렸다. 방금 헤어진 사람임에도 성혁은 그 얼굴을 보는 순간 솟구치는 반가움으로 마음이 설레었다. 어둠이 가로막고 있어 나란트야의 얼굴을 자세히 볼 수는 없었지만, 나란트야 역시 반가워하고 있다는 게 느껴졌다. 후다닥 뛰어나올 듯하다가 멈칫하는 순간적인 동작이 그것을 말해 주었다.

성혁은 이삼 초쯤 나란트야의 얼굴을 안타깝게 바라보았다.

나란트야는 방 안의 불빛을 등지고 있었다. 그래서 사실 성혁이 볼 수 있는 건 실루엣에 불과했다. 하지만 그 희미한 자태만으로도 성혁은 나란트야의 마음을 읽을 수 있었다. 자신과 똑같을 것이었으므로……

이윽고 성혁은 몸을 돌려 나란트야의 방을 향해 걸어갔다. 돌아가야 할 시간이었지만 이미 새롭게 뜨거워지고 있는 성혁의 욕망이 그 조바심을 눌렀다. 하지만 오래 있을 수는 없었다. 단지 실루엣이 아닌 진짜 표정, 그 부드러운 미소를 한 번만 더 보고 싶었다.

성혁은 소리 나지 않도록 조심해야 한다는 것도 잊은 채 성큼성큼 걸음을 옮겼다. 성혁이 가까이 다가오자 나란트야는 얼른 방 안으로 들어갔다. 성혁도 뒤따라 들어갔다.

성혁은 방으로 들어서자마자 나란트야를 격렬하게 껴안으며 벽으로 밀어붙이고는 독일어로 속삭였다.

"사랑해."

"나도 당신을 사랑해."

나란트야는 성혁의 거친 동작을 주저 없이 받아들였다. 하지만 성혁의 손이 허리춤에 이르자 가볍게 밀어냈다. 나란트야는 고개를 저으며 성혁의 반곱슬 머리카락을 천천히 쓰다듬었다. 그러고는 아이를 어르기라도 하듯 성혁의 등을 두어 차례 토닥거렸다.

그 작은 동작들이 성혁의 마음을 차분하게 가라앉혀 주었다. 나란트야는 역시 늘 자기보다 신중하다고 성혁은 새삼 생각했다. 착하고 여리게만 보이면서도 그 내면에는 심지 깊은 의연함을 지닌 여자였다.

"그래, 그만 돌아가 봐야지."

성혁은 나란트야를 안았던 팔을 풀었다. 나란트야가 말없이 고개를 끄떡거렸다. 성혁은 나란트야의 손을 힘 있게 잡아 주고는 방에서 빠져나왔다.

복도는 여전히 적막했다. 창밖의 진눈깨비도 여전했다.

성혁은 아까처럼 발뒤꿈치를 들어 올리고 복도 끝을 향해 걸었다. 계단 턱에 이르자 또다시 돌아보고 싶은 충동이 일었지만, 이번에는 돌아보지 않았다. 언제까지 이렇듯 비밀스럽게 만나야 하는가 하는 안타까움을 누르며 성혁은 자기 방이 있는 삼층으로 빠르게 걸어 올라갔다.

방으로 돌아오니 룸메이트인 동료 유학생은 깊이 잠들어 있었다. 하기야 기숙사 안의 누구나 잠들어 있을 시간이었다.

성혁은 동료가 깨지 않도록 조심하며 이층 침대의 위 칸으로 올라갔다. 베개와 옷가지 등으로 불룩해진 이불은 마치 사람이 자고 있는 것처럼 보였다. 아까 방을 나설 때 성혁이 꾸며 놓은 것이었다. 혹시 중간에 동료가 깨더라도 자신이 외출한 것을 모르게 하기 위해서였다.

룸메이트인 태의는 공붓벌레이면서 잠벌레였다. 소등 전까지 내내 책만 읽다가, 이불 속으로 들어가면 곧 잠에 빠지고는 했다. 그래서 자신의 은밀한 밤 외출이 들킬 염려는 적었지만 매사에 조심하는 게 최고였다.

만약 나란트야와의 이 은밀한 관계가 들통나기라도 한다면……, 정말이지 그건 상상하기도 싫었다. 인생이 파멸될 수도 있을 일이었다.

'사랑이 죄인가요.'

언젠가 라디오로 들었던 남한 가요의 한 구절이 생각났다. 노랫말들이 하나같이 노골적으로 남녀 간의 사랑을 찬미하고 있다는 게 놀라웠다. 확실히 그건 감상적이고 천박한 짓이다. 그러나 지금 이 순간, 성혁은 유치하고 감상적으로만 여겨졌던 그 노랫말이 가슴에 저릿하게 다가왔다.

눈꺼풀이 무거웠다. 격렬한 정사를 치르고 난 뒤끝이니 당연했다. 게다가 잠 한숨 못 잔 상태가 아닌가.

"나란트야, 우리의 죄명은 무엇일까?"

성혁은 나지막이 중얼거리고는 눈을 감았다. 학교 앞 큰길에서 자동차 한 대가 쌩 달려가는 소리가 들렸다. 성혁은 머리끝까지 이불을 휙 뒤집어쓰며 애써 모든 생각을 끊었다. 곧 잠이 밀려왔다.

점심 식사를 하려고 몰려든 학생들과 교수들이 한데 어우러져 식당 안은 활기를 띠었다. 수업이 끝나자마자 식당으로 달려온 성혁은 친구들과 함께 음식을 받으려고 서 있는 사람들의 맨 끝줄에 가 섰다.

성혁은 남의 눈에 띄지 않게 재빨리 식당 안을 휘둘러보았다. 그러고는 곧 눈길을 한곳에서 멈추었다.

그쪽에는 몽골에서 온 여러 명의 남녀 유학생들이 몰려 앉아 식사를 하고 있었다. 그러나 그들 중에 나란트야의 모습은 보이지 않았다. 성혁은 아쉬운 마음으로 고개를 돌렸다.

식사는 커다랗게 쪄낸 돼지고기 한 덩어리와 삶은 감자, 신맛이 나는 붉은 양배추 볶음과 사과 한 개였다. 유학 초기에는 음식이 너무 느끼하고 입맛에 맞지 않아 대부분 남겼다. 그러나 지금은 그 큰 고깃덩어리도 거뜬히 먹어 치웠고, 다른 음식 또한 남기지 않았다.

갑자기 식당이 소란스러워졌다. 사람들은 모두 식사를 멈추고 소리 나는 쪽을 돌아보았다. 배식구 앞에서 여러 명의 중동 유학생들이 와자하게 떠들고 있었다.

"이 맛있는 돼지고기 가지고 왜들 그래?"

성혁의 옆에서 누군가 가볍게 빈정거렸다. 그랬다. 돼지고기 가 나오는 날이면 어김없이 벌어지는 해프닝이었다.

중동에서 온 유학생들은 이슬람교도였고, 계율에 따라 돼지 고기를 먹지 않았다. 알라를 숭배하는 부모와 주변 사람들 속 에서 살아온 그들은 당연히 고향에서는 돼지고기를 먹어 본 적 이 없었다. 그래서 유학 생활을 하면서도 돼지고기 먹기를 극 구 거부했다.

"한번 먹었으면 어차피 금기는 깨진 것 아니갔어?"

아까 빈정거리던 학생이 다시 말했다. 그러자 주변 동료들 몇 명이 푸슬푸슬 따라 웃었다. 몇 개월 전에 있었던 돼지고기 사건을 떠올렸기 때문일 것이다.

중동 유학생들의 금기 사항을 깨뜨리고 싶은 호기심이 발동 한 몇 명의 유학생들이 장난을 친 사건이었다. 학생들은 요리 를 잘하는 친구를 시켜 야채와 돼지고기를 섞어 맛있게 볶아 놓고는 중동 유학생들을 초대했다.

"돼지고기는 정말 먹을 것이 못 돼. 사람들이 왜 돼지고기를 즐겨 먹는지 모르겠어."

학생들은 식탁 앞에서 너스레를 떨었다. 잘 모르는 고기를 보면 경계부터 하는 중동 유학생들을 안심시키기 위해서였다.

중동 유학생들은 호기심 어린 눈길과 함께 이것저것 조심스럽게 집어 맛을 보았다. 그러다 차츰 음식을 집는 그들의 손놀림이 빨라져 갔다. 하기야 최대한의 솜씨를 발휘한 음식이었으므로 식당에서 나오는 음식 맛에 비할 바가 아니었다.

"정말 맛있다!"

단숨에 식탁을 비운 중동 유학생들이 엄지손가락을 들어 올리며 한 말이었다. 초대한 학생들은 이를 앙다물며 웃음을 참아야 했다.

"그런데 무슨 고기를 썼기에 이렇게 맛있지?"

마침내 중동 유학생 중의 하나가 물었다.

그러자 그들을 초대한 주인이 기다렸다는 듯 대답했다. 능청스럽고도 태연한 목소리였다.

"음…… 돼지고기!"

순간 여기저기서 웃음소리가 터져 나오고 중동 유학생들은 '으헉' 하고 구역질을 하기 시작했다. 어떤 학생은 목구멍으로 손을 집어넣어 토해 내려고 애쓰기도 했다. 하지만 벌써 위 깊숙이 내려간 음식이 쉽게 밖으로 나올 리 없었다. 오히려 배를 잡고 웃어 대는 다른 사람들의 입에서 나오기가 쉬울 터였다.

대부분의 중동 친구들이 자기들을 놀렸다고 투덜투덜 불만을 터뜨리며 돌아갔으나, 일부는 그 음식 맛이 잊히지 않는지 이따금 저녁 식사 때면 슬그머니 돼지고기로 만든 음식을 얻어 먹으러 오곤 했다. 그러나 돼지고기에 맛을 들인 학생이라 할지라도 공공장소에서는 절대 먹지 않았다. 취향 이전에 그 나라의 엄격한 계율이기 때문이었다.

식당에서 돼지고기가 나오는 날이면 중동 유학생들은 감자와 야채볶음만으로 배를 채워야 했다. 그때마다 중동 유학생들은 식당 직원들에게 거세게 항의했다. 자기들에게는 따로 쇠고기 요리를 해 달라는 요구였다. 그러나 자그마한 학교 구내식당에서 소수의 중동인만을 위해 따로 음식을 준비한다는 것이 쉽지 않은지 그들의 요구는 한 번도 받아들여지지 않았다.

성혁은 식사를 끝내고 친구들과 함께 식당을 나섰다. 시계를 보니 오후 수업 시간까지는 시간이 좀 남아 있었다.

"방에 들어가 커피나 한잔하고 수업 들어가자우."

한 친구의 제의에 친구들의 발걸음이 기숙사로 난 계단을 향했다. 식당이 기숙사나 학교 청사보다 더 낮은 위치에 자리 잡고 있어서 기숙사로 가기 위해서는 계단을 올라가야 했다.

밖으로 나오니 대낮의 햇볕이 따스했다. 아침과 저녁 시간에는 쌀쌀했지만, 정오의 햇볕 아래 서 있으면 포근하고 따뜻하기만 했다.

친구들과 함께 이야기를 나누며 계단을 오르던 성혁은 앞쪽에서 들려오는 여자들의 재잘거리는 소리에 고개를 들었다. 서너 명의 여자들이 늦은 식사 시간에 대느라 빠른 걸음으로 다가오고 있었다.

성혁은 그 속에서 나란트야의 얼굴을 보았다. 흰 선이 세로

로 박힌 검은색 스웨터와 무릎이 착 달라붙는 바지를 입은 그
녀는 눈에 확 뜨일 정도로 아름다웠다. 그건 성혁 혼자만의 생
각이 아니었다. 실제로 나란트야의 미모는 이 학교 모든 유학
생들 사이에 소문이 나 있었다.

성혁의 동료들이 여학생들에게 독일어로 인사를 건넸다.

"안녕!"

"안녕!"

그러자 나란트야가 서투른 한국말로 응답했다.

"안녕……하십……네까!"

그러고는 남이 눈치채지 못하게 성혁에게 눈인사를 보내고
는 총총히 식당으로 달려갔다.

"발음이 많이 좋아졌는데! 요즘도 열심히 우리말을 배우는
모양이지?"

철우가 싱긋이 웃으며 성혁을 돌아보았다. 철우는 이곳 북한
유학생 조직의 책임자라고 할 수 있는 초급 단체 위원장이었다.

"응, 아주 열심으로 배우거든."

성혁이 다소 계면쩍어하며 고개를 끄떡였다.

성혁은 조직의 묵시적인 동의하에 그녀에게 한국어를 가르
치고 있었다. 나란트야 쪽에서 먼저 공개적으로 부탁한 일이었
고 우리말을 보급한다는 좋은 명분도 있으니 사실 성혁이 그걸
계면쩍어할 이유는 없었다.

하지만 철우의 경우는 다른 친구들과는 달랐다. 철우는 성혁

과 나란트야가 보통 사이가 아니라는 것을 알고 있었다. 서로 절친한 사이여서 밀고를 걱정할 것은 없었지만, 성혁은 아무래도 쑥스러웠다. 북한 유학생들에게는 외국 여자와의 교제가 철저히 금지되었다. 그건 학교의 규칙이 아니라 북한 당국의 지침이었다. 조직 생활을 중요시하는 게 당국의 원칙이었으므로 어떠한 개인적인 행동도 용납할 수 없는 것이다. 게다가 다른 일도 아니고 여자와의 교제라면 가뜩이나 외국의 자유스러운 분위기 때문에 사상 무장이 흐트러질 수 있는 유학생들에게는 금기여야 했다.

원래 학교 측에서는 외국 유학생들 사이의 친목을 도모하기 위해서 각 층에 여러 다른 나라에서 온 유학생들이 골고루 어울려 생활할 수 있도록 호실 배치에 신경을 썼다. 그래서 한 호실 안에서는 같은 나라에서 온 유학생끼리 살아도 양옆 호실과 앞 호실에는 다른 나라에서 온 유학생들이 살고 있어 서로 관심을 가지고 친하게 지낼 수 있었다.

하지만 북한 당국은 학교 측에 강력히 요구해 열여섯 명의 유학생 전원이 다 함께 삼층에 들게끔 했다. 사실 어차피 조직 생활을 해야 하는 입장인 유학생들에게도 그것이 편리하기는 했다. 상호 간의 연락이나 회의가 자주 있어서 층이 다르면 그만큼 번거롭기만 할 것이었다.

기숙사에 올라간 학생들은 서너 명씩 둘러앉아 차를 마셨다. 성혁은 철우, 승호, 태의와 함께 배구장이 내려다보이는 창가에 앉았다.

한방을 쓰고 있는 태의는 말이 별로 없는 친구였다. 과묵하다기보다는 얌전한 쪽에 가까웠다. 성혁으로서는 그 말 없음이 가끔 부담스럽기는 했지만 걸걸하게 떠들기 좋아하는 친구보다는 훨씬 낫다고 생각했다.

승호는 유학생 중에서 가장 나이가 많았다. 많다고 해 봐야 서너 살 차이 정도였으나 그래도 역시 그만큼 의젓한 데가 있었다. 연장자로서 스스로 조심하기 때문일 것이다. 다정하고 의리도 있어 보이는 사람인데, 가끔 전혀 다른 사람처럼 무뚝뚝해질 때가 있어 주변 사람들을 당황하게 만들기도 했다. 그것은 주로 사상 관계의 토의 때였다.

그런 시간이면 대개가 긴장하고 목소리도 높아지고는 하지만 승호의 경우는 유독 더했다. 자기주장에 대한 확신이 매우 강했다. 그런가 하면 관심이 없는 사항에 대해서는 아예 시늉으로라도 끼어들지 않았다. 한마디로 무척 자긍심이 강한 성격이라 할 만했다.

"글쎄, 난 잘 모르겠어……."

성혁은 철우, 승호와 함께 나누던 이야기에서 슬그머니 빠졌다. 학교의 강의 체계와 방식에 관한 이야기였다.

승호는 학생들의 수업 분위기가 전반적으로 산만해지고 있는데 그 원인이 학교의 교과 체계 자체에 있다고 비판했다. 철우는 다소 다른 의견인 듯했지만 크게 반론을 펼치지는 않았다.

"모든 일 하나하나에 자기 의견을 가질 필요가 있다구. 매번 그렇게 잘 모르겠다고만 하는 건 좋지 않아."

승호가 이야기에서 빠지는 성혁을 가볍게 나무랐다. 성혁은 아무런 대꾸도 하지 않았다. 속으로는 승호의 말이 옳을지도 모르겠다고 생각했다. 사소한 것을 모르는 체하다 보면 큰일에도 관심이 적어진다. 적극적인 사고방식은 습관으로 형성되는 것이기도 한 것이다.

어쨌거나 성혁으로서는 현재의 학교 체계에 큰 불만은 없었다. 중요한 건 학생들 자신의 태도라고 여겼다.

동독 동남부인 카를 마르크스 슈타트(Karl Marx Stadt) 지역의 글라우카우(Glauchau)라는 작은 도시에 자리 잡은 이 기사 전문 학교(Ingenieurschule)는 유학생들 위주로 강의가 진행되는 작은 대학이었다.

오층 높이의 학교 청사 하나와, 이인용 호실로만 구성된 역시 오층짜리 기역 자 모양의 기숙사 하나, 식당 건물, 그리고 축구를 할 수 있는 자그마한 운동장과 기숙사 건물 뒤 잔디밭 배구장이 이 작고 아담한 학교 전체를 이루고 있었다.

이 학교는 동독 정부에 의해 독일어 강습소로 지정되어 기사 교육뿐 아니라 동독에서 유학 생활을 시작하게 될 외국인 학생들에게 일 년간의 독일어 강습을 실시했다. 그런데 독일어 강습을 받는 학생 수가 기사 교육을 받는 학생 수보다 더 많아 원래 이름대로 기사를 양성하는 교육 기관인지, 아니면 어학을 전문으로 가르치는 강습소인지 구분하기 어려울 정도였다.

각국의 유학생들은 정규 대학에서 유학 생활을 하려면 이러한 국가 지정 어학 강습소의 졸업증이 반드시 필요했고, 그 때문에 이곳에서 독일어를 배워야만 했다. 매해 소련을 비롯한 동구권 나라, 아프가니스탄과 팔레스타인을 비롯한 중동 국가, 북한, 몽골, 중국, 캄보디아를 비롯한 아시아 국가와 라틴 아메리카 등지에서 온 백여 명의 외국인들이 이곳에서 어학 강습을 받았다.

기숙사 각 층의 가운데에 있는 휴게실을 기준으로 기숙사를 절반으로 갈라, 한쪽 절반은 기사 교육을 받는 동독 학생들이, 다른 쪽 절반에는 어학 강습을 받는 외국 유학생들이 생활했다. 삼층의 거의 모든 방은 북한 유학생들이 차지했다. 그 외 나머지 몇 개 방에는 아프가니스탄과 예멘, 캄보디아에서 온 유학생들이 각 방에 두 명씩 생활했다.

대화에서 빠진 성혁은 태의 곁으로 가서 창밖을 내다보았다. 초가을의 부드러운 햇살이 기숙사 뒤의 공지에 나른하게 내려앉아 있었다. 학교 밖 저 멀리로는 약간 투박해 보이는 고딕식 옛 건물 몇 채가 듬성듬성 보였다.

창 아래쪽의 잔디밭을 보고 있으려니 나란트야를 처음 만났던 무렵의 일이 새삼 가슴에 젖어 왔다. 그러니까 지난여름 어느 주말이었다.

세계 각국에서 온 유학생들은 잔디밭 위에 탁구대를 설치해 놓고 탁구를 하거나 배드민턴을 하는 등 찌는 더위에도 아랑곳하지 않고 젊은 혈기를 발산하고 있었다. 공지 한쪽의 배구장에서는 사람들이 가득 모여 요란스러운 응원을 했다. 북한 유학생들과 베트남 유학생들 간에 치열한 배구 대항전이 벌어지는 중이었다.

성혁은 코트 안에서 선수로 뛰었다. 원래부터 운동을 좋아했던 성혁은 각종 구기 운동에 능한 편이었다. 격투기 실력도 상당했다. 하기야 성혁뿐만이 아니라 대개의 북한 유학생이 각종 운동이나 격투기에 강했다. 주인공 혼자서 많은 적군을 물리치는 전쟁 영화를 수없이 보고 자란 탓에 젊은이들 대개가 격투기에 관심이 많았다. 게다가 북한군에서는 정규 과목으로 격술을 가르쳤다. 그래서 동독에서도 북한 유학생들은 싸움을 잘하고 용맹스럽기로 잘 알려져 있었다.

이곳 학교에서 벌어지는 웬만한 운동 경기에서도 북한 유학생들은 늘 승리하는 편이었다. 그날도 성혁이 소속된 북한 유학생들은 베트남 선수들을 크게 앞서 나갔다. 그런데 북한팀을 응원하는 유학생 중에 유난히 크게 환성을 내지르는 여학생 하나가 있었다. 그 여학생은 동양 여자였는데 열심히 응원하는 모습도 그렇거니와 매우 빼어난 미모를 지니고 있어, 자연스럽게 모든 북한 유학생들의 관심을 한 몸에 받았다. 그녀의 주변에는 동료 유학생인 듯한 여학생들이 여러 명 있었다.

"야, 저 애들은 어느 나라에서 온 애들이지?"

"어제 몽골에서 온 류학생들이래."

"기래?"

"방금 소리 지른 저 아이는 참말 예쁘구만 기래."

"기렇디? 영화배우 뺨쳐야."

성혁은 시합하면서도 코트 밖의 이런 대화들을 새겨들었다. 잠깐씩 훔쳐보는 성혁의 눈에도 그 여학생의 모습은 정말 아름다웠다. 무엇보다 환호성을 내지를 때의 경쾌한 표정과 순수한 눈빛이 마음에 들었다.

경기가 끝난 후에도 그녀와 그녀의 친구들은 음료수를 마시며 땀을 식히는 북한 유학생들 주변을 떠나지 않고 서성거렸다. 북한 유학생들로서는 일면식도 없으면서 자신들을 응원해 준 여학생들이 고맙고 반가웠다.

"누가 말 좀 붙여 보디 기래."

"니가 하려마. 내레 어디 여자만 보면……."

북한 유학생들은 그렇게 서로 미루면서 여학생들에게 관심을 주었다. 인사 정도 나누는 것이야 금기와는 상관없는 일이었지만 모두가 쑥스러워했다.

"연장자니끼니 형이 가서 정식으로 인사 좀 트시라요. 고맙다는 말이라도 전해야 할 거 아니야요."

누군가 승호의 등을 떠밀었다. 유학생들은 모두 승호를 형이라고 불렀다. 승호는 조금 쭈뼛거리다가 여학생들 앞으로 다가서서는 독일어로 말했다.

"우리 팀을 응원해 주어 고맙습니다. 어디에서 왔습니까?"

"몽골에서 왔어요. 어제 도착해서 아직은 아무것도 모르니 잘 가르쳐 주세요."

여학생들 중 하나가 주저 없이 나서서 쾌활한 목소리로 대답했다. 인사를 기다렸다는 태도였다.

"아무것도 모르면서 어떻게 우리를 응원했습니까? 우리 선수들이 저쪽보다 더 잘생겼습니까?"

승호가 제법 농담을 섞어 말했다. 처음에 말을 받았던 여학생이 까르르 웃더니 일행 중의 한 여학생을 가리켰다.

"이 애 때문이에요. 이 애는 아버지가 한국 사람이랍니다."

여학생이 가리킨 사람은 가장 열심히 응원하던 바로 그 여학생이었다.

친구의 손짓을 받은 그녀는 수줍어하며 얼굴을 붉혔다. 가까이서 보니 눈이 아주 맑았다. 갸름한 얼굴에 작고 도톰한 입술은 전형적인 동양 여성형이었으나 엷은 쌍꺼풀이 진 시원스러운 눈만은 서구적이었다.

"그래요?"

그렇지 않아도 가장 관심이 가던 여학생이었다. 호기심을 느낀 북한 유학생들은 모두 그녀 주변으로 모여들어 이것저것 물어보기 시작했다. 여학생은 약간 수줍은 표정을 지으면서도 남학생들이 묻는 말에 진지하게 대답했다. 그것은 단순한 예의 이상이었다. 북한 유학생들을 만나서 기뻐하는 마음이 표정 하나하나에 고스란히 담긴 듯했다.

그저 약간의 호기심으로 다가섰던 북한 유학생들은 그녀의 태도를 보고는 집중적으로 질문 공세를 펴부었다. 마치 인터뷰라도 하는 듯한 모습이었다. 그래서 유학생들은 짧은 시간에 그녀에 대하여 많은 것을 알게 되었다.

이름은 나란트야. 그녀의 아버지는 조선 사람으로, 일제 식민지 때 전기 기술자로 일하던 중 일본 여성과 결혼해 몽골에 들어가 살기 시작했다. 아버지는 몇 년 전에 세상을 떠났는데 그녀는 아버지를 유난히 좋아했다. 어릴 때부터 아버지가 들려주던 고향 한국에 관한 이야기는 그녀에게 잊지 못할 향수와 그리움을 불러일으켰다. 언젠가는 꼭 가 보고 싶은 곳이었다.

학교를 졸업하고 몽골 국방부 장관 비서로 일하던 그녀는 장관의 소개와 끈질긴 설득으로 그의 아들과 결혼하게 되었다. 결혼하기 얼마 전부터 그 남자는 빈번하게 자기 아버지 사무실을 드나들며 그녀에게 관심을 보였다. 지금 스물여섯 살인 그녀는 다섯 살배기 아들을 가진 어머니였다. 고령의 시아버지가 장관직에서 은퇴한 후 비서직을 그만둔 그녀는 결혼하면서 그만두었던 공부를 계속하려고 대학에 복학했다. 그러다가 몽골 과학기술 발전을 위해 몽골 정부에서 외국 유학생들을 선발하는 데에 뽑혔다. 당 고위직에 포진하고 있는 시아버지 친구들이 큰 힘을 써 주었기에 가능했다. 글라우카우에 도착한 몽골 유학생들 가운데서 몇 명 안 되는 공산당원인 그녀는 스무 명 정도가 되는 전체 몽골 유학생 조직의 책임자였다.

동독에 오기 전에 미리 몽골에서 독일어 연수를 받았다는 그녀의 독일어는 유창하지는 않았지만 비교적 정확했다.

"잘 오셨습니다!"

유학생 조직의 책임자라니까 특히 반가웠는지 역시 이쪽의 책임자인 철우가 대표로 인사를 건넸다.

나란트야는 그제야 새삼 얼굴을 붉히며 쑥스러워했다. 열심히 자기 이야기를 하고 나자 뒤늦게 부끄러워진 모양이었다.

"초면에 쓸데없는 제 이야기만 많이 해서 죄송합니다. 저희는 온 지 얼마 되지 않아 아직 학교생활에 서툽니다. 함께 공부하게 됐으니 앞으로 서로 유익한 만남이 되기를 바랍니다."

나란트야가 조금 풀어져 있던 자세를 바로잡으며 예의 바르게 말했다. 책임자다운 태도였다. 오히려 그 모습은 좋아 보이지 않았다. 적어도 성혁의 눈에는 그랬다. 들뜬 표정으로 어린 소녀처럼 마구 이야기하던 모습이 훨씬 매력적이라고 느꼈다.

"우리는 같은 동포로군요. 말로만 듣던 해외 동포를 만나게 되어 정말 반갑습니다."

북한 유학생 중 하나가 말했다.

그 말에 나란트야가 다시 얼굴을 붉히며 몹시 기뻐했다. 교육받은 책임감에 의해 엄격한 태도를 유지했으나, 기뻐하거나 수줍어할 때만큼은 그 내면의 품성이라고 생각되는 천진함이 그대로 드러났다.

그날 이후로 그녀는 맛있는 음식을 만들어 오는 등 시간만 나면 북한 유학생들과 어울렸다. 남자들만 있는 북한 유학생들 속에서 그녀는 단연 인기를 독차지했다. 외국 여자들과의 교제를 금지하는 북한 유학생 조직의 규칙이 있었지만, 그녀만은 조선 사람의 핏줄을 받았기에, 또 유부녀이기도 해서 이성 교제의 위험이 없다는 이유로 특별 취급을 받았다. 결국 나란트야는 북한 유학생들이 마음대로 접할 수 있는 유일한 외국 여자 유학생인 셈이었다.

그러던 어느 날이었다. 휴게실에서 텔레비전을 보면서 성혁을 비롯한 몇 명의 친구들과 대화를 나누던 그녀가 불쑥 말을 꺼냈다.

"저도 한국어를 배우고 싶어요."

"네?"

유학생들은 모두 어리둥절한 표정을 지었다.

"한국어를 배우겠다고요?"

"네, 우리는 동포라고 했잖아요. 그런데 쓰는 말이 다르니 동포라는 실감이 별로 안 들어요. 그리고…… 당신들이 한국어로 말할 때면 왠지 소외감이 들어요. 나는 역시 반쪽짜리 동포로

구나 하는 생각이 들어서 우울해요."

나란트야의 말에 북한 유학생들은 잠시 숙연해졌다. 새삼 핏줄의 뜨거움을 확인하는 순간이기도 했다.

"쉽지 않을 텐데……."

"쉽지 않겠지요. 하지만 가르쳐만 주면 열심히 배울게요."

"좋습니다. 가만있자, 그러면 누가 선생 노릇을 할까? 아예 한 사람을 정해 놓는 게 공부에 효과적일 텐데……."

철우가 말하며 좌중을 둘러보았다.

그 순간 성혁은 가슴이 크게 쿵덕거렸다. 자신이 하고 싶었다. 나란트야를 자주 만날 수 있는 기회를 놓치고 싶지 않았다.

솔직히 그동안 성혁은 혼자 가슴을 태워 왔다. 나란트야에 대한 마음이 갈수록 뜨거워졌다. 하지만 그런 마음을 동료들 누구에게도 털어놓을 수 없었다. 그랬다가는 당장 비판이 날아들 게 뻔했다. 나란트야 또한 북한 유학생 모두를 똑같은 친구로 대할 뿐 누구 한 사람과 특별히 가까이하지는 않았다. 성혁은 정말이지 이 기회를 놓치고 싶지 않았다. 동료들이 서로 눈치를 살피는 짧은 순간, 성혁은 마음속에서 용기를 끌어 올리느라 힘겨웠다.

"제가…… 할까요?"

간신히 그렇게 말하고 나서 성혁은 긴장된 마음으로 철우의 표정을 살폈다. 얼굴이 벌게지지나 않았을까 걱정되었다.

"그래, 성혁이 네가 좋겠다."

다행히 철우는 선선히 성혁을 지정했다. 다른 친구들도 모두 동의했다. 공식적으로 두 사람의 개인적인 관계가 허락되는 순간이었다.

그날 이후 나란트야는 수업만 끝나면 성혁의 호실로 찾아와 한국어를 배우기 시작했다. 한국어에 대한 그녀의 열정은 대단했다. 다른 동포들도 모두 이럴까 싶게 그녀는 한국어에 집요한 애착을 보였다. 정규 과목인 독일어보다 더 열심이었다.

공부를 시작한 지 두어 달이 지나자, 그녀는 일상에서의 간단한 대화는 어렵지 않게 나눌 수 있게 되었다. 단지 열심히 노력했을 뿐만이 아니라 나란트야 자신의 언어 습득 능력도 뛰어났다. 나란트야는 언어 습득뿐 아니라 기사 학교의 수강 과목 모두에서 뛰어난 성적을 올렸다. 원래 바탕이 총명한 듯했다.

북한 유학생들은 그녀의 한국어 실력이 부쩍부쩍 느는 것을 보고는 역시 핏줄은 못 속인다며 자기 일처럼 기뻐했다. 성혁도 함께 칭찬받았다.

한국어 공부를 같이 하게 되면서 두 사람은 급속도로 친해져 갔다. 공부 중간중간에 서로의 집안 이야기를 비롯해 많은 개인적인 대화를 나누었으며, 기숙사 근처를 자연스럽게 산책하기도 했다. 나란트야는 복도에서 여러 명의 북한 유학생들을 만나거나 하면 꼭 성혁에게 먼저 인사를 던졌다. 두 사람이 한국어 공부를 같이 하고 있다는 걸 알기 때문에 다른 동료들도 그런 것에 대해서는 관대했다. 성혁으로서는 정말 행운의 기회를 잡은 셈이었다. 하지만 성혁과 나란트야의 관계는 그 이상 진전될 수는 없었다. 더 이상의 개인적 접촉은 동료들의 눈에도 이상하게 보일 것이었고, 무엇보다 나란트야는 고국에 남편이 있는 엄연한 유부녀였다.

나란트야를 향한 연모의 마음이 깊어질수록 성혁은 견딜 수가 없었다. 그리움이 얼마나 독한 상처인가를 처음으로 깨닫게 되었다.

성혁이 자신의 속마음을 간접적으로나마 전할 수 있었던 건 한국어 공부를 시작한 지 넉 달째에 접어들 무렵이었다. 나란트야의 한국어 실력은 상당한 정도에 이르러 더는 개인 지도를 핑계로 만나기는 어려운 상황이었다. 유학생 중에 은근히 질투하는 사람들도 있었던 것이다. 조만간 개인 지도를 끝내야겠다고 생각하면서도 성혁은 그 시기를 하루하루 미루었다.

어느 날, 여느 때처럼 한국어 공부를 하고 나서 함께 커피를 마시고 있을 때였다.

"성혁, 영화 자주 봐요?"

나란트야가 불쑥 물었다.

"아니요, 이곳에 온 후론 한 번도 본 적이 없어요."

"어머, 그래요? 공부만 너무 열심히 해도 병나요."

"그게 아니라……."

성혁은 슬그머니 말꼬리를 내렸다. 사실대로 말하기가 왠지 거북했다.

32

북한 당국은 유학생들의 영화관 출입을 금했다. 서방의 자유주의적인 색채가 농후한 영화로 인해서 나쁜 물이 들까 염려하는 것이었다.

어차피 오래도록 익숙해져 온 금기여서 성혁으로서는 큰 거부감은 없었으나 차마 나란트야 앞에서 그런 사실을 곧이곧대로 말하기는 싫었다. 자신이 그렇게까지 세세하게 통제받고 있다는 걸 밝히는 게 내키지 않았다.

"저는 어제 친구들과 시내에 나갔어요."

나란트야가 밝은 웃음을 지으며 말을 이었다.

"아주 재미있는 영화가 들어왔더라고요. 정말 모처럼 푹 빠져서 본 영화였어요. 얘기해 줄까요?"

눈빛을 반짝이며 올려다보는 나란트야의 표정이 매우 귀여웠다. 어떤 영화든 그녀의 입을 통해서 듣는다면 재미있을 것만 같았다.

"해 봐요."

성혁이 귀 기울이는 자세를 취하자, 나란트야가 이야기를 시작했다. 나란트야는 독일어에 한국어에 손짓발짓 다 동원해 가며 신이 나서 설명했다. 가끔씩 보이는 얌전하고 의젓한 태도와는 정말이지 너무도 다른 모습이었다.

그런데 어느 순간 한참을 설명하던 그녀가 갑자기 설명을 뚝 멈췄다. 그러고는 손바닥으로 책상을 치며 깔깔 웃어 댔다.

"왜 그래요?"

"지금 성혁 당신 모습이 얼마나 우스운지 알아요?"

"훗!"

성혁도 결국엔 따라 웃을 수밖에 없었다. 자신도 모르게 입을 헤벌쭉 벌린 채 마치 백치처럼 빠져들었던 것이다. 게다가 쥐고 있는 만년필에서 잉크가 흘러나와 노트 전체가 파란색으로 번져 나가는 것도 모르고 있었다.

정신을 차린 성혁은 거의 다 해 놓은 과제물이 망쳐진 것을 보고 당황했다. 하지만 곧 노트쯤이야 아무려면 어때 하는 기분이 되었다. 나란트야가 보여 주는 동작 하나하나가 모두 아름다웠기 때문이었다.

그다음 날이었다. 한국어 공부를 끝내고 잠시 담소를 나눌 때였는데, 나란트야가 불쑥 극장표 두 장을 꺼냈다.

"이게 뭐예요?"

성혁이 어리둥절한 표정으로 물었다.

"보다시피 극장표지요."

"웬 극장표예요?"

"당신과 같이 보려고 점심시간에 시내에 가서 사 왔어요."

"어제 그 영화?"

"네."

나란트야는 당연하다는 표정으로 경쾌하게 대답했다.

"나란트야는 어제 봤잖아요?"

"괜찮아요. 나도 한 번 더 보고 싶었어요."

"그래요? 그런데 성의는 고맙지만 그건 좀……."

성혁이 반갑지 않은 표정을 지어 보이자, 나란트야의 얼굴이 금세 실망으로 어두워졌다.

"어제는 그렇게 영화를 보고 싶어 하고선……."

"아니, 그게 아니고……."

당황한 성혁은 황급히 변명을 꺼냈다. 하지만 이번에도 말꼬리를 내릴 수밖에 없었다.

성혁이 머뭇거리자 나란트야는 극장표를 도로 집어넣었다. 실망감이 가득한 얼굴이었다.

그 표정을 본 성혁은 순간적으로 결심했다.

"그래, 영화 보러 가요. 모자란 공부를 좀 할까 했는데, 까짓 것 공부야 나중에 하면 어때요. 모처럼 나란트야와 시내에서 데이트할 기횐데."

성혁은 과장되게 쾌활한 목소리로 말했다.

나란트야의 얼굴이 금세 밝은 표정으로 돌아왔다. 성혁과 나란트야는 일과를 끝내고 시내에서 만나기로 했다.

막상 그렇게 약속은 했지만 성혁은 걱정이 태산 같았다. 북한 유학생들은 시내에 나가려면 반드시 조직에 보고해야 했다. 보고 자체야 문제 될 건 없었다. 사유만 합당하면 시내 외출 정도는 어렵지 않게 허가되었지만, 영화 관람은 합당한 사유는커녕 금지 사항이었다.

오랜 고민 끝에 성혁은 적당한 핑곗거리 하나를 생각해 냈다. 수업을 마치고 나서 성혁은 치과에 다녀온다고 거짓 보고를 했다. 치과가 시내에 있어서 별 의심을 받을 이유는 없었다.

나란트야와 만나기로 한 장소는 영화관 대기실이었다. 먼저 영화관에 도착한 성혁은 코트 깃을 세워 얼굴을 그 안에 푹 박고, 스키 모자를 깊게 눌러쓰고 기다렸다. 행여 아는 사람이라도 만날까 걱정되어서였다.

얼마 후에 나란트야가 아이스크림 두 개를 들고 나타났다.

"고마워요, 우선 빨리 극장으로 들어가요."

성혁은 아이스크림을 와작와작 급하게 씹어 먹고는 나란트야를 재촉해 극장 안으로 들어갔다. 시간이 너무 일러 두 사람은 십 분 정도를 아무도 없는 극장 안에서 멍하니 앉아 있어야 했다.

영화가 시작되고 나서도 성혁은 불안해서 안절부절못했다. 영화도 보는 둥 마는 둥 했다. 어제는 그렇게 보고 싶어 했던 영화였지만, 아무래도 초조한 마음을 없앨 수가 없었다.

마침내 보다 못한 나란트야가 성혁의 귀에 대고 조용히 속삭였다.

"왜 그래요? 무슨 일 있어요?"

"미안해요, 나란트야. 잠시 밖으로 나가야겠어요."

나란트야는 어리둥절한 표정으로 그를 따라 대기실로 나갔다.

"왜? 몸이 불편해요? 아니면 영화가 전혀 재미없어요?"

나란트야가 걱정스럽게 물었다.

"아니, 그게 아니고. 저 사실은……."

성혁은 얘기를 꺼내지 못하고 머뭇거렸다.

"괜찮아요. 얘기해 보세요."

나란트야는 안쓰러운 표정을 지으며 그를 다그쳤다.

"저, 사실은 우리 북한 유학생들은 영화 보러 극장에 가는 게 금지되어 있어요. 그런데 이렇게 극장에 앉아 있으니, 꼭 누구한테 죄짓는 것 같기도 하고, 또 누가 지켜보고 있는 것 같기도 하고, 도저히 바늘방석에 앉아 있는 것처럼 불안해서 못 견디겠군요."

"네? 극장에 오는 것이 금지 사항이라고요?"

나란트야는 이해되지 않는다는 표정이었다. 당연했다. 이곳에는 많은 공산주의 국가의 유학생들이 와 있었지만, 그런 식으로 엄격한 통제를 받는 건 오직 북한 유학생들뿐이었다.

"그래요. 그래서 다른 북한 유학생들도 영화 보러 다니질 못하지요."

"그럼 미리 얘길 하지, 왜 영화 보러 오겠다고 했어요?"

힐난이 아니라 안쓰러워하는 목소리로 나란트야가 물었다.

"나란트야를 실망시키고 싶지 않았어요."

성혁은 말하고 나서 어색하게 고개를 돌렸다. 공연히 자꾸 부끄러웠다. 잠시 후 나란트야의 따뜻한 손이 성혁의 손으로 건너왔다. 성혁이 고개를 돌리니 나란트야가 엷은 미소를 지었다. 착한 아이를 바라보는 어머니의 얼굴이었다.

"제가 오히려 미안해요. 그런 것도 모르고 극장에 가자고 졸라 댔으니. 저야 어제도 봤으니 괜찮아요. 자, 우리 빨리 기숙사로 돌아가요."

나란트야가 성혁을 밖으로 이끌었다. 성혁은 미안하고 부끄러운 마음으로 나란트야의 손에 이끌려 영화관을 나왔다.

"모처럼 당신이 계획한 바깥나들이인데, 정말 미안해요."

성혁은 한 번 더 사과했다.

사실 본 대학에 들어가 공부하는 선배 유학생들은 몰래 극장에 가서 영화를 보기도 한다고 했다. 지금은 유학 초기인 어학 강습 때여서 그렇지만, 성혁은 자신도 본 대학에 들어가면 나란트야와 부담 없이 영화를 보러 다니리라 생각했다.

"자꾸 그러지 마요. 그게 어디 사과할 일이나 되나요?"

나란트야가 성혁의 손을 가볍게 잡았다가 놓았다.

비록 영화는 볼 수 없었지만 그건 오히려 잘된 일이었다. 기숙사로 돌아오며 두 사람은 둘만의 호젓한 시간을 가질 수 있었던 것이다. 학교 안에서는 남의 눈이 있어 아무래도 오래도록 이야기를 나눌 기회가 많지 않았었다.

"저기……."

학교가 가까워졌을 때였다. 나란트야가 머뭇거리며 말을 건네왔다.

"전에 제가 한국어를 배우겠다고 했을 때 말이에요. 그때 무슨 마음으로 당신이 나섰던 건가요?"

성혁은 잠시 걸음을 멈추고 나란트야를 바라보았다.

'무슨 뜻일까?'

그건 자기가 아니라 누구라도 할 수 있는 일이었다. 물론 성혁의 속마음이야 다른 사람들과 달랐지만, 한국어를 가르치는 일 자체는 실상 단순한 호의만으로도 나설 수 있는 일이 아닌가. 그런데 왜 새삼 그것을 묻는 것인지 성혁은 궁금했다.

성혁이 걸음마저 멈춘 채 그녀의 눈을 빤히 바라보자, 나란트야가 잠시 얼굴을 붉히며 어색해하더니 이내 앞장서 걷기 시작했다. 그러고는 뒤에 처진 성혁을 향해 나지막이 말했다.

"사실은 그때……, 당신이 나서 주어서 무척 기뻤거든요."

'아아, 나란트야!'

성혁은 뒤통수를 얻어맞은 듯 한순간 멍하기까지 했다.

'그렇다면 나란트야도 처음부터 나에게 호감을 느꼈다는 것일까?'

생각만으로도 벅찬 기쁨이었다. 성혁은 단정하게 앞장서 걷는 나란트야의 뒷모습을 한참이나 멍청히 바라보았다. 이윽고 성혁은 빠른 걸음으로 그녀를 따라갔다.

"나란트야!"

나란트야가 돌아섰다.

"당신을 처음 보았을 때부터 친해지고 싶었어요. 당신에게 한국말을 가르칠 수 있었던 건 내게 큰 행운이에요."

나란트야는 그윽한 눈빛으로 성혁을 바라보았다. 은은한 기쁨의 표정이 그녀의 얼굴 가득 서렸다.

성혁은 무언가 좀 더 직접적인 말을 해 주고 싶었다. 당신을 사랑한다고, 매일 밤 당신에게 달려가는 생각을 한다고. 그러나 성혁은 더 이상 아무 말도 할 수 없었다.

나란트야는 남편이 있는 여자였다. 딱히 그것이 아니더라도 나란트야의 깊은 마음을 성혁은 아직 자신할 수 없었다. 성혁이 나서 주어서 기뻤다는 말은, 단순히 좋은 친구가 되고 싶었다는 뜻일 수도 있었다. 성혁이 그녀의 말을 자기 좋을 대로만 해석해 앞질러 말했다가는 도리어 관계가 어색해질 수도 있는 일이었다.

결국 그날은 그것뿐이었다. 하지만 그 대화 이후 두 사람은 급속도로 친밀해졌다. 서로 호감을 가지고 있다는 것만큼은 명확해졌다.

그러던 어느 날 밤, 두 사람은 또 한 번의 운명적인 밤을 갖게 되었다. 그날은 과연 운명적인 날이었다. 두 사람이 서로를 완벽히 받아들이며 연인으로 결합한 날이었다.

"이제 그만 내려가자우."

철우가 깊은 회상에 잠겨 있는 성혁의 팔을 잡았다. 성혁이 돌아다보니 이미 주변에는 아무도 없었다. 손목시계를 보니 벌써 오후 강의 시간이 다 되어 가고 있었다.

"무슨 생각을 그리 골똘히 해? 다들 내려가는 것도 모르고."

"아, 아무것도 아니야."

"아무것도 아니긴. 내레 알디."

철우가 의미심장한 웃음을 지으며 성혁의 등을 툭 쳤다. 성혁은 그저 희미하게 웃고 말았다.

"밀고해야 할까 봐. 진실한 우정은 친구가 아무 잡념 없이 공부에만 몰두하도록 해 줘야 하는 것 아니갔어?"

철우가 한 번 더 농담을 던지며 헤벌쭉 웃고는 계단 쪽으로 먼저 성큼성큼 걸어갔다. 농담인 줄은 알지만, 밀고라는 단어만 듣고도 성혁은 가슴이 서늘해졌다.

나란트야와의 연애, 그것은 확실히 위험한 놀이였다. 다른 동료 유학생이나 상부에서 알게 된다면 큰 비난을 면할 길이 없을 것이다. 단순히 자아비판에 그친다면 오히려 행운일 것이다. 정치적 과오로 인정되어 사상을 의심받게 된다면 그다음엔 어떤 일이 벌어질지 알 수 없었다.

성혁은 얼른 머리를 흔들어 어두운 생각을 털어 냈다. 그러고는 종종걸음으로 철우의 뒤를 따랐다.

기숙사를 빠져나오니 강의에 늦을세라 유학생들이 운동장을 가로질러 강의실로 뛰어가는 게 보였다. 성혁도 그들을 따라 본관 건물을 향해 뛰었다. 오후의 짧은 그림자가 그 뒤를 바짝 따라붙었다.

2

　창문을 열자 밤의 쌀쌀한 기운이 방으로 훅 밀려 들어왔다. 나란트야는 손에 들고 있던 빈 화분을 조심스럽게 창문턱에 내려놓았다. 그러고는 위쪽 삼층께를 힐끔 올려다보았다. 짙은 어둠만 가득할 뿐 삼층 기숙사 방에서 새어 나오는 불빛은 조금도 없었다.

　화분은 신호였다. '아무도 없으니 내려와도 좋아요'라는.

　나란트야와 성혁은 창문턱에 화분을 내어놓는 것으로 은밀한 신호를 주고받았다. 나란트야의 룸메이트가 외출해야만 만날 수 있기에 서로 약정해 놓은 것이었다.

　룸메이트는 남자 친구와 함께 밤을 보내러 나가 있었다. 새벽이나 되어야 들어올 것이다. 그녀는 얼마 전부터 아프가니스탄에서 유학 온, 콧수염을 멋지게 기른 남자와 사귀기 시작했는데, 일주일에 사오일 정도는 그의 방에서 지내느라 잘 들어오지 않아 침대 위층이 자주 비어 있곤 했다.

자주 있는 일은 아니었지만, 이따금 그녀는 술에 취해서 밤늦게 남자 친구와 함께 들어오기도 했다. 그럴 때면 나란트야가 있거나 말거나 남자와 함께 침대 위층으로 올라가 격렬한 정사를 치르고는 했다.

당연히 나란트야는 그런 날이면 잠을 이룰 수가 없었다. 그들이 들어오는 소리에 깨었다가 누워서 잠을 청하고 있노라면 바로 눈앞에 보이는 침대 위층 매트리스가, 부둥켜안고 몸을 섞는 두 남녀의 움직임에 따라 들썩거리며 삐거덕거렸다.

들뜬 여자의 신음 소리, 남자의 괴성이 온몸에 파고들어 도저히 잠들 수가 없었다. 머리까지 이불을 푹 뒤집어쓰고 잠들려고 노력하다 끝내 포기하고, 눈을 멍하니 뜨고 있으면 눈앞에 흔들리는 매트리스의 움직임으로 정신이 멍해지고는 했다.

이상하게도 그럴 때면 꼭 소변이 마렵곤 했는데, 화장실에 가고 싶어도 부스럭대면서 일어나 가기도 쑥스럽고 또 그들을 방해하고 싶지도 않아 이를 악물고 참아야만 했다. 한참이 지나 기진맥진한 그들이 푸푸 숨소리를 내며 서로 껴안고 잠이 들면 그녀는 조용히 일어나 화장실에 다녀왔다. 그제야 겨우 잠들 수 있었다.

룸메이트 친구가 그런 식이니 나란트야 역시 그녀가 있거나 말거나 성혁을 불러들일 수는 있었다. 친구는 나란트야와 성혁이 은밀하게 만난다는 것도 알고 있었다. 하지만 나란트야는 그러고 싶지 않았다. 친구 자신은 그런 걸 대범하게 넘길지 몰라도 나란트야는 남이 있는 데서 성혁과 그 일을 하고 싶은 마음은 전혀 없었다. 꼭 정사가 아니라도, 그저 대화를 나누고 가벼운 입맞춤을 하더라도 나란트야는 성혁과 단둘이서만 만나고 싶었다.

사랑이 없는 섹스라면, 그저 욕망으로 몸을 섞는 일이라면 그럴 수 있을지도 모른다. 그렇다면 누가 보거나 말거나 무슨 상관이랴. 그저 몸속의 뜨거운 열기만 충족시키면 될 것이다. 그러나 성혁과는 그런 식의 관계일 수가 없었다. 둘만의 시간, 둘만의 공간이지 않으면 안 되었다.

이제 화분을 내어놓았으니 얼마 후면 성혁이 내려올 것이다. 성혁 또한 룸메이트의 상황을 살피며 나와야 하기에 금방 내려오기는 힘들 테고, 자정이 지나야 할 것이다. 최근 며칠은 두 사람 모두가 바빠서 낮에도 만나지 못했다. 하기야 만난다고 해봐야 개인적인 대화를 나눌 시간은 별로 없었다. 한국어 공부를 끝내기로 한 후로는 둘이서만 만날 기회가 없어진 것이다.

나란트야는 카세트 레코드를 낮게 틀었다. 동독 여가수가 부르는 노래가 잔잔하게 흘러나왔다.

연하게 탄 블랙커피를 마시며 나란트야는 방 안을 둘러보았다. 두 명이 함께 쓰도록 설계된 일곱 평 정도의 작은 방이었다. 출입문이 달린 한쪽 벽에는 이층짜리 침대가 붙박여 있고,

그 옆벽에는 가운데에 설치된 세면대가 양옆 두 개의 옷장을 갈라놓았다. 벽에는 커튼이 달린 커다란 창문이 달려 있어 좁은 방의 답답함을 덜어 주었다. 맞은편 벽에는 책상과 걸상이 각각 두 개씩 나란히 놓여 있었고, 책상 위에는 각각의 책꽂이가 있었다.

나란트야의 책꽂이에는 성혁이 선물한 화보가 있었다. 화려한 표지가 유난히 눈에 띄는 책이었다. 북한에서 출판된 것으로, 그의 고향과 사람들의 생활 모습을 찍은 사진이 담겨 있었다. 벽에 걸린 달력도 성혁이 준 것이었다. 달력 역시 그의 고향에서 온 것으로, 질투가 느껴질 만큼 아름다운 동양 여자가 수려한 자연을 배경으로 은근한 포즈를 취하고 있었다.

나란트야는 어두운 창밖으로 눈길을 주었다. 시커멓기만 한 운동장 오른쪽으로 본관 건물이 완강한 자태로 서 있었다. 멀리 학교 밖에는 아직 잠들지 않은 불빛들이 하늘의 별인 양 드문드문 반짝거렸다.

성혁도 저 불빛들을 보고 있으리라. 친구가 완전히 잠들기를 기다리며, 자꾸 시계를 처다보며, 책을 들었다 놓았다 하며 조바심치는 마음으로 저 불빛들을 바라보리라.

나란트야는 시계를 보았다. 화분을 내어놓은 지 십 분이 채 지나지 않았다. 마음은 한 시간도 더 지난 것만 같았다.

남편에게서는 느껴 보지 못했던, 아니 어느 남자에게서도 느껴 본 적 없는 이 절절한 그리움! 언제까지 이래야 하는 것일까.

과연 두 사람이 결합할 수는 없는 것일까. 이 안타까운 사랑의 끝은 어디일까.

이렇게 늦은 시각까지 홀로 깨어 있노라면 나란트야는 언제나 깊은 고독감이 느껴졌다. 성혁을 알기 전부터도 그러했고, 몽골에 있을 때도 마찬가지였다. 따지고 보면 이번 유학 자체가 그런 고독감으로부터의 도피일지도 몰랐다.

몽골의 남편을 나란트야는 단 한 번도 사랑한 적이 없었다. 바람둥이로 소문난 남편이었지만 그런 건 사실 아무래도 좋았다. 결혼 전에도 조금은 알고 있던 사실이었다.

다른 무엇보다 남편에겐 자상한 배려나 섬세함 같은 것이 전혀 없었다. 언제나 일방적으로 자기 의견만 주장했으며 무조건적인 복종을 강요했다. 어쩌다 가끔 기분이 나면 나란트야에게 잘 대해 주기는 했지만 역시 마음에서 우러나는 건 아니었다.

그런 점에서라면 차라리 시아버지에게서 더 깊은 정을 느낄 수 있었다. 시아버지는 나란트야를 진심으로 위해 주었다.

그랬다. 그러고 보면 나란트야가 좋아하는 사람들은 언제나 아버지와 비슷한 남자들이었다. 아버지에 관해서라면 나란트야는 아주 어릴 적 일까지도 생생하게 기억했다. 아버지의 등에 업혀 그 넓은 등판에 귀를 붙이고 듣던 나지막한 음성들, 고향에 대한 추억과 당신의 젊은 날의 열망들.

"솔롱고!"

나란트야는 나지막이 소리 내어 불러보았다.

'무지개'를 뜻하는 솔롱고. 고향 몽골에서는 한국을 솔롱고라고 불렀다. 어린 시절 나란트야는 아버지의 나라는 참으로 아름다운 이름을 가지고 있구나 하고 생각했다. 아마 그때부터 솔롱고는 자신의 먼 이상향이 되어 가슴에 새겨졌을 것이라고 나란트야는 새삼 생각했다. 아버지의 추억이 곧 자신의 추억이었다.

나란트야가 보기에 성혁은 매우 섬세하면서 여린 남자였다. 물론 또 다른 쪽에는 북한 남자 특유의 강인함과 무뚝뚝함도 있기는 했다. 말수가 적은 대신 행동으로 자신의 마음을 표현하고, 그러면서도 일방적이기보다는 오히려 숫기 없이 자신의 속내를 감추며 조심스러워했다.

어쨌거나 그 모든 점이 아버지와 닮아 있었다. 나란트야의 최초의 연인은 아버지였다. 그리고 두 번째 연인인 성혁.

'아, 이 남자와의 끝은 어디일까?'

나란트야는 자꾸 우울해지는 마음을 바꾸기 위해 카세트 레코드의 음악을 밝은 것으로 바꾸었다. 그리고 창을 열어 시원한 바람을 깊숙이 호흡했다. 그러자 곧 우울함은 차분한 설렘으로 바뀌었다.

'진작 이럴걸!'

음악 하나로 기분이 바뀔 수 있는 것처럼 역시 모든 것은 마음먹기에 따라 다를 것이다. 나란트야는 금세 희망적인 기분이 되었다. 성혁과의 사랑을 결코 허무하게 끝내지 않으리라는 잔잔한 결의의 마음을 나란트야는 애써 온몸 가득 채워 나갔다.

다시 시계를 보았다. 고작 십 분이 더 지나 있었다.

사정을 뻔히 알면서도 나란트야는 빨리 내려오지 않는 성혁에게 슬그머니 원망의 마음이 들었다. 그것이 어린아이 같은 투정이라는 것을 나란트야 자신도 알았지만 굳이 그런 마음을 털어 버리고 싶지도 않았다.

이런 속절없는 그리움이나 유치한 투정조차 가슴이 뻐근했다. 이것이 진정한 사랑이 아니겠는가. 나란트야는 사랑의 감정에 휩싸여 있는 자신을 부정하고 싶지 않았다. 성혁과의 첫 결합, 그때 이미 자신은 다른 사람이 되었다.

언제였던가. 지난 11월의 어느 주말이었다. 나란트야는 일과가 끝난 후 친구들과 어울려 디스코텍으로 갔다. 모처럼 즐겁게 놀아 보고자 작정한 날이었다. 디스코텍이라고는 하지만 사실 전용 디스코 클럽은 아니었다. 대학 구내식당을 주말인 토요일과 일요일 저녁에만 디스코를 출 수 있도록 바꿔 놓은 공간이었다.

동독에는 전용 디스코 클럽이 거의 없었다. 대신 대학과 회사 구내식당들이 주말과 공휴일만 되면 디스코를 출 수 있는 디스코텍으로 변신했다. 구내식당이 디스코텍으로 변신하는 것은 그리 어렵지 않았다. 테이블과 의자만 어느 한쪽 방에 몰아 쌓아 놓으면 되었다.

춤을 출 때 분위기를 돋우는 현란한 조명도 식당 안에 설치되어 있었다. 디스코텍으로 변신할 때면 전원 스위치만 누르면 되었다. 주말에만 디스코텍 운영을 맡아 하는 주최 측은 음악을 트는 데 필요한 스피커를 비롯한 오디오 세트도 갖추고 있었다.

그밖에 각 대학과 회사 기숙사 건물들의 지하층 일부도 대부분 디스코텍으로 활용되었다. 그곳에서는 주말만 디스코텍이 열리는 구내식당들과 달리 매일 디스코텍이 열렸다. 이런 곳은 조명도 좀 더 세련됐고, 벽에는 디스코텍에 어울리는 여러 가지 치장을 하는 등 분위기가 식당 디스코텍보다는 아늑하고 좋았다.

기숙사 생활을 하는 대학생들은 공부하다 문제가 잘 풀리지 않거나, 머리가 갑갑할 때면 지하 디스코텍으로 내려갔다. 그러고는 맥주를 마시며 땀이 흠뻑 나도록 몸을 흔들고는 다시 호실로 올라가 밤새 공부하곤 했다.

여러 개의 기숙사 건물이나 구내식당이 있는 대학이나 회사는 결국 여러 개의 디스코텍을 운영하는 셈이었다. 이런 디스코텍의 운영은 각 대학의 학생 조직이나 회사 청년 조직에 위임되었다. 이들 조직은 학생들의 권익을 위해 결성되었기 때문에 이윤을 목적으로 운영할 수는 없었다. 그래서 일반 학생들에게도 별로 부담이 가지 않을 정도로 술값을 비롯한 모든 비용이 저렴했다.

일단 디스코텍에 들어가게 되면 어떤 술을 마시든지 상관하지 않았다. 술이 싫은 사람은 콜라 한 잔을 시켜 놓고 밤새껏 시간을 보내기도 했다. 안주도 꼭 시킬 필요가 없었다. 그리고 모든 것이 셀프서비스였다.

대부분의 사람들은 작은 맥주 한 병을 몇 시간 이상 들고 홀짝거리며 서성이거나, 아니면 맥주병을 든 채로 플로어에 나가 춤을 추었다.

그날은 주말이어서 외출 나온 학생과 시민들이 많았다. 그래서 나란트야와 친구들은 삼십 분 가까이 줄을 서서 기다려야 했다. 과자와 음료수를 먹고 마시며 친구들과 즐겁게 얘기를 나누노라면 삼십 분은 금방 흘렀다.

나란트야 일행이 들어서자 입구에 테이블을 놓고 앉아 있던 동독 학생이 "안녕!" 하고 아는 척을 했다. 자주 보는 금발 머리의 학생이었다. 입장료를 받는 모양이었다.

나란트야와 친구들은 돈을 금발 머리에게 넘겨주었다. 금발 머리는 그녀들의 왼쪽 팔목 위에 파란색 도장을 쿡 찍었다. 입장료를 내고 들어왔다는 것을 확인해 주는 도장이었다. 이 도장이 있으면 일이 생겨 디스코텍을 나갔다가 들어오더라도 입장료를 다시 낼 필요가 없었다.

그녀들이 지나칠 때, 금발 머리가 손가락을 자기 입술에 붙이며 '쩍' 하고 키스를 했다. 그러고는 그 손가락을 나란트야에게 던지는 시늉을 하며 큰 소리로 말했다.

"즐겁게 보내!"

"그래, 너도."

나란트야는 빙그레 웃어 주었다.

디스코텍 안은 사람들로 꽉 차 있었다. 백인, 흑인, 황인 등 전 세계의 모든 인종이 다 모여 있었다. 그들은 흔들거리는 불빛과 빠른 음악에 맞춰 몸을 흐느적거렸다. 번쩍이는 현란한 조명과, 귀청이 째질 듯한 댄스 음악이 모든 사람의 혼을 빼앗아 간 것 같았다.

나란트야는 정신이 점점 산만해지는 것을 느꼈다. 여기가 과연 오늘 점심시간에 차분히 앉아 식사했던 식당인지 의심이 들 정도였다.

"우리도 한잔하자."

일행 중의 한 명이 들뜬 목소리로 제의했다.

"그래, 여기 분위기에 젖으려면 아무래도 술을 마셔야겠지?"

일행은 술을 팔고 있는 바로 우르르 몰려갔다. 그러고는 모두 맥주 한 병씩을 사서 병째 마시기 시작했다.

알코올이 몸에 들어가자 서서히 몸의 긴장이 풀렸다. 나란트야는 맥주를 홀짝홀짝 마시며 플로어에서 춤추는 사람들을 구경했다.

역시 춤은 라틴 아메리카에서 온 유학생들과 흑인들이 잘 추었다. 라틴 아메리카 유학생들은 온 플로어를 누비고 다니며 정열적으로 몸을 흔들어 댔다. 그들이 신나게 흔들 때의 허리

움직임은 정말이지 저절로 경탄을 자아내게 했다. 선천적으로 타고났다고밖에 볼 수 없을 정도의 유연함이었다.

라틴 아메리카 유학생들은 거의 매일 밤 기숙사에서 음악을 틀어 놓고 밤새껏 춤을 추어 대곤 했다. 그리고 낮 수업은 대충 때웠다. 게다가 공휴일에는 밤이고 낮이고 마셔 대면서 춤을 추며 놀았다. 그들은 그렇게 쉬지 않고 끊임없이 몸을 움직이면서도 전혀 지칠 줄 몰랐다. 그래서 일부 유학생들은 그들이 사탕무를 많이 먹어서 그런지 체력이 대단하다고 부러워했다.

그들이 새벽녘까지 음악을 크게 틀어 놓는 것에 대해 당연히 옆방 사람들은 불만이 많았다. 공부도 잠도 모두 방해되었던 것이다. 그렇지만 그들 중 일부는 밤에 잠이 안 오면 슬그머니 라틴 아메리카 유학생들이 춤추며 노는 방을 찾아가기도 했다.

춤추는 데는 흑인들도 결코 뒤지지 않았다. 온몸의 관절을 절도 있게 꺾으면서 추는 그들의 브레이크 댄스는 일품이었다. 유연함은 떨어졌지만 야성적인 생동감은 흑인들이 나았다.

나란트야는 조금씩 오르는 취기에 기분 좋게 빠져들면서 사방을 관찰했다. 그저 보는 것만으로도 마음이 싱숭생숭하게 들떠 올랐다.

한쪽 구석에서는 아랍계 남자와 동독 여자가 격렬하게 키스를 했다. 남자의 손이 여자의 웃옷 밑을 헤집고 들어가 가슴을 더듬는 것이 보였다. 얼굴이 화끈거렸다. 갑자기 화장실에 가고 싶어졌다.

나란트야는 친구들에게 양해를 구하고 화장실로 향했다. 화장실 주변에도 부둥켜안고 키스를 하거나, 서로의 몸을 탐닉하는 쌍들이 여기저기 보였다. 남을 전혀 의식하지 않고 행동하는 그들이 부럽다는 생각마저 들었다.

화장실에 갔다가 자리로 돌아올 때였다. 뒤에서 누군가 툭치며 부르는 소리가 났다.

"헤이!"

나란트야가 뒤돌아보니 이곳 디스코텍에서 몇 번 마주친 적이 있는 쿠바 출신 남자였다. 그는 반갑다는 듯이 히죽 웃었다.

그는 이곳 재학생은 아니었다. 자기 말로는 동독에서 유학을 끝낸 후, 현장 기술을 더 배우기 위해 시내에 있는 동독 기업에서 기술자로 일하고 있었다. 그의 말이 사실인지 아닌지는 알 수 없었다. 많은 쿠바 사람들이 동독에 산업 노동자로 들어왔고, 그들 중에는 기술을 배우러 온 소수의 고급 기술자도 있었다. 하긴 그가 기술자건 일반 노동자건 그녀가 상관할 바는 아니었다. 이 디스코텍에 오는 사람들은 대부분이 학생들이었다. 하지만 간혹 이 쿠바인처럼 학생이 아닌 사람들도 일부 끼어 있었다.

그는 유창한 독일어를 구사했다. 독일 생활이 오래된 것 같았다. 사귄 친구들도 많은지 항상 여러 명의 동독 친구들과 어울려 이곳에 왔다. 나란트야를 볼 때면 늘 말을 걸려고 애썼다. 술을 사서 권하거나 춤을 같이 추자고 조르는 등 귀찮을 정도로 치근덕거렸다. 어느 날은 꽃다발까지 사 와서 나란트야에게 선물했다. 그리고는 시간이 늦어 호실로 돌아가려는 그녀에게 다른 데 가서 한잔 더 하자고 거의 강요하다시피 요구했다. 나란트야가 뿌리치고 나가자, 그는 손가락질을 해 대며 함께 섹스하고 싶다는 둥 횡설수설했다.

"아, 너구나. 춤추러 온 모양이지?"

나란트야는 형식적인 인사를 건넸다.

"그래, 함께 춤추자."

그는 다짜고짜 나란트야의 팔을 끌었다. 언제나 그랬지만 오늘은 특히 더 징그럽게 느껴졌다.

"미안해. 나 친구들과 함께 온 거라 가 봐야 해."

어쨌거나 자주 보는 사이였으므로 대놓고 싫은 표정을 지을 수는 없었다. 나란트야는 웃는 낯으로 얘기하며 슬그머니 그의 팔을 뿌리쳤다. 그리고는 친구들이 있던 곳으로 바로 달려갔다. 다행히 그는 거기까지는 따라오지 않았다.

그런데 바에는 친구들이 한 명도 보이지 않았다.

'어, 얘들이 다 어디 갔지? 춤추러 나갔나?'

나란트야는 플로어를 살펴보았다. 발 디딜 틈이 없이 빼곡히 들어찬 사람들 사이로, 남자들과 짝을 맞춰 춤추고 있는 친구들의 모습이 언뜻언뜻 보였다. 그녀가 화장실에 다녀오는 사이에 파트너들이 생긴 모양이었다. 또 다른 한 친구는 이전부터 사귀고 있던 남자 친구와 함께 있었다. 그들은 서로 허리에 팔을 낀 채, 한쪽 벽에 기대서서 맥주를 마시며 다른 사람들이 춤추는 것을 구경했다. 아마 디스코텍 안에서 조금 전 만난 모양이었다.

'그도 이런 데 올 수 있었으면⋯⋯.'

나란트야는 성혁이 그리웠다. 하지만 북한 유학생인 그가 여기에 있을 리가 없었다. 그래도 혹시나 해서 나란트야는 디스코텍 안을 구석구석 살폈다. 역시 예상대로였다. 성혁뿐만 아니라 북한 유학생들은 한 명도 보이지 않았다. 그들에겐 영화관 출입은 물론 디스코텍 출입도 금지돼 있었다.

사정을 모르는 일부 외국 유학생들은 북한 유학생들을 공부밖에 모르는 공붓벌레라고 놀려 댔다. 그들은 꼭 북한 유학생들이 없는 자리에서만 그런 말을 했다. 북한 유학생들 앞에서 얘기를 잘못했다간 원체 다혈질인 그들에게 얻어터지기 십상이었다. 사실 그런 비난은 공부를 잘하는 북한 유학생들에 대한 질투심의 표현이기도 했다. 강습소에서 시험을 보면 그들이 항상 1등부터 10등까지의 선두 자리는 다 차지했다.

"맥주 한 병 더 주세요."

나란트야는 받아 든 맥주를 쉬지 않고 꿀꺽꿀꺽 마셨다. 북한 유학생들이 참 안됐다는 생각이 자꾸 들었다. 그들만 생각하면 가슴이 답답했다. 그래도 그 자신들은 나름대로 쾌활하게 지내는 것을 보면 모든 건 습관 들이기 나름인지도 몰랐다.

나란트야가 홀로 술만 마시고 있자 여러 남자들이 함께 춤추자며 말을 걸어왔다. 하지만 나란트야는 그들의 청을 모두 거절하고 묵묵히 술만 마셨다.

사실 나란트야도 다른 남자를 사귀어 보려고 여러 차례 시도했었다. 그러나 다른 남자들과 같이 술을 마시고 얘기를 나누어 보아도, 그녀의 머릿속에는 성혁이 꽉 들어차 있었다. 다른 남자들이 헤집고 들어올 틈이 없었다.

나란트야는 맥주를 한 병 더 시켰다. 벌써 네 병째였다. 술을 많이 못하는 그녀에게는 벌써 정량이 훨씬 넘었다.

"무슨 고민이 있는 모양이지?"

옆에서 남자가 말을 걸어왔다. 힐끗 쳐다보니 아까 마주쳤던 쿠바인이었다. 그의 옆에는 같이 따라온 듯한 두 명의 남자가 있었다. 한 명은 쿠바인이고 다른 한 명은 동독인이었다.

"그래, 고민이 있다. 왜!"

나란트야는 약간 도전적으로 그의 말을 받아쳤다.

"내가 술 한잔 사지."

그는 나란트야의 대답을 기다리지도 않고 소리쳤다.

"헤이, 여기 이 숙녀분한테 맥주 한 병 더 줘!"

나란트야는 건네받은 맥주를 단숨에 들이켰다. 왠지 오기가 생겼다. 까닭 없이 화가 나고 누군가에게 소리를 지르고 싶었다. 그것은 더 이상 가까워지지 않는 성혁에 대한 갈증이기도 했다.

"어, 술을 잘 마시네. 브라보! 그럼 나도 한잔 사지."

그를 따라온 쿠바인이 박수를 가볍게 치며 탄성을 올렸다. 그에 이어서 그 옆의 동독인도 덩달아 술을 샀다.

나란트야는 그들이 권하는 술을 다 받아 마셨다. 취기가 확 올라오면서 정신이 흐릿해졌다. 술기운 때문인지 다소 꺼려지던 디스코텍 안의 낭자한 분위기가 마음을 들뜨게 했다.

"무슨 고민인데?"

쿠바인이 능글맞게 물었다.

"남자 친구 때문에 고민이다. 왜!"

역시 술 때문이었으리라. 나란트야는 다시 도전적으로 대답했다. 말하면서도 자기 자신이 낯설었다. 꼭 어떤 다른 존재가 자기 안에서 대답하는 것만 같았다.

"물건 든든한 남자들이 이렇게 세 명이나 있는데, 남자 때문에 고민할 필요가 뭐 있어?"

그는 자기 바지춤을 손가락으로 가리키며 친구들과 키득거렸다.

"밑구녕 같은 놈!"

그녀는 독일어로 가장 심하다고 생각되는 욕을 골라서 던져 주었다. 그러고는 오른손을 들어 가운뎃손가락을 세워 보였다. 나란트야가 그렇게까지 했는데도 그들은 별로 기분이 상하지 않은 얼굴들이었다. 오히려 신이 나서 시시덕거렸다.

나란트야는 자리에서 일어났다. 몸이 휘청거렸다.

"어딜 가려고?"

쿠바인이 그녀의 팔목을 잡았다.

"춤추러 간다."

"그래, 그럼 좋지. 야, 우리도 춤추러 나가자."

쿠바인이 친구들과 함께 일어났다. 나란트야는 그를 밀치고는 휘청거리며 플로어로 나갔다. 쿠바인 일행이 어정어정 뒤쫓아 갔다.

나란트야는 혼자 춤추기 시작했다. 자꾸만 몸이 비틀거렸다. 디스코텍이 공중으로 붕 떠오르는 듯하다가는 다시 가라앉았다. 빙글빙글 도는 것 같기도 했다.

쿠바인이 나란트야를 부축하려는 듯 그녀의 겨드랑이에 팔을 끼었다.

"비켜, 이 자식아! 나 혼자 춤을 출 수 있다고……."

나란트야는 그를 거세게 뿌리쳤다. 그러고는 아까보다 더 격렬하게 춤을 추기 시작했다.

갑자기 주변에서 춤추는 사람들과, 번쩍이는 조명 불빛이 정신없이 흔들렸다. 머리가 어지럽고 아팠다. 중심을 잡으려고 이리 비틀 저리 비틀하며 몸을 움직이던 나란트야는 그 자리에 푹 쓰러졌다.

"헤이!"

쿠바인 일행이 그녀를 일으켜 세우려고 달려들었다.

"내 몸에 손대지 마! 나 혼자 일어설 수 있단 말이야!"

그녀는 혀 꼬부라진 목소리로 중얼거렸다. 그러나 몸이 말을 듣지 않았다. 그녀는 몸을 일으키지 못하고 플로어 바닥에서 엉기적거리기만 했다.

쿠바인 일행이 그녀를 부축하며 플로어를 빠져나왔다.

"성혁이 보고 싶단 말이야. 그를 데려와!"

그녀는 계속 중얼거렸다. 주변 사람들이 힐끔힐끔 그녀를 쳐다보았다. 쿠바인 일행이 의자에 앉히려고 하자 나란트야는 손을 뿌리치며 다시 소리쳤다.

"아니야. 나는 기숙사에 가야 해. 거기서 성혁이 나를 기다리고 있을 거야!"

"그래, 그럼 우리가 데려다주지."

쿠바인 일행은 그녀를 다시 부축해 밖으로 데리고 나왔다.

11월의 서늘한 바람이 휙 하고 그녀의 얼굴을 때렸다. 찬 바람을 맞으니 정신이 좀 드는 것 같았다. 하지만 여전히 몸은 휘청거리기만 했다.

부축을 받으면서 그들이 가는 곳으로 따라 움직이던 나란트야는 문득 이상한 생각이 들었다. 그들이 이끄는 곳은 기숙사 방향이 아니었다.

"지금 어디로 가는 거야?"

나란트야가 멈춰 서며 물었다.

순간 그들은 서로 눈치를 보며 머뭇거렸다.

잠시 후에 쿠바인이 말했다.

"우리 다른 곳에 가서 한잔 더 하자."

"안 돼. 난 기숙사로 가야 해!"

나란트야는 그들로부터 팔목을 빼내며 몸을 휙 돌렸다. 머리가 핑 돌았다. 취한 상태에서 갑자기 몸을 급하게 돌린 모양이었다. 나란트야는 정신을 잃지 않으려 애쓰며 기숙사 불빛을 향해 비척거리며 걸어갔다. 그렇게 몇 걸음 떼기도 전에 나란트야는 팔목을 덥석 잡혔다.

팔목을 낚아챈 쿠바인이 그녀를 다시 돌려세우며 잔뜩 화가 난 얼굴로 소리쳤다.

"야! 넌 우리와 술 한잔 더 마셔야 해!"

"싫어, 너무 늦었어. 난 기숙사로 돌아갈 거야. 다음번에 또 보면 되잖아."

나란트야는 슬그머니 걱정이 되었다. 늘 징그럽게 집적거리던 그였지만 오늘은 유난히 거칠게 나오는 것 같았다. 나란트야는 그가 화를 내지 않도록 목소리를 낮추며 애원했다. 그러면서 그로부터 팔목을 빼려고 잡아당겼다. 그러나 묵직한 남자 손에 잡힌 팔목은 꿈쩍도 하지 않았다.

'찰싹!'

갑자기 눈앞에서 불꽃이 번쩍 일었다. 나란트야의 입 언저리에서 피가 송골송골 맺히더니 주르르 흘렀다. 쿠바인이 나란트야의 팔목을 잡지 않은 다른 손으로 나란트야의 얼굴을 후려갈긴 것이었다. 나란트야는 두려운 가운데에서도 화가 솟구쳤다. 이제까지 누구에게도 맞아 본 적이 없었다. 자신이 함부로 취급되고 있다는 사실이 분했다.

나란트야는 소리 지르며 울부짖었다.

"이 개 같은 자식아! 왜 그래? 네가 뭔데 나를 때려?"

하지만 쿠바인은 나란트야의 울부짖음은 귓등으로 넘기는 태도를 보이며 능글맞게 말했다.

"너무 앙탈 부리지 마. 너한테 내 이 강력한 물건을 선물하려고 그래. 왜 싫어? 아마 맛이 괜찮을 거야. 여기 이렇게 바싹 긴장해서 준비하고 있는 게 보이지?"

그는 바지 위로 튀어나온 자기의 물건을 툭툭 건드렸다.

"이 자식아! 너 미쳤어?"

"아무렴 미쳤지. 네 몸매 때문에 나는 지금 미쳐 죽을 지경이야."

"제발 풀어 줘. 이러지 말라고!"

나란트야는 팔목을 빼려고 필사적으로 요동치며 울음 섞인 목소리로 애원했다. 쿠바인은 재미있다는 듯 히죽거릴 뿐이었다. 그다음 순간이었다.

"야, 끌고 가! 재미를 좀 봐야지."

옆에서 구경하던 두 명 중의 하나가 다가와 나란트야를 번쩍 들어 올렸다. 그러고는 성큼성큼 앞으로 걸어가기 시작했다.

"사람 살려요. 도와주세요!"

나란트야가 발버둥 치며 소리를 질렀다. 하지만 가까운 주변에는 아무도 보이지 않았다. 그저 시커먼 어둠뿐이었다. 그곳

은 원래 인적이 드문 곳이었다. 게다가 동독 사람들은 어두워
지면 거의 집에 들어가 머물러 있으면서 나다니지 않았다.

기숙사로부터는 얼마 떨어져 있지 않았다. 그러나 11월의 차
가운 저녁 바람을 막으려고 모든 창문이 커튼을 친 상태로 일
찌감치 꽁꽁 닫혀 있었다. 또 여름과 달리 날씨가 무척 쌀쌀해
서 기숙사 주변을 어슬렁거리는 학생들도 없었다.

"아무리 소리쳐 봤자 소용없어."

옆의 동독인이 비아냥거렸다.

"됐어, 멈춰."

뒤에서 따라오던 쿠바인의 목소리였다.

기숙사 바로 왼편에 위치한 그리 크지 않은 초원이었다. 동
독 사람들이 여름에 양을 풀어놓고 사육하는 곳이었다. 유학생
들도 여름에는 이곳에 나와 뛰어놀곤 했다. 기숙사 불빛이 환
하게 보일 정도로 기숙사로부터도 그리 멀지 않은 곳이었다.

"이것도 인연인데 어차피 이렇게 됐으니까, 우리 서로 매너
있게 즐기지 그래."

능글맞게 웃으며 쿠바인이 다가와 그녀의 볼에 쩍 하고 입을
맞췄다. 그러고는 혀를 내밀어 그녀의 얼굴을 핥았다. 나란트
야는 벌레가 스멀거리며 지나다니는 느낌이 들어 온몸이 부르
르 떨렸다.

쿠바인은 이어서 그녀의 입술에 키스하려는 듯 입술을 가까
이 갖다 댔다. 나란트야는 도저히 참기 힘들었다. 그녀는 한

발을 들어 무릎으로 그를 양껏 밀었다. 그러고는 그의 얼굴에 '퉤!' 하고 침을 뱉었다.

"이 쌍년!"

'찰싹!' 하고 다시 한번 손이 날아왔다. 어찌나 손힘이 센지 나란트야는 한동안 정신을 차릴 수가 없었다. 순간적으로 쓰러질 듯 비틀거렸지만 그녀는 자세를 바로잡았다. 볼이 얼얼하고 눈앞에서는 계속 무언가 아른거리는 느낌이었다. 그러나 그들 앞에서 쓰러지고 싶지 않았다.

"치사한 놈!"

"그래, 나는 원래 치사한 놈이다. 그걸 이제 알았어?"

그는 그녀의 웃옷을 목 밑으로부터 힘껏 낚아챘다.

'뚜두둑!'

겉옷 단추가 힘없이 뜯어져 나가며 그 안의 속옷이 북 찢어졌다.

그녀의 상체는 브래지어만 달랑 남은 상태였다.

"제발 이러지 마. 도와주세요!"

그녀는 있는 힘을 다해 소리쳤다. 그녀의 다급한 목소리는 어둠 속으로 공허하게 사라졌다.

쿠바인은 아랑곳하지 않고 나란트야의 가슴에 얼굴을 묻었다. 그러고는 뜨거운 입김을 그녀의 가슴에 씩씩 불어 댔다.

"냄새가 좋은데!"

이렇게 중얼거린 그는 브래지어 끈을 이로 물고 머리를 힘껏 뒤로 젖혔다.

'툭!'

브래지어가 풀어져 나가는 소리가 났다. 두 개의 하얀 봉우리가 봉긋하게 솟아올랐다.

"와우! 멋진데."

양옆에서 그녀가 꼼짝 못 하게 팔을 잡고 있던 남자들이 침을 꿀꺽 삼키며 탄성을 질러 댔다.

나란트야는 수치심에 온몸을 부르르 떨었다.

"눕혀!"

그가 명령했다.

양옆의 남자들이 그녀를 풀밭에 눕혔다. 그러고는 꼼짝 못 하게 두 팔을 내리눌렀다.

'찌이익!'

바지 지퍼를 내리는 소리가 들렸다. 쿠바인이 빠르게 벨트를 풀고는 바지와 팬티를 한꺼번에 내렸다. 팽팽하게 긴장된 그의 시커먼 물건이 불쑥 튀어나왔다.

그는 어린이 팔뚝만 하게 유난히 큰 자기의 물건을 오른손으로 거머쥐었다. 그러고는 그걸 나란트야의 눈앞에 가져다 흔들어 대며 지껄였다.

"그래, 어때? 이 정도면 괜찮아? 마음에 들지? 아마 이렇게 큰 물건 맛은 보지 못했을걸."

나란트야는 구역질이 났다. 정말이지 토할 것만 같았다. 하지만 아무리 몸을 움직여 빼 보려고 노력해도 두 팔이 눌려 꼼짝할 수 없었다. 그녀는 눈을 감았다. 온몸의 기운이 쭉 빠졌다. 감긴 두 눈 사이로 눈물이 주르르 흘러나왔다.

나란트야의 청바지와 팬티가 힘없이 벗겨져 나갔다. 찬 바람이 그녀의 아랫도리를 휘감고 지나갔다. 그녀는 무의식중에 다리를 모으며 하체를 부르르 떨었다.

그러자 우악스러운 손길이 그녀의 모아진 다리를 벌렸다.

"제발 그만해!"

목소리가 덜덜 떨려 나왔다. 나란트야는 절망적인 기분 속에서도 자신의 어처구니없는 실수를 먼저 원망했다. '어쩌다 이렇게 되었을까. 제발 꿈이었으면…….' 나란트야는 이제 반항할 힘마저 없었다.

묵직하고 차가운 뻣뻣한 살 뭉치가 그녀의 거웃에 닿는 느낌이 섬뜩했다. 온몸에 끔찍한 소름이 쭈욱 끼쳤다. 나란트야는 마지막 남은 힘을 모아 쿠바인을 밀쳤다. 쿠바인은 잠시 뒤로 물러났을 뿐 곧 다시 달려들었다.

그때였다. 영락없이 당하는구나 하고 생각되던 그 절체절명의 순간에 갑자기 그가 나자빠졌다. 누군가에게 걷어차인 모양이었다.

"이 더러운 자식들!"

귀에 익은 목소리가 들려왔다.

나란트야가 황급히 몸을 일으키며 고개를 들었을 때, 그곳에

기적처럼 성혁이 서 있었다. 아니, 성혁은 나란트야를 바라볼 새도 없이 빠르게 움직이고 있었다. 쿠바인이 나가떨어지자 다른 두 명이 동시에 달려들었던 것이다.

나란트야의 오른팔을 누르고 있다가 황급히 일어서는 동독인을 성혁이 오른발로 힘껏 걷어찼다. 동독인의 얼굴에서 피가 튀며 저만치 나뒹굴었다.

이어서 나란트야의 왼팔을 누르고 있던 남자가 달려들었다. 키가 엄청나게 큰 흑인이었다. 성혁은 달려 나가던 기세로 몸을 숏구쳐 그의 멱살을 두 손으로 잡은 채 머리로 그의 얼굴을 받았다. 그 남자도 맥없이 무너졌다.

나란트야는 그때까지도 온몸을 부들부들 떨고만 있었다. 옷을 추스를 정신도 기운도 없었다.

성혁이 다가와 나란트야를 온몸으로 감싸며 속삭였다.

"걱정 마요. 내가 이렇게 와 있잖아."

그때 뒤에서 부스럭거리는 소리가 났다. 성혁이 빠르게 뒤를 돌아다보았다. 맨 처음 쓰러졌던 쿠바인이 손에 칼을 든 채 비틀거리며 성혁을 향해 다가왔다. 발가벗은 아랫도리에 기가 푹 죽은 채 매달려 있는 기다란 물건을 덜렁거리며, 발목까지 흘러내린 바지와 팬티 때문에 걸음도 제대로 걷지 못했다. 흘러내리는 코피를 연속 닦으며, 그래도 싸워 보겠다고 비틀거리며 다가오는 쿠바인의 모습은 너무나 가관이었다.

"조금만 기다려요."

성혁은 나란트야를 조심스럽게 내려놓고 그를 향해 걸어
갔다.

쿠바인이 성혁을 향해 칼을 휘둘렀다. 그러나 성혁은 간단하
게 그의 칼을 피했다. 성혁은 몸을 옆으로 슬쩍 숙여 그의 칼을
피하며 오른발을 들어 그의 물건을 힘껏 걷어찼다.

"으어어억!"

비명 소리도 제대로 내지 못하며 쿠바인이 나가떨어졌다. 그
는 칼을 떨어뜨리고 두 손으로 물건을 거머쥔 채 풀밭 위를 대
굴대굴 굴렀다.

"쓰레기 같은 놈!"

성혁은 나란트야에게 돌아와 주변에 널려 있던 옷을 입혀 주
었다. 나란트야는 그제야 성혁에게 알몸을 보인 것이 부끄러
웠다. 하지만 부끄러움은 순간이었다. 이대로 언제까지나 성
혁의 품에 안겨 있고 싶다는 마음이 나란트야의 가슴을 뜨겁게
했다.

성혁은 나란트야를 꼭 껴안고 기숙사로 향했다. 기숙사는 여
전히 조용했다. 디스코텍이 끝나기는 아직 이른 시간이었다.

나란트야는 성혁의 품에 안겨 자기 방으로 들어갔다. 함께
사는 룸메이트도 디스코텍에 가 있어 방 안은 고요했다. 성혁
은 불을 켠 다음 나란트야를 침대에 앉혔다. 그러고는 약간 거
북한 태도로 방 안을 휙 둘러보았다.

"앉으세요."

나란트야가 말했다.

아까의 당당하고 거침없던 모습과는 달리 성혁은 방에 들어오고 나서는 무척이나 어색해했다.

"여자 방은 처음인가요?"

"네, 처음이에요. 역시 여자들이 사는 방은 향기가 좋군요."

"앉으세요. 커피 끓여 줄게요."

"괜찮아요. 정신도 없을 텐데……."

"그럼 성혁 당신이 끓여 줘요."

나란트야의 말에 성혁은 잠깐 놀라는 눈치였다. 하긴 나란트야 자신도 그렇게 스스럼없이 말한 자신이 조금은 놀라웠다.

아니, 놀라울 것은 없었다. 이미 알몸을 보인 사이가 아닌가. 이상한 상태에서 그렇게 되었지만, 그래도 그 사실은 나란트야로 하여금 성혁에게 강한 친밀감을 느끼게 해 주었다.

성혁은 계속 머뭇거렸다. 그냥 가자니 그녀가 걱정스럽고 계속 서성거리자니 쑥스러운 모양이었다.

"커피 안 끓여 줘요?"

나란트야가 다시 말했다.

성혁은 그제야 어색한 미소를 지으며 몸을 움직였다.

커피를 한입 마시고 나서는 다시 어색한 침묵이 이어졌다. 성혁은 여전히 쑥스러운 모양이었다. 자신을 구해 줄 때의 그 대범한 행동과는 다른 모습에 나란트야는 공연히 웃음이 나오려 했다.

나란트야는 조용히 일어나 카세트에 테이프를 넣었다. 곧 은은한 선율이 조용한 실내를 메웠다. 음악이 흐르자 성혁은 한결 편해진 것 같았다. 성혁은 의자에서 일어나 나란트야 곁으로 와서 앉았다.

잠시 그렇게 말없이 앉아 있었다.

"성혁."

나란트야는 나지막이 성혁을 부르며 그의 손을 잡았다. 어린아이처럼 수줍어하는 성혁을 보면서 나란트야는 그가 더욱 사랑스러워졌다. 아, 이 남자라면……. 여러 밤을 잠 못 이루게 했던 그 갈망이 다시 솟구쳐 올랐다.

나란트야는 성혁의 손을 천천히 자기 가슴으로 이끌었다. 그렇게 하지 않으면 성혁은 밤새도록 묵묵히 앉아 있을 게 틀림없었다. 나란트야는 이미 아무 주저도 부끄러움도 없었다. 모든 것이 예정된 운명이라고 생각했다. 겁 없이 술을 마셔 댄 것도, 쿠바인이 접근한 것도, 강간당할 뻔한 것도, 그리고 무엇보다 절체절명의 순간에 성혁이 나타나 주었다는 것이 그랬다. 그것이야말로 기적이 아니고 무엇이겠는가. 운명의 힘으로 나타난 기적이었다.

성혁의 가슴이 고동치는 것을 나란트야는 느꼈다. 나란트야는 기다렸다. 마지막 행동까지 자신이 이끌 수는 없었다. 부끄러움 때문이 아니라 그것은 성혁의 몫이었다. 성혁 스스로가 원하여 행해지기를 나란트야는 바랐다.

이윽고, 성혁이 두 팔로 나란트야를 안았다. 나란트야가 살며시 고개를 돌리는 순간 성혁의 뜨거운 입술이 다가왔다. 나란트야는 힘껏 성혁을 안았다. 곧이어 두 사람은 한 몸이 되어 침대로 쓰러졌다.

성혁은 서툴렀다. 처음 치르는 게 분명했다. 아이처럼 허둥거리며 열렬히 몸을 부딪쳐 올 뿐이었다. 나란트야는 그런 성혁을 리드하며 조금씩 조금씩 깊은 세계로 들어갔다.

"아아……."

자신도 모르게 신음이 흘러나왔다. 성혁의 뜨겁고 강한 남성을 받아들이는 순간 나란트야는 다른 아무것도 생각나지 않았다. 이 순간이 영원히 계속되었으면 하는 단순한 갈망만 온몸을 휘감았다.

"성혁……."

"나란트야……."

두 사람은 수없이 서로의 이름을 부르며 다른 세상으로 날아갔다. 성혁의 거친 호흡 마디마디가 나란트야의 몸 깊숙이 스며들었다.

이 남자와 함께라면, 이 남자와 함께라면. 나란트야는 오직 그 생각 하나뿐이었다.

길고 긴 첫 결합이 끝났다. 두 사람은 행위가 끝난 그 자세 그대로 오래도록 누워 있었다. 디스코의 열기가 한창인 식당 쪽에서 볼륨 높은 음악 소리가 아련히 들려왔다. 어디선가 생으로 부르는 노랫소리도 들리는 듯했다. 누군가 혼자 밖으로 나와 노래를 부르는 모양이었다. 아마 저 노래를 잊지 못할 거라고 나란트야는 생각했다. 그것은 이 자리의 두 사람을 위해 불러 주는 연가인 것만 같았다.

같은 생각이었을까. 자는 듯 누워 있던 성혁이 물었다.

"저 노래 알아요?"

"아뇨."

"배워야겠어요."

그리고 다시 또 오래도록 두 사람은 가만히 누워 있었다. 그러다가 스르르 잠이 들었다.

나란트야가 깊은 잠에서 깨어났을 때 성혁은 보이지 않았다. 룸메이트인 친구도 다른 곳에서 자는지 아직 들어오지 않았다. 창밖에는 어슴푸레 새벽빛이 퍼졌다.

음악을 들으려고 책상 앞으로 갔을 때, 성혁이 남기고 간 메모지 한 장이 보였다. 시였다.

그대의 눈을 볼 때면

모든 내 괴로움과 근심은 사라지고

당신과 나 입 맞추면

내 마음은 삶의 기쁨이 솟네

나 그대 가슴에 안기면

천국에 온 것 같고

그대가 '당신을 사랑해요!' 하고 말할 때면

어쩐지 나는 괴로움에 눈물 흘리네

> 하이네 '그대의 눈을 볼 때면'

얼마나 여러 번 그 시를 읽었던가. 나란트야는 이제 거꾸로
라도 그 시를 줄줄이 외울 수 있었다.

그 밤, 운명이 만들어 준 그 밤 이후로 두 사람은 서로에게 떨
어질 수 없는 사람이 되었다. 감출 것이 없었고 주저할 것도 없
었다. 남들의 눈을 피해 가며 수없이 탐닉의 밤을 보냈다. 화분
이 언제나 그 신호였다. 오늘처럼 창턱에 화분을 내놓고 성혁
을 기다릴 때면 나란트야는 그를 보기도 전부터 온몸으로 설레
었다. 남의 눈을 피하는 것이기에 더욱 긴장되고 설레는 것일
지도 몰랐다.

나란트야 자신은 불륜을 저지르는 것이었지만 그런 건 이제
전혀 신경 쓰이지 않았다. 물론 아직 아무런 대책은 없었다. 어
떤 대책이 있을 것인가. 오직 두 사람의 뜨거운 사랑이 스스로
운명을 만들어 가기만을 기다릴 뿐이었다.

나란트야는 다시 시계를 보았다. 밤 1시가 넘어가고 있었다.

'못 오는 걸까?'

나란트야가 그런 생각을 했을 때 문밖에서 인기척이 들렸다.
나란트야는 긴장하며 문 쪽으로 귀를 기울였다.

'똑…… 똑…… 똑똑.'

성혁이었다. 두 사람 사이에 약속된 노크 소리였다. 나란트야는 얼른 다가가 문을 열었다. 성혁이 빠른 동작으로 방 안으로 들어섰다.

"많이 기다렸지?"

나란트야는 대답 없이 성혁의 품으로 파고들었다. 짧고 뜨거운 키스가 끝나고 나자 성혁은 여느 때와 달리 옷을 매만지며 의자로 가 앉았다.

"무슨 일 있는 거야?"

"으응, 나 바로 가 봐야 해."

나란트야는 가슴이 뻥 뚫리는 듯한 실망감을 느꼈다.

"왜? 대체 무슨 일인데?"

"유학생 조직 모임이 있어서."

"이런 밤중에 무슨 모임이야? 북한 유학생들은 잠도 안 자?"

"늘 그런 건 아닌데, 가끔은 이런 시간에도 모임을 갖고는 해. 이야기가 길어질 때가 있고, 정신이 해이해지지 않도록 일부러 이런 시각을 택하기도 하지."

성혁은 마치 자신의 잘못이라도 되는 것처럼 미안한 표정을 지었다.

"할 수 없지 뭐. 나 신경 쓰지 말아요."

나란트야는 자기 쪽에서 먼저 체념했다. 어쩔 수 없는 일을 가지고 성혁에게 자꾸 말해 봐야 투정만 될 뿐이었다. 하기야 투정으로 얻어질 게 있다면 백 번이라도 투정하고 애교도 부려 보겠지만, 이건 북한 유학생들 전체의 문제였다. 조직 생활을 중요시하는 그들이었으므로 성혁에게 떼를 써서 될 일이 아니었다.

"그럼 지금 바로 가야 해?"

"뭐 잠깐 정도는……."

성혁은 애써 환하게 웃으며 시계를 내려다보았다.

"괜찮아. 어서 가 봐."

나란트야가 말하자 성혁은 잠시 머뭇거리더니 이내 의자에서 일어났다.

"미안해."

"성혁, 당신이 가장 많이 쓰는 말이 무언지 알아? 미안하다는 말이야. 제발 그 말 좀 쓰지 않을 수 없어?"

"미안한 일이 많으니까 그렇지. 미안해."

"또!"

두 사람은 마주 보며 푸르르 웃었다.

나란트야는 얼른 문으로 다가가 살그머니 문을 열었다. 그러고는 복도 좌우를 살폈다. 복도는 희미한 달빛만 엷게 깔려 있을 뿐 고요했다.

"됐어요. 아무도 없어."

나란트야의 손짓에 성혁이 얼른 다가왔다. 성혁은 나란트야의 볼에 입을 맞추고는 빠른 동작으로 걸어 복도 끝으로 사라졌다.

성혁을 보내고 의자로 돌아온 나란트야는 한동안 멍하니 앉아 있었다. 짧은 만남이 있고 난 뒤의 이 허탈감. 물론 오늘만이 아니었다. 새벽 3시에 맞추어 놓은 디지털 손목시계가 '삐삐삐' 하고 돌아갈 시간을 알려 줄 때마다 두 사람은 늘 안타까운 마음으로 서둘러야만 했다. 그리하여 올 때처럼 소리 없이 성혁이 돌아가고 나면 나란트야는 늘 말할 수 없는 허망함을 느꼈다. 그런 시간이면 나란트야는 음악을 틀었다. 잠시 음악이라도 들으며 마음을 다독거리지 않으면 그 무거운 허망함을 견딜 수가 없었다.

나란트야는 일어나 카세트를 틀었다. 늘 듣던 애상 어린 곡조가 방의 적막감을 지워 나갔다. 나란트야는 음악을 들으며 커피를 끓였다. 커피 물 끓는 소리가 자박자박 올라올 때까지 나란트야는 석상처럼 고요히 앉아 있었다.

나란트야는 커피잔을 들고 창가로 가 섰다.

'성혁.' 유리창에 그렇게 썼다. 독일어로도 쓰고 몽골어로도 쓰고 한국어로도 썼다. 가장 친숙한 것은 역시 한국어로 된 글자였다. 그게 그의 본이름이니까.

나란트야는 커피를 다 마시고 나서 창밖의 화분을 들여놓았다. 화분에는 서리가 하얗게 내려앉아 있었다.

3

오후 강의를 마친 성혁은 방을 함께 쓰는 친구 태의와 함께 기숙사 호실로 올라왔다. 방에 들어서자마자 태의는 언제나처럼 책부터 펼쳐 들었다. 성혁은 그런 태의를 물끄러미 바라보다가 빙긋이 웃으며 물었다.

"태의야, 너는 꿈속에서도 책 읽네?"

무슨 말인가 싶어 잠시 어리둥절해하던 태의가 이윽고 엷은 미소를 지으며 대답했다.

"잘 때는 기냥 자야."

그 말에 성혁은 한참을 웃었다. 별것도 아닌 말이었지만 태의가 진지하게 대답하니 그렇게 우스울 수가 없었다.

태의는 멋대가리 없는 그 한마디를 던지고 어느새 책 읽기로 돌아가 있었다. 성혁은 그런 태의에게 다가가 등을 가볍게 두

드러 주었다.

"기래, 너는 우리 북한 류학생의 자랑이지."

온종일 책과 붙어사는 태의는, 공부밖에 모른다고 소문이 자자한 북한 유학생 중에서도 지독한 공붓벌레로 통했다. 일단 책을 붙잡으면 옆에서 무슨 일이 일어나도 모를 지경으로 책 속에 푹 빠져 버렸다. 당연히 그는 북한 유학생들 중에서뿐 아니라 전 강습소 내에서 1등 자리를 놓치지 않았다.

옷을 갈아입은 성혁은 슈퍼에서 사온 중국산 홍차를 끓여 한 잔은 태의를 위해 그의 옆에 놓았다. 그러고는 뜨거운 차를 들이켜며 낮 강의에서 받은 과제를 하기 시작했다.

성혁이 얼추 과제를 마쳐 갈 때쯤 승호가 놀러 왔다. 그의 룸메이트인 기복이라는 친구와 함께였다.

"벌써 과제들 하나? 역시 이 방은 학구열이 높구만."

"어차피 할 것이니까 하는 것뿐이지 뭐."

성혁은 승호와 기복에게 의자를 끌어다 주고 찻물을 올렸다.

"태의야, 너도 공부 그만하고 잠깐 담소나 나누자."

"왜, 무슨 일 있시요?"

"일은 무슨 일. 그저 심심해서 와 봤시야."

승호는 담배를 꺼내 물며 방을 휘둘러보았다.

"나는 심심하지 않으니끼니 책이나 보갔시요."

잠깐 책에서 눈을 거두었던 태의는 심드렁하게 말하고는 이내 책으로 돌아갔다.

"기래, 하기야 태의 네가 어데 심심할 날이 있간. 너는 아마 꿈속에서도 책을 읽을 거이야."

"하하! 승호 형, 그 말은 아까 내가 한 말이라요."

"기래? 하긴 누구 눈에는 그렇게 안 보이갔네?"

"맞아요. 태의 야는 공부를 위해 태어난 것 같다니까요."

기복도 맞장구를 쳤다.

태의는 자신을 두고 하는 이런 말들에 전혀 반응하지 않은 채 책에 머리를 묻었다.

"얘기들 나누시라요. 과제가 아직 좀 남아서."

성혁도 두 사람에게 홍차를 타 주고는 아까 하던 과제로 돌아갔다.

"우리 둘만 얘기하려면 뭐 하러 여기 왔갔네?"

말은 그렇게 했지만, 승호는 태의나 성혁에게 더는 신경 쓰지 않고 기복과 둘이 이야기를 나누기 시작했다.

사실 태의처럼 공부에만 열중하지 않는 한 가끔 심심할 때가 있기는 했다. 북한 유학생들은 다른 유학생들처럼 시내 외출이 자유롭지 않았고 학교 내에서도 이런저런 통제가 많았다. 여럿이 어울려 밤새워 놀기도 하는 다른 나라의 유학생들과는 많은 차이가 있을 수밖에 없었다. 다른 유학생들이 디스코텍에 몰려가는 주말 밤에도 휴게실에 옹기종기 모여 텔레비전이나 보는 게 고작이었다.

"그 선배 이야기는 언제 들어도 재미있어요. 영화가 따로 없다니까요."

"아무렴. 어떤 영화에 그만큼 용맹한 주인공이 있갔네?"

두 사람은 유쾌하게 웃으며 이야기를 나누었다. 성혁도 대충 과제를 마무리하고 두 사람의 이야기에 끼어들었다.

"대사관에서도 그냥 없었던 일로 넘겼다지요?"

"그랬디. 어찌 보면 오히려 훈장감이 아니갔어. 우리 북조선 류학생들의 기개를 널리 알린 셈이니끼니 말이야."

"기럼요, 승호 형 말이 백번 옳디요."

기복은 연신 고개까지 끄떡여 가며 맞장구를 쳤다.

두 사람은 여러 해 전에 동독 유학생으로 다녀갔던 한 선배의 이야기를 했다. '일메나우'라는 동독의 한 지역에서 단신으로 아랍인 사십여 명을 때려눕힌 이야기가 전설처럼 전해지는 선배였다.

일메나우는 전자공학으로 유명한 대학이 위치한 고장이었다. 그곳은 사회주의권 전체에서 전자 공업이 가장 발달되었고, 동독의 전자공학을 배우기 위해 비교적 많은 외국 유학생들이 그곳에 몰려들었다. 아랍이나 다른 동구권 나라에서 온 유학생들에 비해서는 대단히 적은 수였지만, 그래도 타 지역의 대학에 비해 비교적 많은 인원인 십여 명의 북한 유학생들이 그곳 대학에서 공부하고 있었다.

어느 날, 한 북한 유학생이 여러 명의 아랍계 유학생들과 시비가 붙어, 혼자서 맞붙어 싸우다가 힘에 부쳐 얻어터지고 들어왔다. 울분을 참지 못하고 씩씩거리며 들어오는 모습이 마침 그 지역 북한 유학생 조직 책임자의 눈에 띄었다. 유학생은 여기저기 심하게 얻어터져 시퍼렇게 멍든 얼굴이었다.

그는 의아스러운 표정으로 물었다.

"왜 그렇게 얼굴이 엉망이야? 무슨 일이 있었어?"

우물쭈물하는 그로부터 자초지종을 듣고 난 책임자는 화를 버럭 냈다.

"뭐야? 자식, 그렇다고 바보같이 맞고 들어오다니. 야! 거기가 어디야?"

대답을 들은 그는 열이 머리끝까지 오른 듯 소리를 질렀다.

"이 개자식들이 누굴 함부로 건드려? 야! 너는 호실에 들어가 쉬고 있어."

그러고는 혼자서 그 아랍 유학생들이 몰려 있다는 기숙사로 달려갔다.

그는 달려가던 기세로 그 유학생이 알려 준 기숙사 휴게실 문을 발로 힘껏 걷어찼다.

'쾅!'

문이 뜯겨 나갈 듯이 요란한 소리를 내며 열렸다. 휴게실에는 사십 명 정도의 아랍인이 맥주를 마시며 떠들고 있었다. 자그마한 동양인이 소란을 부리며 불쑥 뛰어 들어오자, 그들은 어리둥절해져서 멀뚱멀뚱 서로를 바라보기만 했다.

그는 다짜고짜 달려들어 가장 가까이에 서 있는 아랍인의 면상을 후려갈기며 소리쳤다.

"이 새끼들! 감히 북한 사람한테 손을 대?"

그에게 얻어맞은 아랍인이 뒤로 벌렁 나자빠졌다.

그들은 그제야 사태를 짐작하고 마시던 맥주병을 그를 향해 집어 던지며 달려들었다. 그는 날아드는 병을 팔목으로 치고는 이리저리 몸을 피하면서 옆에 있던 의자를 들어 그들을 사정없이 후려갈겼다.

그는 북한군에서 특수 요원들을 키워 내는 양성 기관인 압록강대학 출신이었다. 평양의 송신 구역에 자리한 압록강대학은 학생들을 북한군 특수부대 대원 중에서 선발했다. 선발된 학생들은 외국어와 해외 정세, 그리고 격술, 납치, 암살, 폭파 등 여러 가지 해외 탐정에 필요한 교육을 받았다. 외국어 교육이 일반적으로 뒤떨어진 북한의 다른 대학들과는 달리, 그들은 외국인들로부터 직접 언어를 배웠다. 일본어는 일본 사람 수준으로 일본어를 구사하는 조총련계나 일본 사람에게 배웠고, 영어는 육이오전쟁 때 포로였다가 그대로 북한에 눌러앉거나 1960년대 월북했다는 미국인으로부터 직접 교육을 받았다.

교육이 끝나면 그들은 일본이나 홍콩, 서유럽 쪽을 비롯한 여러 나라로 파견되었다. 극히 드물지만 이 압록강대학에서 일반 유학생들 속에 끼여 자기 학생을 외국 유학에 보내는 경우가 있었다.

사십 명의 아랍인과 그 혼자의 싸움이었지만, 아랍인들은 북한군 특수부대와 압록강대학에서 살인적인 훈련을 받은 그를 물리치기가 쉽지 않았다. 그는 휴게실 내에 있는 책상 위를 펄펄 뛰어넘으며 닥치는 대로 아랍인들을 발로 차고 주먹을 날리고 머리로 받고 의자 살을 뜯어 두들겨 팼다. 휴게실 안의 대형 유리는 모조리 부서져 나갔다.

아랍인들은 동료들이 얻어터져 쓰러지는 것을 보면서도 물러서지 않고 기를 쓰고 달라붙었다. 그들은 다른 외국인들과는 달랐다. 다른 외국인들의 경우에는 자기 동료 한둘이 쓰러지면 동료를 버린 채 도망치거나 무릎을 꿇고 싹싹 빌기 십상이었다. 그러나 전쟁의 포화가 하루도 끊이지 않는 팔레스타인과 아프가니스탄에서 온 그들은 싸움에 제법 익숙했다. 외국인들을 깔보고 못살게 구는 것을 즐기는 일부 동독 불량배들도 그들 앞에서는 꼬리를 사렸다. 그런지라 단신으로 쳐들어온 유학생 한 명을 겁낼 리 없었다.

많은 인원과 좁은 공간에서 맞붙어 싸우는 것이 불리하다고 생각한 그는 아랍인들을 건물 밖으로 유인했다. 길거리에는 그런 싸움을 처음 구경하는 동독인들이 좋은 구경거리가 생겼다고 몰려들었다. 그는 많은 사람들이 보는 앞에서 대단한 활약을 보이며 아랍 학생들과 치고받았다.

얼마쯤 그렇게 싸웠을까. 경찰차가 달려오는 소리가 들렸다. 막상 몰려오는 경찰차를 보자 그는 겁이 덜컥 났다. 그제야 자신의 행동이 무모했다는 생각이 들었다. 그들에게 잡혀 북한 대사관에 통보되는 경우, 조직으로부터 받을 비판과 처벌이 걱정스러웠기 때문이었다.

그는 싸움을 그치고 줄행랑을 놓았다. 그날 경찰에 체포된 건 크게 다쳐 쉽게 달아날 수 없었던 아랍인들뿐이었다.

붙잡힌 아랍인들의 입을 통해 그의 소행이라는 것이 드러나, 그는 아랍인들과 함께 파손된 기숙사 기물에 대해 변상해야 했다. 그런데 동독 경찰로부터 그 사실을 통보받은 북한 대사관에서는 예상과는 달리 그를 처벌하지 않았다. 별다른 비판도 없었으며, 그저 다음부터는 싸우지 말라는 훈시만 했다. 혼자서 많은 외국인들과 맞서 싸워 자존심을 지킨 그의 행동이 대견했던 모양이었다.

그때부터 외국인들은 북한인이라면 함부로 대하지 못했다. 북한인들은 다른 북한인이 외국인에게 모욕당하면 상대가 누구든지 상관하지 않고 즉시 보복을 가했기 때문이다. 또 일부는 북한인이 아닌 다른 아시아인이 모욕당하는 것을 보고도 참지 못했다. 그래서 아시아 유학생들은 북한 유학생들을 은근히 자랑스러워했다. 자연스럽게 북한 유학생들은 자존심이 강하다고 널리 소문이 났다.

하지만 그것은 부작용을 낳기도 했다. 동독에 갓 도착한 북한 유학생들은 대체로 충성심에 불타 있었다. 그들은 동독인은 물론 다른 외국인들에게 김일성과 김정일에 관해서 물어본 후, 만약 상대방이 그 이름을 알지 못하면 짐승 같은 놈들이라고 격분했다. 그러고는 밖으로 나가지 못하게 호실에 붙잡아 두고 김일성과 김정일에 관해 교육했다. 그러다가 그들이 그만 가겠다고 항의하면 그들을 두들겨 패기 일쑤였다.

북한에서 살아오는 동안, 김일성과 김정일이 세계 혁명의 지도자이기 때문에 모르는 외국 사람이 없다고 귀에 못이 박이도록 들어온 그들이었다. 그런데 많은 외국인들이 김일성과 김정일의 이름도 모른다는 것은 너무나 큰 충격이었다.

그러던 그들도 경험 많은 선배 유학생들의 '외국인들에게는 김일성과 김정일이 큰 관심거리가 아니다. 그러니 그들이 모르는 것은 그들만의 잘못이 아니다'라는 설득을 듣고는 차츰 생각을 달리했다.

북한 대사관에서도 동독 정부로부터 여러 차례 항의를 받았다. 북한인들이 동독에 많이 들어올수록 동독인들이나 다른 외국인들과 자주 싸움이 벌어지기 때문이었다. 동독 정부는 북한인들을 받아들이는 것을 고려해야겠다며 엄중하게 경고했다. 결국 북한 대사관에서는 유학생들에게 직원을 파견해 앞으로는 웬만하면 싸움이 없도록 하라고 교육했다.

그러나 북한 유학생들 속에서는 여전히 이유야 어찌 됐든 외국인들에게 얻어터지고 들어오면 사내자식 취급을 못 받았다. 그래서 여럿과 맞붙었다가 힘에 부쳐 얻어터진 친구들은 아예 그 사실을 숨기려고 했다.

성혁 일행이 동독에 도착했을 때 선배 유학생들은 그들을 모아 놓고 강조했다. 아무 때나 주먹을 휘둘러도 안 되지만, 외국인에게 얻어터져 북한 사람들을 망신시키지 말라는 것이었다.

어쨌거나 성혁은 북한 유학생들이 용맹함으로 소문이 나 있다는 이야기가 반가웠다. 성혁이 옛날부터 해 오던 격술 연습을 다시 시작했던 것도 그런 전통에 고무되었기 때문이었다. 성혁은 북한에 있을 때는 매일 격술을 연마했었다. 시간 날 때마다 한적한 곳에서 발차기 등 각종 격술 동작을 연습했었다.

그렇게 어릴 때부터 꾸준히 해 오던 운동을 멈춰야 했던 기간이 있었다. 바로 북한 정부로부터 유학에 선발된 후, 김일성종합대학 외문학부에서 독일어 강습을 받기 시작한 때부터 동독에 도착할 때까지의 기간이었다.

그때는 유학에 선발되었다는 것 자체가 인생의 너무나 큰 사건이었다. 유학을 다녀오면 여러 가지 면에서 유리했다. 강습받는 학생들 사이에서의 경쟁은 치열했다. 시험을 자주 쳐서 성적이 낮으면 그대로 탈락했는데, 학생들은 탈락하지 않기 위해 코피를 쏟아 가며 밤새껏 공부하고는 했다.

그렇게 해서 중단되었던 운동이었다. 성혁은 그 운동을 여기 글라우카우 강습소에서 독일어 강습을 받기 시작하면서 재개했다.

세 사람이 한창 이야기들을 나누고 있을 때였다.

'똑똑똑.'

노크 소리에 성혁의 몸이 잠깐 기대감으로 긴장되었다. 옆의 태의는 노크 소리가 전혀 안 들리는 듯 미동도 없이 계속 책에 집중했다. 성혁이 "네" 하고 대답하자 잠시 후 문이 조심스레 열리더니 여자의 머리가 살그머니 들어왔다.

나란트야였다. 자주는 아니지만 이 시간이면 가끔 나란트야가 놀러 오고는 했다. 지금은 승호와 기복도 와 있어서 더 올 만한 사람이 없었고, 성혁은 나란트야일 거라고 짐작했었다.

반가움이 실린 성혁의 눈과 마주친 그녀는 해시시 웃으며 방으로 들어섰다. 검은색 타이츠를 입은 그녀는 한 손에 한국어를 배울 때 쓰는 책자들을 들고 있었다. 전에 성혁에게 한국어를 공부할 때 쓰던 책자였다. 이제는 개인 지도가 끝났지만 나란트야는 그냥 놀러 오는 게 계면쩍은지 항상 그 책을 들고 오고는 했다.

"어서 오세요. 우리말 공부는 요즘도 계속하나요?"

승호가 반가운 표정으로 일어나 맞았다.

"아니에요. 지금은 그저 궁금한 것 있을 때만 가끔 합니다."

"그래요? 그래, 지금은 무엇이 궁금해서 오셨습니까? 물어보시지요."

"저기…… 다음에 오지요, 뭐. 제가 방해된 것 같네요."

나란트야는 문 앞에서 어름어름하다가 더 들어오려고 하지 않았다. 성혁으로서야 잡고 싶은 마음은 굴뚝 같았지만, 다른 사람들을 의식하느라 아무 말도 할 수가 없었다.

"아닙니다. 우린 이제 방금 일어서려던 참입니다. 공부하시지요."

승호가 손사래를 치며 자리에서 일어났다. 그러고는 기복을 데리고 방을 빠져나갔다.

나란트야는 그제야 성혁 옆으로 와서 앉았다. 공부에 빠져 있는 태의를 힐끔 쳐다보더니 작은 목소리로 소곤거렸다.

"오늘 어머니가 쓴 편지를 받았어."

"그래? 기분 좋았겠네."

"내가 읽어 줄까?"

"좋아."

그녀는 몽골어로 쓰인 편지를 태의가 방해되지 않도록 목소리를 죽이며 독일어로 통역해 주었다. 두 사람은 그렇게 가끔 서로의 편지를 읽어 주고는 했다.

"그리고 이건 아들 사진이야. 내가 많이 보고 싶대. 엄마 만날 날을 기다리며 아주 건강하게 할머니 말씀을 잘 듣고 있대."

성혁은 사진을 들어 자세히 바라보았다. 이전에도 그녀의 아들 사진을 본 적이 있지만 정말 엄마를 닮아서 그런지 아주 잘생긴 사내아이였다.

분명히 그 편지에는 남편에 대한 소식도 적혀 있겠지만, 그녀는 여느 때와 마찬가지로 남편 얘기를 전혀 꺼내지 않았다. 아버지의 권력을 등에 업은 그녀의 남편이 소문난 바람둥이라는 말을 전에 그녀에게서 언뜻 들었을 뿐이었다.

그녀가 편지를 받고 기뻐하는 모습을 보니 성혁은 고향 생각이 났다.

'외지에 나가 있는 이 아들을 언제나 걱정하시는 부모님은 건강하신지…….'

육이오전쟁 때 생긴 상처로 매해 이맘때만 되면 척추 신경통을 앓는 어머니의 건강이 특히 걱정되었다.

그의 기분을 눈치챈 나란트야가 태의의 눈에 띄지 않게 책상 밑으로 성혁의 손을 꼭 잡으며 귓속말로 속삭였다.

"고향의 부모님 생각을 하는구나. 걱정 마요, 다 잘 있을 거야. 그리고 편지도 도착할 때가 됐잖아."

우편 통신 산업이 뒤떨어져 있고, 국제 우편은 검열을 거쳐야 하는 북한의 고향에서 오는 편지를 받으려면 거의 한 달이 걸렸다.

"우리 잠깐 산책이나 하지?"

성혁은 태의가 자꾸 신경 쓰였다. 공부에 한번 집중하면 두 사람의 대화 따위에는 관심도 두지 않을 친구였지만 그래도 신경이 쓰일 수밖에 없었다. 특별히 은밀한 이야기가 아니라 하더라도 역시 단둘이 있어야만 좀 더 편하게 대화가 되었다.

"그래, 기숙사 뒷길이나 한 바퀴 돌아요."

성혁은 대충 겉옷을 걸치고는 나란트야와 함께 방을 나왔다. 태의는 두 사람이 나가는 것도 모른 채 책만 들여다보았다.

두 사람이 막 기숙사 계단을 내려섰을 때였다. 뒤에서 누군가 성혁을 불러 세웠다. 성혁이 돌아보니, 초급 단체 위원장인

철우였다. 철우는 워낙 낙천적인 성격이어서 볼 때마다 싱글벙
글 웃는 표정이었다. 그러나 지금의 그는 아까 강의가 끝난 후
헤어질 때의 밝은 모습과는 달리 심각한 표정이었다.

"안녕하세요."

나란트야에게 건성으로 인사를 건넨 철우는 성혁에게로 다
가와 귀에 대고 말했다.

"잠깐만 둘이 얘기 좀 하자우."

성혁은 고개를 들어 철우의 눈을 바라보았다. 불안과 걱정이
가득 담긴 눈빛이었다. 문득 불길한 예감이 들었다.

"여기서 조금만 기다려. 금방 이야기하고 올게."

성혁은 애써 별것 아니라는 표정을 지어 보이며 나란트야의
등을 토닥거렸다.

철우는 성혁을 데리고 대형 유리창이 달려 있는 휴게실로 들
어갔다.

넓은 휴게실에는 텔레비전 한 대만 달랑 놓여 있었다. 저녁
시간이 되면 텔레비전을 보며 잡담하려는 학생들이 한 손엔 맥
주를, 다른 한 손에는 의자를 들고 몰려들었다. 지금은 텔레비
전을 보고 잡담하기에는 너무 이른 시간이어서인지 휴게실은
사람 하나 없이 조용했다.

"문제가 생겼어."

담배를 꺼내 든 철우가 불은 붙이지 않고 만지작거리기만 하
다가 힘겹게 입을 열었다.

"무슨 문제?"

"나란트야 문제야. 너와 그녀 사이가 심상치 않다는 소문이 일부 친구들 사이에 돌고 있어."

성혁은 정신이 아찔해졌다. '끝내 터졌구나'라는 생각과 함께 온몸이 후들후들 떨려 왔다.

"담배 한 대 피우라우."

철우는 성혁에게 담배와 불을 권했다. 그러고는 만지작거리기만 하던 자기 담배에도 불을 붙였다. 철우는 연달아 서너 모금의 연기를 들이마시고 나서 천천히 입을 열었다.

조금 전 수업이 끝난 후에 몇 명의 북한 유학생들이 철우를 찾아왔다고 했다. 그들은 성혁과 나란트야 사이가 보통 관계가 아닌 것이 분명하다면서 조직 책임자인 철우를 통해 상부 조직에 통보해야겠다는 것이었다. 그들은 상당히 흥분해 있었다. 규정대로라면 철우는 곧바로 대사관 당 위원회에 통보해야만 했다. 그러나 그렇게 되면 조사가 진행되어 글라우카우에 있는 유학생 조직이 발칵 뒤집히고 대사관의 시달림을 계속 받아야 할 것이었다. 그리고 만약 그 통보가 사실로 판명된다면 성혁은 치명적인 정치적 과오를 저지른 것이 되어 유학 생활을 계속하기는커녕 북한으로 끌려 들어가 일생을 막노동으로 살아야 할지도 몰랐다. 설혹 사실이 아닌 것으로 결론지어진다 해도 성혁에게는 내내 큰 오점으로 남게 될 것이 분명했다. 철우는 이 문제가 성혁의 일생과 관계된 중요한 문제이니만큼 당장 대사관에 통보하기보다는 좀 더 심사숙고해 보는 것이 어떠냐고 그들을 설득했다. 학생들은 일단 철우의 설득을 받아들였지만, 내내 지켜볼 것이며 무언가 필요한 조치가 취해져야 할 것이라고 주장했다.

철우의 이러한 이야기를 들으니 성혁은 눈앞이 캄캄했다.

'어떻게 이런 일이, 어떻게 이런 일이……'

참으로 막막한 일이었다. 성혁은 그들이 추측하는 그런 일이 절대 없었다고 굳이 거짓말로 변명하고 싶지는 않았다. 그 한마디로 금방 없었던 일로 돌아갈 일도 아니었다.

'그럼 어떻게 해야 한단 말인가?'

아무런 대책이 생각나지 않았다. 하기야 언젠가는 이런 일이 일어날지도 모른다고 생각하기는 했다. 그러나 막상 일이 벌어지고 보니 그저 아득하기만 했다.

담뱃불을 비벼 끄며 철우가 말을 꺼냈다.

"아직 대사관 당 조직에 보고를 안 했으니 너무 걱정 마. 그리고 이제 나란트야를 더는 만나지 않는 게 좋겠어."

철우는 답답한 듯 한숨을 푹 내쉬며 휴게실을 나섰다. 성혁은 아무 말도 못 하고 철우의 뒷모습을 물끄러미 바라보았다. 그제야 내내 참았던 눈물이 볼을 타고 주르르 흘러내렸다. 절망에 잠긴 성혁은 휴게실 안의 라디에이터에 몸을 기대고 멍하니 서 있었다. 한참 후 성혁은 손등으로 눈물을 훔쳤다. 그리고는 자꾸만 무너져 내리는 몸을 다잡으며 나란트야가 기다리는 곳으로 돌아갔다.

나란트야는 놀란 눈길로 성혁을 빤히 쳐다보았다. 성혁의 얼굴에서 무언가 심상치 않은 기색을 읽은 것 같았다.

"당신, 왜 그래요?"

성혁은 그녀의 눈길을 피하며 용기 내어 말했다.

"미안해, 나란트야. 우리 더는 만나지 말자."

성혁의 뜻밖의 대답에 그녀는 깜짝 놀라며 물었다.

"왜?"

"우리는 더 이상 만나선 안 돼."

성혁은 그렇게만 말했다. 더는 할 말이 없었다.

도대체 무슨 일이냐며 나란트야가 다그쳤지만 아무런 말도 해줄 수 없었다. 성혁은 눈물을 참으며 고개를 돌렸다.

잠시 후, 나란트야는 아무 말 없이 몸을 돌려 기숙사 안으로 들어갔다. 나란트야가 완전히 사라질 때까지 성혁은 움직이지 않고 그대로 서 있었다. 저절로 주먹이 꽉 쥐어졌다. 성혁의 머릿속은 텅 비어 버린 듯 아무것도 생각나지 않았다. 이윽고 성혁은 몸을 돌려 기숙사 뒤의 한적한 곳으로 갔다. 그러고는 누렇게 변해 가는 잔디 위에 쪼그리고 앉았다.

'나란트야……!'

성혁은 양 무릎에 얼굴을 묻은 채 소리 없이 흐느끼기 시작했다.

십여 일이 지났다. 그동안 적어도 겉으로는 아무런 일도 없었다. 비슷비슷한 유학 생활의 일과가 평범하게 반복되었다. 다만 달라진 것은 성혁 자신의 개인적인 태도였다. 성혁은 강의만 끝나면 호실에 처박혀서 밖에 나다니지 않았다. 이른 시간부터 이불을 뒤집어쓰고 있거나, 책상 앞에 멍하니 앉아 생각에 잠기곤 했다.

성혁은 누가 그와 나란트야 사이를 철우에게 보고했는지 전혀 알 수가 없었다. 나름대로는 충분히 조심해 온 일이었다. 두 사람 사이를 알고 있는 건 절친한 친구인 철우뿐이었다.

하기야 조심했다는 건 성혁 자기만의 생각일는지도 몰랐다. 그처럼 뜨거운 연애가 남들에게 드러나지 않을 것으로 생각한 게 어리석었다. 표정이나 눈빛 하나로도 느낄 수 있는 게 남녀 관계다. 그러니 특별히 어떤 현장을 목격하지는 않았다 할지라도 두 사람 사이를 짐작하는 건 그리 어렵지 않았을지 모른다.

그러나 명확한 증거 없이 그런 보고를 할 수는 없다. 철우에게 보고할 정도라면 나름대로 확실한 증거가 있어야만 한다. 도대체 누가 그런 보고를 했단 말인가?

성혁은 마주치는 사람들 모두가 그 보고자인 것만 같았다. 그래서 북한 유학생 친구들만 만나면 괜히 얼굴이 후끈거리고 쥐구멍에라도 숨고 싶은 심정이었다. 헤어지면 모두가 뒤돌아서서 자신의 뒤통수에 손가락질하며 '저 자식, 당과 국가의 배려로 유학을 왔으면 공부나 열심히 할 것이지, 연애질이나 하고 다니는 배은망덕한 행동을 저질러?' 하고 욕설을 퍼붓지 않을까 두려웠다.

그렇지만 아직도 대사관엔 보고하지 않았다는 철우의 말이 한 가닥 위안이었다. 어쩌면 그저 이러다가 말 수도 있었다. 그러니 그 사건을 모르는 친구들에게까지 괜한 오해를 불러일으켜 문제가 커지게 할 필요는 없었다. 성혁은 평소와 같이 그들을 대하려고 표정에 신경을 써 가며 무진 애를 썼다.

나란트야를 본 지도 오래되었다. 이전에는 강의 중간의 휴식 시간에 교실 복도에서 이따금 얼굴을 부딪치곤 했으나 최근에는 나란트야의 모습이 전혀 보이지 않았다. 학교 구내식당에 가서도 성혁은 애써 초연해지려 했다. 그렇지만 눈길은 자기도 모르게 식당 안을 훑어보며 그녀를 찾고는 했다.

하루는 성혁이 용기를 내어 평소 가깝게 지내고 있던 몽골 유학생에게 슬그머니 그녀의 안부를 물었다. 요 며칠 동안 나란트야가 심하게 앓아누워 강의를 못 받고 있다고 그 친구는 전해 주었다. 아마 자신의 결별 선언에 충격을 받았을 것이라고 성혁은 짐작했다. 아무런 설명도 없이 갑자기 그만 만나자고 했으니 그녀로서는 황당했으리라. 어쩌면 모욕감을 느꼈을지도 모르겠다는 생각이 들었다. 아니, 그 정도로 생각이 얕은 여자는 아니다. 성혁에게 일어난 일에 대해 걱정하느라 건강을 해쳤을 것이다. 성혁은 그렇게 믿었다. 그리고 나니 당장이라도 그녀를 만나러 가고 싶었다.

'좀 더 따뜻하게 말할 수도 있었을 텐데……'

성혁은 뒤늦게 깊은 후회를 했다. 사정을 다 설명하지는 못할지라도 그녀가 충격받지 않도록 자상하게 이야기했어야 했다. 그런데 성혁은 당시 자신의 막막한 심정에만 빠져 그녀에게는 너무 무심하게 행동했던 것이다.

성혁은 그녀에게로 달려가고 있는 자신의 마음을 억누르며, 평소 즐겨 읽던 하이네 시집 중에서 시 한 편을 골라 적어 그녀의 호실 우편함에 집어넣었다.

그대의 뺨에 내 뺨을 대요
그러면 눈물이 함께 흐르겠지요
그대의 가슴을 내 가슴에 대요
그러면 불길이 함께 타오를 거야
우리의 눈물이 강물 되어
타오르는 불길로 흘러가면
내 팔로 그대 힘껏 껴안고
나는 애타는 사랑에 불타 죽고 말 거야

하이네 '그대의 뺨에 내 뺨을 대고'

다음 날 친구들과 함께 학교 구내식당에서 점심을 먹고 나오던 성혁은 불현듯 어떤 강한 시선을 느꼈다. 성혁은 자기도 모르게 그쪽을 향해 얼굴을 들었다. 아니나 다를까, 기숙사 일층 호실에서 그녀가 초췌한 모습으로 커튼을 한 손으로 잡고 그를 내다보고 있었다. 순간 성혁은 가슴속에서 응어리 같은 것이 솟구쳐 올라와 그 자리에서 움직일 수 없었다.

성혁과 시선이 마주치자 그녀의 눈가에서 눈물이 흘러내렸다.

"어이, 성혁이 빨리 안 오고 뭘 하네?"

성혁이 따라오지 않자 앞서가던 친구 중 한 명이 소리쳤다.

"어, 아무것도…… 아니야."

성혁은 애써 그녀의 눈길을 피하며 친구들에게 달려갔다. 겉으로는 그 어느 때보다도 환한 억지웃음을 지어 보이며.

'잊어버리자. 잊어버리자.'

그 후 성혁은 온종일 이 단어를 되씹으며 그를 내려다보던 그녀의 시선을 머릿속에서 떨쳐 버리려고 애썼다. 그러나 그 모든 노력이 헛수고였다. 그의 머릿속에서 그녀는 잠시도 눈을 떼지 않고 눈물 그윽한 애수에 찬 눈길로 그를 응시했다.

그날 밤 성혁은 이런저런 생각으로 침대 위에서 이리저리 몸을 뒤척이다가 새벽녘에야 겨우 잠이 들었다.

성혁은 나란트야의 손을 잡고 허겁지겁 달렸다.

"서라! 거기 서지 못해! 너희들은 절대 도망치지 못해!"

뒤에서는 북한 유학생들과 북한 비밀경찰인 국가보위부에서 파견된 대사관 사상 담당 당 부비서, 유학생 담당 지도원 등이 떼거리로 쫓아왔다.

동베를린 시내를 가로질러 서베를린 쪽으로 무조건 달리던 성혁과 나란트야는 앞을 가로막는 베를린 장벽에 부딪혔다. 장벽을 올려다보니 하늘을 찌를 듯이 높아 보였다. 뒤에서는 북한 사람들의 무리가 점점 가까이 다가오고, 양옆에서는 장벽을 지키는 동독 군인들이 AK 소총을 들고 달려왔다.

성혁과 나란트야는 필사적으로 장벽을 넘으려고 발버둥 쳤다. 장벽 여기저기에 긁힌 그들의 손과 발에서는 살점이 뜯어져 나가고 피가 뚝뚝 떨어졌다. 그들은 조금 올라가다 떨어지고, 조금 올라가다 다시 굴러떨어지곤 했다.

포위망은 점점 좁아졌다. 그들에게 다가선 대사관 사상 담당 당 부비서가 "으하하하" 하고 너털웃음을 웃으며 성혁의 목덜미를 덥석 움켜쥐었다.

성혁은 "악!" 하고 비명을 지르며 잠자리에서 벌떡 일어났다. 꿈이었다.

온몸이 땀으로 흥건히 젖어 있었다. 성혁은 침대에서 일어나 물을 한 컵 들이켠 후 창문 커튼을 젖혀 밖을 내다보았다. 밖에는 싸락눈이 내리고 있었다. 독일에서는 보기 드문 거센 눈보라가 휘몰아쳤다. 불이 꺼져 온통 시커먼 기숙사 건물은 눈보라를 맞으며 깊은 잠에 빠져 있었다.

'어느새 겨울에 들어섰구나…….'

성혁은 눈보라가 들이치지 못하도록 창문을 조금만 열고는 머리를 빼꼼히 내밀어 나란트야의 호실을 내려다보았다. 불이 꺼져 깜깜한 창가에는 인기척이 전혀 느껴지지 않았다.

성혁은 무심결에 창문턱을 살펴보았다. 화분은 놓여 있지 않았다. 화분이 놓여 있더라도 성혁이 찾아갈 처지는 아니었다. 나란트야와 어울리던 밤들이 아주 먼 옛날 일처럼 아득하게만 여겨졌다. 도무지 다시 잠들 수가 없었다. 성혁은 불도 켜지 않아 깜깜한 방에서 담뱃불을 붙인 후 생각에 잠겼다.

'나란트야와 함께할 수만 있다면 이 세상 그 어디라도 상관없어. 정말 외국으로 달아나? 그런데 그게 과연 가능할까?'

다음 날부터는 가끔 나란트야를 볼 수 있었다. 아직 건강이 회복되지는 않았는지 그녀의 얼굴은 여위어 초췌했다. 두 사람은 빈 복도에서 마주쳐도 서로 말을 나누지 않았다. 아주 잠깐 연민과 근심의 눈빛으로 서로의 표정만 살필 뿐 어떠한 말도 나누지 않았다.

어쩌다 생각지 않은 장소에서 불쑥 마주치면 나란트야는 앙상한 얼굴 위에 남아 있는 커다란 두 눈으로 놀란 듯이 그를 쳐다보기만 했다. 그리고 무슨 말인가 하려는 듯 입술을 달싹거리다가는 이내 총총걸음으로 성혁을 지나쳤다.

성혁도 마찬가지였다. 무슨 말이든 하고 싶었다. 하지만 막상 입을 열려고 하면 아무것도 생각나지 않았다. 지금으로써는 어떤 말도 할 수가 없었다. 행여나 대화 도중에 북한 유학생이 불쑥 나타날까 걱정되는 것도 사실이었다.

시간은 그렇게 무심하고 지루하게 흘러갔다. 철우에게서는 더 이상 아무 말도 없었다. 세상이 온통 자신을 향해 한 발 두 발 조여 오는 느낌이었다.

아직 초겨울인데 그동안 눈은 벌써 세 차례나 내렸다.

'저 흰 눈 속을 나란트야와 손잡고 걸어 보았으면……'

성혁은 눈이 내릴 때마다 침울해졌다. 어떤 식으로라도 좋으니 이 사건이 빨리 종결되었으면 하는 마음뿐이었다.

네 번째 눈이 오려는지 창밖으로 보이는 하늘이 다시 우울한 색조를 띠며 낮게 가라앉았다.

4

이 주일쯤 지난 어느 날. 그날은 토요일이라 강의가 두 시간밖에 없었다. 오전 8시에 시작된 강의는 10시에 모두 끝났다.

북한 유학생들은 토요일마다 자기의 한 주간 생활을 조직 앞에 총화하는 생활총화 시간을 가졌다. 북한 유학생 중 일부는 휴게실에서 텔레비전을 보았고, 일부는 호실에 남아 생활총화 시간에 발표할 자아비판과 상호비판을 준비했다.

'또 무슨 내용으로 자아비판을 하지?'

대부분의 학생이 그런 고민에 빠졌다. 자아비판 내용은 모두 상급 사로총 조직에 보고되었다. 그 내용은 기록으로 남아 언제라도 자신에게 불리한 돌이 되어 날아올 수도 있었다. 그래서 정말 비밀스러운 자기만의 잘못을 자아비판 하는 학생은 아무도 없었다. 고작해야 강의 시간에 졸았다느니, 일과 후에 텔레비전을 너무 많이 보았다느니 하는 가벼운 내용들이었다. 늘 비슷하게 마련인 자아비판을 매번 창작해야만 하는 것도 상당한 고통이었다. 진실성도 효율성도 없는 자아비판이었다.

하지만 누구도 그것에 대해 말할 수는 없었다. 그랬다가는 당장 유학 생활이 끝날 것이었다.

상호비판 역시 힘들었다. 다 같은 친구로서 힘들게 유학 생활을 하는 처지에 새삼 무슨 비판을 한단 말인가. 이런저런 사소한 잘못이야 너나없이 있는 것이고, 매번 그것을 들추어내어 서로를 비판하는 건 정말이지 그것이 한낱 형식이라 할지라도 고역일 수밖에 없었다.

"야, 저 차 정말 멋있다!"

외국 유학생 중 한 명이 휴게실 밖을 내다보며 탄성을 질렀다. 그 말에 휴게실에 있던 사람 모두가 창밖을 내다보았다.

고급 대형 승용차 한 대가 학교 정문으로 들어서는 게 보였다. 까만색 메르세데스 벤츠 승용차였다. 차체를 합판으로 만든 동독제 '트라반트(Trabant)'라는 소형 승용차만이 털털거리며 굴러다니는 동독의 작은 도시인 글라우카우에서 서유럽산 고급 외제 승용차를 구경한다는 것은 쉬운 일이 아니었다.

스르르 미끄러지듯 들어오던 벤츠는 기숙사 정문 앞에 멈춰 섰다. 차 문이 열리며 넥타이를 맨 검은색 양복 차림 위에 코트를 걸쳐 입은 네 명의 동양인이 내렸다. 앞문으로 내린 두 명은 사오십 대의 중년 남자들이었고, 뒷문으로 내린 두 명은 이십

대 중반 정도의 건장한 젊은이들이었다.

"어, 대사관 사람들이다!"

북한 유학생 중 한 명이 소리쳤다.

그랬다. 그들이 타고 온 차에는 동독 정부에서 북한 대사관에 할당한 외교관 차 번호가 선명히 새겨져 있었다. 북한의 경제 사정에 걸맞지 않게, 북한 대사관 차들은 전부 고급 벤츠 승용차였다. 국가 위신과 자존심 때문이었다.

차에서 내린 중년 남자들은 북한 유학생들도 잘 알고 있는 대사관 사상 담당 당 부비서와 유학생 담당 지도원이었다. 유학생 담당 지도원은 대사관 사상 담당 당 부비서와는 달리 북한에서 대학교수를 하던 학자 출신이었다. 그래서인지 생각이 유연했고, 유학생들을 진실로 이해하고 위해 주려고 노력했다. 그래서 많은 유학생들이 그를 좋아했다.

그들과 함께 온 건장한 젊은이들은 북한 유학생들도 처음 보는 얼굴들이었다.

북한 유학생 중 한 명이 조직 책임자인 철우의 호실로 황급히 뛰어갔다. 대사관 사람들이 온 것을 알리기 위해서였다.

"왜 갑자기 내려왔지? 무슨 일이 생겼나?"

휴게실에 있던 북한 유학생들이 갑자기 술렁대며 불안해했다. 무엇보다도 사상 담당 당 부비서의 출현 때문이었다. 유학생 담당 지도원은 이따금 유학생들의 사는 모습을 살피기 위해 유학생 체류 지역을 순회하고는 했다. 그래서 유학생들은 한두 달에 한 번 정도 그를 만나 볼 수 있었다. 그러나 사상 담당 당 부비서가 유학생들을 직접 만나러 오는 일은 거의 없었다. 그는 좋지 않은 사건이 터진 지역에만 나타나 사건을 처리하고는 했다. 그래서 외국에 체류하고 있는 모든 북한 사람들에게 사상 담당 당 부비서는 두려움의 대상이었다. 그는 불길한 전보를 전해 주는 우편배달부와 같은 존재였다.

철우가 급하게 휴게실로 달려왔다. 휴게실에 있던 북한 유학생들은 대사관 사람들이 기숙사 정문으로 들어서는 것을 보고는 그들을 맞으러 층계 쪽으로 우르르 몰려 나갔다.

잠시 후 '투다닥 투다닥' 발소리를 내며 그들이 나타났다.

맨 앞에 유학생 담당 지도원이 올라오고, 그 뒤에 일반 북한 사람답지 않게 불룩하게 배가 나온 사상 담당 당 부비서가 헐떡거리며 삼층 계단을 올라왔다. 맨 마지막에 따라 올라온 두 명의 젊은이는 가까이서 보니 눈빛이 예사롭지 않은 게 느낌이 좋지 않았다.

"안녕하십네까?"

철우를 비롯한 유학생들이 인사했다.

"오, 그래. 오래간만이다."

유학생 담당 지도원이 반갑다는 듯이 유학생들과 일일이 악수했다. 하지만 항상 사람 좋아 보이기만 하던 얼굴이 왠지 전혀 웃지도 않고 굳어 있었다.

사상 담당 당 부비서는 유학생들의 인사에 "반갑다"라는 한

마디만 했을 뿐이었다. 그러고는 악수도 청하지 않은 채 유학생들의 얼굴을 하나하나 뜯어보았다. 속마음을 구석구석까지 꿰뚫어 보는 듯한 그의 눈길은 기분이 섬뜩할 정도였다. 함께 온 젊은이들은 아무런 표정 없이 목석처럼 옆에 서 있었다.

"성혁이는 어데 있지?"

유학생 담당 지도원이 물었다.

"네, 다른 동무들은 다 호실에 있습네다."

철우가 얼른 대답했다.

"그래, 성혁이 호실로 안내하라우. 기리고 나머지 동무들은 밖에 나다니지 말고 기다리라우."

철우와 그들은 삼층 구석 쪽에 있는 성혁의 호실로 향했고, 유학생들은 웅성거리며 일부는 다시 휴게실로, 일부는 호실로 들어갔다.

대사관 사람들이 찾아온 그 시각, 성혁은 자기 방 책상 앞에서 다른 사람들과 마찬가지로 생활총화 준비를 하고 있었다. 옆의 태의는 생활총화 준비를 다 했는지 어쨌는지, 여느 때처럼 책 속에 파묻혀 있었다. 거의 모든 것에 신경을 끊고 공부만 묵묵히 할 수 있는 그가 부러웠다.

'자아비판으로 무얼 할까? 수업 시간에 졸았던 것을 비판해? 그리고 또 누굴 비판하지?'

토요일 이맘때만 되면 찾아오는 난감함이었다.

그렇게 한참 자아비판 거리를 준비하다가 바깥바람을 쐴 겸 창 쪽으로 가서 밖을 내다보았을 때였다. 보기 드문 고급 승용차 한 대가 미끄러지듯 교문을 들어서는 게 보였다. 아름답게까지 느껴지는 최고급 승용차였다. 하지만 그 순간, 성혁은 온몸을 훑고 지나가는 불길한 예감을 느꼈다. 근래에 온 신경이 한곳에 매달려 있어서였을까. 성혁은 승용차를 보는 순산 그것이 자신과 관계되는 일이라는 것을 느낄 수 있었다. 한순간 눈앞이 아뜩해졌다.

'아아, 드디어 올 것이 왔는가.'

승용차가 기숙사 앞에서 멈추고, 거기에서 낯익은 사람들이 내리는 것을 보자 더는 의심할 바가 없었다. 결국 자기 일이 대사관에까지 알려졌다는 걸 성혁은 짐작할 수 있었다.

'아니야, 다른 일일 수도 있어. 그래, 다른 일 때문일 거야.'

성혁은 거세게 부정했다. 대사관의 사상 담당 당 부비서가 학교에 오는 건 흔한 일은 아니었지만 전혀 없는 일도 아니었다. 무언가 다른 일일 수도 있었다. 그러나 그 부정은 아무 도움도 되지 않았다. 사슬처럼 조여 오는 불길한 예감은 점점 확신을 더해 갔다.

책상으로 돌아와 앉은 성혁은 마음을 진정시키려 크게 심호흡했다. 그리고 눈을 감았다. 눈을 감으니 불안감은 더 거세게 밀려왔다. 성혁은 나란트야와의 즐거운 나날들을 회상하려 애썼다. 그 기쁘고 황홀했던 순간의 기억으로 다른 잡념을 떨쳐 버리고자 했다. 하지만 모든 게 부질없었다. 손끝 하나 까딱할 수 없는 무력감만 갈수록 심해졌다.

이제 생활총화 따위는 걱정도 되지 않았다. 앞으로 자신에게 어떤 일이 벌어질 것인가, 그 생각만으로도 가슴은 새카맣게 타들어 갔다.

'제발 다른 일이길……. 아아, 제발…….'

성혁은 일어나서 물 주전자 앞으로 갔다. 물이라도 한 컵 들이켜 마음을 진정시키고 싶었다. 바로 그때였다.

'똑똑.'

노크 소리가 들렸다. 성혁은 휘청거렸다. 이내 정신을 차리고 문 쪽으로 고개를 돌리려는데 벌컥 방문이 열렸다. 성혁은 그 자리에서 몸이 굳고 말았다.

열린 문으로 철우와 유학생 담당 지도원, 사상 담당 당 부비서, 그리고 건장하게 생긴 낯선 젊은이 두 명이 우르르 몰려 들어왔다.

뒤늦게 대사관 직원들을 본 태의는 얼른 자리에서 일어났다. 그도 어지간히 놀란 모양인지 눈이 똥그래졌다. 성혁과 태의는 굳은 자세로 서서 그들이 다 들어올 때까지 기다렸다.

이윽고 문이 닫히고 유학생 담당 지도원이 한 걸음 앞으로 나섰다.

"잘들 있었네?"

긴장감을 풀어 주려는 듯 유학생 담당 지도원은 밝은 웃음을

지으며 악수를 건넸다. 성혁은 얼떨결에 그의 악수를 받았을
뿐 아무런 대답도 할 수 없었다.

태의도 긴장이 풀리지 않은 얼굴로 "네" 하고 나지막하게 대
답하며 그의 손을 잡았다.

"태의 동무는 좀 나가 있으라우."

방에 들어서자마자 호실 안의 구석구석을 살피던 사상 담당
당 부비서가 지시했다.

이젠 부정하며 도리질 칠 수 없었다. 불길한 예감이 현실 속
에서 연출되었다. 성혁은 머리가 하얘지는 공백의 느낌으로 망
연히 서 있기만 했다.

혹시나 발생할지도 모를 성혁의 탈출을 방지하려는 듯 함께
온 젊은이 두 사람이 창문과 출입문을 하나씩 지키고 있었다.

태의가 나가자 방 안에는 일순간 조용한 적막감이 흘렀다.

먼저 사상 담당 당 부비서가 태의의 의자를 끌어당겨 앉았
다. 그러고는 성혁에게도 앉으라고 지시했다. 유학생 담당 지
도원은 침대에 걸터앉았다. 철우는 의자가 모자라 그냥 옷장에
몸을 기댄 채 서 있었다.

"몸은 건강하네?"

사상 담당 당 부비서가 그의 평소 이미지에 어울리지 않게
목소리를 다정하게 내려고 애쓰며 물었다.

"네……."

성혁은 그의 얼굴을 제대로 쳐다볼 수가 없어 얼굴을 푹 숙

이고 기어들어 가는 목소리로 대답했다.

"대사관에 급한 일이 생겨 며칠 동안 함께 갔다 와야 하니깐 위생 도구나 간단히 날래 챙기라우."

사상 담당 당 부비서는 그 한마디만을 던지고 다시 방 안을 휙 둘러보았다.

성혁은 잠깐 철우의 표정을 살폈다. 철우는 안쓰러운 눈빛으로 성혁을 바라보다가 이내 눈길을 돌렸다. 성혁은 부들부들 떨리는 손으로 치약과 칫솔, 비누 등 간단한 세면도구를 챙겼다. 나란트야와의 관계 때문에 그들이 내려왔다는 것은 불을 보듯 뻔했다.

'어떤 처벌이 내려질까?'

외국 여자와의 관계가 대사관에 발각되면 북한으로 쫓겨 들어가 처벌받게 된다고 북한 유학생들 사이에 알려져 있었다. 전에도 그런 사건 때문에 쫓겨 들어간 선배들이 여러 명이었다. 그렇게 되면 쫓겨 들어가는 그 순간부터 유학 생활은 끝난다. 그뿐 아니라 북한 내에서 당과 국가의 은정을 저버리고 배은망덕하게 치명적인 결함을 저지른 죄인으로 취급되어 일생을 망치게 되는 것이다.

'제발 북조선으로 쫓아 보내지만 않는다면……'

좀 전에 사상 담당 당 부비서는 분명 며칠 동안만 대사관에 다녀오면 된다고 했다. 성혁은 그의 말에 일말의 기대를 걸며 정부의 관대한 처분만을 기원했다.

성혁은 대사관에 가면 자아비판을 철저히 해야겠다고 생각했다. 그러면 이번 사건이 당과 국가에 대한 충성심이 약해져서가 아니라, 한순간의 실수였다고 인정해 줄 수도 있을 것이었다. 정말 이번만 용서해 준다면 절대로 다른 생각에 빠지지 않고 미친 듯이 공부만 할 수 있을 것 같았다. 성혁은 당 조직 앞에서 북조선 정부를 위해 목숨을 바치겠노라고 충성의 선서를 하리라 결심했다.

"다 준비됐디. 기럼 가자우."

코트를 걸쳐 입는 성혁을 사상 담당 당 부비서가 채근했다. 그의 말이 채 끝나기도 전에 젊은이들이 잽싸게 다가와 성혁의 양옆에 바싹 붙었다. 성혁은 순간적으로 소름이 오싹 끼쳤다.

앞에는 유학생 담당 지도원이 서고, 뒤에는 사상 담당 당 부비서가 따라 섰다. 그러니 양옆의 두 건장한 젊은이들까지 합치면 자그마한 가방을 멘 성혁은 결국 그들에게 포위되어 나오는 꼴이 되었다. 그들은 다른 외국 유학생들의 눈을 의식해서인지 성혁의 팔을 붙들거나 손목에 수갑을 채우지는 않았다. 그렇지만 양옆의 사내들은 성혁이 딴생각하지 못하도록 바로 옆에 찰싹 붙어 움직였다.

성혁은 최대한 태연한 표정을 지으려고 애쓰며 그들에게 이끌려 방을 나섰다.

복도에서 여러 사람의 발소리가 나자, 휴게실과 각 호실에 있던 북한 유학생들이 문을 열고 하나둘씩 빼꼼히 내다보았다.

그러더니 성혁 일행이 나가는 것을 보고는 우르르 몰려나왔다. 벌써 북한 유학생들 사이에는 대사관 사람들이 내려왔다는 소문이 쫙 퍼진 모양이었다.

유학생 담당 지도원이 유학생들 앞에 멈춰 서서 말했다.

"성혁이래 대사관에 급한 일이 있어 가니깐 동무들은 딴생각하디 말고 열심히 공부하라우."

그러더니 뒤에서 안쓰러운 표정을 짓고 서 있던 철우에게 말을 건넸다.

"무슨 일이 생기면 날래날래 대사관에 통보하구, 조직을 잘 관리하라우."

"네."

철우는 자신이 무슨 큰 죄라도 지은 양 잔뜩 주눅이 든 목소리로 대답했다.

"자, 동무들. 내래 곧 다시 한번 찾아올 테니끼니 그때까지 잘 있기요. 따라 나오디는 말고……."

유학생 담당 지도원의 마지막 인사말에 이어 그들은 층계를 내려갔다.

성혁은 차에 오르기 전에 다시 한번 기숙사를 둘러보았다. 바깥 날씨가 추워서 그런지 밖에는 성혁 일행 외에는 사람 그림자도 보이지 않았다. 매 층에 있는 휴게실의 커튼 사이로 텔레비전을 보고 있는 사람들의 모습이 드문드문 보일 뿐이었다.

오직 북한 유학생들의 호실이 몰려 있는 삼층 휴게실만이 커튼이 완전히 젖혀 있었다. 창가에는 북한 유학생들이 잔뜩 모여 성혁의 떠나는 모습을 착잡한 표정으로 내려다보았다. 그들 사이로 호기심 어린 외국 유학생들의 눈길도 간간이 보였다.

성혁은 나란트야의 얼굴을 멀리서나마 보고 떠나고 싶었다. 하지만 그녀의 호실 창문은 닫혀 있었다.

'나란트야……'

젊은 사내들은 성혁을 뒷자리 가운데에 앉힌 후 양옆에 자리를 잡았다. 운전대는 유학생 담당 지도원이 잡았고, 그 옆에 사상 담당 당 부비서가 앉았다.

"출발하자우."

사상 담당 당 부비서가 말을 떼자 차는 천천히 학교를 벗어났다.

거리에는 두툼한 솜동복을 입은 동독 사람들이 드문드문 지나다녔다. 그들은 작은 도시에 나타난 고급 외제 승용차에 호기심 어린 눈길을 힐끔힐끔 보냈다.

차는 쉬지 않고 계속 달리기만 했다. 중간에 딱 한 번, 유학생 담당 지도원과 사상 담당 당 부비서가 운전대를 교대하기 위해 정지했을 뿐이었다.

오후 6시경이었다. 눈이 부슬부슬 내리는 베를린 시내에 도착한 자동차는 빠르게 시내를 달려 북한 대사관으로 들어갔다.

"어, 벌써 밥시간이 됐네. 우선 밥부터 먹자우."

대사관에 도착한 그들은 사상 담당 당 부비서의 말에 따라

구내식당에 들어갔다.

젊은 사내들은 좀 안심이 되는 모양인지 성혁의 양옆에 찰싹 붙어 있지는 않았다. 하지만 긴장을 풀지 않고 성혁 주변에서 잠시도 떠나지 않았다.

성혁은 드러나지 않게 심호흡하며 마음을 가라앉혔다. 긴장한 모습을 보이는 것도 좋지 않으리라는 생각이 들었다. 그건 자신의 잘못을 인정하는 태도였다. 물론 성혁은 이들 앞에서 철저히 잘못을 반성하며 죄를 빌 생각이었다. 하지만 그때까지는 태연한 자세를 보이는 게 좋을 것이었다. 성혁은 무심한 표정으로 대사관 실내를 둘러보았다. 식당 안에는 멋지게 차려입은 이십여 명의 북한 미녀들로 북적댔다. 그녀들은 일반 북한 여자들답지 않게 몸매가 잘빠졌으며 서양식으로 옷을 세련되게 차려입고 있었다. 김정일의 기쁨조가 틀림없었다.

북한에서는 여자들을 외국에 거의 내보내지 않았다. 이렇게 무리로 외국에 나올 수 있는 여자는 기쁨조밖에 없었다. 유학생들 사이에서도 기쁨조가 외국에 나와 디스코 춤과 같은 외국 춤을 배워 간다는 소문이 파다하게 퍼져 있었다. 세련된 외국 문물을 배워 오라고 김정일이 그녀들을 보냈다고 한다.

일부 선배 유학생들은 대사관의 지시에 따라 그녀들의 통역을 도맡아야 했다. 그녀들은 전용 특별기편으로 외국을 오갔는데, 외국에 있는 북한 대사관 직원들에게는 영 반갑지 않은 손님들이었다. 김정일을 뒤에 업은 그녀들은 대단히 거만했다.

대사관 직원들을 마치 자기 하인이나 되듯이 부려 먹었다. 밥맛이 없고 잠자리가 불편하다는 둥 사사건건 불평하며 VIP 대접을 해 주길 바랐다.

한정된 대사관 예산과 인원으로 그녀들의 요구를 다 들어주기는 무리였다. 그렇다고 해서 그녀들의 요구를 무시할 수도 없었다. 북한으로 돌아간 그녀들이 김정일과 그 측근들에게 사사건건 불만을 다 털어놓기 때문이었다. 자칫 잘못하면 미운털이 박혀 언제 북한으로 소환될지 몰랐다. 담당 직원들은 늘 살얼음 위를 걷는 심정이었다.

대사관 당 비서 앞에서도 안하무인격인 그녀들이 유일하게 기가 죽는 곳은 유학생들 앞에서였다. 자기네와 비슷한 또래의 젊은 유학생들이 당당하게 대사관을 드나들 때면 그녀들은 부러움이 가득한 눈으로 쳐다보곤 했다. 남자 유학생들을 보면 괜히 자기네들끼리 수군거리며 말이라도 걸어 보고 싶어 주위에서 맴돌았다. 이렇게 남자 유학생들에게 잘해 주던 그녀들이지만, 여자 유학생만 보면 거의 적대감에 가까운 질투심을 표현했다.

북한에서는 여자들의 유학을 거의 허용하지 않았다. 정과 외로움에 약한 여자들이 서양 사람들의 자유로운 이성 생활에 물들 수 있다고 여겼기 때문이었다. 실제로 유학 생활 중 외국인이나 북한 유학생들의 아이를 임신해서 북한으로 소환되는 여자 유학생들도 있었다. 또 설령 유학 생활을 원만히 마쳤다 하

113

더라도 북한에 들어오자마자 곧 시집을 가 국가에 큰 이익이
되지 못했다.

그러나 동독에는 두 명의 여자 유학생이 있었다. 당시 에리
히 호네커가 동독 대통령과 당 총비서로 장기 집권 중이었다.
호네커는 북한의 김일성과 친분이 대단히 두터웠다. 그가 집
권 기간 중 두 번째로 북한을 방문했을 때 이십 대 초반의 두 젊
은 여성이 꽃다발을 주었다. 그때 옆에 있던 통역사가 그 두 명
의 여성이 호네커의 첫 북한 방문 시 꽃다발을 증정했던 어린
소녀들이었다는 것을 상기시켰다. 그 말을 들은 호네커는 너무
기뻐 어쩔 줄 몰라 했다. 그러면서 그 자리에서 그녀들을 동독
정부의 비용으로 동독 유학에 초청한다고 약속했다.

하지만 북한 정부에서는 그녀들의 유학을 수락하지 않았다.
일 년이 지나도록 그녀들이 도착하지 않자 동독 정부에서는 북
한 측에 항의했다. '왜 자기네 국가수반이 유학에 초청한 사람
들을 보내지 않는가?'라고.

동독 정부의 항의에 북한 정부에서는 그 나라와의 관계를 고
려해 부랴부랴 그녀들을 수배해 동독으로 보냈다. 그녀들이 공
부할 대학이나 전공은 그녀들이 마음대로 정할 수 있었다. 대
학생이었던 그녀들은 북한에서 전공하고 있던 건축학과 경영
학을 선택해 유학했다.

기쁨조 여성들이 여자 유학생들에게 거의 적대감에 가까운
질투심을 표현하는 이유는 외국에까지 와서 공부하는 그녀들

에 대한 부러움 때문이었다. 어린 나이에 차출된 기쁨조 여성들 가운데는 대학을 졸업한 사람이 한 명도 없었다.

그녀들이 잘 대해 주지만 남자 유학생들에게도 그녀들은 골칫거리였다. 특히 베를린에서 공부하고 있는 선배 유학생들은 그들의 통역을 담당하느라 번거롭다고 했다.

그녀들은 낮에는 쉬고, 대사관 직원들이 다 자는 밤에 일반인 출입이 통제된 대사관 강당에서 춤을 배웠다. 북한 젊은 여성들이 외국 화류계 춤을 배워 간다는 소문이 나는 것을 방지하려는 조치였다. 안무가는 외국인 여자였다. 기쁨조 여성들은 해당 나라에서 유행하는 디스코 춤 외에 스트립쇼와 같은 야한 춤 동작들도 배워 갔다.

춤을 배우기 위해 기쁨조 한 팀이 올 때마다 유학생 한두 명이 통역으로 차출되었다. 통역에 차출된 북한 유학생들은 낮에는 대학 강의를 듣고 밤이면 통역 일에 동원되어야 했다. 매일 그렇게 통역에 동원되다 보면 피로가 쌓여 온몸이 녹초가 되어 버리곤 했다. 그렇다고 통역비를 따로 주는 것도 아니었다. 국가를 위해 일한다는 명목하에 돈 한 푼 못 받고 무료로 통역 일을 해야 했다. 피곤도 피곤이지만 그들을 괴롭히는 또 다른 일이 있었다.

노출이 심한 안무복을 입은 미녀들은 빠른 음악에 맞춰 온몸을 비비 꼬며 야한 동작의 춤을 추어 댔다. 그녀들은 유일한 남자인 그들을 유혹하듯 그들 앞에서 일부러 야한 자세를 취하며 몸을 흔들어 댔다. 그럴 때면 그들의 남성이 꿈틀거렸고 심장 박동이 빨라졌다. 정말 정신이 어리벙벙할 지경이었다.

휴식 시간이 되면 그녀들은 유학생 쪽을 힐끔힐끔 쳐다보며 함께 얘기라도 나누어 보고 싶다는 표정을 지었다. 그러나 그들은 그녀들과 함께 커피를 마시며 이야기를 나누고 싶은 욕망을 참아야 했다. 그녀들 속에서 희희낙락거리다가는 큰코다칠 수 있었다. 젊은 남녀들인지라 기쁨조 중 누구하고 좋아하는 것 같다는 소문이 나면 그 유학생의 유학 생활은 거기서 끝이었다. 김정일이 자기 여자들에게 집적대는 남자는 절대 용서하지 않을 것이기 때문이었다.

유학생들은 휴식 시간이면 외국인 여자 안무가하고만 이야기를 나누었다. 그래도 사건은 다른 곳에서 터지곤 했다. 일부 기쁨조 여성들이 외국에서 공부하고 있는 북한 유학생들이 사대주의와 수정주의 사상에 물들었다고 간부들을 만나면 떠들었는데, 조국 여자들은 거들떠보지도 않고 외국 여자들하고만 이야기를 나눈다는 것이었다. 자기네하고 전혀 대화를 나누지 않는 데 대한 질투심의 표현으로, 구체적인 사정도 모르면서 하는 어처구니없는 행동이었다. 그러면 상부 기관으로부터 대사관으로 추궁이 떨어지고, 대사관에서는 다시 유학생들에게 그러지 않도록 당부했다. 참으로 이러지도 저러지도 못하고 난감하기 그지없었다.

"류학생인가 봐?"

그녀들은 성혁을 보고 호기심 어린 눈길을 보내며 수군거렸다. 그가 유학생이라는 것을 금방 알아본 모양이었다.

성혁은 그녀들의 수군거림을 무시한 채 묵묵히 수저를 들었다. 앞일을 걱정하느라 밥이 목으로 넘어가지 않았다. 성혁은 몇 술 뜨는 둥 마는 둥 하다 수저를 놓았다.

"많이 먹어 두라우."

유학생 담당 지도원이 성혁이 수저를 내려놓는 것을 보고 말했다.

그를 비롯해 성혁의 양옆에 앉은 사내들과 사상 담당 당 부비서는 밥알 한 알, 반찬 하나 남기지 않고 밥그릇을 깨끗이 비웠다. 장거리 여행으로 단단히 출출했던 모양이었다.

식사를 끝낸 후 그들은 육층짜리 건물의 숙소로 들어갔다. 동독 주재 북한 대사관은 해외에 나가 있는 북한 공관 건물 중에서 소련 대사관에 이어 두 번째로 큰 해외 공관이었다. 대사를 비롯한 중요 행정 기관들이 자리한 오층짜리 본 청사와, 구내식당과 그 외 행정 기관이 속해 있는 또 다른 오층 청사, 대사관 직원 가족들의 집과 북한 사람들이 잠시 묵어갈 수 있는 숙소가 있는 육층짜리 건물이 있었다. 그 외에 대형 강당과 영사 시설을 갖춘 회의장이 몰려 있는 건물, 대사관 차들이 주차된 지하 주차장을 포함한 커다란 주차장도 있었다. 이런 건물들이 삼면을 이루어 가운데에 있는 운동장을 둘러쌌다.

대사관 주변에는 높은 담장이 설치되었고, 담장 위의 철조망이 외부인의 침입을 방지했다. 정문에는 동독 경찰이 무장 보초를 섰다. 그 옆에 있는 숙직실에서는 대사관 직원이 교대로 스물네 시간 숙직을 섰다.

유럽이나 아프리카를 오가는 북한 사람들은 반드시 동독 대사관을 경유해야 했다. 북한 여객기의 직항로는 모스크바와 북경, 동베를린뿐이어서, 그들은 동독 대사관에 하루쯤 머물며 비행기 좌석이 생기는 대로 목적지로 향했다.

동독 대사관은 자본주의 시장과의 끈을 연결하는 전초기지 역할을 했다. 자본주의와의 거의 모든 거래는 서독을 통해 진행됐다. 여권만 있으면 비자 없이 하루 동안은 서베를린을 자유롭게 드나들 수 있어서, 북한 무역상들과 외교관들은 매일 당일치기로 서베를린을 넘나들었다.

동독 대사관은 자본주의 나라에 대한 정보 수집 창구 역할도 했다. 그런 이유로 동독 대사관은 북한 정부의 중요한 해외 요충지였다.

숙소 건물의 일층과 이층에는 대사관 직원 가족들이 살았다. 성혁 일행은 숙소 건물 육층의 맨 끝방으로 들어갔다. 방에는 침대 두 개가 놓여 있었다.

"여기서 마음 푹 놓고 쉬라우. 큰 문제 없으니끼니 너무 걱정하지 말고. 기럼 내일 아침에 보자우."

사상 담당 당 부비서가 안심시키려는 듯 성혁의 어깨를 툭 치며 나갔다. 마지막으로 나가던 유학생 담당 지도원은 마음이 놓이지 않는지 방을 한 번 더 휘둘러보았다. 그러더니 테이블 위에 있는 전화를 가리키며 말했다.

"필요한 것 있으면 저 전화기로 전화하구……."

'쾅' 하고 문이 닫혔다. 잠시 후 '찰칵' 하고 방문을 잠그는 듯한 소리도 들렸다. 순간 성혁의 가슴은 덜컹 내려앉았다.

'혹시 문을 잠근 게 아니야?'

그는 한동안 꼼짝하지 않고 그 자리에 서 있었다. 그들의 발소리가 더 이상 들리지 않았다. 성혁은 그제야 문가로 다가가 손잡이를 슬그머니 돌려 보았다. 역시 문은 열리지 않았다.

'아니, 큰 문제가 없다면서 왜 문을 잠그지?'

성혁이 도망가지 못하도록 문을 잠근 것이 분명했다. 심상치가 않았다.

'그렇다면 나를 북조선으로 소환하려는 건가? 아니야, 그럴리 없어. 그렇다면 왜 짐을 다 싸라고 하지 않았지?'

성혁은 세면도구와 속옷만 넣은 자그마한 가방 하나만 딸랑 메고 왔던 것이다. 큰 문제가 없으니 걱정하지 말라던 사상 담당 당 부비서와 사람 좋게 생긴 유학생 담당 지도원의 얼굴이 번갈아 떠올랐다.

'북조선에 소환할 리가 없어. 북조선에 소환할 리가 없다구.'

성혁은 속으로 중얼거렸다. 그것은 차라리 부르짖음이었다. 아무리 애를 써도 자꾸만 어두워지는 착잡한 마음을 달랠 수가 없었다.

'나란트야는 지금 뭘 하고 있을까?'

그녀가 너무나 보고 싶었다. 성혁은 모든 것을 잊으려고 침대 위에서 잠을 청했다. 그러나 이런저런 복합적인 생각들이 떠올라 도저히 잠을 이룰 수가 없었다.

이곳은 가장 번화한 시내 한복판이어서, 밖에서는 쉴 새 없이 차량들이 오갔다. 자동차 한 대가 지나가며 쌩 하는 바람 소리를 남기자 성혁의 가슴에도 찬바람이 몰아치는 듯했다.

시간이 얼마나 흘렀을까. 잠을 못 이루고 뒤척거리던 성혁은 '똑똑똑' 하는 노크 소리를 들었다.

'무슨 소리지?'

성혁은 긴장하며 온 신경을 문 쪽으로 집중했다.

"성혁이! 나 철남이야."

철남이라니, 정말 뜻밖이었다. 너무나 반가운 이름이었다.

철남은 이곳 동독에서 사귄 절친한 친구 중의 하나였다. 그는 베를린종합대학에서 핵물리공학을 전공하고 있었고, 부모님과 함께 이 숙소 건물의 이층에서 살고 있었다. 그의 아버지는 대사관 행정 참사였다.

행정 참사는 동독을 경유하는 모든 북한 사람들의 출입국에 관계된 일을 맡아 처리했다. 그는 부모님을 따라 나와 살면서 고등학교를 동독에서 졸업하고 곧바로 동독의 대학에 들어갔다. 외국에서 오래 생활한 그는 대단히 개방적인 성향이었다.

성혁이 처음 동독에 도착해 대사관에서 묵으면서 유학생 준칙에 대한 회의에 참석할 때 그들은 처음 알게 되었다. 그 후 그들은 급속히 가까워져, 성혁이 대사관에 들를 때면 꼭 그를 찾아 술이라도 한잔 기울이곤 했다.

성혁은 잽싸게 문가로 다가가 속삭였다.

"오, 철남이가! 나 성혁이야. 너무나 반갑다야. 기린데 너레 나 여기 있다는 거 어드렇게 알았네?"

"거기에 대해선 이 쪽지에 다 쓰여 있으니끼니 읽고 나면 없애 버리라우. 모든 일이 잘되길 바란다."

문틈으로 종이쪽지가 밀려 들어왔다.

"기럼, 나 간다."

철남의 발소리가 멀어져 갔다.

"고마워."

성혁은 친구의 의리에 목이 메어 입속으로 중얼거리며 쪽지를 폈다.

아버지를 통해 오늘 네가 여기 대사관에 도착한다는 소식을 알게 되었다. 그래서 몰래 아버지 사무실 책상 위에 놓여 있는 숙박자 명단을 훔쳐 네가 묵고 있는 호실 번호를 알아냈다.

너는 내일 오전 10시 조선민항 비행기를 타고 조국으로 소환된다. 대사관의 지시로 우리 아버지가 대사관 밀실에 있는 여권 보관함에서 너의 여권을 찾아 비행기표를 사 두었다.

너를 글라우카우에서부터 호송한 그 젊은 사내들이 너를 조국까지 호송한다고 한다. 그들은 국가보위부에서 너의 호송을 위해 파견한 특수 요원들이다. 그리고 너에 대한 일체 처벌은 조국 도착 즉시 진행된다고 한다.

네가 미리 알고 마음의 준비를 하는 것이 좋겠기에 이 소식을 알린다. 너에게 도움이 못 되어 미안하다.

나는 항상 너의 편이며, 너의 사랑을 지지한다.

너의 영원한 친구 철남이가

쪽지를 쥔 성혁의 손이 부들부들 떨렸다.

'예감이 맞았구나! 나를 조국으로 소환하려는 거였어.'

성혁은 떨리는 손으로 쪽지를 형체도 알아볼 수 없게 조각조각 찢었다. 그러고는 화장실 변기통에 집어넣었다.

위험을 무릅쓰고 찾아온 철남이 너무나 고마웠다. 이 사실이 알려지면 철남은 조직의 엄중한 처벌을 면치 못할 것이다.

성혁은 물을 내리는 꼭지를 눌렀다. 물이 내려가는 소리와 함께 종이쪽지들은 흔적도 없이 사라졌다. 변기통 위로 주먹 같은 눈물이 뚝뚝 떨어졌다. 성혁은 손으로 벽을 짚으며 무너져 내리는 몸을 겨우 지탱해 침대로 다가갔다. 그러고는 침대 위에 엎드려 소리 내어 울기 시작했다.

이젠 모든 희망이 사라졌다. 철저한 자아비판도 다 소용없게 되었다. 아무리 조국에 대한 충성을 다짐하며 다시는 그런 일이 없을 것이라 빌어 봐야 부질없는 짓이다. 조국으로 소환 결정이 내려졌다면 이미 이들은 성혁의 죄를 용서 못 할 큰 죄로 규정하고 있는 것이 분명했다.

'왜 나를……, 조국 발전을 위해 남보다 공부도 열심히 하고, 조직 생활도 열심히 한 나를 왜 조국으로 소환한단 말인가?'

성혁은 절망적인 기분에 휩싸여 속으로 마구 부르짖었다. 자신의 앞길에 펼쳐질 인생이 두렵고 막막하기만 했다.

한참 후에야 성혁은 눈물을 거두고 정신을 가다듬었다. 언제까지 이렇게 절망에만 잠겨 있을 수는 없었다. 이미 최악의 상황이 벌어진 것이라면 대책을 강구해야 했다. 하지만 어떤 대책이 있을 수 있단 말인가?

외국으로 도망이라도 간다면 모를까, 다른 방법이 있을 수 없었다.

'가만! 그래, 이 나라를 탈출하자!'

성혁은 순식간에 탈출을 결심했다. 더 생각할 것도 없이 방법은 그 하나뿐이었다. 이 끔찍한 상황에서 벗어나는 길은 외국으로 망명하는 그 방법 하나뿐이었다.

성혁의 머릿속에는 유학생들과 대사관 직원들 사이에서 떠돌던 유학생 선배들의 해외 망명 소식이 산만하게 떠올랐다. 성혁은 자신이 들었거나 보았던 이야기들을 세세하게 정리해 보았다. 확실하게 알고 선택해야만 했다.

육이오전쟁이 끝난 후 북한에는 많은 전쟁고아가 생겼다. 북한의 우방국인 동구 사회주의 나라들은 원조 차원에서 북한의 전쟁고아들을 자기 나라에서 맡아 교육시키기로 결정했다. 그리고 전쟁고아 외에도 북한에서 보내는 유학생들을, 숙식을 포함해 전부 무상으로 교육시켰다. 그래서 50년대 초반부터 60년대 초반까지 많은 북한 유학생들이 동구권에서 공부했다. 어려운 생활 속에서 살아왔던 그들은 미친 듯이 공부했다. 그래서 학과뿐 아니라 대학교 전체에서 1, 2등을 차지했다.

전쟁터에서 달려와서인지 남자답게 씩씩하고 용맹스럽고 공부도 잘하는 그들은 동구 여자들의 인기를 독차지했다. 그래서인지 많은 북한 유학생들이 외국 여자들과 사귀었다. 북한 정부에서는 그들이 외국 여성들과 사귀는 것을 극구 반대하고 조직적인 공격을 가했다. 그러자 그들 중 적지 않은 유학생들이 반발하여 외국으로 망명해 버렸다.

공부를 잘했던 북한 유학생들은 주로 교수의 연구 조수로 일했다. 그들 중에서는 자기를 극진히 아껴 주던 외국 지도 교수가 자본주의 국가로 망명하자 함께 행동한 사람들도 있었다. 동독에서 공부하던 유학생들이 망명할 경우, 그들은 같은 독일어를 쓰는 서독을 택했고, 이국땅에 발을 들여놓은 그들은 남들보다 더 열심히 노력했다. 그래서 원자력 연구소와 같은 그 나라의 주요 산업 연구소에서 이름을 날렸다.

그들과 달리 아무런 문제 없이 북한으로 돌아간 동료 유학생들은 적지 않은 사람들이 북한 외교부나 무역부에서 일했다. 그들은 업무차 자주 서베를린으로 넘어가곤 했는데, 서독으로 망명한 옛 친구 소식을 북한 정부가 눈치채지 못하게 몰래 수소문했다. 그러고는 비밀리에 친구들과 전화 통화를 하거나 만나기도 했다. 그들은 친했던 북한 유학생들을 만나면 그들이 서독에서 다 성공해 아주 잘 살고 있다고 이야기해 주었다. 북한 유학생들은 선배들이 서독 사람들 속에서 성공해 유명해졌다는 소식에 은근히 자부심을 느꼈다.

'그래, 서독으로 넘어가 그들에게 도움을 청하는 거야. 도움을 받아 먼저 자리를 잡자. 그런 다음 나란트야에게 연락하고 초청해서 누구의 간섭도 받지 않고 행복하게 사는 거야!'

그렇게 결심하고 나니 마음이 한결 편안해졌다. 아니, 새로운 행복에 대한 기대감으로 가슴이 뻐근해져 왔다. 성혁은 들뜬 기분을 가라앉히며 자신이 취할 행동을 생각해 보았다.

'그런데 이 방은 어떻게 빠져나가지?'

그랬다. 우선은 이 방을 빠져나가는 것이 급선무였다.

성혁은 출입문으로 다가가 손잡이를 돌리며 문을 힘껏 열어 보았다. 잠긴 철문은 끄떡도 하지 않았다. 성혁은 이어 커튼을 젖히고 창문을 열었다. 창문은 의외로 쉽게 열렸다. 육층에 위치한 방이라 창문으로는 도망갈 염려가 없다고 안심한 모양이었다.

성혁은 열린 창문으로 밖을 내려다보았다. 뛰어내리기에는 너무 위험한 높이였다. 만약 뛰어내린다면 온몸이 성한 데 없이 부서져 시체로 변할 것이 틀림없었다.

'어떻게 내려갈 방도가 없을까?'

벽면 주변을 살피던 성혁의 시선이 창문 옆에 붙어 있는 배수관에 멈췄다.

배수관은 지붕에서 떨어지는 물을 지면에 있는 하수구까지 유도하게 되어 있었다. 지붕에서부터 땅바닥까지 길게 연결된 배수관은 작은 못을 박은 고정 밴드에 의해 건물 벽에 붙어 있었다. 창문으로부터도 오십 센티미터 정도밖에 떨어져 있지 않았다. 위험을 감수해야 할 테지만, 잘만 하면 아래까지 내려갈 수 있을 것 같았다.

대사관 주변은 본 청사 건물 내의 한두 개 사무실만 불이 켜져 있을 뿐 쥐 죽은 듯이 조용했다.

성혁은 시계를 쳐다보았다. 시곗바늘은 밤 12시를 향하고 있었다.

'새벽 2시쯤에 행동을 개시하자. 그때면 온 대사관이 깊이 잠들어 있을 것이다.'

그 시간까지는 약 두 시간 정도가 남아 있었다.

'그러나 만약 서독으로 넘어가다 발각되면…….'

성혁은 어디를 통해서 서독으로 넘어가야 할지도 전혀 감이 오지 않았다. 그리고 불법으로 서방 세계로 넘어가던 동독 사람들이 성공했다는 소리도 거의 들어보지 못했다. 성공보다 실패할 확률이 더 높았다.

'실패하면 난 어떻게 되지?'

상상하기도 어려운 무거운 죄목이 성혁에게 씌워질 것이다. 조국을 버리고 달아나려고 한 조국의 배반자.

침대에 걸터앉은 성혁은 고개를 푹 떨군 채, 두 손으로 머리카락을 움켜쥐었다.

'아니야, 나는 배반자가 아니야. 나는 그 누구보다 조국과 인민을 사랑해 왔어. 나란트야도 우리의 동포이고 같은 핏줄이 아닌가. 나는 조국의 배반자가 아니라고……'

마음속으로 외쳤다. 성혁은 온 세상에 대고 목이 터지도록 소리 지르고 싶었다.

얼마 후 성혁은 종이와 펜을 꺼내 들었다. 지금이 자신의 삶에서 가장 중요한 시간이었다. 어쩌면 인생에서 마지막으로 갖는 평화의 시간일는지도 몰랐다. 성혁은 마지막일지도 모를 길을 떠나기 전에 사랑하는 사람들에게 편지를 남기고 싶었다.

사랑하는 나란트야!

나는 지금 북한 대사관에 와 있어. 그대를 좋아하고 사랑한 것이 죄가 된다며 나를 북한에 소환해 처벌한다는 거지. 조국 통일을 위하여 해외 동포들을 결합해 통일 전선을 형성해야 한다고 말끝마다 부르짖던 우리 정부가 야속하기 그지없어.

나는 서독으로 망명하리라 결심했어. 성공할 확률은 거의 희박해. 만약 실패하면 이 편지가 그대에게 보내는 마지막 편지가 될 거야. 하늘이 도와 성공하게 된다면 바로 그대에게 편지를 쓸게. 그리고 무슨 일이 있어도 그대를 다시 만날 수 있도록 노력할 거야.

얼마 전에 그대에게 한 나의 실책을 용서해 주기 바라. 나는 비열한 놈이었어. 내 안위만 생각해 나는 그대와 다시는 만나지 않으리라 결심했었어. 그래서 그처럼 무뚝뚝하게 절교를 선언한 거야. 정말이지 그 당시에는 너무도 두려웠어. 내 인생이 파멸로 끝날지도 모른다는 생각에 다른 아무런 생각도 할 수가 없었어.

그러나 이제는 아무것도 두렵지 않아. 그대를 얻을 수만 있다면 나는 그 어떤 것도 감내할 거야. 설혹 이대로 죽는다 할지라도 후회는 없어. 그대를 알았다는 것만으로도 나는 행운아였어. 앞으로 내게 그 어떤 희생과 어려움이 다가와도 그대와의 사랑을 절대 후회하지 않을 거야.

나란트야!

진심으로 사랑해. 우리가 다시 만날 수 있기를…….

그대를 사랑하는 성혁

한 구절 한 구절 편지를 써 내려가며 성혁은 새삼스레 북받쳐 오르는 슬픔으로 가슴이 메어 왔다. 성혁은 쏟아지려는 눈물을 참느라 애썼다. 아무도 보고 있지 않지만 성혁은 더 이상 울고 싶지 않았다. 그것은 스스로에 대한 다짐이었다. 나약해져 있을 때가 아니었다. 이제 슬픈 마음은 그만 떨쳐 버리고 강한 의지로 새로운 운명을 개척해야만 했다.

성혁은 새 종이를 꺼냈다. 이번엔 부모님에게 편지를 썼다. 과연 전해질 수 있는지조차 알 수 없는 편지였다.

나란트야에게 보내는 편지는 이 대사관만 빠져나가면 어떻게든 보낼 수 있겠지만, 부모님에게 보내는 이 편지는 그렇게 간단하지가 않았다. 탈출에 실패하면 말할 것도 없지만 서독으로 무사히 넘어간다 하더라도 마찬가지였다. 북한 당국이 망명자의 편지가 전달되도록 가만있지는 않을 것이다.

성혁은 편지를 쓰기 시작했다. 받게 되든 안 되든, 이 편지는 성혁이 마지막으로 부모님에게 전하는 말이었다. 그러니까 유서인 셈이었다.

그리운 부모님께

잘 지내시는지요. 지금 날씨가 몹시 추운데, 건강은 어떠하신지요? 성민이와 성희는 다 잘 있겠지요?

성민이는 대학 입시를 준비하느라 요즘 정신이 없겠네요. 그러고 보니 성희는 시집갈 나이가 거의 다 돼 가고 있고요. 어떻게 남자 친구가 생겼는지 모르겠습니다. 다들 보고 싶습니다.

혹시 감기에라도 걸리지 않으셨는지 부모님의 건강이 걱정됩니다. 이 편지가 부모님께 제대로 닿을지 모르겠습니다. 아버지 어머니께서 그토록 사랑하시는 이 못난 불효자식이 외국으로의 망명을 결심했습니다. 부모님과 형제, 친구, 친척들을 모두 버리고 외국으로 도망간다는 말입니다.

두 분께서 늘 걱정하시던 일이 현실로 나타났습니다. 저는 이곳 동독에서 한 여자를 사랑하게 되었습니다. 조선 핏줄을 가진 한 외국 유학생입니다.

저는 그 여자를 이 세상 누구보다도 소중하게 생각합니다. 그 여자 또한 마찬가지입니다. 우리는 절대로 우리의 사랑을 후회하지 않을 것입니다. 저는 그 여자를 통해 사랑뿐만 아니라 삶의 의미도 새롭게 깨달을 수 있었습니다.

그러나 아시다시피 우리 북조선 유학생들에게는 외국 여자와의 사랑이 금지되어 있습니다. 우리의 사랑을 정부에서 알고 저를 조국으로 소환해 처벌한다고 합니다. 이대로 있게 된다면 저는 곧 송환되어 무거운 벌을 받을 것입니다.

외국 사람도 아니고 우리 혈육을 사랑했는데, 왜 제가 처벌받아야 하는지 도저히 이해되지 않습니다. 그녀는 말끝마다 아버지 조국에 가서 살고 싶다고 했었습니다.

결국 저는 망명을 결심했습니다. 사실은 그 망명이 성공할지 어떨지는 전혀 장담할 수 없습니다. 이 편지가 마지막으로 올리는 편지가 아니기를 간절하게 원할 뿐입니다.

자식들을 위해 일생을 바치시고, 저의 성공을 그토록 바라시던 부모님께 죄를 짓는다고 생각하니 이 불효자식은 눈물이 앞을 가립니다. 조국에서 부모님께 조금이라도 더 잘해 드리지 못한 것이 너무나 한이 됩니다.

아버지 어머니! 부디 이 못난 후레자식을 용서해 주십시오.

만수무강하십시오. 한 번만이라도 너무나 보고 싶습니다.

부모님의 못난 성혁 올림

편지지 위로 눈물이 뚝뚝 떨어졌다. 연인과 부모는 또 다른 것일까. 나란트야를 생각하면서는 눈물을 참을 수 있었지만, 부모님에게 유서 같은 편지를 쓰고 있으려니 참을 수 없이 서글펐다. 성혁은 흘러내리는 눈물을 연신 훔치며 편지지를 봉투에 넣었다. 그러고는 꿈에서도 그리운 고향집 주소를 겉봉에 적었다.

성혁은 북한 정부에도 자기의 진실을 토로하고 싶었다. 그는 또 다른 종이를 꺼내어 그 위에다 정부를 상대로 편지를 썼다.

그 편지까지 쓰고 나니 어느덧 밤이 깊어, 시곗바늘은 2시에서 오 분쯤 지나 있었다.

창밖으로 보이는 대사관 건물은 불빛 하나 보이지 않고 조용했다. 모두가 꿈속에 들어가 있을 깊은 새벽이었다. 대사관 정문 옆에 위치한 숙직실에서만 자그마한 창문을 통해 희미한 불빛이 흘러나왔다.

'그래, 지금 행동하는 거야.'

성혁은 나란트야와 부모님에게 쓴 편지를 글라우카우에서부터 메고 온 가방에 넣었다. 그리고 북한 정부를 상대로 쓴 편지는 눈에 잘 띄도록 책상 위에 펼쳐 놓았다.

성혁은 마지막으로 가방에서 당장 필요하지 않은 것들을 꺼냈다. 그리고 자신이 지닌 소지품을 다시 한번 살펴보았다. 거추장스러운 것은 모두 버리고 꼭 필요한 것만 챙겼다. 최대한 몸을 가볍게 하는 게 좋을 것 같았다.

바지 주머니를 뒤지다 보니 주머니칼이 나왔다. 성혁은 주머니칼을 바라보며 잠깐 감회에 젖었다.

고향에서부터 가지고 온 주머니칼이었다. 주머니칼은 북한에서는 아이나 어른 모두가 지니고 다니는 필수품이었다. 아무 데서나 소비재를 마음대로 살 수 있는 것이 아니어서 부족한 것은 주머니칼을 이용해 스스로 만들어야 했다. 아이들은 연필을 깎거나 권총 같은 장난감을 깎는 데 주머니칼을 이용했다. 또 그들이 즐겨 하는 땅따먹기 놀이나, 과녁을 세워 놓고 칼을 던져 박는 게임에도 칼이 꼭 필요했다. 어른들은 도시락을 먹거나 야외에서 음식을 먹을 경우, 수저가 모자라면 주변 나뭇가지를 대충 잘라 젓가락을 만드는 데에 사용했다.

과일이나 무를 깎아 먹을 때, 혹은 산열매를 따서 껍질을 벗기거나 산나물을 캘 때도 주머니칼은 유용했다. 또한 자기를 지켜 주는 호신 무기이기도 했다. 정말 북한에서 주머니칼은 쓸모가 많았다. 그런 이유로 아이나 어른이나 할 것 없이 대부분의 남자들은 접이식 주머니칼 한 개씩을 몸에 품고 다녔다.

아이들은 대개 접이식 주머니칼을 접어서 주머니에 넣고 다녔고, 어른들은 허리에 매단 열쇠고리에 차고 다녔다. 좋은 주머니칼을 소지한 아이들은 친구들 앞에서 으스대며 자랑하기도 했다.

지금 성혁의 주머니에 들어 있는 칼을 그는 고등중학교 시절부터 소지했다. 군수 산업체 책임자로 계셨던 아버지로부터 선물받은 것이었다. 군수 무기를 만드는 데 쓰이는 특수강을 깎아 만들었다고 했다. 그래서인지 한번 갈아 날을 세우면 칼날이 잘 무뎌지지 않았다. 그리고 일반 주머니칼과는 달리 아무리 굳은 물체에 부딪쳐도 칼날이 부서져 나가거나 움푹 파이지도 않았다. 아버지의 선물인 그 주머니칼은 북한에서의 고등중학교 시절뿐만 아니라, 대학 시절에도 그의 곁을 떠나지 않았다. 그러다 결국 여기 동독까지 품고 온 것이었다.

성혁은 주머니칼을 잘 챙겨 넣었다. 어느 때고 위험한 상황이 되면 무기로 써먹을 수 있을 거라는 생각이었다.

마침내 성혁은 가방을 메고 창문을 열었다. 매서운 겨울바람이 방 안으로 휙 몰아쳤다. 성혁은 창문을 최대한으로 열고 창문턱에 올라섰다. 그러고는 팔을 쭉 뻗어 한 손으로 배수관을 잡았다.

꽁꽁 얼어붙은 배수관에 손이 '쩍' 하고 달라붙었다. 도저히 맨손으로는 배수관을 타고 내려가기가 불가능할 것 같았다.

성혁은 다시 방으로 들어왔다. 그러고는 흰 침대보를 북북 찢어서 손에 둘둘 감았다. 다시 창문턱에 올라 배수관을 잡았다. 힘을 받은 배수관은 당장이라도 뜯어져 나갈 듯이 흔들거렸다.

배수관을 타고 아래까지 안전하게 내려갈 수 있을지 도저히 자신이 서질 않았다. 그래도 손에 침대보를 감으니 한결 마음이 놓였다. 배수관에 큰 무게를 싣지 않도록 조심스레 내려가면 가능할 것도 같았다.

성혁은 벽에 바짝 몸을 붙여 몸무게를 될수록 건물 쪽에 실었다. 배수관에 실리는 하중을 최대한 줄여야만 했다. 그럭저럭 자세가 잡혔다. 성혁은 자신의 뛰어난 운동 신경이 새삼 다행스러웠다.

높은 위치에 있는 육층이어서 그런지 차디찬 칼바람이 눈을 제대로 뜨지 못할 정도로 휘몰아쳤다.

성혁은 최대한의 신경을 기하며 배수관을 타고 천천히 내려왔다. 유례없이 추운 날씨였지만 성혁의 얼굴은 긴장 탓인지 땀방울이 송골송골 맺혔다. 얇은 철판을 말아 만든 배수관은 얼음까지 덮여 대단히 미끄러웠다. 거의 다 내려왔다 싶었을 때 성혁은 잔디밭 위로 풀썩 뛰어내렸다.

잔디밭 위에 떨어지자마자 성혁은 몸을 수그려 땅바닥에 바싹 붙었다. 그러고는 조심스레 주변을 살폈다. 경비원은 보이지 않았다.

우선 대사관을 빠져나가는 것이 급선무였다. 정문으로 빠져나갈 수는 없었다. 거기에는 대사관 직원이 숙직을 서고 있었다. 숙직자가 졸고 있을 거라는 요행수를 바라는 것은 너무나 위험한 노릇이었다.

담장을 넘는 수밖에 없었다. 그러나 이 미터 이상 되는 담장 위에는 보기에도 오싹한 날카로운 철조망이 설치되어 있었다.

'어떻게 하지……'

머리를 굴리는 성혁의 두 눈에 담장 옆으로 높이 자란 큰 나무가 눈에 띄었다. 그 나무는 긴 가지들을 담장 위를 지나 대사관 밖으로 축 늘어뜨리고 있었다.

'저 나무를 타고 넘어가자.'

성혁은 몸을 수그린 채 살금살금 나무에 다가갔다. 나무 기둥은 두 팔을 펴서 꼭 안을 정도로 적당히 두꺼웠다. 주변을 다시 한번 살폈다. 아무 이상이 없다는 것을 확인한 성혁은 어릴 적 개구쟁이 시절 나무를 타던 때의 기억을 더듬으며 나무를 타기 시작했다.

'타다닥 탁.'

꽁꽁 얼어붙은 나무 잔가지들이 몸에 부딪혀 부러지는 소리가 났다. 성혁은 놀라 나무 기둥에 바싹 붙었다. 그러고는 꼼짝하지 않았다. 다행히 대사관 주변은 여전히 깊은 잠에 빠져 조용했다. 너무 긴장해 과민 반응을 했던 모양이었다. 하긴 잔가지 부러지는 소리가 문을 꽁꽁 닫아 놓고 깊이 잠든 사람들에게까지 들릴 리 없었다.

성혁은 잔가지들을 피해 담장 밖으로 뻗어 있는 팔뚝 두께 정도의 나뭇가지를 탔다. 우선 두 팔과 두 다리로 나뭇가지에 몸을 꽉 고정했다. 그다음 엉거주춤 엎드린 자세로 손발을 조금씩 움직이며 담장 밖으로 미끄러져 나갔다.

밑에서는 담장 위에 설치된 철조망이 날카로운 가시를 치켜들고 성혁을 노려보았다. 아차 실수하여 떨어지면 온몸이 피투성이가 되어 철조망에 얽혀 빠져나가지 못할 것이 분명했다.

점점 본 나무 기둥으로부터 멀어지면서, 체중에 눌린 나뭇가지는 당장이라도 부러져 나갈 듯이 쩍쩍 소리를 내며 흔들거렸다. 온몸에서 땀이 바질바질 났다. 성혁은 최대한 몸의 움직임을 적게 주려고 노력하며 계속 전진했다.

드디어 온몸이 담장 밖 나뭇가지 위에 놓이자, 성혁은 두 손으로 나뭇가지에 매달리며 가볍게 뛰어내렸다. 그러고는 발이 땅에 닿자마자 냅다 뛰기 시작했다. 뒤에서는 체중 때문에 밑으로 기울어졌던 나뭇가지가 탄성을 받아 '휘익' 하고 위로 솟구치며 제자리를 찾는 소리가 났다.

성혁은 정신없이 달렸다. 그렇게 향방도 모른 채 오 분 정도 무작정 달리고 나서야 우뚝 멈추어 섰다. 다행히 쫓아오는 사람은 없었다. 성혁은 현재 위치가 어딘지 방향을 살펴보았다. 주변에는 아파트 단지와 빌딩들만 보일 뿐 도대체 어디가 어디인지 분간이 안 갔다.

성혁은 베를린에 여러 번 왔었다. 그러나 그때는 전철과 버스를 타고 시내 중심가만 다녔을 뿐, 시내 구석구석까지 돌아다니는 건 불가능했다. 그래서 베를린 지리에 대해서는 거의 알지 못했다.

시내는 조용했다. 전철을 운행하지 않는 깊은 새벽 시간이라 전철역은 불이 꺼져 있었고, 이따금 버스와 택시만이 높은 속력으로 빈 거리를 지나다녔다.

택시를 타야겠다고 생각했다. 여느 때 같으면 돈이 아까워 이리저리 방향을 물어 여러 번 갈아타는 한이 있어도 버스를 탔을 것이다. 하지만 지금부터 몇 시간 후면 일의 성공 여하에 관계없이 동독 돈은 필요치 않을 것이다.

성혁은 택시를 잡기 전에 우체통부터 찾았다. 멀지 않은 곳에서 우체통을 발견했다. 성혁은 나란트야와 부모님에게 보내는 편지를 우체통에 넣었다. 이틀 후면 나란트야는 그 편지를 받아 볼 것이다. 그러나 부모님에게 쓴 편지가 제대로 도착할지는 여전히 의문스러웠다.

북한 정부에서는 외국을 오가는 우편물에 대해 검사를 실시했다. 그래서 유학생들은 항공 우편을 통해 집으로 보내는 편지에 일부러 북한 정부에 대한 칭찬과 충성심에 불타오르고 있다는 식의 표현을 잔뜩 쓰곤 했다. 그리고 어떤 애로 사항이나 불만과 같은 것은 인편으로 보내는 편지에만 썼다.

모두 국비 장학생들인 북한 유학생들은 외화가 부족한 북한 정부에서 주는 쥐꼬리만 한 장학금으로 생활해야 했다. 항상 주머니 사정이 부족한 그들은 짬만 있으면 아르바이트를 하거나 암거래 장사를 했다. 암거래 장사는 주로 북한산 인삼이나 뱀술을 몰래 가져다가 동독인들과 외국인들에게 파는 것이었다. 북한 정부에서는 이런 암거래 장사를 달가워하지 않았다. 그래서 북한 유학생들은 인편으로 가족에게 보내는 편지에, 이런 물건들을 비밀리에 보내 주길 바란다고 썼다. 그러면 부모님들은 외국에서 고생하는 자식이 안쓰러워 출국하는 사람을 통해 물건을 보내왔다. 돈을 보내고 싶어도 소용없었다. 외국에서 북한 화폐는 휴지 취급도 못 받았다. 인편 역할은 주로 대사관 직원, 외교관, 무역 일꾼, 방학차 북한에 들어가는 유학생, 여객기 스튜어디스 등이 도맡아 했다.

어쨌거나 사정이 그러하니 인편도 아니고 우편으로 보내는 성혁의 편지가 제대로 전해질 가능성은 거의 없었다. 하지만 누군가는 보게 될 것이다.

'그 누군가가 편지를 전해 줄 수 있다면…….'

성혁은 이루어질지 모를 희박한 행운을 바라며 그 자리를 떴다.

"택시!"

새벽이어서 그런지 택시는 쉽게 잡혔다.

"브란덴부르크 문으로 가 주세요."

택시 기사는 호기심이 어린 눈으로 그를 홀낏 쳐다보았다. 이렇게 깊은 새벽 시간에 택시를 타고 브란덴부르크 문으로 가자고 하는 외국인이 의외라는 표정이었다.

택시는 거침없이 텅 빈 거리를 달렸다.

'과연 성공할 수 있을까?'

택시가 브란덴부르크 문에 점점 더 가까워진다는 것을 느낄수록 마음은 더욱 초조하고 불안해졌다.

'운명에 맡기자.'

성혁은 택시 안에서만이라도 앞으로의 일에 대해 더는 생각하지 않으려고 눈을 감았다.

감긴 성혁의 두 눈 사이로 눈물이 주르르 흘렀다. 조국에 큰 죄를 짓지도, 남에게 피해를 주지도 않았는데, 이렇게 조국을 버리고 달아나는 길을 택할 수밖에 없는 것인지…… 자신의 처지를 생각하니 성혁은 흘러나오는 눈물을 참을 수 없었다.

"여기가 브란덴부르크 문이요!"

'끽' 하고 차를 길옆에 세우며 택시 기사가 소리쳤다.

"고마워요!"

성혁은 지갑에서 집히는 대로 지폐를 꺼냈다. 그러고는 택시 기사에게 건넸다.

택시비보다 한참 많은 액수에 그는 어리둥절해했다. 이해할 수 없다는 듯이 그는 머리를 갸웃거리며 거스름돈을 넘겨주려고 돈을 세기 시작했다.

"됐어요. 거스름돈은 필요 없으니 다 가져도 돼요."

놀란 택시 기사가 성혁을 힐끗 쳐다보고는 어깨를 으쓱이며 말했다.

"오케이, 고맙소. 잘 가시오."

성혁은 택시에서 내렸다. 눈앞에 브란덴부르크 문과 동서 베를린을 가로막은 장벽이 서 있었다. 브란덴부르크 문은 동서 베를린을 이어 주는 다리와도 같았다. 동독과 서독을 비교적 쉽게 오갈 수 있는 서방측 관광객과 외교관이 주로 이용했다.

일반 행인처럼 보이려고 성혁은 택시에서 내리자마자 멈추지 않고 걸었다. 그러다가 어느 순간 가까이에 있는 빌딩 사이로 빠르게 스며들었다. 이만하면 장벽 초소에서 보이지 않을 만큼 충분히 들어왔다고 생각되었다.

성혁은 어두운 빌딩 벽에 몸을 숨긴 채 장벽 쪽을 유심히 살폈다. 브란덴부르크 문 쪽은 불이 환히 켜져 있었다. 국경 경비대원들이 총을 메고 보초를 서는 모습이 보였다. 브란덴부르크 문 쪽을 제외한 다른 장벽 쪽은 고요한 어둠 속에 묻혀 있었다. 희미한 경비등이 듬성듬성 설치돼 있을 뿐이었다.

장벽 앞에는 거의 오십 미터 정도 폭의 포장된 빈 공지가 장벽을 따라 길게 펼쳐져 있었다. 그 공지가 끝나는 곳에는 접근 금지를 표시하는 철제 바리케이드들이 완강한 거부의 몸짓을 과시하며 죽 늘어서 있는 게 보였다.

'이제 모든 건 신의 뜻이다.'

성혁은 잠시 고개를 들어 하늘을 쳐다보았다. 시커먼 하늘 여기저기에 박혀 있는 아스라이 먼 별빛들이 눈에 시렸다.

5

나란트야는 벌써 두 시간이 넘도록 창밖만 바라보았다.

바깥은 이미 어둑해져서 아무것도 보이지 않았다. 하지만 그렇게 우두커니 서서 어둠을 응시하는 것 말고는 나란트야가 할 수 있는 일은 없었다. 그대로 서서 석상으로 굳어져 버렸으면 싶었다. 아무것도 떠올리고 싶지 않았다. 성혁의 마지막 눈빛, 그 눈빛만 생각하면 머릿속이 하얗게 비어 갔다.

'이제 우리는 어떻게 되는 걸까?'

불쑥 그런 생각이 떠올랐다가도 이내 연기처럼 스르르 풀어졌다. 전혀 어떻게 해볼 수가 없는 상황이 닥치고 만 것이었다.

조금 전, 나란트야는 오층에 있는 한 몽골 유학생의 방에서 여러 명과 어울려 커피를 마시며 잡담을 나누었다. 일층은 주로 여자 호실이었지만, 오층에는 남자 몽골 유학생들의 호실이 비교적 많은 편이었다.

십여 일 전 성혁이 느닷없이 이제 만나선 안 된다고 말한 이후 나란트야는 심한 몸살을 앓았다. 정신적인 충격이 일으킨 병이었으리라. 몸살은 곧 나았지만 나란트야의 가슴앓이는 점점 심해졌다.

혼자 있으면 나란트야의 머릿속에는 온통 성혁에 관한 생각뿐이었다. 그와 함께했던 순간들을 생각하면 저절로 울음이 터져 나왔다. 나란트야가 심한 우울감에 빠져 있자 친구들은 수시로 그녀에게 다가와 기분을 바꾸어 주려고 노력했다.

처음엔 그 모든 것이 귀찮았지만 언제까지나 그럴 수는 없었다. 우선 친구들에게 미안했다. 나란트야는 차츰 자신이 먼저 친구들과 적극적으로 어울렸다. 친구들과 어울려 억지로라도 웃고 떠드노라면 잠시나마 성혁 생각을 지울 수 있었다.

오늘도 강의가 끝나자마자 친구들은 몽골 유학생들이 많이 모이는 방으로 알려진 오층 남자 호실로 나란트야를 이끌었다. 나란트야가 친구들을 따라 올라갔을 때 거기에는 서너 명의 몽골 남자 유학생들과 두 명의 아랍계 유학생들이 와 있었다. 호실 주인들은 간식을 내놓는 등 여러 가지 서비스를 제공하며 즐거운 태도로 손님들을 대접했다. 그들은 항상 자기네 호실에 친구들이 북적대는 것을 좋아했다.

나란트야는 그들과 어울려 이런저런 주제에 관해 이야기를 나누었다. 억지로 앉아 있다는 느낌을 주기 싫어서였다.

아랍계 유학생들은 자기네 나라의 풍속과 남녀 관계에 대해 한창 떠들었고, 다른 사람들은 그들에게 여러 가지 궁금한 점들을 물었다. 확실히 젊은 남녀들이 모이는 곳에는 늘 이성 관계가 중요한 화제가 되었다.

한참을 쉴 새 없이 떠들어 대던 아랍계 유학생이 불쑥 몽골 유학생에게 물었다.

"너희 나라에서는 고기만 먹어서 여자가 몸에 지방이 너무 많고, 또 말을 타고 항상 이동해야 해서 자식을 많이 낳지 못한다면서? 그래서 남자 손님이 집에 묵으면 손님 대접으로 집주인이 자기 부인하고 동침을 시킨다는데, 그게 정말 사실이야?"

몽골 유학생들이 다른 외국인들로부터 자주 듣는 질문이었다. 그러자 여러 명의 몽골 유학생들이 큰 소리로 대답했다.

"누구한테서 그런 얼토당토않은 얘기를 들었어? 말도 안 돼. 지금은 전혀 그렇지 않아."

몽골 유학생들은 모두 화가 난 듯한 열띤 목소리로, 질문했던 아랍계 유학생을 몰아세웠다. 그 아랍계 유학생은 당황하여 잘못했다고 두 손을 내저었다.

나란트야는 동료 유학생들의 모습들을 멀거니 지켜보았다. 어느 정도 대화에 참여했으니 이제는 쉬고 싶었다. 다시 화제가 바뀌어 여럿이 떠들기 시작했지만 나란트야는 아무 말 없이 커피만 마셨다. 가끔 건성으로 고개를 끄덕거릴 뿐이었다.

그때 문이 벌컥 열렸다. 그리고 예멘 출신 유학생 에밀이 들어왔다. 그는 북한 유학생들이 주로 거주하는 삼층에 살았다. 예멘 단거리 경주 국가대표 선수였던 그는 운동으로 단련된 아주 멋진 몸매를 가졌다.

에밀은 한때 나란트야에게 반해 접근을 시도하기도 했었다. 하지만 그녀가 곁을 주지 않고 성혁에게만 몰두하자 마음을 바꾸어 지금은 다른 몽골 여학생과 사귀는 중이었다. 그렇지만 에밀은 나란트야의 훌륭한 친구로 남아 주었다.

에밀은 문을 들어서자마자 나란트야에게 소리쳤다.

"헤이, 나란트야! 북한 대사관에서 온 사람들이 성혁을 데려 가고 있어."

"뭐, 성혁을?"

마른하늘에 날벼락 같은 소리였다. 나란트야는 커피잔을 든 채로 자리에서 일어났다. 커피잔이 불안하게 흔들렸다.

"자세히 말해 봐. 대체 무슨 소리야?"

"아까 삼층 휴게실에서 텔레비전을 보고 있었거든……."

에밀은 잠깐 숨을 고르고 나서 말을 이었다.

"그때 고급 승용차가 학교로 들어왔는데, 알고 보니 북한 대사관 사람들이더라고. 그들이 조금 전에 성혁의 방으로 가서 그를 끌고 나왔어. 마치 죄인처럼 에워싸서 데리고 나오던걸. 그래, 너에게 알려야 할 것 같아서 급히 달려온 거야."

에밀은 말해 놓고 나서 약간 계면쩍은 표정을 지었다.

나란트야와 친한 외국인들은 그녀와 성혁과의 관계를 눈치채고 있었으나, 입밖에 내지 않고 비밀에 부쳤다. 북한 유학생들이 여자를 사귀지 못하게 되어 있다는 것을 익히 들어 잘 알고 있었다.

"방금 계단을 내려갔으니, 지금 창문으로 내다보면 볼 수 있을 거야."

내친 김이다 싶었던지 에밀은 나란트야의 팔을 잡아끌며 재촉했다.

잠깐 동안의 멍한 느낌이 사라지자 나란트야는 불안해졌다. 내다보는 것이 오히려 두려웠다. 성혁에 대한 걱정도 걱정이려니와 북한 대사관 사람들과 눈이 마주치는 것도 겁났다.

그녀는 용기를 내어 창문으로 다가갔다. 그러고는 밖을 겨우 내다볼 수 있을 정도만 커튼을 살짝 열었다.

마침 성혁 일행이 기숙사 정문을 나서고 있었다. 과연 북한 사람들은 무슨 보디가드라도 되듯 성혁의 좌우에 바짝 붙어 움직였다. 사람들에게 둘러싸인 성혁의 모습이 도살장에 끌려가는 소처럼 애처롭기만 했다.

자동차에 다가서던 성혁이 기숙사를 돌아보았다. 그는 빠르게 고개를 돌려가며 기숙사 창문을 하나하나 유심히 훑어보았다. 누군가를 애타게 찾는 모습이었다.

나란트야는 그가 볼 수 있게 커튼을 활짝 열어젖혔다. 그러나 성혁의 눈길이 미처 오층 창가에 이르기도 전에, 옆에 서 있던 중년의 북한 사람이 그를 거칠게 차 안으로 떠밀었다.

순간 나란트야는 창문을 열고 오층에서 뛰어내리고만 싶었다. 크게 소리 지르고 싶었다. 하지만 온몸이 굳어 아무 말도 할 수 없었다.

차에 올라타던 성혁이 다시 한번 몸을 돌렸다. 그러고는 이루 형언할 수 없이 복잡한 표정이 되어 기숙사를 올려다보았다. 모든 것을 포기하고 운명에 맡긴 듯한 멍한 눈길이었다.

나란트야는 눈물을 주르르 흘렸다. 사랑하는 남자가 눈앞에서 끌려가는데 바라만 보고 있는 자신의 처지가 원망스러웠다. 나란트야는 눈물을 흘리며 그저 멍청히 서 있기만 했다.

이윽고 자동차 문이 닫히고, 중년 남자가 빠른 동작으로 운전석에 올라탔다. 곧 자동차는 일직선으로 교문을 향해 달려갔다. 자동차의 뒤창으로 얼핏 성혁의 얼굴이 보인 것도 같았다. 그뿐, 성혁을 태운 자동차는 곧 시야에서 사라졌다.

성혁의 그 마지막 눈빛, 누군가를 애타게 찾으며 기숙사 창문을 훑어가던 눈길이 나란트야의 머릿속에서 떠나지 않았다. 나란트야는 주변 사람들의 눈길에도 아랑곳없이 그 자리에서 오래도록 흐느껴 울었다. 누구도 섣불리 나서서 위로하려 들지 않았다. 나란트야는 한참 후에야 자기 방으로 돌아왔다.

그 후 지금껏 방에서 한 발짝도 나가지 않은 채 창밖만 바라보았다. 저녁 식사를 걸렀지만 배도 고프지 않았다. 오직 솟구쳐 오르는 죄책감에 괴로울 뿐이었다. 그랬다. 죄책감이었다. 처음엔 성혁에 대한 걱정과 그리움뿐이었다. 창가에서 눈물을 흘린 것도 그 때문이었다. 그러나 차츰 시간이 흐르면서 나란 트야의 가슴에 날아드는 건 성혁에 대한 견딜 수 없는 죄책감 이었다. 큰 포부를 가지고 시작한 외국 유학이 자신으로 인해 서 망쳐졌다는 것. 이제 앞으로의 인생도 험난하기만 하리라는 것. 그것이 모두 나란트야 자신으로 인해 생긴 비극임을 모르 는 체할 수가 없었다.

그 어느 나라보다 북한에서는 외국에 유학 가기가 대단히 힘 들다는 것을 나란트야는 알고 있었다. 성혁은 유학을 떠나올 때 공항까지 나와 건강히 공부하고 돌아오라며 눈물을 흘리던 부모님 얘기를 자주 하고는 했다. 그러면서 자기는 꼭 열심히 공부해 조국을 발전시키는 데 없어서는 안 될 훌륭한 사람이 되어야 한다고 역설했었다.

그런 성혁이 자기와의 관계 때문에 죄인이 되어 끌려갔다고 생각하니 나란트야는 미칠 것만 같았다. 마음 한쪽에서는 융통 성이라곤 없는 북한 당국에 대한 거센 분노도 치밀어 올랐다.

나란트야는 천천히 창가에서 돌아섰다. 이렇게 무작정 슬퍼 하고 있을 수만은 없었다.

'철우를 찾아가 보자.'

나란트야는 방을 나왔다. 조용한 복도를 걸어가고 있으려니 어디선가 왁자하게 떠드는 소리가 들려왔다. 주말 밤이라 여러 명씩 모여서 놀고 있는 소리였다. 나란트야는 계단을 올라 삼 층 복도에 섰다. 삼층은 다른 곳과 달리 조용했다. 북한 유학생들은 주말이라고 특별히 떠들며 놀지는 않았다. 더욱이 오늘은 동료 한 사람이 불미스러운 일로 대사관에 끌려가지 않았던가. 이런 날에 웃고 떠들 사람은 없을 것이다.

철우의 호실 앞에서 나란트야는 망설였다. 철우가 이 시간에 혼자 있지는 않을 것 같아 주저되었다. 어차피 이제는 북한 유학생들 모두가 알게 되었지만, 그렇다고 노골적으로 연인 티를 내며 성혁의 안부를 물어본다는 게 쉽지 않았다. 어쩌면 그들은 나란트야에게 적대감을 가지고 있을지도 모를 일이었다. 자신들 동료의 인생을 망쳐 놓은 여자라고.

한번 그런 생각이 들자 나란트야는 도저히 자신이 서질 않았다. 나란트야는 돌아서서 일층으로 내려오고 말았다. 하지만 자기 방 앞에 이르렀을 때 나란트야는 다시 돌아섰다. 누가 어떻게 보든 성혁의 소식을 알아내야만 했다. 조직의 책임자인 철우는 분명 어느 정도의 정보를 가지고 있을 게 틀림없었다.

나란트야는 빠르게 계단을 밟아 다시 삼층으로 올라갔다. 그러나 삼층의 적막한 복도 앞에 서자 방금 전의 용기는 어느새 사라져 버렸다. 억지로 결심을 끌어올리며 철우의 호실 앞까지 다가선 나란트야는 노크하기 위해 손을 올리다 말고 눈을 감았다. 역시 자신이 없었다.

나란트야는 한참 동안 문 앞에 서 있다가 그대로 돌아섰다. 그러고는 힘없이 계단을 내려가 방으로 돌아갔다.

어둠 속에서 나란트야의 모습을 지켜보는 사람이 있었다. 바로 철우였다. 철우는 마침 화장실에서 나오려던 참이었다. 북한 유학생들만 있는 삼층 복도로 웬 여학생이 걸어오는 것을 보았을 때 철우는 대뜸 나란트야일 것이라 짐작했다.

철우의 호실 앞으로 걸어온 여자는 역시 나란트야였다. 그녀가 왜 왔는지는 물어보지 않아도 뻔했다. 철우는 화장실 밖으로 나오지 않고 그냥 지켜보기만 했다. 나란트야가 듣고 싶어 하는 어떤 말도 해줄 수가 없었기 때문이었다.

성혁이 어찌 될지는 철우도 알 수 없었다. 지금 대사관에서 어떤 상황이 진행되고 있는지도 알지 못했다. 그런 처지에서 나란트야를 만나 봐야 실망만 안겨 줄 게 뻔했다. 아니, 우선 철우 자신부터가 나란트야의 얼굴을 보기가 민망했다. 아무런 도움이 되지 못하는 사람들끼리 마주쳐 봐야 우울함만 깊어질 것이었다.

철우는 나란트야가 자기 방 앞에서 머뭇거리는 모습에 마음한구석이 무겁게 내려앉았다. 아마도 애써 용기를 내어 찾아왔으리라. 혼자 견디다 못해서 이곳까지 올라왔으리라. 그런데도 나란트야는 노크를 하지 못했다. 몇 번이나 손을 들었다가는 그저 힘없이 내려뜨리고는 했다.

철우는 그때마다 와락 뛰어나가 그녀의 손을 잡아 주고 싶었다. 위로가 되든 안 되든 이 말 저 말 많이 해 주고 싶었다. 하지만 참았다. 그건 감상적인 충동에 불과하다고 생각했다.

결국 나란트야는 노크를 하지 못하고 돌아섰다. 어깨를 축 늘어뜨린 채 돌아서는 나란트야의 쓸쓸한 뒷모습을 바라보며 철우는 처음으로 사랑이 얼마나 아름다운 것인가를 느꼈다. 한 사람을 저토록 그리워하고 염려할 수 있는 마음이란 그 자체가 빛나는 아름다움이었다. 그 순간, 철우는 성혁이 부러웠다. 조만간 그 인생이 어떤 나락으로 떨어질지 모르는 사람을 부러워한다는 건 말도 안 되는 감정이었다. 하지만 나란트야라는 여자의 깊은 사랑을 눈으로 확인한 그 순간, 철우는 진정으로 성혁이 부러웠다. 순수한 부러움이었다.

철우는 나란트야가 계단 아래로 사라지고 난 후 화장실에서 나왔다. 그러고는 방으로 들어가자마자 침대에 누웠다.

'성혁이는 이제 어떻게 되는 걸까? 다른 친구들에겐 피해가 없을까? 책임자인 내게 떨어지는 추궁은 또 없을까?'

침대에 누워 있으려니 이런저런 궁금증이 툭툭 튀어나왔다. 철우는 눈을 감고 지난 일들을 찬찬히 정리해 보았다.

성혁을 만나 휴게실에서 나란트야의 문제를 처음으로 꺼낸 날, 철우는 호실로 돌아와 고민에 빠졌다. 성혁의 문제를 어떻게 처리해야 할지 좋은 방책이 서질 않았다. 철우가 보고하지 않아도 누구를 통해서든지 언젠가는 대사관에 알려질 것이 분명했다. 그렇게 되면 알면서도 보고하지 않았다는 조직의 비난을 피하기 어려울 테고, 당에 대한 철우의 충성심마저 의심받게 될 것이었다. 또한 그에 따른 처벌을 면치 못할 것이 뻔했다. 그렇다고 보고하자니 성혁이 받을 타격이 걱정되었다. 이러지도 저러지도 못하고, 난감한 노릇이었다.

생각에 생각을 거듭하던 철우는 성혁의 문제를 당분간 자기 선에서 보류하고 보고를 미루기로 했다. 그러다 만약 일이 터지면 확인된 사실이 아니라서 정확한 보고를 위해 보고 시기를 늦췄다고 둘러대는 수밖에 없었다.

그렇게 며칠이 흘렀다.

철우는 전화가 왔다는 전갈을 받고 사감실에 내려가 전화를 받았다. 유학생 담당 지도원이었다.

"그동안 무슨 일이 없었나?"

예전의 그답지 않게 인사도 없이 다짜고짜 물어 왔다. 철우는 특별한 일이 없다고 대답했다. 그러자 그는 화를 벌컥 냈다.

"특별한 일이 없긴 왜 없어? 지금 대사관 당 위원회에 성혁이의 부화(연애) 사건에 대한 보고가 들어와 있는데. 일을 어떻게 하는 거야?"

화가 난 목소리로 내뱉는 그의 말에 따르면, 성혁이 외국 유학생 여자와 사귄다는 보고가 철우의 조직 내에 있는 국가보위부 요원을 통해 어젯밤 대사관 당 위원회에 보고되었고, 거기에는 성혁이 몇 월 며칠 밤에 나란트야의 방에 들어가는 것을 보았다는 구체적인 사례까지 포함되어 있었다.

철우는 가슴이 덜컹 무너져 내리는 것 같았다.

국가보위부에서는 비밀 요원을 북한의 모든 조직에 침투시켜 놓았다. 유학생 조직 내에도 어김없이 매 지역 조직당 비밀 요원이 한두 명씩 배치되었다. 그들의 신분은 철저히 비밀에 부쳐져, 조직 책임자인 철우도 함께 생활하는 유학생 중 누가 비밀 요원인지 전혀 짐작할 수 없었다.

비밀 요원은 국가보위부 직원에 의해 직접 포섭되는데, 달마다 어느 정도의 보수를 받으며 정보 수집 활동을 한다는 얘기를 철우도 들은 적이 있었다. 외국 생활을 몇 년 정도 한 일부 선배 유학생 비밀 요원들은 사상이 변해 그 생활에서 손을 씻는다고도 했다. 그럴 경우, 동료 유학생들 앞에서 자신이 비밀 요원이었다는 것을 고백하고 용서를 구한다고 했다.

철우도 그들을 전혀 생각해 보지 않은 것은 아니었으나, 이렇게 빨리 냄새를 맡을 것이라고는 예상치 못했다.

'성혁이 문제로 나를 찾아왔던 애들 중에 비밀 요원이 끼어 있었나?'

철우는 그들의 얼굴을 떠올려 보았다. 그러나 그런 것 같지는 않았다. 그들이 성혁 문제로 철우를 만난 지 벌써 며칠이 지났는데 어젯밤에야 보고가 되었다는 것도 그렇고, 비밀 요원이라면 굳이 철우를 찾을 필요가 없었다. 그들은 직접적인 비밀 보고 루트가 있어서 철우를 통하지 않고 사상 담당 당 부비서에게 직접 보고했다.

"정말 성혁이의 이번 사건에 대해 전혀 모르고 있는 거야?"

수화기에서 따지듯 캐묻는 유학생 담당 지도원의 목소리가 흘러나왔다.

철우는 할 수 없이 일부 유학생들이 그 일 때문에 그를 찾아왔다고 말했다. 그리고 사건의 정확성을 확인하고 통보하기 위해 보고를 늦췄다고 변명을 늘어놓았다.

"왜 그렇게 철이 없이 행동해? 네가 조직 책임자의 임무를 망각하고, 잘못을 저지른 친구를 비호한다고 위에 보고라도 되면 어떻게 되는지 잘 알잖아. 류학도 끝내지 못하고 조국으로 쫓겨가 처벌받고 싶어 가지고 기래?"

유학생 담당 지도원이 철우를 나무랐다.

"잘못했습네다."

철우는 그 말밖에 할 말이 없었다.

"내가 오늘 너한테서 전화가 걸려 와 성혁이 문제에 대해 통보를 받았다고 위 기관에 보고할 테니 네가 들은 대로 구체적으로 설명해 봐. 그리고 다른 사람들에게는 절대로 이 일을 비밀에 부치고……."

철우는 가슴이 뭉클했다. 그를 보호해 주려는 유학생 담당 지도원의 깊은 뜻이 느껴졌다.

그는 대사관 당 조직에서 글라우카우 유학생 조직 책임자를 정할 때도 철우를 극구 추천했다. 그만큼 그는 철우를 아꼈다.

철우는 유학생 담당 지도원에게 성혁의 사건에 대해 자초지종을 밝혔다. 그는 내내 아무 말 없이 듣기만 했다. 보지 않아도 전화기 저편에서 심각하게 굳어 있을 그의 표정이 짐작되었다. 철우의 이야기가 다 끝나자 그가 한마디했다.

"앞으로는 어떤 사사로운 일이라도 즉각 보고하라우."

철우는 성혁이 어떻게 조치될 것인지 묻고 싶었다. 하지만 마음뿐, 직접 물을 수는 없었다. 그랬다가는 친구의 사사로운 정에만 깊이 빠져 있다고 질책이 날아올 것 같았다.

자기 이야기가 상부에 보고된 것을 안 후의 성혁의 모습은 옆에서 보기가 민망할 정도였다. 그는 안절부절못하면서 내내 근심에 싸여 있었다. 당연한 일이었다. 온갖 불길한 상상이 떠올랐을 것이다.

그 힘들어하는 모습을 지켜보면서도 철우는 어떤 위로의 말도 해줄 수가 없었다. 다 부질없는 짓이었다. 그저 가벼운 조치로 끝나기만을 기대하는 수밖에 없었다. 그런데 오늘 갑자기 대사관에서 내려와 성혁을 데리고 간 것이었다.

성혁에게 어떤 처벌이 내려질지 철우로서는 전혀 짐작되지 않았다. 이대로 유학 생활이 끝날 것인지, 자아비판 정도로 마무리될지 알 수 없었다. 어쨌거나 이제는 기다리는 것 외에 다른 수가 없었다.

'지금쯤 성혁이는 어떤 마음일까?'

아마 미칠 것 같은 불안감에 휩싸여 있으리라.

철우는 이불을 덮어쓰며 눈을 감았다. 생각이 길어질수록 머리만 아팠다.

'외국 여자를 사랑하는 게 그렇게 큰 죄인가?'

외국 여자와 사귀지 못하게 하는 당국의 방침에 철우는 얼마 전까지만 해도 불만이 없었다. 아니, 깊이 생각해 본 적도 없었다. 당국이 정한 어떠한 방침도 당연한 일로 받아들였다. 다른 외국 유학생들이 북한 당국의 경직성을 비난할 때면 철우는 강하게 따지며 그런 말을 못 하도록 했었다.

그런데 막상 가까운 친구에게 그러한 일이 벌어지고 보니 당국의 태도가 너무 경직돼 있다는 생각이 들었다. 한번 그런 마음이 들자 그밖의 다른 지시 사항들도 모든 것이 너무 일방적이라는 생각에 이르렀다. 그래도 이곳에서는 비교적 자유로운 편이다. 조국으로 돌아가면 좀 더 엄격한 조직 생활과 통제들이 기다리고 있을 것이다.

'같은 공산권에서도 왜 북조선만 이토록 개인의 삶을 철저히 통제하고 감시하는 걸까? 우리 조국은 그토록 자신감이 없는 걸까?'

철우는 앞으로의 생활이 자신 없었다. 북한에서 태어난 것에 대해 처음으로 강한 회의감이 밀려들었다.

아래층에서 외국 유학생들의 떠드는 소리가 들렸다. 이 시간까지 저렇게 자유롭게 어울려 노는 그들이 참으로 부러웠다. 철우는 그 소리를 듣지 않기 위해 이불을 좀 더 끌어 덮었다.

6

　성혁은 어둠 속에서 장벽 여기저기를 관찰하며, 브란덴부르
크 문을 처음 구경했던 때를 떠올렸다.

　동독에 처음 도착한 북한 유학생들은 시내 관광의 한 코스로
장벽에 방문했다. 그들은 북한 대사관 직원의 안내를 받았다.
그때 동베를린 쪽에서 구경하는 관광객들은 철제 바리케이드
안에 들어갈 수 없었다. 밖에서 장벽을 구경하며 사진 촬영을
해야 했다.

　하지만 서베를린 쪽에서 나온 관광객들은 장벽 위에까지 올
라서서 동베를린 쪽에 손짓해 가며 관광을 했다. 그들이 동베
를린 쪽으로 넘어오자면 너무 쉬웠다. 그냥 장벽 위에서 뛰어
내리기만 하면 동베를린이었다. 그런데도 서베를린 쪽에서 그
들을 통제하는 사람은 없어 보였다. 그들은 제멋대로 장벽 위

를 활보하고 다녔다. 하긴 그들은 여권만 있으면 힘들지 않게 동독을 방문할 수 있었다. 자칫하면 다리가 뺄 수 있는 위험이 도사린 그런 구차한 방법을 굳이 쓸 필요가 없었을 것이다.

동베를린 사람들이 서베를린으로 넘어가자면 생명을 걸어야 했다. 우선 경비병의 눈을 피해 접근 금지된 빈 공지를 건너가야 했다. 그런 다음 높은 장벽을 툵아 올라야 했다. 발각되면 동독 경비병들이 쏘는 총탄 세례를 받기 십상이었다.

너무나 살벌한 남북한의 휴전선만 봐 왔던 성혁 일행은 동서베를린 장벽을 보고 참 신기하기 그지없었다. 별거 아니라는 생각마저 들었다. 지뢰도 설치되어 있지 않은 오십 미터 폭의 공지를 돌파하고 장벽을 뛰어넘으면 서방 세계라니 실감이 가지 않았다.

'그래, 저 장벽만 뛰어넘으면 된다.'

그러기 위해서는 먼저 접근 금지된 빈 공지를 돌파해야 했다. 동독 경비병들은 잠복근무를 서고 있는지 장벽 근처에는 보이지 않았다. 장벽에 설치한 희미한 전등 불빛 사이로 어두운 공간들이 눈에 띄었다.

'몸을 땅에 붙이고 소리를 죽인 후 장벽으로 기어가면 성공할 수도 있을 것이다. 그런데 저 장벽은 어떻게 넘지?'

장벽은 오 미터 정도의 높이였다. 아무리 운동 신경이 뛰어난 사람이라도 맨손으로 장벽을 넘는 건 무리였다.

성혁은 도움이 될 만한 것이 있는지 메고 온 가방을 뒤졌다.

마침 가방 안에는 대사관에서 배수관을 타고 내려올 때 손에 감았던 침대보가 들어 있었다. 너무나 정신없는 경황이기도 했고 또 어디에 쓸모 있을 것 같기도 해서 버리지 않고 그냥 가방에 뭉쳐 넣었던 것이다.

우선 침대보를 여러 조각으로 찢었다. 그러고는 서로 이은 다음 배배 꼬아 접으니 약 오 미터 길이의 두 겹 밧줄이 만들어졌다. 밧줄을 두 손으로 양껏 잡아당겨 보았다. 잘만 하면 성혁의 체중을 유지해 줄 것 같았다.

줄을 타고 올라가기 위해서는 그것을 장벽 위 어딘가에 걸어야 했다. 성혁은 장벽 위를 주의 깊게 살폈다. 위에는 밧줄을 걸 만한 곳이 전혀 보이지 않았다. 혹시나 해서 벽면을 살폈다. 아무것도 없이 밋밋한 벽면 위에 유일하게 불쑥 튀어나온 것이 있었다. 자세히 보니 스피커였다. 관광객들에게 음악을 들려주거나 통제하기 위해 국경 경비대에서 설치한 모양이었다. 스피커는 장벽의 중간 정도 높이에 위치했다.

'그래, 저걸 이용해 보자.'

스피커에 밧줄을 건 후 스피커까지 올라간 다음, 그 위에 올라서서 팔을 양껏 뻗치면 장벽 위에 손이 닿을 것도 같았다.

성혁은 밧줄 한쪽을 동여매 고리를 만들었다. 그런 후 밧줄을 허리춤에 차고 가방을 움직이지 않게 꽉 조여 맸다. 그리고 다시 한번 장벽 쪽을 살폈다. 여전히 조용했다. 거리에도 사람 하나 보이지 않았다.

손목시계를 들여다보았다. 4시가 조금 지난 시간이었다.

성혁은 숨을 크게 들이쉬어 마음을 진정시켰다. 그러고는 중얼거렸다.

"하느님, 도와주세요. 아멘!"

유학 전까지 북한에서만 살아온 성혁은 종교를 갖지 않았다. 하지만 지금의 기도는 중요한 일을 시작할 때마다 하는, 운명이 도와주길 바라는 마음의 기도였다.

처음에는 외국 영화에서 주인공들이 하는 것을 보고 따라 해보았다. 막상 기도해 보니 불안감과 초조감을 줄이고 마음을 안정시키는 데 많은 도움이 되었다. 일의 결과에 연연하지 않고 최선을 다할 수 있었다. 만약 실패하면, 최선은 다했지만 운명의 여신이 함께 있지 않았다고 자신을 위안했다. 실패로 인하여 생기는, 자기 자신에 대한 실망을 최대한 줄이는 방법이었다.

모든 것이 준비되었다. 이제는 행동을 실행에 옮기는 일만 남았다. 앞에는 인도와 차도 그리고 접근 금지된 공지가 펼쳐져 있었다. 이것들을 순서대로 돌파해야 했다.

우선 십 미터 정도의 차도를 잠복 경비병들의 눈에 띄지 않게 가로질러 통과해야 했다. 벌건 대낮도 아니고, 인적이 없는 새벽에 뻣뻣이 몸을 세우고 차도를 가로지른다는 것은 모든 일을 망칠 무모한 행동이었다.

성혁은 거리 쪽에 서 있는 건물로 어둠 속에서 드러나지 않게 몸을 숙이고 다가갔다. 그런 후 건물 모서리 벽에 몸을 바짝 밀착시키고, 시내버스가 오기를 기다렸다.

오 분 정도가 지났을까? 작은 불빛이 가물거리며 다가오는 것이 보였다. 시내버스가 분명했다.

성혁은 시내버스가 좀 더 가까이 올 때까지 기다렸다. 환하게 불이 켜진 버스 안에는 새벽녘이어서 그런지 서너 명의 승객만이 타고 있었다. 시내버스가 정류소에 거의 다다를 무렵, 성혁은 건물에서 뛰어나왔다. 그러고는 정류소 쪽으로 빠른 걸음으로 걸어 나갔다.

'끼익!'

버스는 브레이크가 긁히는 차가운 금속음을 내며 정류소에 멈춰 섰다. 버스 앞문이 벌컥 열렸다. 그러나 내리는 사람은 없었다. 아마 성혁을 보고 멈춘 모양이었다. 버스를 타려는 듯이 다가간 성혁은 열린 문을 무시한 채 천천히 그 옆을 지나쳤다. 성혁 때문에 차를 세웠던 버스 운전사는 화가 난 모양인지 뭐라고 마구 욕설을 퍼부으며 투덜거렸다. 그러더니 문을 닫는 것과 동시에 차를 출발시켰다.

차의 뒷부분이 성혁을 지나치는 순간 성혁은 차도에 납작 엎드렸다. 잠복 경비병들이 건물에서 나온 그를 보았다면 버스를 타고 떠났다고 믿게 하기 위해서였다. 성혁은 빠른 포복으로 차도를 가로지르기 시작했다.

장벽 주변은 번화가가 아니었다. 또 깊은 새벽이라 가로등이

켜 있지 않아서 주의 깊게 살피지 않으면 성혁의 움직임을 쉽게 발견할 수가 없었다. 온 거리가 깊이 잠든 시간이어서 차가 거의 다니지 않는 것도 다행이었다. 그렇지 않으면 성혁은 지나다니는 차들에 치여 버렸을 것이 분명했다.

바리케이드에 다다른 성혁은 잠시 숨을 멈추고 주변을 살폈다. 모든 것이 잠잠했다. 차도를 넘는 것은 성공한 것 같았다.

쇠파이프를 이어 만든 바리케이드 밑으로는 성혁이 엎드려 지나갈 만한 공간이 있었다. 차도를 벗어난 차들의 침범을 막고, 접근 금지 구역이라는 것을 표시하기 위해 만들어 놓은 바리케이드는 도로 차단용 바리케이드와 모양이 비슷했다.

장벽은 외국인들이 자주 찾는 베를린 시내 안에 설치되어 있었다. 그런 이유로 동독 정부에서는 너무 살벌한 바리케이드를 설치할 수도 없었다.

성혁은 조심스럽게 바리케이드 밑을 통과했다. 이제는 접근 금지 공지를 통과해야 했다. 성혁이 통과해야 할 가장 위험한 구간 중 하나였다.

땅에 바짝 몸을 붙인 채 성혁은 조금씩 조금씩 몸을 앞으로 움직였다. 공지에는 그리 얇다고 할 수 없는 눈이 덮여 있었다. 지나다니는 사람들과 차들로 눈이 내리면 금방 녹아 버리는 시내의 다른 곳과는 달리 보행자가 전혀 없어 녹지 않고 쌓인 모양이었다.

'빠다닥 빠다닥!'

몸을 움직일 때마다 눈과의 마찰로 생긴 소리가 온 천지를 진동하는 것 같아 가슴이 쿵쿵 뛰었다. 소리를 적게 내기 위해 성혁은 최대한 조심스럽게 몸을 움직였다. 긴장 때문인지 온몸이 달아올랐고 땀이 줄줄 흘렀다. 몸의 열기에 녹은 눈과 흐르는 땀이 한데 어우러져 옷은 질퍽하게 젖어 들었다.

시간이 지날수록 차가운 공기에 옷이 뻣뻣하게 얼어붙었다. 얼어붙은 옷 때문에 몸의 움직임이 점점 부자연스러웠다. 맨살로 노출된 손은 꽁꽁 얼어 터지는 것 같았다. 손은 감각을 잃어버릴 지경이었다. 손이 더 얼었다가는 장벽을 넘을 수 없을 것이다. 성혁은 연신 손을 비벼 대며 눈에 닿지 않도록 신경을 썼다. 바람이 조금만 불어도 눈가루가 성혁의 얼굴을 사정없이 후려갈겼다.

오십 미터밖에 안 되는 거리였지만 장벽까지는 굉장히 멀게 느껴졌다. 북한에서 대학 시절 군부대에 나가 군사 훈련을 받을 때는 이보다 훨씬 더 먼 거리를 쉬지 않고 포복하곤 했다. 그러나 이렇게까지 힘들지는 않았다.

성혁은 손을 치켜든 채 팔꿈치로만 땅을 짚으며 계속 앞으로 나아갔다. 속도가 형편없이 느렸다. 그러나 손을 보호하기 위해서는 어쩔 수 없었다. 벌떡 일어나 장벽으로 달려가고 싶은 욕망이 불쑥불쑥 생겼지만, 가까스로 참으며 앞을 바라보지 않고 고개를 숙인 채 무작정 앞으로만 나갔다.

얼마나 시간이 흘렀는지, 쿵 하는 소리와 함께 머리가 딱딱한 물체에 부딪쳤다. 눈물이 찔끔 나도록 머리가 아팠다.

성혁이 머리를 들었다. 장벽이었다. 장벽은 그 거대한 덩치로 성혁을 가로막은 채 비웃는 듯이 내려다보았다. 아직 주위가 깜깜한 것으로 보아 별로 시간이 흐른 것 같진 않은데, 왜 그렇게 오랜 시간이 흐른 것처럼 생각되는지…….

성혁은 엎드린 채로 손을 열심히 비볐다. 얼어붙은 손을 녹여 손놀림을 원활하게 하기 위해서였다. 그런 다음 허리춤에서 밧줄을 빼냈다.

'이 장벽만 넘으면 서방 세계로 갈 수 있다!'

성혁은 흥분되는 마음을 진정시키고, 스피커 위치를 살폈다. 스피커는 좀 더 왼쪽에 위치해 있었다. 바리케이드에서 떠날 때는 스피커를 향해 방향을 잡고 움직였는데, 도중에 고개를 숙이고 앞으로 나갈 때 방향이 좀 빗나갔던 모양이었다.

다시 포복해서 왼쪽으로 살금살금 움직였다. 그러고는 몸을 드러누운 자세로 바꿨다. 하늘이 보였다. 하늘에서는 별들이 깜박이며 성혁을 빤히 내려다보았다. 순간 아버지 품에 안겨 별을 가리키며 즐거워하던 어린 시절이 떠올랐다.

아버지는 저녁에 퇴근하면 성혁을 안고 밖으로 나갔다. 그러고는 하늘을 가리키며 저 별은 북두칠성, 그 옆의 별은 북극성 하면서 별에 깃든 이야기들을 들려주곤 했다. 이야기가 잘 이해되지 않았지만, 아버지 품에 안겨 별을 보며 이야기를 듣는 것이 마냥 즐겁기만 했다. 그래서 어쩌다 아버지가 쉬는 날 집에 계시면 대낮부터 별을 보러 가자고 졸라 대곤 했다.

'아버지는 추위와 겁에 우들우들 떨며 서방 세계로 넘어가기 위해 몸부림치는 지금의 나를 보면 뭐라고 말씀하실까?'

성혁은 눈물을 글썽였다. 왜 하필 이런 때 그런 기억이 되살아났는지……. 가슴이 갑갑했다.

생각을 떨쳐 버리려고 머리를 흔들었다. 별들을 보지 않으려 애쓰며, 스피커가 매달려 있는 벽면에 눈길을 고정했다.

성혁은 숨을 가다듬고 스피커를 향해 밧줄을 던졌다. 공중으로 치솟았던 밧줄은 그대로 '툭!' 하고 떨어졌다. 또다시 정신을 집중해 스피커를 정확히 조준한 후 밧줄을 던졌다. 또 실패였다. 밧줄은 스피커에 다다르기도 전에 벽에 부딪쳐 미끄러져 내려왔다.

경비병의 눈에 띄지 않으려고 누운 채로 밧줄을 던졌는데 그 자세가 매우 불편했다. 몸을 일으켜 장벽에 바짝 붙었다. 손을 쭉 뻗으니 스피커까지의 거리가 일 미터 정도밖에 되지 않았다. 밧줄을 던지기 위한 자세도 한결 편했다.

숨을 길게 내쉬었다. 그러고는 밧줄의 고리 부분을 오른손으로 잡고, 스피커를 향해 슬쩍 손을 휘둘렀다. 부딪치는 소리가 가볍게 울리며 밧줄의 올가미 부분이 스피커를 휘어 감았다. 성공이었다.

성혁은 줄이 팽팽해질 때까지 조심스럽게 잡아당겼다. 손끝에 줄의 팽팽한 기운이 전해졌다. 다시 한번 힘을 주어 당겼다.

밧줄에 걸린 스피커가 부르르 떨었다.

고리는 장벽에 고정된 스피커의 목 부분을 단단히 감고 있었다. 주위는 여전히 조용했다. 성혁은 줄을 감아쥐고 조심조심 장벽을 오르기 시작했다. 몸을 움직일 때마다 스피커는 금방이라도 장벽에서 뜯겨 나갈 듯이 삐걱거렸다. 몸을 최대한 조심스럽게 움직이는 수밖에 없었다. 얼어붙었던 손에서 땀이 빠작빠작 났다.

꽁꽁 얼어붙은 장벽은 대단히 미끄러웠다. 발이 자꾸 미끄러지며 헛발질을 해 댔다. 하지만 어릴 때 남의 집 담을 타고 넘어 들어가 탐스럽게 익은 포도를 서리하던 경험과, 국방 체육의 일환으로 북한 학교에서 받던 장애물 극복 훈련 경험을 살려 장벽을 톺아 올랐다. 포도를 서리하던 그때는 주인집 아저씨에게 들켜 엄청나게 두들겨 맞기도 했지만, 그것이 위기의 순간에 이렇게 큰 도움이 될 줄은 몰랐다.

한쪽 손에 스피커의 목 부분이 잡혔다. 성혁은 다른 손으로도 스피커의 목 부분을 감아쥐었다. 그러고는 두 팔에 힘을 주어 조심스럽게 온몸을 끌어당겼고, 동시에 두 발로 벽을 짚으면서 스피커 위에 온몸을 올려놓았다. 움직일 때마다 스피커의 고정 부분에서 나는 삐걱거리는 소리가 성혁의 온 신경을 자극했다.

성혁은 두 손으로 벽을 짚으면서 두 발을 좁은 스피커 목 부분에 가까스로 올려놓은 채 조심스럽게 몸을 일으켰다. 손으로 몸을 고정하기에는 벽이 너무 미끄러워 자칫 균형을 잃으면 밑으로 떨어질 것이 분명했다.

길가에서는 이따금 버스나 택시가 지나가는 소리가 났다.

겨우 몸을 일으킨 성혁은 두 팔을 뻗쳤다. 손끝이 장벽 위에 닿을 듯 말 듯 했다. 성혁은 두 팔을 양껏 폈다. 하지만 아무리 팔을 늘려도 닿지 않았다.

'이 손만 닿으면 서베를린으로 넘어갈 수 있는데…….'

장벽만 넘어가면 거기서부터는 서베를린 땅이었다.

'제발! 손아, 장벽 위에 닿아라.'

마음이 바작바작 탔고, 점점 조급해지기 시작했다. 성혁은 발뒤꿈치를 들려고 두 발에 힘을 주었다. 순간 힘을 받은 스피커 목과 장벽을 연결해 주는 고정 부분에서 '삐거덕!' 하는 소리가 크게 들렸다.

"누구야?"

귀청을 찢는 듯한 앙칼진 목소리가 들렸다. 거의 동시에 탐조등이 여기저기에서 켜졌다.

'따따땅!'

총소리가 울렸다.

'픽! 픽! 픽!'

성혁의 주변에 총알이 박히는 소리와 함께, 시멘트 조각이 부서져 나갔다. 튕겨 나온 시멘트 조각이 그의 얼굴을 후렸다. 성혁은 공포에 질려 순간적으로 몸을 부르르 떨었다.

'자, 마지막이다!'

성혁은 발끝으로 스피커를 힘껏 밀어 발뒤꿈치를 최대한 들어 올렸고, 동시에 온몸을 쭉 폈다. 손끝이 장벽 위에 닿는 것이 느껴졌다. 자유의 땅, 한끝이었다.

'따따땅!'

두 번째 총성이 천지를 뒤흔들었다.

다시 한번 '삐거덕' 소리가 났다. 순간 성혁은 발밑이 이상하다는 느낌을 받았다. 허공에 붕 뜬 기분이었다. 성혁은 무의식 중에 장벽 위에 올려진 손가락에 힘을 꽉 주었다.

'쾅!'

장벽에서 떨어져 나간 스피커가 땅에 부딪치는 소리가 났다. 고정 부분이 성혁의 몸무게를 견디지 못한 것이다. 이제 성혁은 장벽에 둥둥 매달린 격이 되었다. 장벽 위에 톺아 오르려고 발끝으로 장벽의 여기저기를 짚었다. 그러나 발끝은 계속 미끄러지기만 했다. 매끄러운 장벽은 짚고 올라갈 만한 곳이 전혀 없었다. 그의 몸을 장벽에 매달고 있던 손가락에서 힘이 점점 빠져 나갔다.

"잡아라!"

경비병들의 고함 소리가 점점 가까워졌다. 그는 마지막 젖 먹던 힘까지 다 내어 몸을 위로 끌어당겼다. 하지만 '쑤욱' 하는 소리와 함께 손가락이 장벽 위에서 미끄러지며 그는 장벽 밑으로 나가떨어졌다.

여기저기서 경비병들이 달려오는 모습이 보였다. 그는 다시 장벽을 짚고 올라가 보려고 맨손으로 버둥거렸다. 그러나 헛수고였다. 장벽에 긁힌 그의 손가락 끝에서 피가 흘렀다.

'컹컹컹!'

개 짖는 소리가 났다.

성혁이 머리를 돌리니 그의 키만 한 커다란 개가 사나운 이빨을 드러낸 채 성난 사자처럼 으르렁대며 달려들었다. 동독군이 군견으로 쓰는 사납고 용맹스럽기로 소문난, 시꺼먼 털을 가진 독일종 셰퍼드였다. 거품 가득한 침을 질질 흘리며 사납게 짖는 군견을 보니 소름이 오싹 끼쳤다.

맨손으로 군견과 맞서는 것은 무리였다. 성혁은 군견과 싸울 때 도움이 될 만한 것이 없는지 주위를 재빨리 훑어보았다. 장벽에서 떨어져 나간 스피커가 저만치에서 뒹굴고 있었다. 그렇지만 너무 멀었다. 그걸 집으러 가는 사이에 군견이 그를 덮칠 것이 분명했다. 성혁은 잽싸게 바지 주머니에 손을 넣어 주머니칼을 꺼내 펼쳐 들었다. 달려오던 군견은 성혁과 삼사 보 떨어진 거리에 이르자 네발로 땅을 차며 점프했다.

'으르릉!'

군견이 내는 소리에 성혁의 온몸에 전율이 찌르르 흘렀다. 군견은 그의 목을 목표로 정면으로 날아들었다. 성혁은 주머니칼을 꽉 틀어쥐었다. 그러고는 날쌔게 몸을 왼쪽으로 낮추어 군견의 공격 범위에서 벗어나면서 칼을 쥔 오른손으로 군견의 목을 겨냥해 힘껏 찔렀다.

'푹!' 하고 칼이 깊숙이 박히는 느낌과 함께, 그는 칼을 놓았다.

'깨갱!'

군견이 내는 울음소리였다. 곧이어 성혁의 뒤편에서 '털썩!' 하고 군견이 나가떨어지는 소리가 났다. 무섭기로 소문난 군견을 처치한 것이었다.

'해치웠구나!'

그러나 그 기쁨은 한순간이었다.

"꼼짝 마! 움직이면 쏜다!"

어느새 다가온 경비병 여럿이 AK 소총을 겨눈 채 그를 둘러쌌다. 그는 완전히 포위된 상태였다. 빠져나갈 틈이 도저히 보이지 않았다. 경비병들이 계속해서 몰려와 그를 에워쌌다.

둘러싼 경비병들을 헤치고 허겁지겁 누군가 들어왔다. 다른 경비병들과는 달리 AK 소총 대신에 권총을 차고 있었다. 어깨에 달린 견장을 보니 장교는 아니었다. 그는 피를 흘리며 쓰러져 있는 군견을 보고는 울상을 지었다. 그러더니 권총을 뽑아 들고 성혁에게 다가와 머리에 겨눴다.

"개자식! 죽여 버릴 테다."

죽은 개의 군견수인 모양이었다.

"쏘지 마! 외국인이다."

성혁을 둘러싼 경비병 중 초소장인 듯한 사람이 소리쳤다.

외국인을 사살하면 그렇지 않아도 동서 베를린 장벽에 대해 좋지 않은 눈길을 보내고 있는 세계 여론을 자극할 수 있었기 때문이었다.

"끌고 가!"

그가 명령했다.

성혁은 지휘부로 연행되었고, 그의 체포는 곧 상급에 보고되었다.

잠시 후 동독의 국가비밀경찰이 도착했다. 동독 사람들은 그 기관을 '슈타지(Stasi)'라고 불렀다. 슈타지는 동독의 반정부 인사들에 대한 감시와 탄압, 주민들의 동향 조사, 국내 방첩 활동, 해외 정보 수집 등 모든 기밀 사업에 관여했다. 그들은 동독 내에만 수많은 비밀 요원을 두고 있었고, 슈타지는 모든 동독 사람들의 두려움의 대상이었다. 국경 탈출 문제도 그들의 관할이었다.

성혁은 그들로부터 여러 가지 조사를 받았다. 조사를 담당한 슈타지 직원들은 모두 의아해했다. 외국인이 동서 베를린 장벽을 넘어 탈출을 시도하는 경우는 거의 없었기 때문이었다. 외국인들은 여권만으로 비자 없이 동서 베를린을 당일치기로 자유롭게 넘나들 수 있어서, 동독 사람들과 달리 목숨을 걸고 장벽을 넘을 필요가 없었다.

성혁은 소지품을 전부 그들에게 꺼내 보여 주어야 했다. 성혁의 임시 증명서를 펼쳐 든 슈타지 직원이 중얼거렸다.

"북한 유학생이라⋯⋯."

임시 증명서는 동독에 임시로 거주하는 외국인에게 동독 정부에서 발급해 주는 등록증이었다. 동독 거주 외국인들은 누구든지 임시 증명서를 항상 몸에 지니고 다녀야 했다.

"북한 대사관에 전화 연결해!"

그중 책임자로 보이는 사내가 차가운 목소리로 지시했다.

성혁은 눈을 감았다. 이젠 모든 것이 끝장이었다.

이윽고 전화가 연결되었는지 부하 직원이 책임자에게 전화를 넘겼다.

"안녕하세요. 밤늦게 죄송합니다. 동독 비밀경찰에 근무하는 크랜츠입니다. 오늘 동서 베를린 장벽을 넘어 탈출하려는 외국인을 우리 경비대에서 체포했습니다. 그런데 그 사람의 임시 증명서를 보니 북한 유학생으로 되어 있어 전화를 드렸습니다. 예? 그 사람의 이름이 뭐냐고요?"

저쪽에서 이름을 물어보는지, 그는 성혁을 힐끔힐끔 쳐다보면서 임시 증명서에 적힌 이름을 불러 주었다.

"이름이 성혁 킴입니다. 주소는 글라우카우 기사 전문학교로 되어 있습니다."

수화기를 쥐고 내뱉는 슈타지 직원의 독일어 단어 하나하나가 성혁을 더욱 절망으로 몰아넣었다.

"네, 기다리고 있겠습니다."

아마 저쪽에서 성혁을 인수하러 오겠다고 말한 모양이었다.

슈타지 직원은 더는 조사할 마음이 없는지, 책상 위에 발을 올려놓고 편안한 자세를 취한 채 눈을 감고 천천히 담배를 피웠다. 북한 대사관에서 성혁을 데리러 온다니 할 일은 다 했다고 생각한 것 같았다.

다른 직원들은 상부에 올려 보낼 보고서를 작성하는 모양인지 종이 위에 무엇인가를 부지런히 기록했다. 세 명의 병사가 성혁을 지켰는데, 한 명은 문 앞에서, 다른 두 명은 성혁의 양옆에서 AK 소총을 틀어쥐고 꼿꼿이 서 있었다. 그들은 깎아 세운 조각상처럼 미동도 하지 않았다.

성혁은 절망적인 기분으로 눈을 감았다. 아무것도 생각나지 않았다. 이젠 어떠한 생각도 다 부질없었다. 다가오는 운명을 기다리는 것 외에 성혁이 할 일은 없었다.

같은 시각, 북한 대사관의 사상 담당 당 부비서는 깊은 잠에 빠져 있다가 전화벨 소리에 눈을 떴다. 그는 먼저 벽시계부터 올려다보았다. 아직 이른 새벽이었다. 가슴이 섬뜩했다. 이 시간에 전화가 온 걸 보니 무슨 심상치 않은 일이 발생한 것이 틀림없었다. 그는 급하게 전화를 집어 들었다.

수화기 저편에서 대사관 숙직자의 겁먹은 목소리가 빠르게 쏟아져 나왔다.

"동독 비밀경찰 직원으로부터 온 전화인데요, 북조선 류학생이 장벽을 넘어 탈출을 시도하다 체포됐다고 합네다. 그런데 저는 도저히 믿기지 않는 것이, 아니 글쎄 체포된 사람이 글라우카우에서 공부하는 김성혁이라고 합네다.”

유학생 수가 많지 않아 대사관 직원들은 그들의 이름과 얼굴을 거의 다 알고 있었다. 그러나 성혁의 대사관 도착 사실을 아는 사람은 복도에서나 식당에서 그를 본 사람 외에 몇 명 되지 않았다.

“뭐야?”

사상 담당 당 부비서는 자리에서 벌떡 일어났다. 육층 호실에 있어야 할 그가 어떻게 지금 이 시간에 그곳까지 가 있는지 도저히 이해되지 않았다.

그는 황급히 성혁의 감시를 맡고 있는 사내들을 호출했다. 그들은 옷도 제대로 입지 못한 채 헐레벌떡 달려왔다. 아직 잠에서 덜 깬 부스스한 눈빛이었다.

“야! 정신 차려, 이 자식들아! 성혁이가 탈출했다. 빨리 그의 방으로 안내해!”

사상 담당 당 부비서가 고함을 버럭 지르자, 사내들은 화들짝 놀라며 허둥지둥 성혁의 방으로 그를 안내했다.

육층 복도는 조용했다. 성혁의 방으로 다가간 사상 담당 당 부비서는 문손잡이를 당겼다. 잠겨 있었다. 이상한 일이었다. 이 문으로 나가지 않았다면 육층 창문을 통해 탈출했다는 것인데, 날개가 달리지 않은 이상 그 높은 곳에서 빠져나간다는 것은 불가능했다. 아무리 생각해도 귀신이 곡할 노릇이었다.

"열쇠!"

옆의 사내가 기다렸다는 듯이 잽싸게 열쇠를 넘겨주었다. 그가 문을 따고 방으로 들어서자 창문이 열려 있는지 찬 바람이 얼굴을 때렸다.

불이 꺼져 있는 방은 캄캄해 아무것도 보이지 않았다. 사상 담당 당 부비서는 벽에 붙어 있는 스위치를 눌러 불을 켰다. 예상대로였다. 방에는 성혁의 그림자도 보이지 않았다. 침대 위에 있어야 할 침대 시트는 어디론지 사라졌고, 책상 위에는 종잇장이 바람에 날리지 않게 물컵 아래에 짓눌려 있었다. 그 외에 호실 내에서 특별한 점은 찾아볼 수 없었다.

사상 담당 당 부비서는 열린 창문 쪽으로 갔다. 그리고는 고개를 내밀어 밖을 내다보았다. 밑이 까마득하게 보였다.

'여기서 뛰어내리면 즉사하거나 운이 좋아도 최소한 불구가 돼 버릴 것이 분명한데……'

그는 창턱을 비롯해 그 주변과 밖을 꼼꼼히 살폈다. 창턱 여기저기에 희미한 신발 자국들이 보였다. 창문을 통해 탈출한 것이 분명했다. 창턱을 따라 움직이던 그의 눈길에 배수관이 들어왔다.

'그래, 바로 저거야. 저걸 타고 내려간 것이 틀림없어.'

그는 비로소 성혁을 이 호실에 묵게 한 그의 지시가 엄청난 실수였다는 것을 깨달았다. 그때였다.

"저 사상 담당 당 부비서 동지, 여기에 편지가 있습네다."

무슨 큰 죄를 지은 양 잔뜩 움츠러든 목소리로 사내 중 한 명이 책상 위의 컵 밑에 놓여 있던 편지를 내밀었다.

사상 담당 당 부비서는 성혁의 편지를 받아 쥐며 명령했다.

"빨리 차를 대기시켜!"

그는 달리는 차 안에서 성혁의 편지를 읽기 시작했다.

조국의 발전과 인민의 행복을 위하여 열심히 노력하고 계시는 분들께

당과 국가와 여러분들이 귀중한 외화를 들여 저에게 유학의 기회를 주셨음에도 그 기대에 보답하지 못하고 걱정만 끼쳐 드리게 되어 죄송합니다.

저는 서독으로의 망명을 결심했습니다. 제가 망명을 결심하게 된 것은 결코 북조선과 북조선 인민을 싫어해서가 아닙니다. 제가 외국 생활을 하면서 느낀 것은 체제와 사상, 그 체제를 지탱해 나가는 통제 수단과 제재도 중요하지만 가장 중요한 것은 인간이라는 것입니다. 우리 북조선 사람들은 체제와 사상에 얽매여 맹목적으로 복종하는 로보트와 같은 기계가 아니라, 사랑도 하고 증오도 할 줄 아는 하나의 감성을 가진 인격체라는 것입니다.

북조선 정부가 그들을 위해 존재해야지, 그들이 북조선 정부를 위해 절대복종하고 희생해야 하는 주종 관계에 있어서는 안 된다고 생각합니다. 당과 정부에서는 항상 입버릇처럼 인민을 위

해 절대 봉사한다고 얘기하지 않았습니까?

저는 외국에서 생활하는 북조선 사람이 누군가를 사랑하는 것이 절대로 당과 국가와 인민을 배반한 행동이라고 생각지 않습니다. 그들은 누구보다 북조선을 사랑하고 있으며 오로지 순수한 사랑을 했을 뿐입니다. 당에서 만들어 놓은 잣대로, 그것을 지키지 않는다고 해서 조국을 배반한 죄인으로 취급하는 것을 저는 받아들일 수 없습니다.

제가 그녀를 진심으로 사랑하게 된 것도 자신의 조국인 조선을 그리는 그녀의 마음이 너무나도 애절했기 때문입니다. 그녀는 항상 조국 땅을 밟아 보고 조금이라도 살아보는 것이 소원이었습니다. 이런 그녀를 사랑하게 된 것이 과연 죄가 되는지 저는 도저히 이해할 수 없습니다.

저는 저를 유학까지 보내 준 북조선 정부에 항상 감사의 마음을 가지고 있습니다. 그러나 저는 인간이고 싶고, 북조선 정부에 항의하고 싶습니다. 저는 망명을 결심했습니다. 저의 망명으로 인하여 당과 정부에서 북조선 사람들이 기계가 아니라 인간이라는 것에 좀 더 관심을 가지고 대해 주었으면 합니다.

제가 외국 망명에 성공하더라도 절대로 북조선을 잊지 않겠습니다. 저는 저의 조국과 인민을 너무나 사랑합니다. 이 세상 어디에 가 있더라도 그들에게 조금이라도 도움이 되는 일에는 발 벗고 나서겠습니다.

우리는 왜 다른 외국인들처럼 자유로울 수 없고, 왜 제가 그리운 부모, 친척, 친우들이 있는 고향을 떠나야만 하는지 이 세상이 정말 원망스럽습니다.

저의 문제로 인해 시달림을 겪으실 여러분들에게 정말 면목이 없습니다.

모든 분들의 행운을 빕니다.

김성혁 드림

"아직 멀었나?"

사상 담당 당 부비서는 편지를 접어 품에 넣으며 날카롭게 물었다.

"거의 다 왔습네다."

사상 담당 당 부비서는 운전하는 사내의 겁먹은 말을 들으며 창밖의 어두운 거리를 내다보았다. 잠시 후, 침통한 표정으로 담배를 꺼내 물었다.

성혁은 눈을 떴다. 멀지 않은 곳에서 자동차 엔진 소리가 들려왔다. 곧 자동차가 건물 앞에서 멎는 소리가 들렸다. 성혁은 잔뜩 긴장한 채 문 쪽을 바라보았다.

잠시 후, 문이 열리며 세 명의 북한 사람들이 들어섰다. 성혁과 글라우카우에서 동행한 대사관 사상 담당 당 부비서와 두 명의 젊은이였다.

슈타지 직원이 급히 일어나며 그들을 맞이했다.

"밤늦게 연락드려 죄송합니다. 바로 저 사람입니다."

슈타지 직원이 성혁을 가리켰다.

사상 담당 당 부비서는 잠시 성혁에게 눈길을 돌렸다. 차갑고 굳은 눈초리였다. 그러고는 성혁에게서 눈길을 거두며 슈타지 직원에게 정중하게 말했다.

"연락 주서서 고맙습니다. 우리 나라 사람이 동독 정부에 폐를 끼친 데 대해 북한 대사관을 대표해 사과드리겠습니다. 저 사람은 우리가 데려가겠습니다."

"그렇게 하십시오."

그가 함께 온 젊은이들에게 손짓으로 명령했다.

젊은이들이 성혁의 두 팔을 잡아 일으켰다. 그러고는 거칠게 끌고 나가 밖에 세워져 있는 차에 태웠다.

몇 분 후 사상 담당 당 부비서가 뒤따라 나와 차에 올라타자, 차체가 부르르 떨리며 차가 출발했다. 차가 달리는 동안 어느 누구도 말을 꺼내지 않았고, 차 안은 숨이 막힐 듯이 팽팽한 공기만 흘렀다.

대사관에 도착하자 사상 담당 당 부비서가 사내들에게 지시했다.

"지하실로 데려가!"

성혁은 두 사내에게 이끌려 어두운 계단을 내려갔다.

성혁이 끌려간 지하실 방은 창문 하나 없었다. 사면의 벽을 이루고 있는 시멘트 콘크리트 벽은 아무런 치장도 없이 하얀

회칠만 되어 있었다. 북한의 모든 가정집과 사무실에 의무적으로 걸어야 하는 김일성과 김정일의 초상화도 걸려 있지 않았다. 시멘트 바닥에는 책상 하나와 그것을 중심으로 양옆에 의자 두 개만 덩그렇게 놓여 있을 뿐이었다. 정말 불쾌한 기분이 드는 방이었다.

성혁은 여러 번 대사관에 와 보았지만 이런 방이 있다는 얘기는 한 번도 들어 보지 못했다. 사내들은 방에 들어서자마자 성혁을 바닥에 내동댕이쳤다.

사내 중 한 명이 다가와 성혁을 내려다보며 지껄였다.

"야, 이 새끼야! 어데다 대고 함부로 도망을 쳐?"

그러고는 밤새 잠도 못 자고 들볶여진 데 대한 분풀이라도 하듯 쓰러져 있는 성혁의 복부를 힘껏 걷어찼다.

"헉!"

급소를 맞은 성혁은 숨이 턱 막혔다. 바닥에서 몸부림치던 그는 한 손으로 바닥을 짚고 다른 손으로는 배를 움켜쥔 채 비틀비틀 몸을 일으켰다.

"이 자식, 그래도 자존심은 있다고. 누구 마음대로 일어나?"

그는 재차 성혁의 얼굴에 주먹을 날렸다. 성혁은 다시 저만치 바닥에 나가떨어졌다.

"얼굴은 때리지 마라. 상처가 나면 공항 통과할 때 문제가 생길 수 있다."

뒤에 서서 바라보고 있던 사내의 목소리였다.

"국가에서 외화를 들여 류학을 보내 줬으면, 차분히 공부만 해도 시원치 않을 판인데, 부화질은 무슨 놈의 부화질이야, 이 새끼야!"

사내는 또 성혁을 치려고 달려들었다.

쓰러져 있던 성혁은 갑자기 몸을 일으켜 그의 공격을 피하면서 발로 그의 가슴을 힘껏 내질렀다. 입에서는 분노에 찬 부르짖음이 흘러나왔다.

"이놈들아! 너희들이 뭘 안다고 마음대로 주먹질이야?"

예상치 못한 공격을 받은 사내는 뒤로 밀려나며 쓰러질 듯이 비틀거렸다. 그러나 그는 금방 몸의 균형을 잡고 제자리를 유지했다.

"아니, 이 자식이 죽고 싶어?"

구경하던 사내까지 합세해 두 명의 사내가 성혁에게 달려들었다.

성혁은 필사적으로 맞서 싸웠다. 하지만 특수 훈련을 받은 그들의 공격을 막아 내기에는 역부족이었다. 그들의 공격에 지친 성혁이 그 자리에 쓰러졌다. 그들은 시멘트 바닥 위에 쓰러진 성혁에게 달려들어 얼굴을 제외한 몸 이곳저곳을 두들겨 팼다. 성혁은 온몸을 달팽이처럼 웅송그린 채 한동안 매질을 견뎌냈다.

얼마 후였다. 등 뒤에서 문이 벌컥 열리더니 사상 담당 당 부비서의 고함 소리가 들렸다.

"멈춰! 뭐 하는 짓이야?"

그제야 사내들이 매질을 그쳤다. 성혁은 겨우 몸을 일으켰다. 사내들은 아쉬운 표정으로 손을 툭툭 털었다.

"이 자식들아! 누가 마음대로 손대라고 했어? 당장 나가!"

사내들은 불만이 가득한지 뿌루퉁한 얼굴로 방을 나갔다.

사상 담당 당 부비서는 쓰러져 있는 성혁을 부축해 의자에 앉혔다. 그리고 자신도 의자를 끌어당겨 마주 앉았다.

"한 대 피워."

그는 친절한 어투로 성혁에게 담배를 권했다. 지금까지 성혁을 비롯한 북한 유학생들이 그에 대해 가지고 있던 딱딱하고 두려운 이미지와는 너무나 다른 행동이었다.

성혁은 담배를 받아 물었다. 그러고는 담배 연기를 깊숙이 들이마셨다.

사상 담당 당 부비서는 담배를 피우는 성혁의 얼굴을 한참 동안 응시했다. 어색한 침묵이 흘렀다.

잠시 후 침묵을 깨뜨리며 사상 담당 당 부비서가 부드럽게 물었다.

"그래, 해결 방법이 탈출하는 길밖에 없었어?"

성혁은 대답하지 않고 묵묵히 앉아 있었다.

"왜 그렇게 어리석은 생각을 했어? 국경 경비를 담당하는 동독 병사들도 탈출을 시도하다 다른 병사들이 쏘는 총에 맞아 즉사한 예가 많다는 것은 성혁이 너도 잘 알 텐데, 어떻게 그렇게 무모한 행동을 할 수 있지? 동독 사람들이 어떤 사람들인데 장벽 경비를 소홀히 하겠어? 겉보기와는 달리 성혁이 네가 탈출에 성공할 만큼 장벽 경비가 허술하지는 않아."

성혁은 아무런 할 말이 없어 침묵만 지켰다.

사상 담당 당 부비서는 꼼지락거리며 양복 상의 주머니에서 성혁의 편지를 꺼내 들었다.

"성혁이 네가 쓴 이 편지를 읽어 보았다. 나도 너희들의 사랑을 비난하고 싶지 않고 지켜 주고 싶다. 그러나 어쩌겠니. 정부에서 그걸 금지하고 처벌하라고 하는걸. 세상 사는 게 자기 마음대로 되면 얼마나 좋겠니? 다 자기가 살아가고 있는 주변 환경에 맞춰 살고 있을 뿐이다."

그는 펼쳐진 편지 위에 올려놓은 손으로 담배를 만지작거리며 계속 말을 이어 나갔다.

"내가 너의 이 편지와 함께 보고서를 잘 작성해 상부에 올려 보내 너에 대한 처벌을 경감하는 데 도움이 되도록 노력해 보겠다. 그렇지만 심한 처벌을 받아도 너무 절망하거나 인생을 포기하지 말고, 희망을 갖고 살아야 한다. 앞으로의 생활이 견디기 힘들겠지만, 쥐구멍에도 볕 들 날이 있다는 속담대로 너의 인생에도 언젠가는 좋은 날이 찾아올 것이라는 믿음을 가지고 이겨 내길 바란다."

성혁의 눈에 눈물이 핑그르르 고였다. 항상 무서운 존재로만 느껴졌던 그였다. 그런데 친부모가 자기 자식을 대하듯 따뜻한

충고를 해 주니 갑자기 쌓였던 슬픔이 한꺼번에 터져 나올 것
만 같았다.

성혁은 나오는 눈물을 참으려고 입술을 깨물며 물었다.

"저는 앞으로 어떻게 되는 겁네까?"

사상 담당 당 부비서는 성혁의 어깨에 손을 얹으며 말했다.

"내일 조국으로 떠나게 된다. 평양에 도착하면 국가보위부에
서 너에 대한 조사를 맡게 될 것이다. 그때 네 행동이 당과 국가
에 대한 충성심이 부족해서가 아니라 한순간의 실수였다는 것
을 그들이 납득할 수 있게 잘 설명해야 한다. 조사가 끝난 후 너
에 대한 처벌이 결정될 것인데, 처벌이 가볍지는 않을 것 같다.
그렇지만 너무 상심하지 않기를 바란다. 내가 평양 국가보위부
에 근무하는 친한 동무들을 통해 네 문제를 부탁해 보겠다."

그는 괴로운 듯 한숨을 내쉬며 무겁게 말문을 다시 열었다.

"또 한 사람을 처벌하기 위해 내 손으로 직접 조국으로 쫓아
보내야 한다고 생각하니 너무 가슴이 아프다. 이런 일을 미연
에 방지하지 못한 내 잘못이 크다."

그러고는 성혁을 자기 품에 끌어당겼다.

성혁은 끝내 울음을 터뜨리며 그의 품에 안겼다. 사람들을
감시하고 처벌하는 일밖에 모르는 것 같아 차갑게만 느껴졌던
그의 가슴이 고향 아버지의 품처럼 따뜻했다.

"저는 앞으로 어떻게 해야 합니까?"

사상 담당 당 부비서는 성혁의 머리를 쓰다듬으며 중얼거렸다.

"힘을 잃지 마라. 모든 것이 잘될 거야."

그의 품속에 안긴 성혁의 눈가에 계속해서 눈물이 맺혔다.

시간이 얼마나 흘렀을까? 품속에 안긴 성혁이 얼마간 마음이 안정되었다고 생각했는지 사상 담당 당 부비서는 자리에서 일어섰다.

"밤새도록 싸다니느라 피곤하지? 내일 오전 비행기 편에 평양으로 떠나니 남은 시간만이라도 푹 자 두어라."

사상 담당 당 부비서가 돌아가고 난 후에도 성혁은 한동안 멍하니 앉아 있었다. 그의 친절은 참으로 뜻밖이었다. 하지만 그가 들려준 다른 말들이 성혁을 괴롭게 했다. 이제 내일이면 북한으로 강제 송환된다. 그 이후는 어떻게 되는 걸까 하는 생각에 자꾸 두려움이 일었다.

사상 담당 당 부비서가 선처해 보겠다고 한 말을 기대하고 싶었다. 하지만 그게 얼마나 도움이 될지는 알 수 없는 일이었다. 일단 북한으로 송환되면 조사와 처벌이 새롭게 시작될 것이다. 사상 담당 당 부비서가 자신의 편지로 해서 순간적으로 동정을 보냈다지만 더 이상 그가 할 일은 없을 것이었다.

성혁은 잠을 이룰 수가 없었다. 하지만 조금이라도 자 두어야 했다. 앞으로 잠들지 못할 날들이 수없이 많을지도 모른다. 눈을 감으니 감은 눈 사이로 뜨거운 눈물이 흘러내렸다.

다음 날 아침, 성혁은 두 명의 사내에게 이끌려 까만색 벤츠 승용차를 타고 공항으로 출발했다.

공항 건물 안에 들어서자 그들은 미리 준비해 두었던 여권과 비행기표를 내보이며 동독 경찰의 검열을 통과했다. 몸과 짐을 검사하는 세관원이 공항 내에서 항상 붙어 움직이던 두 사람을 따로 떼어내 몸 검사를 하려고 하자 그들 중 한 사내가 여권을 내보이며 귓속말로 속삭였다. 그러자 세관원은 알았다는 듯이 그들을 그대로 통과시켰다.

"빨리 올라가."

성혁의 옆에 딱 달라붙은 두 사내 중 하나가 짤막하게 내뱉었다. 점잖은 양복 차림이지만, 떡 벌어진 어깨와 날카로운 눈매는 누가 보아도 그들이 예사로운 여행객이 아니라는 것을 알 수 있었다.

성혁의 왼손과 왼쪽 사내의 오른손은 수갑이 채워져 연결되어 있었고, 다른 사람들이 알아볼 수 없게 옷소매에 가려져 있었다. 좌절에 빠진 성혁이 예기치 않은 소동을 피우거나 탈출하려는 것을 막기 위한 방책이었다.

한쪽 손에 채워진 수갑이 당기는 대로 조선민항 여객기에 걸쳐진 트랩 위를 끌려 올라가며, 성혁은 모든 것을 포기한 듯한 멍한 눈길로 다시는 못 볼 독일의 하늘을 올려다보았다. 독일은 항상 구름이 많이 끼고 비가 구질구질 내리는 흐린 날이 많았다. 그러나 이날따라 하늘은 구름 한 점 없이 맑았다. 성혁은 자기 자신이 한층 초라해지는 기분이었다.

'아! 저 하늘로 훨훨 달아날 수만 있다면…….'

성혁은 문득 머리에 스치는 것이 있어 공항을 휘둘러보았다. 그러다 한쪽에서 승객을 태우면서 이륙 준비를 하는 외국 항공사 여객기에 눈길이 멈췄다.

'저 비행기만 타면 외국으로 갈 수 있는데. 그런 다음 망명 신청을 해서 그 나라에 머물러 있으면 나란트야도 만나 볼 수 있을 텐데…….'

그러기 위해서는 두 사내로부터 달아나 공항 어딘가에 숨어 있다가 출발하는 외국 여객기에 올라타야 했다.

성혁은 슬그머니 손에 채워진 수갑을 당겨 보았다. 딱딱한 쇠붙이가 팔목에 주는 통증만 느껴질 뿐 손목을 꽉 채운 수갑은 끄떡도 하지 않았다.

"왜 그래? 쓸데없는 생각 하지 마."

왼쪽 사내가 성혁에게 위협적인 눈길을 보내며 속삭였다.

그들이 탑승한 소련산 여객기는 가운데 나 있는 통로를 중심으로 양옆에 두 명씩 앉게 되어 있었다. 기내에는 서너 명의 외국인 외에는 넥타이를 매고 똑같은 스타일의 양복을 차려입은 북한 사람들로 꽉 차 있었다. 아마도 무역부나 외교부 사람들이 대부분일 것이다.

북한 정부는 외국에 나가는 북한 사람들에게 양복을 일률적으로 사 입도록 했다. 그러니 옷차림이 비슷한 것은 당연했다. 성혁도 처음 유학을 떠나올 때 국가에서 지정해 준 '려행자 상점'에서 일제 천으로 만든 양복, 넥타이, 속옷 등을 사 입고 떠났었다. 그래서 처음 동독에 도착했을 때, 똑같은 디자인에 거의 같은 색상의 양복을 입고 우르르 몰려다니는 북한 유학생들을 본 외국 유학생들과 동독 사람들은 놀란 표정을 지었다.

사내가 문 옆에 서 있던 여객기 안전 담당 요원인 듯한 남자에게 증명서를 보였다. 그는 통보받았다는 듯이 고개를 끄떡이고는 그들을 제일 앞 좌석의 빈자리로 안내했다. 성혁과 수갑으로 연결된 왼쪽 사내가 성혁과 함께 앉고, 다른 사내는 통로 맞은편에 자리를 잡았다.

얼굴에 살이 통통하게 오른 이십 대 초중반의 조선민항 스튜어디스들이 좌석을 돌면서 안전벨트 착용 검사를 했다.

"이 여객기는 곧 조선민주주의인민공화국의 수도 평양을 향해 출발하겠습네다."

기내 방송에 이어 여객기가 기체를 부르르 떨며 움직이기 시작했다.

여객기는 장거리를 달릴 마라톤 경주에 나선 선수의 출발 동작인 양 활주로를 따라 점점 속력을 높이며 움직였다. 있는 힘을 다해 달리던 여객기가 활주로를 박차며 하늘로 날아올랐고, 창밖을 내다보는 성혁의 시야에서 공항 청사 위에 높이 걸려 있는 'Schönefeld'라는 이름이 점점 희미하게 멀어져 갔다.

'쇠네펠트……'

성혁은 공항 이름을 마음속으로 되뇌었다. 크나큰 꿈과 포부, 희망을 안고 도착했던 곳이었다. 그런데 수갑을 찬 비참한 처지로 이곳을 강제로 떠나야 하다니. 성혁의 머릿속에는 동독 땅을 처음 밟았을 때의 감격적인 순간이 마치 어제 일처럼 생생히 떠올랐다.

모스크바 공항을 떠난 지 두 시간도 채 되지 않았을 때였다.

"쇠네펠트 공항이다."

북한 유학생 중 누군가가 소리쳤다. 북한 유학생들은 일제히 자그마한 여객기 창가에 매달려 밖을 내다보았다. 밤이 되어 깜깜한 구름 사이로 밝게 불이 켜진 공항 간판이 멀리서 희미하게 보이면서 점점 가까워졌다. 이틀간의 긴 여행 끝에 드디어 목적지인 동독 땅에 도착하는 순간이었다.

북한의 유일한 국제공항인 평양 순안 비행장과 동베를린의 쇠네펠트 국제공항까지는 논스톱으로 열 시간 정도밖에 걸리지 않았다. 그러나 그 당시까지만 해도 북한과 동독 사이에는 직항로가 있지 않아 그들은 북한의 조선민항 여객기를 타고 먼저 모스크바까지 갔다. 그리고는 모스크바 주재 북한 대사관에서 하루 쉬고 다음 날 모스크바를 잠시 구경한 후 저녁 7시발 동독 루프트한자 여객기를 타고 출발해야 했다.

북한에서부터 동독까지의 여행 기간 동안 그들을 통제 관리하기 위해 따라온 국가교육위원회 과장의 지시하에 성혁 일행은 여객기에서 내렸다. 짐을 찾는 과정에서 일부 친구들의 짐

속에 넣어 두었던 고추장이 새어 나와 외국인들은 코를 싸쥐고 얼굴을 찡그렸지만, 북한 유학생들은 마냥 즐겁기만 했다.

수속을 마치고 나오자 공항 밖에서 동독 주재 북한 대사관 소속 유학생 담당 지도원이 기다리고 있었다. 국가교육위원회 과장과 먼저 인사를 나눈 그는 성혁 일행을 모아 놓고 자기소개를 했다.

"동무들 안녕하십네까? 위대한 수령님과 당의 크나큰 배려에 의해 외국 류학에 선발된 여러분들을 열렬히 축하합네다. 내레 앞으로 동무들의 생활을 책임지게 될 류학생 담당 지도원입네다. 우선 동무들의 려권을 전부 나한테 바치고 우리레 대사관에서 버스를 가지고 왔으니끼니 저기에 있는 버스에 올라타면 됩네다."

유학생들은 여권을 제출한 후 버스에 올랐다.

북한 정부에서는 외국에 나가 있는 북한 유학생들이 주재국 외 다른 나라에 오가는 것을 우려해, 공항 도착 즉시 대사관에서 여권을 전부 회수해 맡고 있도록 했다. 그러다 방학이 되어 북한에 나갈 때와 같이 필요시에는 공항에서 다시 여권을 나누어 주곤 했다.

버스로 이동하는 동안, 유학생들은 베를린에 와 있다는 사실이 신기한 듯 들뜬 마음을 애써 억누르며, 시내 풍경을 뜯어보느라 창가에서 눈길을 떼지 못했다.

그날 밤을 대사관 내의 숙소에서 보낸 후, 그들은 아침 일찍 대사관 강당에 모였다.

먼저 1960년대 동독 유학생 출신인 대사의 인사말이 있었다. 그런 다음 대사관 조직의 실세인 대사관 당 비서와, 북한의 비밀경찰인 국가보위부에서 파견한 사상 담당 당 부비서의 주최 하에 오전 내내 회의가 진행되었다.

사상 담당 당 부비서는 유학생들을 비롯한 주재국에 체류하고 있는 국내인들의 모든 동향을 파악해 북한 정부에 보고하고, 처벌까지 맡아 처리했다. 그런 이유로 그는 외국에 파견된 모든 북한 사람들의 두려움의 대상이었다.

회의 내용은 유학생들이 지켜야 할 주의 사항과 북한 정부에서 만들어 놓은 유학생 준칙에 관한 것이었다. 디스코텍에 가면 안 된다, 수영장에 가면 안 된다, 외국 텔레비전과 라디오 프로그램을 보거나 들으면 안 된다, 영화관에 가면 안 된다, 타당한 이유와 대사관의 승인 없이 다른 지역에 가면 안 된다, 외국 친구들과 친하게 속을 주며 사귀면 안 된다, 특히 외국 여자들을 멀리해라, 살고 있는 기숙사 호실을 벗어날 때는 꼭 두 명 이상씩 함께 움직여야 한다, 삼십 분 이상 밖에 나가거나 시내에 나가는 경우 반드시 해당 조직에 보고해야 한다, 다른 유학생이 이런 사항을 어기는 것을 발견하면 즉시 조직에 보고해야 한다는 등 헤아릴 수 없을 만큼 많은 금지 사항들뿐이었다.

이를 어기다 북한으로 쫓겨 들어가 처벌받은 선배 유학생들의 실례까지 들어가며 준칙 엄수를 강조했다. 당 부비서는 준

칙을 어길 경우 엄한 정치적 처벌을 받을 것이라는 으름장과 함께 회의를 끝마쳤다.

그날 오후 그들은 대사관 버스를 타고 단체로 동서 베를린을 가로막고 있는 장벽과 브란덴부르크 문 등 동베를린 시내를 구경했다. 그리고 저녁이 되었을 때 유학생들은 세 그룹으로 나뉘어 대사관 직원의 인솔하에 열차 편으로 각 그룹이 소속될 어학 강습소가 위치한 지역으로 출발했다.

"저…… 동무, 뭘 마시겠습니까?"

스튜어디스의 목소리에 성혁은 긴 상념에서 깨어났다.

"뭘 마시겠습니까?"

스튜어디스가 다시 묻자, 성혁은 커피를 달라고 말했다.

성혁은 수갑이 채워지지 않은 오른손으로 커피잔을 받았다.

"자식, 부르주아가 다 되어 버렸네."

옆의 사내가 투덜거리며 홍차를 시켰다. 그러고는 뒤적이던 북한의 당 기관 일간지인 '로동신문'에서 눈길을 떼지 않은 채 뜨거운 물이 담긴 컵에 홍차 티백을 집어넣었다.

그걸 보자 성혁은 그 상황 속에서도 '픽' 하고 웃음이 흘러나왔다. 동독으로 유학을 떠나기 위해 처음 여객기를 탔을 때 기내에서 있었던 일이 떠올랐기 때문이었다.

난생처음 비행기를 타 보는 북한 유학생들의 흥분이 채 가라앉기도 전에, 예쁜 정장을 차려입은 스튜어디스들이 밀차를 끌고 나오며 음료수를 서빙하기 시작했다.

"야, 차를 공급해 준대."

맨 앞에 앉은 친구의 목소리에 전체 북한 유학생들은 신기한 듯이 목을 길게 내밀어 음료수 밀차가 서 있는 통로 쪽을 쳐다보았다.

스튜어디스들이 밀차를 끌고 다가와 주문을 받자, 북한에서 외국에 수출하던 인삼차 외에는 다른 차를 거의 구경해 보지 못한 유학생들은 무얼 주문할지 몰라 당황했다. 커피와 홍차가 있다는 얘기를 들은 친구들은 이전에 보았던 외국 소설에서 '그녀는 진한 커피를 천천히 들이켰다'라는 식의 문구가 생각나 "승무원 동무, 커피 주시라요"라고 대담하게 커피를 주문했다. 그리고는 설탕을 여러 개 탄 커피를 맛보고 이렇게 쓴 것을 외국인들은 왜 먹는지 모르겠다며 도로 뱉어내 버렸다.

그런데 문제는 홍차를 주문한 유학생들이었다. 그들은 모든 차는 인삼차와 비슷한 방법으로 마실 것으로 생각했다. 그래서 홍차 티백을 찢어 홍찻잎을 뜨거운 물이 담긴 컵에 탄 후 스푼으로 휘저었다. 그러나 아무리 열심히 휘젓고 오래 기다려도 인삼차와 달리 홍찻잎은 풀리지 않았다. 그들은 잎째 먹어야 할지 아니면 잎은 남기고 물만 마셔야 할지 난감해했다. 어떤 친구들은 찻잎을 잘근잘근 씹어 물과 함께 삼켰고, 또 어떤 친구들은 찻잎을 '후후' 불어대며 물만 들이마셨다. 그 후 유학생들은 유학 생활 중 커피나 홍차를 마실 때마다 그때 일을 생각하며 배꼽을 움켜쥐고 웃곤 했다.

향기로운 커피 향이 너무 좋았다. 성혁은 커피잔을 들어 향을 음미하다 천천히 입술에 갖다 댔다. 뜨거운 커피 기운이 온몸으로 퍼져나가며 서서히 긴장이 풀렸다. 안정감이 찾아왔다. 유학 생활을 하며 습관을 들인 커피의 위력은 정말 대단했다. 성혁은 커피가 주는 평온함을 조금이라도 더 오래 맛보기 위해 조금씩 아주 천천히 커피를 마셨다.

여객기는 연료를 보충하기 위해 모스크바 공항에 멈춰 섰다. 연료를 보충하는 데 보통 삼십 분 이상의 시간이 소요되었다. 그동안 승객들은 공항 내 마련된 휴게실에서 휴식을 취하거나 쇼핑을 하기 위해 여객기에서 내렸다.

그러나 성혁 일행은 그 시간 내내 여객기 안에 머물렀다. 여객기 안에서 한 치도 벗어나지 말아야 한다는 것이 호송상 지켜야 할 규칙이거나, 아니면 성혁이 공항 내 휴게실에서 소동을 피울지도 모른다는 괜한 노파심 때문이었을 것이다.

몇 시간 이상 수갑이 채워진 성혁의 왼쪽 손목은 얼얼하다 못해 이제는 신경이 마비되었는지 아무런 감각도 느낄 수 없었다. 사내들도 수갑 때문에 오는 통증을 참기 힘든지, 승객들이 없는 틈을 타서 서로 수갑을 바꿔 찼다.

그들은 성혁을 수갑으로부터 잠시도 해방시켜 주지 않았다.

성혁이 화장실에 갈 때도 사내가 함께 따라와, 수갑을 찬 채로 용변을 보는 그의 옆에 지켜 서 있었다.

여객기에 연료를 다 보충했는지, 승객들이 다시 탑승하기 시작했다. 아까는 보이지 않았던 새로운 승객들이 올라탔다. 모스크바에서 내린 승객들 대신 탑승한 사람들인 모양이었다.

그들은 모두 군복을 말끔하게 차려입은 북한 사람들이었다. 어깨마다 번쩍거리는 견장을 보니, 소련 군사대학에서 공부하는 북한군 유학생들이 틀림없었다.

'아직 방학 기간도 아닐 텐데 왜 조국으로 들어가지……?'

그들이 여객기 안에 들어서는 걸 보며 성혁은 문득 궁금했다. 그렇지만 그것은 지금의 그와는 전혀 상관없는 일이었다. 성혁은 곧 관심을 털어 버리고자 지그시 눈을 감았다. 쉬고 싶었다. 모든 것을 잊고 운명에 맡기고 싶었다. 그런데 얼마 후에 누군가 성혁에게 큰 소리로 말을 걸어왔다.

"야, 이거 성혁이 아니가?"

성혁은 깜짝 놀라 눈을 떴다. 여기서 누군가가 자신을 알아보다니, 도저히 믿기지 않았다.

"나야, 명철이. 날 잊진 않았겠디?"

맨 뒤에 서서 들어오던 군인이 성혁을 보고 반가워 소리치며 손을 내밀었다.

그렇다. 그는 성혁의 고등중학교 동창 명철이 분명했다. 성혁은 자기도 모르게 몸을 일으키며 그가 내미는 손에 악수를 하려고, 수갑이 채워져 있지 않은 오른손을 얼떨결에 들었다.

통로 맞은편에 앉아 있던 사내가 재빨리 일어서며, 성혁의 손을 막았다. 그리고는 명철을 막아서서 신분증을 꺼내 보였다. 그러자 명철은 얼떨떨한 표정으로 동작을 멈추고는 사내가 내미는 신분증과 성혁을 번갈아 쳐다보았다. 사내가 명철에게 따라오라는 손짓을 했다. 명철은 영문을 모르겠다는 듯 의아스러운 눈길을 성혁에게 연신 보내며 사내를 따라갔다.

앞쪽 통로를 지나 자취를 감추었던 그들은 잠시 후에 돌아왔다. 돌아온 명철은 일순간 성혁에게 눈길을 멈추더니, 아무 말 없이 그를 지나쳐 뒤쪽에 있는 자기 좌석에 가 앉았다. 내색하지 않으려고 했지만, 안쓰러워하는 표정이 역력했다. 아마 사내에게서 자초지종을 들은 모양이었다.

'이런 데서 명철이를 만나다니…….'

운명이 참 묘하다는 생각이 들었다.

성혁과 명철은 고등중학교 시절 가장 절친한 친구였다. 학교에서 1, 2등을 다투던 그들은 전자공학에 깊은 관심을 가졌다. 그들은 일반 다른 고등중학교 학생들의 수준과는 걸맞지 않게 부품을 구매해 라디오나 텔레비전 같은 것을 조립하며 고등중학교 말년을 보냈다.

취미가 같았던 그들은 항상 단짝처럼 붙어 다녔다. 라디오를 자체 조립한 후, 그들은 먼저 사회안전부에 신고해 채널 고정을 받아야 했으나 신고하지 않고 채널을 돌려 가며 몰래 남한 방송을 듣기도 했다. 북한에서는 다른 방송을 들을 수 없도록 사회안전부에서 전국의 라디오 채널 조종기를 한 개 방송만 들을 수 있게 고정시켰다. 들을 수 있는 주파수는 유일하게 조선 중앙 제1방송이었다. 주민들이 이를 어길 경우에는 엄중한 처벌을 받았다.

그들은 북한 최고의 공과대학인 김책공업종합대학에 함께 입학해 전자공학을 공부하기로 약속했었다. 그것을 목표로 밤을 새우며 열심히 공부했다. 그러나 고등중학교 졸업반 때 명철은 진로를 바꿔야 했다. 북한군 대장이었던 아버지가 그가 군사대학에 입학해 자신의 뒤를 이을 것을 고집했기 때문이었다. 그는 아버지의 소원대로 군에 입대한 후 김일성군사대학을 다녔다. 명철이 군에 입대한 후 성혁은 그를 거의 만나지 못했다. 동독 유학 초기 그가 보내온 편지를 통해 소련의 프룬제 군사대학 유학생으로 선발되었다는 소식만 들었을 뿐이었다.

북한에서는 프룬제 군사대학을 비롯한 소련의 일부 군사대학에 유학생들을 보내 소련의 발전된 군사 기술을 배우도록 했다. 특히 프룬제 군사대학 졸업생들은 졸업 후 북한군에서 사단장, 여단장급 이상의 중요 직책에 배치될 만큼 우수한 젊은 엘리트들이었다.

성혁은 뒤통수에 와서 박히는 명철의 시선을 느끼며 창밖을 내다보았다. 도저히 뒤돌아볼 용기가 나지 않았다. 그를 쳐다보기가 부끄러웠다. 그가 얼마나 자신에 대해 실망할까 하는 생각이 들었다.

모스크바 공항을 이륙해 고공을 날고 있는 여객기의 창을 통해 본 하늘에는 흰 뭉게구름만이 두둥실 떠 있었다. 사방이 흰 구름 속에 포위된 여객기는 성혁의 운명인 양, 어디로 흘러가고 있는지 도저히 방향을 가늠할 수 없었다.

생각에 잠겨 있는 성혁의 어깨를 누군가 툭 치며 지나갔다. 하도 거친 손길이어서 성혁은 어깨를 친 사람이 누군가 하고 올려다보았다. 놀랍게도 명철이었다. 그는 뒤도 돌아보지 않은 채 시치미를 뚝 떼고 앞쪽 화장실로 향했다. 무언가 신호를 보내는 듯했다.

성혁은 아무 일도 없는 듯이 등받이에 머리를 대고 잠을 자려는 척 눈을 감았다. 그러고는 옆 사내들이 눈치채지 못하게 실눈을 뜨고 화장실 쪽을 살폈다. 들어간 지 얼마 지나지 않아 화장실 문을 열고 나온 명철은 성혁 쪽으로 걸어왔다. 누가 보면 꼭 화장실에서 볼일 본 사람이 자기 자리로 돌아오는 것처럼 보였다.

오른손에 쥔 담뱃갑으로 왼손바닥을 툭툭 치며 걸어오던 명철은 성혁의 옆을 지나치다 실수했는지 담뱃갑을 바닥에 떨어뜨렸다. 그는 담뱃갑을 집으려고 허리를 굽혔다. 담뱃갑을 집은 그가 허리를 펴는 순간, 성혁은 팔걸이에 둔 오른손바닥에 뭔가 닿는 것을 느꼈다. 성혁은 순간 손바닥을 꼭 모았다. 자그마한 종잇장 같은 것이 손바닥 안으로 들어왔다.

성혁은 잠든 것처럼 가만히 있었다. 순식간에 일어난 일이었다. 옆의 사내들도 눈치채지 못했는지, 아무 말 없이 창밖만 내다보았다. 가슴이 두근거렸다. 성혁은 전혀 내색하지 않고, 눈을 지그시 감았다. 종이를 모아 쥔 손바닥이 땀에 젖어 끈적거렸다.

한 이십 분 정도 지났을까? 성혁은 눈을 가늘게 뜨고 옆의 사내들을 살폈다. 왼쪽 사내는 창가에 시선을 고정한 채 깊은 생각에 잠겨 있었다. 끝없이 펼쳐진 구름을 보고 있으니 마음이 심란해지는 모양이었다. 성혁과 통로를 사이에 두고 오른쪽에 앉은 사내는 신문을 뚫어지게 들여다보고 있었다. 그는 가만히 있기가 심심했는지, 한 글자라도 놓칠세라 신문을 샅샅이 통독했다.

대부분의 다른 승객들은 오랜 비행으로 인한 피곤 때문인지 눈을 감은 채 등받이에 머리를 기대고 있었다. 기내 스피커에서는 북한 민요인 '해당화'와 '아리랑' 그리고 영화 주제가인 '사랑 사랑 내 사랑'과 같은 음악이 조용히 흘러나왔다. 요즘 한창 북한에서 인기를 끌고 있는 곡들이었다.

테이프가 한두 개밖에 준비가 안 됐는지, 동독에서 출발할 때부터 열 곡 정도의 똑같은 노래만 계속 틀어 주었다. 같은 곡을 연속하여 열 번 이상 들으니, 아무리 인기 있는 곡이라지만 지겨웠다. 너무 많이 들어 한 소절이 끝나기도 전에 다음 소절이 저절로 떠올랐다. 그러나 대부분이 북한 사람인 승객들은 누구 하나 음악을 꺼 달라거나, 새로운 곡으로 바꿔 틀어 달라고 항의하지 않았다. 그들은 오랜 조직 생활과 집단생활을 통해 불평불만 없이 주어진 조건에 맞춰 살고, 통제를 받는 데 익숙했다.

몇 안 되는 외국인 승객들마저 스피커에서 흘러나오는 음악에 전혀 관심을 보이지 않았다. 노래 가사를 전혀 이해할 수 없는 그들은 똑같은 노래를 계속 틀어도 상관없다는 표정이었다.

성혁은 팔걸이 위에 놓여 있던 오른손을 슬그머니 무릎 위로 움직였다. 그러고는 옆의 두 사내가 여전히 자기 일에 몰두하고 있는 것을 다시 한번 확인한 후 손바닥을 조심스럽게 폈다. 손바닥 안에 자그마한 종잇장이 구겨진 채로 놓여 있었다. 그는 엄지손가락을 이용해 소리가 나지 않도록 주의를 기울이며 구겨진 종잇장을 손바닥 위에 천천히 폈다. 종잇장에는 깨알만 한 글자들이 적혀 있었다.

나는 지금 조국에서 진행되는 조소 합동 군사훈련에 현장 실습 차 참가하기 위해 귀국하는 중이다.
조금 전에 나와 너 사이를 가로막았던 국가보위부 요원의 말을 통해, 구체적이지는 않지만 대충 네가 얼마나 어려운 처지에 있는지 짐작할 수 있었다.
참으로 네가 자랑스러웠고, 잘되기를 바랐는데……. 하지만 너무 실의에 빠지지 않길 바란다. '호랑이에게 물려가도 정신만

똑바로 차리면 산다'는 속담도 있잖니.

나도 힘닿는 데까지 너를 돕기 위해 모든 노력을 다하겠다. 부모 팔아 친구 산다는 말 기억하지? 어떤 어려움이 닥쳐도 우리의 우정은 변치 않을 것이다.

너의 영원한 친구 명철이가

성혁은 눈시울이 뜨거워졌다.

'명철아! 고맙다.'

명철의 변함없는 우정이 담긴 메모가 싸늘히 식어 있던 성혁의 가슴에 자그마한 온기를 불어넣었다.

사실 죄인 처지인 성혁에게 그런 쪽지를 넘겨준다는 것 자체가 큰 모험이었다. 발각될 경우, 명철에게 너무나 큰 재앙이 뒤따를 수 있었다. 그렇지만 명철은 친구를 위해 위험을 마다하지 않았다. 성혁은 그런 그가 한없이 고마웠다.

'부모 팔아 친구 산다.'

이 말은 유달리 친구 간의 의리를 중요시하는, 북한 젊은이들 사이에서 즐겨 쓰던 말이었다.

성혁은 고개를 돌려 명철의 좌석 쪽을 바라보았다. 명철은 성혁과 눈이 마주치자 꽉 움켜쥔 주먹을 흔들어 보이며 마음을 굳게 가지라는 신호를 보냈다.

'그래, 이 어려움을 견뎌 낼 거야.'

명철에게서 눈길을 떼어, 다시 고개를 돌린 성혁의 두 눈가에는 눈물이 글썽했다. 성혁은 쏟아져 나오는 눈물을 삼키며, 종잇장을 형체를 알아볼 수 없게 갈기갈기 찢었다. 혹시라도 명철에게 해가 될 수도 있는 흔적을 남기지 않기 위해서였다.

혼자가 아니라고 생각하니 마음이 조금 편해졌다. 성혁은 다시 등받이에 머리를 대고 눈을 감았다. 갑자기 피곤이 몰려왔다. 이제 보니 그는 어제부터 한잠도 자지 못했다. 여객기는 소리 없이 창공을 가로질렀다.

얕은 잠에 들었던 성혁은 기내 스피커에서 나오던 음악이 뚝 끊기는 느낌에 눈을 떴다. 잠시 잠잠했던 스피커에서 갑자기 여자 아나운서의 힘찬 목소리가 흘러나왔다.

"지금 이 여객기는 조선민주주의인민공화국의 수도 평양에 들어서고 있습네다. 손님 여러분께서는 미리 내리실 준비를 해 주시길 바랍네다. 저희 조선민항 여객기를 이용해 주서서 감사합네다. 다시 뵙기를 바랍네다."

아나운서의 말이 끝나는 것과 동시에 '김일성 장군의 노래'와 '친애하는 지도자 김정일 동지의 노래'가 흘러나왔다.

'평양……'

성혁은 자기도 모르게 입속에서 평양이라는 단어를 되뇌었다.

승객들은 전부 머리를 빼 들고 창가에 달라붙었다. 고도를 낮춘 여객기의 창을 통해 평양의 풍경이 서서히 드러났다.

삼 년 후에야 다시 와 보게 되리라 생각했던 곳이었다. 그런데 벌써 돌아오게 되다니······. 성혁은 목이 꽉 메었다.

북한은 외화 사정으로 모든 유학생들을 매해 국내로 불러들일 수는 없었다. 방학이면 열차를 타고 드나드는 게 가능한 중국 체류 유학생들만을 매년 북한으로 불러들였는데, 국내에 들어와 있는 동안은 장학금이 지불되지 않아도 되었고, 북한으로 불러들이는 교통비도 싸게 들기 때문이었다.

중국을 제외한 국가의 유학생들은 유학 기간 중 딱 한 번의 귀국만이 허용되었다. 유학생들의 유학 기간은 보통 오 년이었는데, 만 삼 년이 지난 방학 때에야 한 달 이상 북한을 다녀올 기회가 주어졌다. 그래서 유학생들은 처음 외국으로 떠날 때 부모님과 친척, 친우들에게 삼 년 후에 만나자는 인사를 남기곤 했다.

여객기는 고도를 낮추기 위해 순안 비행장 주변을 한 바퀴 돌았다. 평양시 순안 구역에 위치한 순안 비행장은 북한의 유일한 국제공항이었다. 그리 크지 않은 비행장 활주로에 여객기가 듬성듬성 서 있는 것이 보였다.

'쿵' 하는 가벼운 충격과 함께 여객기가 활주로에 내려앉았다. 여객기는 '동물의 왕국'이라는 북한 텔레비전 프로그램에서 나오는 카멜레온의 걸음걸이처럼 느릿느릿 공항 청사 쪽으로 기어갔다.

창밖을 내다보는 왼쪽 사내의 어깨 너머 창을 통해 공항 청사가 점점 가까이 한눈에 들어왔다. 순간 공항 청사를 따라 움직이던 성혁의 눈이 갑자기 커졌다. 어머니의 모습을 발견한 것이었다. 마중 나온 사람들 일부가 공항 청사 오른쪽에 있는 쇠살창 담 옆에 매달려 활주로를 들여다보고 있었다. 여객기에서 내리는 사람들을 살펴보기 위해서였다.

어머니가 그들 속에 서 있었다. 성혁이 처음 유학을 떠날 때, 치맛자락으로 눈물을 훔치며 바래다주던 바로 그 자리에서 쇠살창을 두 손으로 감아쥔 채, 성혁이 탄 여객기를 하염없이 바라보고 있었다.

"어머니!"

울먹이는 목소리로 어머니를 부르며, 성혁은 자기도 모르게 몸을 일으켜 창가에 얼굴을 바짝 갖다 댔다. 어머니의 모습을 가까이서 보고 싶었다.

"왜, 그래?"

성혁의 돌발적인 행동에 깜짝 놀란 두 사내가 동시에 일어났다. 그러고는 무슨 일이 생겼나 해서 눈을 휘둥그레 뜨고 창가에 달라붙었다. 조그마한 여객기 창 하나에 세 개의 얼굴이 서로 밖을 내다보려고 꼭 밀착되었다.

"저기! 저의 어머니가 나와 계셔요!"

성혁이 손가락으로 어머니가 서 있는 곳을 가리키며 외쳤다.

"네가 온다는 걸 너의 어머니가 어떻게 알았지?"

이해할 수 없다는 표정을 지으며, 사내들은 성혁이 가리키는 곳으로 눈길을 돌렸다. 뚫어지게 그곳을 살피던 그들은 서로 눈만 껌뻑거리며 중얼거렸다.

"너무 멀어 누가 누군지 잘 모르겠는데?"

여객기가 공항 청사 정차 지점에 가까워졌다. 성혁의 눈가에 점점 실망감이 서렸다. 아무리 눈을 비비고 다시 봐도 쇠살창을 쥐고 있는 사람은 그의 어머니가 아니었다. 전혀 다른 사람이었다. 허리가 조금 굽은 모양이며 서 있는 모습이 그의 어머니와 너무나 흡사해 착각했던 모양이었다.

"야, 인마. 저 사람들 중 누가 너의 어머닌데?"

옆의 사내가 성혁의 어깨를 툭 치며 화난 목소리로 물었다.

"잘못 봤어요."

성혁은 힘없이 대답했다.

"앉아!"

사내들도 성혁이 안되어 보였는지 더는 화를 내지 않았다.

여객기가 멈춰 섰다. 승객들은 짐을 들고 기내를 빠져나가기 시작했다. 사내들은 승객들이 다 내린 다음에 내릴 심산인지 자리에 계속 앉아 있었다.

앞쪽 출입구를 향해 걷던 명철이 성혁에게 의미 있는 눈짓을 보내며 동료들의 뒤를 따랐다.

드디어 승객 중 성혁 일행만 기내에 남게 되었다. 그런데도 사내들은 나갈 생각을 하지 않았다.

잠시 후 한 남자가 사내들에게 다가와 귓속말로 속삭였다. 그들이 동독에서 처음 여객기에 오를 때 신분증을 보여 주었던 여객기 안전 담당 요원이었다.

"알았어."

사내들은 고개를 끄떡인 후, 성혁에게 소리쳤다.

"일어나!"

성혁은 그들에게 이끌려 기내를 벗어났다. 트랩 밑에는 시꺼먼 철판으로 뒤덮인 유개차가 당장이라도 달려 나갈 듯이 엔진을 부릉거리며 정차해 있었다. 영화에서만 봤던 죄수 수송용 차량이었다. 성혁은 온몸이 떨려 왔다. 성혁 일행이 트랩에서 내려오자 기다리고 있던 무장 군인들이 사내들에게 경례를 붙였다. 그러고는 재빨리 차 뒷문을 열었다.

성혁 일행은 열린 뒷문을 통해 적재함에 올라탔다. 무장 군인들도 뒤따라 승차했다.

'텅!'

두꺼운 철판으로 만든 차 문이 닫히는 둔중한 소리가 성혁의 귓가를 때렸다.

차 적재함 양쪽 벽에는 철판으로 만든 딱딱하고 기다란 의자가 붙어 있었다. 먼저 성혁과 수갑으로 연결된 사내가 한쪽 의자에 앉고, 다른 사내는 맞은편 의자에 앉았다. 무장 군인들은 '무릎 위 세워 총'을 한 자세로 문가에 한 명씩 앉았다. 그들이 들고 있는, 북한에서 생산한 AK 자동 소총에 꽂힌 시퍼런 총창이 서슬 퍼렇게 번뜩이며 주위 사람들의 기를 죽였다.

"출발!"

맞은편에 앉은 사내가 운전석과 적재함 사이에 가로막혀 있는 구멍이 송송 뚫린 철판을 두드리며 지시했다.

'부르릉!'

요란한 엔진 소리를 내며 출발한 유개차는 속도를 높이며 공항 활주로를 벗어났다. 공항을 벗어나면서 성혁은 망연한 눈빛으로 흘낏 뒤돌아보았다. 몇 대의 여객기와 그 근처의 사람들이 빠르게 시야에서 멀어져 갔다.

또다시 이 공항을 찾아올 날이 있을까? 성혁은 솟구치는 회한을 억누르며 천천히 고개를 돌렸다.

7

"철우야, 대사관에서 전화 왔대!"

문이 벌컥 열리며 옆방에서 생활하는 기복이 소리쳤다.

철우는 가슴이 섬뜩했다. 성혁이 대사관으로 끌려간 지 사흘째 되는 날이었다. 그렇지 않아도 성혁의 사건이 터진 후부터는 전화가 걸려 오거나 누가 찾아왔다는 소리만 들어도 혹시 무슨 일이 또 터지지 않았나 해서 괜히 불안했다.

그러면서도 한편으론 대사관에서 무슨 소식이 오기를 내내 기다린 것도 사실이었다. 일이 어떻게 돌아가고 있는지 궁금하기 짝이 없었다. 유학생들의 분위기도 뒤숭숭하기만 해서 어떤 식으로든 하루빨리 결말이 났으면 싶었다.

'제발 좋은 소식이었으면……'

철우는 불안한 마음을 쓸어내리며 전화기가 있는 기숙사 사감실로 뛰어 내려갔다.

동독은 사회주의 나라 중에서는 그래도 전자공학이 가장 발달했다는 나라였지만, 아직 전화기 설치 대수가 많지는 않았다. 이곳 기숙사에도 사감실에만 전화기가 놓여 있어서 기숙사로 걸려 오는 전화는 전부 사감실을 통해야만 했다. 전화를 건 사람이 몇 층 몇 호실에 있는 누구를 바꿔 달라고 하면 사감은 매 층 복도에 설치된 스피커를 통하거나 위층으로 올라가는 사람을 통해 전화 왔다는 것을 당사자에게 알려 주었고, 그럼 당사자는 뛰어 내려와 전화를 받곤 했다. 또 기숙사 내에는 공중전화가 없어서 외부에 전화를 걸 때면 기숙사 밖에 있는 가장 가까운 공중전화 부스를 찾아야 했다.

사감실에는 뚱뚱한 사감 아주머니가 장부에 무엇인가 열심히 적고 있었다. 고기와 같은 기름기 많은 음식을 자주 먹어서인지, 철우의 허리만큼 굵직한 사감 아주머니의 다리에 거미줄같이 얼기설기 얽힌 퍼런 핏줄이 튀어나온 것이 보였다. 그렇지만 마음씨만은 푸근한 아주머니였다.

"안녕하세요?"

철우가 인사하며 사감실에 들어서자, 그녀는 눈을 찡긋거리며 손에 들고 있던 볼펜을 들어 한쪽에 놓여 있는 전화기를 가리켰다.

선뜻 전화기를 들기가 두려웠다. 철우는 장거리 경주에 나선 선수처럼 심호흡하고 나서 전화기를 들었다.

"안녕하십네까? 글라우카우 사로청 초급 단체 위원장 전철우입네다."

수화기에서 유학생 담당 지도원의 목소리가 흘러나왔다.

"오, 철우가? 그동안 별일 없었네?"

"예, 별일 없었습네다."

"그래, 애들 잘 통제하고. 이번 주 토요일에 당의 지시로 성혁이 문제에 대한 글라우카우 류학생들의 사상 투쟁을 조직하기로 했어. 대사관 직원들과 이번 사건 때문에 조국에서 특별히 파견된 사람과 함께 내려가니 회의 준비를 잘해야 한다."

'성혁이는 어떻게 되었어요?'라는 질문이 입 밖으로 튀어나오려는 것을 가까스로 참으며 철우는 전화를 끊었다. 서로 기분 좋지 않은 일을 들춰내 괜히 긁어 부스럼 만들 필요가 없다고 생각했다.

성혁이 아직까지 돌아오지 않은 걸 보면 조국으로 소환된 게 틀림없는 것 같았다. 설령 그 정도의 상황은 아니더라도 일이 좋은 쪽으로 돼 가고 있다면 철우에게 먼저 한마디 귀띔 정도는 있을 터였다.

철우는 마음이 금세 어두워졌다.

'사상 투쟁을 한다고?'

예감이 좋지 않았다. 사상 투쟁은 생활총화보다 훨씬 강도가 높은 비판 회의였다. 그러나 문제는 사상 투쟁이 조직된다는 것 자체가 아니었다. 무슨 큰 사건이 터질 때마다 당에서는 사상 투쟁을 조직해 사건이 터진 조직 내 구성원들을 비판했다. 철우는 성혁이 끌려갈 때부터 이미 사상 투쟁이 조직되리라는 것 정도는 예견했었다.

철우가 심각하게 생각하는 건 중앙당에서 사람을 파견했다는 소식이었다. 그 말을 듣는 순간 가슴속에 커다란 납덩이가 내려앉는 기분이었다. 외화가 부족한 북한에서 큰 이유 없이 사람을 외국으로 파견할 리는 만무했다. 문제가 여간 심각하게 전개되는 것 같지 않았다.

철우는 다가올 토요일을 생각하면 자꾸만 마음이 무거워지는 것을 어찌할 수 없었다.

토요일 오후, 기숙사 이층에 마련된 회의장 안은 팽팽한 긴장감에 휩싸였다.

"지금부터 위대한 수령님과 친애하는 지도자 동지께서 마련해 주신 사상 투쟁을 진행하겠습네다. 먼저 대사관 당 비서 동지의 이번 사상 투쟁 안건에 대한 말씀이 있겠습네다."

조직 책임자인 철우가 회의 시작을 알렸다. 그러자 사람들이 더욱 긴장된 표정을 지으며 새롭게 자세를 고쳐 잡았다.

다른 외국 유학생들도 회의장이나 파티장으로 자주 이용하는 강당에는 흰 천이 덮인 책상과 의자가 가지런히 놓여 있었고, 회의장 정면에도 긴 책상이 놓여 있었다. 그 옆에는 유학생 담당 지도원과 사상 담당 당 부비서, 대사관 당 비서, 철우, 그리고 이번 성혁의 사건으로 조국에서 특별 파견되었다는 사람 순으로 앉아 있었다.

먼저 대사관 당 비서가 앉은 자세 그대로 말을 꺼냈다.

"모두 알다시피 며칠 전에 참으로 불행한 일이 있었습네다."

회의장 안은 숨소리마저 들릴 정도로 고요했다.

당 비서는, 불행하게도 이번에 여러분들의 동료였던 김성혁이 엄중한 결함을 저질러 조국으로 소환되었다고 말했다. 성혁 사건으로 인하여 당과 국가에서는 큰 걱정을 하고 있다고 했으며, 이런 사건이 발생하게 된 데는 그걸 미연에 방지하지 못한 우리 모두의 잘못이 크다고 이야기를 이어 갔다.

유학생들에게 가장 큰 충격을 준 말이 그다음에 이어졌다. 성혁의 탈출 시도 사건이었다. 쥐 죽은 듯 고요하기만 하던 회의장에 한순간 웅성거림이 지나갔다. 하지만 곧 다시 조금 전보다 더 깊은 고요함이 회의장을 무겁게 눌렀다.

당 비서는 성혁의 경우와 같이 사람이 한번 잘못을 저지르면 점점 더 큰 잘못을 저지르게 된다는 말로 이야기를 끝냈다.

대사관 당 비서의 연설이 끝나자 사상 투쟁 회의에 적극적으로 참여해 달라는 유학생 담당 지도원의 부탁의 말이 이어졌다. 곧이어 본격적인 비판 토론이 시작되었다.

유학생들은 하나둘씩 일어나 이번 사건으로 당에 염려를 끼쳐 드린 데는 자신들의 잘못이 크다고 자아비판을 했다. 그런데 비판 내용들이 거의 엇비슷했고 형식적이었다.

국내에서 사상 투쟁을 할 때는 그 비판의 강도가 매우 강하고 날카로웠다. 그래서 비판받는 사람이 눈물을 줄줄 흘리며 용서를 애원하는 경우도 많았다. 그러나 유학생들의 비판 토론은 외국 생활을 하면서 긴장이 풀려서인지 영 활기를 띠지 못했다. 전부 마지못해 회의에 참석한다는 표정이었다. 하긴 그들이 성혁의 행동을 미리 알고 있었던 것도 아니고, 실제로 비판할 내용도 별로 없는 것이 사실이었다.

보통 이럴 때는 으레 잘못을 저지른 사람과 가장 가깝게 지냈던 친구가 집중 상호비판 포화를 받았다. 친구의 잘못을 미리 발견하지 못했고, 또 친구가 그런 구렁텅이에 빠질 때까지 그냥 놔두었다는 이유에서였다.

그러나 성혁과 한 호실에서 생활했던 태의에 대한 상호비판도 영 시원치가 않았다. 공붓벌레인 그에게 잘못이 없다는 것은 모두가 잘 알고 있었다.

회의 중간중간에 좀 더 비판 내용을 날카롭고 신랄하게 하라는 사상 담당 당 부비서의 위협 반 애원 반의 힐책이 연속 흘러나왔다. 그러나 회의는 계속 시들하게 진행되었다. 화가 난 대사관 당 비서는 모두 정신 상태가 썩었다고 불평을 늘어놓으며 회의를 끝냈다.

특별 파견자는 회의 분위기를 날카롭게 지켜볼 뿐 전혀 말이 없었다. 시종 침묵을 지키고 있는 그의 존재는 유학생들에게 은근한 두려움을 불러일으켰다. 회의 시작 전 사상 담당 당 부비서가 그를 소개할 때도 그 내용이 애매모호했다. 이름이나 직업 소개도 없이 그냥 이번 사건으로 조국에서 파견된 사람이라고만 소개했다.

사상 담당 당 부비서가 곧이어 유학생과의 개별 면담이 있다고 선포하고는 모두 자기 호실로 돌아가 개별적으로 호출될 때까지 기다리라고 했다.

유학생들은 하나둘 자리에서 일어나 호실로 돌아갔다. 모두 여느 때와 달리 말들이 없었다.

호실로 들어간 지 얼마 되지 않아 유학생들은 하나둘 불려나가기 시작했다. 삼십 분 정도의 면담을 마치고 호실로 돌아온 그들의 얼굴은 개운치 않아 보였고 찝찝한 인상들이었다.

면담실은 조금 전 사상 투쟁 회의 장소로 이용됐던 곳에 마련되었다. 면담실의 정면에는 사상 담당 당 부비서와 특별 파견자가 책상을 하나씩 차지하고 앉아 있었다. 그리고 그들과 조금 떨어진 거리에 의자 한 개가 달랑 놓여 있었다.

대사관에서 내려온 다른 사람들의 얼굴은 보이지 않았다. 아마 철우의 호실에 가 있는 모양이었다.

호출받은 유학생이 들어설 때마다, 그들은 앞에 있는 의자에 앉으라고 손짓했다. 유학생이 자리에 앉으면 사상 담당 당 부비서가 문서를 뒤적이며 말했다.

"음, 조국에선 김책공업종합대학을 다녔구만. 부모 이름은 김영철, 이순희. 아버지 직업은 금성 뜨락또르(트랙터) 공장 지배인이고, 어머니는 대학교수라…….”

그들은 항상 이런 식으로 말문을 열었다. 그러면서 자신들이 유학생 개개인에 대해 많은 것을 구체적으로 알고 있다는 것을 과시했다. 한마디로 너에 대해 모든 것을 낱낱이 파악하고 있으니 속일 생각은 아예 하지도 말라는 은근한 협박이었다. 그들은 유학생들의 개인 정보가 들어 있을 것이 분명한 문서철을 계속 뒤적이며 질문했다. 지난 학기 시험 성적이 나빴다고 질책하기도 하고, 너는 외국인 누구하고 친하다며, 하는 식의 말로 유학생들을 깜짝 놀라게 만들기도 했다.

정말 그들은 모르는 게 없는 것처럼 보였다. 나중에는 유학생들이 ‘저 사람들은 정말 나에 대한 모든 것을 알고 있구나’라고 생각하며, 자포자기 상태에 빠질 지경이었다.

그때쯤 되면 그들은 본격적인 질문을 시작했다. 질문 전에 그들은 단서를 다는 것과 협박을 잊지 않았다. 오늘 얘기한 내용은 자기네 두 명만 아는 절대 비밀에 부치며, 어떤 잘못을 고백해도 용서해 주겠다는 것이었다. 또 이미 면담을 끝낸 사람들이 자기 자신과 다른 친구들에 대해 숨김없이 솔직히 털어놓았다고도 했다. 질문에 거짓말하는 경우, 엄중한 처벌을 받게 된다는 것을 각오하라는 으름장이었다.

질문 내용은 대체로, 친하게 지내는 외국인들은 누구냐, 외국 여자들과 친분 관계를 갖고 있느냐, 혹시 그런 친분 관계를 유지하고 있는 다른 북한 유학생을 알고 있거나 그런 징후를 눈치챈 적이 있느냐, 외국 여자들하고 친하게 지내고 싶다고 생각한 적이 있느냐, 디스코텍에 간 적이 있거나 다른 북한 유학생이 가는 것을 본 적 있느냐, 혹시라도 디스코텍에 가고 싶은 생각이 들지 않았느냐, 서방 세계에서 살고 싶은 생각이 든 적이 있느냐, 북한 유학생들 가운데서 서방 세계에 대해 동경하는 마음을 갖고 있는 사람이 누구라고 생각하느냐, 그런 기미를 보인 친구는 없었느냐, 북한 체제에 대해 불만스러운 생각을 잠시라도 해본 적이 있거나 그런 불만을 내보였던 북한 유학생은 없었느냐, 성혁의 사건에 대해 정말 전혀 눈치채지 못했느냐, 친구를 위해 알고도 모른 척 눈감아 준 것은 아니었느냐, 북한 유학생 중 조직 생활을 게을리하고 사상이 변할 수도 있다고 생각되는 사람은 누구냐, 북한 유학생들의 조직 규율이 너무 강하다고 불만을 느낀 적은 없었느냐, 다른 외국 유학생들의 자유로운 생활이 부러웠던 적은 없었느냐, 유학 생활은 만족하느냐 등이었다.

그러나 유학생들은 그렇게 호락호락하게 넘어갈 사람들이 아니었다. 북한에서 엄선된 그들은 매우 영리한 두뇌를 가지고 있었다. 그들은 유도 질문에 넘어가는 듯하다가도 교묘하게 빠져나가곤 했다. 위험하다고 생각되는 질문을 받으면, 그들은 쓸데없는 대답들만 장황하게 늘어놓으면서 질문자들의 머리를 혼란스럽게 만들었다.

대화 내용을 무조건 비밀에 부치고 용서해 주겠다는 것도 전혀 믿지 않았다. 그것이 유학생들의 솔직한 대답을 유도해내기 위한 술수라는 것을 그들은 너무나 잘 알고 있었다. 북한에서의 오랜 조직 생활을 경험한 그들이었다. 면담 내용이 전부 기록되어, 개인에 대한 자료로 이용된다는 것을 모를 리 없었다.

면담 내용 중 그들을 가장 괴롭힌 것은 친구들에 관한 질문이었다. 그들 자신에 관한 질문은 마음대로 이리저리 둘러댈수 있었다. 그러나 친구들에 관한 질문은 입을 잘못 뻥끗했다간 그들에게 큰 타격이 될 수 있었다. 질문자들이 그걸 빌미 삼아 친구를 유도 심문하여 궁지에 몰아넣을 수 있기 때문이었다. 그러면 그들은 질문자들이 다 알고 있는 줄 알고, 모든 속생각을 털어놓을 확률이 컸다.

북한 유학생들이라면 누구나 한 번쯤은 서방 세계에 대한 호기심을 갖거나 외국인들의 자유로운 생활을 부러워했다. 그렇다고 친구들에 관한 질문에 무조건 모른다고 대답할 수도 없었다. 그랬다가는 협조하지 않는다며 충성심을 의심할 것이 분명했다. 그래서 대부분의 유학생들은, 자신은 공부에만 몰두하느라 다른 친구들의 사생활에 관심을 둘 겨를이 없었다고 발뺌하곤 했다.

'제 친구 ○○○는 과제도 잘 안 해 오고, 수업 시간에도 자주 졸고 있대요.'

일부는 이런 식으로 친구에게 큰 해가 되지 않을 잡다한 것들만 고자질하면서 그 자리를 얼렁뚱땅 모면하려고 애썼다. 사상 담당 당 부비서와 특별 파견자는 대부분 별 소득이 없다는 듯 입맛을 쩝쩝 다시면서 면담을 끝내곤 했다. 또 어떤 친구에게는 협조를 안 한다고 화를 내기도 했다.

열 시간이 넘게 진행된 면담은 밤 12시가 지나서야 끝났다.

북한 유학생들은 면담이 다 끝날 때까지 한 사람도 잠자리에 들지 못했다. 침울한 분위기에 휩싸여 도저히 잠을 이룰 수가 없었다. 예전 같았으면 그들은 저녁 식사 후 맥주를 들이켜며 휴게실에 모여 앉아 텔레비전을 보거나, 친구들의 호실을 어슬렁거리면서 잡담을 나누느라 떠들썩했을 것이었다. 그러나 얼마 전까지 함께 공부하던 친구가 탈출까지 시도하다가 북한으로 잡혀 들어갔다는 사실이 그들 모두를 우울하고 말 없게 만들었다. 그래서인지 그들 모두는 호실에 꾹 박혀서 복도 밖으로 아예 나오지 않았다.

면담이 끝난 후 대사관에서 내려온 사람들은 기숙사를 떠났다. 그들은 시내 호텔에서 잠을 잔 후, 오전에 다시 오겠다는 말을 남겼다.

대사관 사람들이 돌아갔다는 말이 퍼지자, 북한 유학생들은 호실에 끼리끼리 모여 앉았다. 그러고는 서로 불안한 마음을 달래느라 밤새도록 잠을 이루지 못했다.

다음 날 아침 9시 30분경에 대사관 사람들이 다시 기숙사로 돌아왔다.

철우가 바쁜 걸음으로 북한 유학생들의 호실 문을 일일이 두드리며 소리쳤다.

"10시부터 기숙사 뒤편 잔디밭에서 사진 촬영이 있으니, 빨리 준비하고 나와야 돼!"

아침이 되어서야 겨우 잠들었던 북한 유학생들은 기숙사 뒤편 잔디밭에 줄레줄레 모여들었다. 모두가 피곤이 가득한 부스스한 얼굴이었다.

철우의 호실에 들어가 있던 대사관 사람들이 10시 정각에 모습을 드러냈다. 그들 중 가장 낮은 직책에 있는 유학생 담당 지도원의 목에는 커다란 동독제 '프락티카(Praktica)' 사진기가 걸려 있었다. 모든 것이 수동으로 조종하게 되어 있는, 사회주의권에서 최고의 인기를 누리고 있는 사진기였다. 그 사진기는 북한의 암거래 시장에서도 만 원 이상에 거래되었다.

당시 북한의 평균 월급은 60원이었다. 그런 북한의 일반 사람들에게 만 원은 꿈도 꾸지 못할 엄청난 액수였다. 그래서 프락티카 사진기는 동독에 근무하는 북한 외교관들과 유학생들이 가장 갖고 싶어 하는 물건이었다.

서독에도 수출되었는데 최첨단 사진기들이 넘쳐나는 그곳에서는 1200마르크 정도의 비교적 싼 가격에 팔렸다. 동독에서는 500마르크 이상의 가격이었고, 장학금을 적게 받는 북한 유학생들이 몇 년 동안 열심히 아르바이트를 해야 겨우 한 대 장만할 수 있었다.

"먼저 전체 사진을 찍을 테니까 모두 두 줄로 맞춰 선 다음, 앞줄은 앉고 뒷줄은 서 있으시오."

유학생 담당 지도원이 지시했다.

북한 유학생들은 두 줄로 맞춰 섰다. 유학생 지도원이 사진기를 들고 앞으로 달려갔다. 그러고는 사진기의 렌즈 부분을 돌려 가며 초점을 맞춘 후 소리쳤다.

"자, 그럼 찍어요. 하나, 둘!"

"셋!" 하는 소리와 함께 사진기에서 '찰칵!' 하는 셔터 소리가 났다.

"이번에는 개별 사진을 찍어야 하니, 이름 부르는 대로 한 명씩 나와 서기요."

북한 유학생들은 부르는 순서대로 나가 사진을 찍었다. 겨울의 오전 날씨는 견디기 힘들 정도로 차가웠다.

"이 사진은 도대체 왜 찍는데?"

추위에 몸을 우들우들 떨며 서 있는 유학생들의 의문에 찬 수군거림이었다.

기숙사 곳곳에서 창문을 통해 내다보는 외국 유학생들의 모습이 보였다. 이렇게 추운 겨울날 아침, 북한 유학생들이 밖에 모여서 무얼 하나 하는 호기심 가득한 표정이었다. 그들에게는 다른 외국 유학생들과는 특이하게 다른 생활을 하는 북한 유학생들의 모든 것이 호기심의 대상이었다. 그래서인지 사진을 찍고 있다는 것을 금방 알 수 있는데도 창가를 떠나지 않고, 북한 유학생들을 주시했다.

북한 유학생들은 동물원의 원숭이가 된 기분이 들어 빨리 그 자리를 벗어나고 싶었다.

"이번에는 몇 명씩 조를 묶어 사진을 찍을 테니, 우리가 만들어 주는 조별로 나와서 사진을 찍도록 하시오."

개별 사진까지 다 찍은 유학생 지도원의 또 다른 지시였다.

북한 유학생들 속에서 가벼운 술렁임이 일었다. 왜 이런 사진을 찍어야 하는지 도저히 이해가 안 된다는 태도였다. 그러나 그것도 순간뿐, 누구 하나 '왜 이런 사진을 찍어야 하느냐?'라고 물어보는 사람 없이 묵묵히 지시에 따랐다. 괜히 그 자리에서 따지고 들다가, 그렇지 않아도 신경이 곤두서 있는 대사관 사람들의 눈 밖에 날 필요가 없었다.

대사관 사람들이 지시해 주는 대로 조를 묶어 사진을 다 찍고 나니 점심시간이 조금 지나 있었다. 그러니까 결국 그들은 두 시간 이상을 꼼짝 못 하고 입술이 새파랗게 얼 정도로 추위에 떨면서 사진만 찍어 댄 것이다.

"자, 그럼 모두 점심을 먹고 2시까지 이층 강당에 모이시오."

유학생 담당 지도원의 말이 끝나기가 바쁘게 북한 유학생들은 우르르 기숙사로 몰려 들어갔다.

기숙사 각 층마다 자리 잡은 요리실 안은 음식 냄새가 진동했다. 주말인 일요일은 모든 외국 유학생들이 구내식당을 찾지 않고 자기 나라의 고유한 전통 음식을 직접 해 먹었다.

주중에는 강의를 받느라 점심을 구내식당에서 해결해야 했지만, 점점 독일 음식에 길들여진 그들도 어릴 때부터 먹고 자란 고향의 음식 맛을 잊을 수가 없었다. 그래서 시간적 여유가 있는 일요일에는 매끼 고향 음식을 요리해 먹느라 요리실 안이 북적댔다.

북한 유학생들이 재료를 준비해서 요리실 안에 들어섰다. 혼잡한 요리실 안에서는 외국 유학생들이 열심히 요리를 하고 있었다. 전부 남자들인데도 음식 만드는 솜씨가 제법이었다.

요리실 안은 전 세계 방방곡곡의 음식을 만드는 냄새가 한데 어우러져, 들어서는 사람들의 코를 찔렀다. 특히 베트남과 캄보디아에서 온 유학생들이 정체 모를 풀과 향료를 넣어 재운 고기를 굽느라 요리실 안은 매캐한 연기와 냄새가 가득했다.

한쪽 옆에서는 중동에서 온 유학생들이 완성된 음식을 접시에 담아 먹고 있었다. 볶음밥 비슷한 종류의 음식이었다. 그들은 숟가락을 사용하지 않고 손가락으로 밥을 정사면체 모양으로 빚어 집어 먹었다. 평소 북한 유학생들과 친하게 지내던 그들은 혼자 먹기가 미안했는지, 손으로 밥을 빚어 집어 주며 먹으라고 입에 가져다 댔다. 그러나 그들이 집어 주는 음식을 도저히 받아먹을 용기가 나지 않았다. 그들은 음식을 집어 먹을 때마다 손가락을 입속에 넣어 쪽쪽 빨았는데, 기름이 번지르르 묻어 있는 그 손가락은 보기만 해도 비위가 상했다. 북한 유학생들은 그들이 집어 주는 음식을 기분이 상하지 않게 거절하느라 진땀을 빼야 했다.

이따금 기숙사의 다른 쪽 절반을 차지하고 있는, 기사 전문 학교에 재학 중인 동독 학생들이나 기숙사 직원들이 유학생들의 요리실에 들르곤 했다. 외국인들은 도대체 뭘 해 먹나 하는 호기심 때문이었는데, 그럴 때마다 그들은 자주 충격적인 사실에 부닥쳤다. 그들의 음식 문화와 너무나 달라서였다. 그들이 먹지 않고 버리는 것을 요리해 맛있게 먹는가 하면, 한 번도 보지 못했던 이상한 풀로 국을 끓이거나, 생선을 익히지도 않고 생으로 요리해 먹는 것이었다.

한국 음식에도 그들이 놀라기는 마찬가지였다.

하루는 북한 유학생이 고향에서 부모님이 보내온 멸치를 꺼내 놓고 멸치볶음을 만들고 있었다. 마침 기웃거리며 요리실에 들어온 동독 학생이 멸치를 보고 신기해하며 물었다.

"이게 뭔데?"

"어, 이건 아주 작은 물고기야."

머리를 갸웃거리며, 동독 학생이 재차 물었다.

"이거로 뭘 하는데?"

"응, 기름에 볶아 먹으려고. 이렇게 그냥 먹을 수도 있어."

북한 유학생이 마른 멸치를 그대로 입에 넣어 잘근잘근 씹어 삼켰다.

동독 학생의 눈이 점점 더 커졌다. 그러고는 큰 소리로 부르짖듯이 물었다.

"아니, 그럼 눈알과 이빨이 붙어 있는 머리를 떼지도 않고 그냥 먹는단 말이야?"

"그래, 머리뿐 아니라 내장도 전혀 들어내지 않고 뼈까지 그냥 먹어. 얼마나 맛있는지 너도 한번 먹어 봐."

북한 유학생이 멸치를 들어 그의 입가에 가져가자 그는 기겁해서 달아났다. 그러고는 모든 동독 친구들의 방을 두드리며 북한 유학생이 아주 작은 물고기를 몇십 마리씩 통째로 집어삼킨다고 떠들어 댔다.

순식간에 요리실 안은 소식을 듣고 달려온 동독 학생들로 가득 찼다. 원래 당찬 성격의 소유자로 알려진 그 북한 유학생은 그들을 전혀 개의치 않고 하던 요리를 계속했다. 한 손으로는 보란 듯이 마른 멸치를 한 줌씩 쥐어 통째로 와작와작 씹어 먹기까지 하면서 말이다. 동독 학생들은 너무 놀라 입을 크게 벌린 채, 앞 사람의 어깨 위로 눈동자를 뒤룩거리며 신기한 듯이 지켜보기만 했다.

동독 학생들은 미역국을 처음 보고는 신문지 태운 것 같은 것을 끓여 먹는다고 기겁했다. 그러던 그들도 한번 맛을 본 후에는 그 맛에 감탄해, 북한 유학생들만 보면 미역국을 끓여 달라고 졸라대기 일쑤였다.

북한 유학생들은 고향에서 가져온 된장과 고추장으로 간을 맞춰 국과 야채볶음을 만들었다. 그러고는 친한 친구끼리 어느 한 호실에 여러 명씩 모여 앉아 식사하며 이야기를 나누었다.

이야기 주제는 주로 성혁의 사건과 대사관에서 내려온 사람들에 대한 것이었다. 그중에서도 가장 관심을 끄는 주제는 조국에서 특별 파견된 사람이 누군가 하는 것이었다. 중앙당 간부일 것이다, 국가보위부 직원일 것이다 등 여러 가지 의견이 분분했다.

그때 유학생 중 한 명이 말했다.

"아마 류학생 심리연구소 직원이 확실할 거야."

"류학생 심리연구소에서 나왔다고……?"

유학생들은 순간 조용해졌다.

유학생 심리연구소. 그것은 외국에 나가 있는 북한 유학생들의 심리 변화를 전문적으로 연구하는 기관이었다.

1960년대 중반 무렵, 북한에서는 발전된 외국 과학기술을 받아들이기 위해 시행해 오던 외국 유학을 일절 금지했다. 당시 치열하게 벌어진 파벌 간의 권력 쟁탈 과정에서 김일성 세력은 승자의 위치를 차지했다. 승승장구하던 김일성 추종 세력은 그 기세로 김일성의 권력을 확고히 뒷받침해 줄 김일성 유일사상 체계 확립에 전력을 기울였다. 그러기 위해서는 그들이 잡사상이라고 불렀던 일체 다른 사상을 없애야 했다. 그들은 잡사상의 근원으로 사대주의와 수정주의 사상을 꼽았고, 이러한 사대주의, 수정주의 사상이 외국에서 유학 생활을 했던 사람들에 의해 국내로 유입된다고 생각했다. 동구에서 생활한 그들 대부분이 동구식 사회주의를 주장했기 때문이었다. 결국, 동구식 사회주의는 김일성 추종 세력에 의해 사대주의, 수정주의 사상으로 규정되었고, 이것이 바로 1960년대 중반 북한이 해외 유학 파견을 금지하게 된 이유였다.

이렇게 금지되었던 외국 유학이 1984년에 재개되었다. 1984년 초, 김일성은 북한 정권 창립 후 두 번째로 동구권을 순방했다. 그때 김일성은 큰 충격을 받았다. 아랫사람들의 보고만 받으며 통치를 해온 그는 그 당시 북한이 다른 동구권 나라들에 비해 심하게 뒤떨어지지 않는다고 여겼다. 그러나 동구권을 순방하면서 그는 잘못 알고 있었다는 것을 깨달았다. 동구권 나라들과 북한과의 생활 수준은 엄청난 차이를 보였기 때문이었다. 그는 동구권 순방 시 모든 사회주의 나라들과 과학기술 협정을 맺고 유학생 교육을 맡아 달라고 요청했다. 그 협정에 따라 북한 유학생들은 동구 사회주의 나라에서 학비 없이 공부할 기회를 얻게 되었다.

귀국한 김일성은 젊은 마음으로 다시 열심히 일해 동구권 나라들만큼 북한을 발전시키겠다고 호언장담했다. 그때부터 그는 나이가 들어 보이는 인민복을 벗어 던지고, 좀 더 젊게 보일 수 있도록 넥타이를 받쳐 맨 양복을 입었다. 그러고는 당장 유학생들을 선발해 보내라고 지시했다. 그래서 극히 제한된 인원의 국비 유학생이었지만, 매해 우수한 북한 학생들이 사회주의 나라로 유학을 떠났다.

그런데 문제가 터졌다. 북한에서는 처음부터 우수한 학생 중 출신 성분도 좋고, 당에 대한 충성심이 절대적이라고 생각되는 사람들만 엄선하여 유학을 보냈다. 그러나 유학 생활 중 그런 유학생들의 사고방식이 걷잡을 수 없이 변했다.

외국에서 이 년 이상 생활을 한 유학생들은 그 누구를 막론하고 전부 김일성 부자 우상화 체제를 비판했다. 그리고 북한 주민들이 잘살기 위해서는 정책이 바뀌어야 한다고 주장했다. 또 외국 여성들과 교제해 문제를 일으키거나, 외국으로 망명을 시도하다 붙잡히는 사건도 있었다.

북한에서 중앙당 간부들을 파견해 유학생들에게 사상 교육을 시키려고 해도 말을 제대로 듣지 않았다. 오히려 다른 사회주의 나라는 경제 발전을 위해 변화를 꾀하고 있는데, 북한은 왜 폐쇄 정책만을 고집하느냐고 중앙당 간부들을 몰아세우기까지 했다.

이런 모든 현상은 김일성과 김정일에게 큰 충격이 되었다. 믿는 도끼에 발등 찍히는 격이었다. 김정일은 누구보다 믿었던 유학생들이 어떻게 그렇게까지 변할 수 있는지 도저히 이해가 가지 않았다. 그 이유를 알고 싶었다. 그것이 앞으로 북한을 통치해 가는 데도 큰 도움이 될 것이 분명했다.

김정일은 유학생 심리연구소의 발족을 지시했다. 유학생 심리연구소는 김정일의 직속 연구소로 활동했다. 그곳에는 김일성종합대학을 비롯한 북한 내 유명 대학 교수들과 국가보위부를 비롯한 정보기관의 심리 전문가들이 포함되었다. 그들의 임무는 유학생들이 외국 생활을 시작한 후, 어떤 현상에 부닥치면서 어떤 영향을 받아 어떻게 서서히 변해 가는지, 심리 변화 과정과 단계를 연구하는 것이었다. 또한 유학생들의 사상 변화를 방지하기 위한 대책안을 내놓는 것도 그들의 주요 임무였다. 그래서 그들은 유학생에게 사건이 발생하면 외국까지 달려오곤 했다.

식탁에 앉아 있던 대부분의 유학생들은 특별 파견자가 유학생 심리연구소 직원일 것이라는 의견에 동의했다. 날카로운 눈초리를 봐서 교수 출신이기보다는 정보기관 출신 직원이 맞을 것이라는 의견이었다.

점심 식사를 마친 북한 유학생들은 여러 명씩 무리 지어 이층 강당에 모여들었다.

"야, 땀 뻘뻘 흘리면서 시원하게 뽈이나 찼으면 좋겠다."

북한 유학생 중 누군가의 말이었다.

보통 때의 일요일 그 시간이면 호실에서 낮잠을 자거나 운동장에 나가 축구를 했다. 워낙 축구를 좋아하는 북한 유학생들은 비가 오나 눈이 오나 주말만 되면 축구를 했다.

정각 2시가 되자 참가 인원을 체크한 뒤 회의가 시작되었다. 인원이라 해 봤자 성혁이 끌려간 후 열다섯 명밖에 되지 않았다. 그리고 회의라기보다는 북한 유학생들에 대한 일방적인 통보였다.

특별 파견자가 사진기에서 뽑은 필름들을 꺼내 들었다. 그러고는 유학생들을 향해 말했다.

"이 필름에 동무들의 전체 사진과 조별 사진 그리고 개별 사진이 있다. 동무들 중 누군가가 결함을 저지르면 이 전체 사진 속에 들어 있는 사람들에게 집단적인 책임을 지울 것이다. 그리고 조별 사진 속에 있는 어느 한 사람이 잘못을 저지르게 되면 그와 한 조가 되어 함께 사진에 찍힌 다른 동무들이 공동 처벌을 받게 될 것이다. 사진 속에 있는 자기 조 성원 중 누군가가 해외 망명을 한다면 그 조의 다른 구성원들은 그 즉시 류학을 중단하고 조국으로 소환되어 처벌받는다는 것을 명심하길 바란다. 그러니 자기 조에 속해 있는 동무가 잘못을 저지르지 않도록 서로 통제하고 감시하며 도와주어야 할 것이다."

특별 파견자는 목이 마른지 책상 위에 따라 놓은 물을 들이켠 후 말을 이었다.

"이번엔 개별 사진에 대해서 얘기하겠다. 이 개별 사진은 현상을 끝낸 즉시 동독 경찰과 국경 경비대에 넘길 것이다. 동무들 중 누군가가 해외로의 탈출을 시도한다면 그 동무의 이름을 동독 정부에 통보할 것이다. 그럼 잘 짜여진 조직과 정보망을 가지고 있는 동독 경찰과 국경 경비대에서는 그 즉시 전국에 수배령을 내려 탈출자를 잡아낼 것이다. 그러니 탈출을 시도하려면 해라. 행방불명이 되었다는 신고가 보고된 지 삼십 분 안에 체포되어 북조선 대사관에 끌려와 있을 것이다. 탈출자는 절대로 용서하지 않을 것이다."

특별 파견자가 필름을 책상 위에 쾅 내려놓으며 말을 끝냈다.

좌중은 물을 뿌린 듯 조용했다. 내내 침묵을 지키다가, 전혀 감정이 없어 보이는 딱딱한 말투로 서두를 뗀 특별 파견자의 연설은 북한 유학생들을 공포에 몰아넣기에 충분했다. 그들은 점점 조여드는 북한 정부의 통제를 피부로 느낄 수 있었다.

계속해서 대사관 당 비서와 유학생 담당 지도원의 간단한 연설이 이어졌다. 앞으로 더 열심히 공부하고 조직 생활에 잘 참여해 달라는 내용이었다. 그 후 그들은 북한 유학생들에게 불안과 공포감만 남긴 채 기숙사를 떠났다.

8

대사관에서 여러 사람이 내려와 이틀 동안 종일 회의만 하면서 북한 유학생들의 사진을 찍어 갔다는 소문은 전체 외국 유학생들 사이에 쫙 퍼졌다. 그 일은 유학생들에게 큰 뉴스거리였다. 외국 유학생의 경우 대사관 직원이 내려오는 예가 거의 없었다. 간혹 대사관에 친구가 있으면 방문차 들르는 일이 있었지만, 그것마저도 드물었다.

그들은 북한 대사관 직원들이 성혁을 데려갈 때부터 벌어진 상황에 대해 적지 않은 흥미를 가졌다. 그런데 그로부터 얼마 되지 않아 또다시 북한 대사관 직원이 여러 명 몰려와 밤새도록 북한 유학생들을 붙들어 놓고 회의를 하고, 추운 겨울 오전에 집단으로 밖에 세워 두고 사진을 찍었다. 이것 자체가 그들로서는 전혀 이해가 안 되는 또 다른 사건이 아닐 수 없었다.

나란트야도 남들이 다 아는 그 소식을 모를 리 없었다. 특히 그녀의 친구들은 그녀와 성혁의 관계를 잘 알고 있었다. 그들은 북한 유학생들에 대한 새로운 소식을 얻어들으면 쏜살같이 달려와 그녀에게 알려 주고는 했다.

　'왜 갑자기 북한 대사관 사람들이 다시 내려왔을까?'

　나란트야는 그들이 온 이유가 궁금해 견딜 수가 없었다.

　'성혁에게 무슨 큰일이 일어난 걸까?'

　왠지 마음이 불안하고 그가 걱정스러웠다. 그러나 나란트야는 북한 유학생들에게 직접 물어볼 수는 없었다. 성혁의 사건이 있기 전까지만 해도 나란트야는 북한 유학생들과 자주 어울렸었다. 외국인 여학생으로서는 나란트야가 북한 유학생들과 가장 가까운 사이였다.

　그러나 성혁이 대사관으로 끌려간 뒤부터 나란트야는 그들을 전처럼 자연스럽게 대할 수가 없었다. 나란트야 자신의 죄스러운 마음 말고라도 북한 유학생들이 그녀를 은근히 멀리했다. 그중 몇 명은 대놓고 나란트야를 미워하기도 했다.

　나란트야는 간혹 북한 유학생들과 마주치더라도 머리를 푹숙인 채 총총걸음으로 지나갔다. 그들만 만나면 쥐구멍에라도 숨고 싶은 기분이었다.

　나란트야는 하는 수 없이 북한 유학생들과 평소 친분을 가졌던 외국 유학생들을 일일이 찾아다니며, 북한 대사관 사람들이 내려온 이유를 아느냐고 물었다. 그러나 누구 하나 구체적으로 아는 사람이 없었다. 워낙 북한 유학생들은 자기 조직 내에서 일어난 일, 특히 좋지 않은 일에 대해서는 외국인들에게 말하지 않기 때문이었다.

'북한 대사관 사람들이 내려온 이유를 어떻게 알아내지?'

생각을 거듭하던 나란트야의 머릿속에 한 가지 방법이 떠올랐다.

'그래, 에밀한테 부탁해 보자.'

몇 명의 외국 유학생들이 북한 유학생들과 한 학급에서 공부하고 있었는데, 에밀도 그들 중의 한 명이었다. 그는 일부 북한 유학생들과 친분이 두터운 편이었다.

나란트야는 에밀의 여자 친구 호실을 찾았다. 마침 에밀은 여자 친구와 함께 머리를 맞대고 과제를 하고 있었다.

"헤이, 에밀하고 긴요하게 할 말이 있는데 잠시 빌려 가도 되겠어?"

에밀의 여자 친구는 어깨를 으쓱하며 대답했다.

"좋을 대로. 그런데 너무 오랜 시간 동안은 안 돼. 우린 아직 할 과제가 많이 남았거든."

나란트야는 손짓으로 에밀을 불러냈다.

자리에서 일어난 에밀은 여자 친구 볼에다 '쩍!' 소리가 나도록 입을 맞춘 후, 나란트야의 뒤를 따라 나왔다.

에밀과 함께 방으로 돌아온 나란트야는 그에게 커피를 대접하며 말을 건넸다.

"에밀, 한 가지 부탁이 있어. 네 학급에 있는 북한 유학생들을 통해 얼마 전에 북한 대사관 사람들이 왜 내려왔었는지 알아봐 줄 수 있어?"

"성혁 문제와 관계가 있나 궁금해서 그러는구나?"

에밀은 짐작이 가는지 측은한 목소리로 되물었다.

"그래, 요즘은 온통 성혁에 대한 걱정뿐이야."

책상 위에 놓인 커피잔을 오른손으로 빙글빙글 돌리며 잠시 생각하던 에밀이 말했다.

"글쎄, 내가 물어본다고 그들이 얘기해 줄지 모르겠어. 그들은 그들 사이나 조직 내에서 일어난 일에 대해선 우리에게 전혀 얘기해 주지 않거든."

"그건 나도 알아. 그래서 너에게 특별히 부탁하는 거야. 너는 그래도 북한 유학생들과는 친한 편이잖아."

나란트야는 간절한 목소리로 부탁했다.

"네 심정은 충분히 알겠는데 아무래도 어려울 것 같아. 그 사람들은 평소에는 친하게 지내다가도 자기들 조직 내부의 문제만 나오면 아주 민감하게 반응하거든. 그래서 그들과 편하게 사귀려면 그런 이야기는 알아서 피해야 해. 그러니 어떻게 성혁의 문제를 물어보겠어? 물어본다고 해 봐야 말을 안 해줄 게 뻔하고, 공연히 그들과의 사이만 틀어질 뿐이야."

에밀은 미안한 표정을 지으며 난감해했다. 에밀이 이렇게 나오는데 나란트야로서도 막무가내로 부탁할 수는 없었다.

나란트야는 실망이 컸지만 어쩔 수가 없었다. 하지만 그냥 물러설 수도 없었다. 성혁의 일을 알지 못한 채로는 도저히 하루도 지낼 수가 없을 것만 같았다.

나란트야는 고개를 숙인 채 몇 분 동안 골똘히 생각에 잠겼다. 이윽고 한 가지 방법을 생각해 냈다.

"에밀, 승호를 만나게 해 줘."

에밀과 승호는 같은 학급이었다.

"승호를? 어떻게 하려고?"

에밀이 뜻밖이라는 표정을 지었다.

"내가 다 알아서 할게."

나란트야는 단호한 목소리로 간단히 말했다.

"그래, 언제 만나려고?"

"빠르면 빠를수록 좋아."

"그럼 내일 오후로 정하는 게 좋겠어. 내가 과제 중에 모르는 문제가 있으니 좀 도와달라는 핑계로 승호를 우리 호실로 불러낼게. 그러니 너는 오후 4시쯤 우리 호실에 들르도록 해. 그를 보면 나를 만나러 왔다가 우연히 마주친 것처럼 행동하면서 자연스럽게 얘기를 나누는 게 좋을 거야."

"알았어. 고마워."

"고맙긴. 그 정도는 해 줘야지."

에밀은 위로하는 표정으로 나란트야의 손을 잡아 주고는 방을 나갔다.

에밀이 나간 후 나란트야는 며칠 전에 성혁에게서 온 편지를 다시 한번 꺼내 읽었다. 이미 여러 번 읽은 편지였다.

느닷없이 성혁의 편지를 받았을 때 나란트야는 꽤 놀랐다. 그러나 더욱 놀라웠던 건 그 안의 내용이었다. 그 편지에서 성혁은 서독으로 탈출할 계획이라고 했다. 탈출을 앞두고 급히 쓴 편지인지 한 글자 한 글자마다 조바심이 가득 담겨 있었다. 성혁이 탈출을 결심했을 정도라면 그에게 떨어진 처벌이 무거운 것임이 분명했다. 아마도 북한으로 송환될 처지였던 것으로 짐작되었다.

처음 그 편지를 받은 날, 나란트야는 한잠도 이룰 수가 없었다. 성혁이 이미 탈출한 건지 아니면 일이 잘못되어 죽기라도 했는지, 온갖 상상이 머릿속을 떠나지 않았다. 탈출에 성공했다면 얼마나 좋을 것인가. 설사 탈출에 실패했을지라도 제발 살아 있기만을 간절히 염원했다.

나란트야가 편지를 읽고 돌아보니 마시다 남은 커피가 싸늘히 식어 있었다. 그녀는 식은 커피를 두어 모금 마시다가 그만두었다.

다음 날 오후, 나란트야는 에밀의 호실로 향했다. 에밀이 약속대로 승호를 자기 방에 불러들였는지, 막상 승호가 와 있다고 하더라도 자신에게 자세한 이야기를 해 줄지, 나란트야는 은근히 걱정이 앞섰다.

승호는 성혁이나 나란트야 모두와 가까운 사이였다. 나란트야가 이곳에 와서 북한 유학생들을 처음 만났을 때 가장 먼저 말을 붙여 준 사람이 승호였고, 그 후로도 그녀는 승호와 많은 이야기를 나누었다. 물론 나란트야에게 좀 더 가까운 사람은 철우였다. 그는 성혁과 나란트야의 관계를 처음부터 알고 있었던 유일한 사람이기도 했다. 그러나 바로 그런 점들로 해서 나란트야는 오히려 철우를 보기가 민망했다. 그가 자신을 어떻게 생각하고 있을지 두려웠다. 만약 철우가 싸늘하게 나오기라도 한다면 그건 정말 견딜 수가 없을 것 같았다. 그래서 차선책으로 생각한 사람이 승호였다.

'그래, 어쨌든 한번 만나 보자.'

이렇게 마음을 다잡았지만, 삼층에 가까워질수록 계단을 오르는 그녀의 걸음걸이에 점점 자신이 없어졌다. 북한 유학생들의 호실이 집중된 층이라 그들과 마주칠지 모른다는 생각에 발걸음이 무거웠다.

성혁이 그녀에게 결별을 선언한 후, 그녀는 한 번도 삼층에 올라오지 않았다. 아니, 단 한 번 올라갔다가 쓸쓸히 돌아온 적이 있었다. 그날 이후 처음으로 이곳에 올라와 보는 것이었다.

불안한 마음을 달래며 그녀는 힘을 내어 삼층 복도를 이루는 마지막 계단에 발을 올려놓았다. 그러고는 잠시 멈추어 서서 복도 쪽을 조심스럽게 살폈다. 복도는 조용했다. 오후 시간이라 모두 호실에 들어가 과제를 하는 모양이었다. 휴게실 쪽에서만 그 안에 사람이 있는지 두런두런 말소리가 들렸다.

그녀는 빠른 걸음으로 에밀의 호실로 향했다. 그녀의 발소리를 듣고 호실 문들이 벌컥벌컥 열리며 북한 유학생들이 당장이라도 뛰어나올 것 같아 심장이 세차게 뛰었다. 괜히 에밀 호실에서 만나자고 약속했다는 후회마저 들었다.

에밀의 호실 문을 두드린 그녀는 안에서 미처 대답하기도 전에 문고리를 잡아당기며 뛰어 들어갔다.

"왜 그래? 누가 따라와?"

에밀이 놀라 헐떡거리며 들어선 그녀를 보고 물었다.

"아니, 아니…… 아무것도 아니야."

에밀을 안심시키는 나란트야의 눈에 주춤거리며 일어서는 승호의 모습이 보였다. 갑자기 나타난 그녀의 등장에 어지간히 당황한 표정이었다. 승호가 와 있다는 사실이 반가웠지만, 그녀는 속마음을 애써 숨기며 그저 자신도 약간 놀라는 표정을 지어 보였다.

"안녕하세요."

나란트야가 먼저 승호에게 인사했다.

"안녕하세요."

승호가 여전히 당황한 얼굴로 인사를 받았다.

잠시 두 사람 사이에 어색한 침묵이 흘렀다.

"왜들 그렇게 뻣뻣이 서 있어? 그러지 말고 앉지 그래. 내가 커피를 준비하지."

에밀이 어색한 분위기를 깨려는 듯 부산을 피웠다.

"그동안 잘 지냈어요?"

나란트야가 물었다.

"네."

승호의 간단한 대답이었다. 나란트야에게 안부를 되묻지도 않았다.

또다시 침묵이 흘렀다. 그 사이에 에밀이 커피를 준비해 가지고 왔다.

"오랜만에 만났으니 이야기들 나눠. 나는 옆에서 조용히 과제를 할 테니까."

말을 마친 에밀은 책상 위에 놓인 책과 씨름하기 시작했다. 그들이 편하게 얘기할 수 있는 분위기를 마련해 주려는 에밀의 배려였다.

승호는 여전히 아무 말 없이 커피만 마셨다. 자리를 피하고 싶은데 구실이 없어 머물러 있는 듯했다. 자신을 만난 게 싫은 건지 아니면 단지 당황한 건지 나란트야는 알 수 없었다.

성혁에 대한 일도 일이려니와 나란트야는 가까웠던 승호와 이렇게 어색한 관계가 된 것이 너무도 가슴 아팠다. 도대체 우리가 무슨 잘못을 했단 말인가? 슬픈 마음과 함께 은근히 화가 나기도 했다. 어쨌거나 마음이 급한 건 나란트야였다. 그녀는 용기를 내어 침묵을 깨고 먼저 말을 꺼냈다.

"저, 성혁 소식을 알려 줄 수 있어요?"

승호는 들고 있던 커피잔을 조용히 내려놓았을 뿐 한동안 아무 말도 하지 않았다. 그 잠시의 시간이 나란트야에겐 너무도 길게만 느껴졌다.

잠시 후에 승호가 한숨을 푹 내쉬며 대답했다.

"성혁은 끌려갔어요."

쿵! 나란트야의 가슴에서 바위 떨어지는 소리가 났다. 그것은 안도감이면서 동시에 실망이었다. 아직 살아 있다는 게 우선 무엇보다 반가웠다. 그러나 끌려갔다면 역시 탈출은 실패한 모양이었다.

"어디로, 어떻게 끌려갔는지 구체적으로 말해 주세요."

나란트야는 마음을 진정시키고 나서 재차 물었다. 승호는 이번에도 한동안 말이 없었다. 꽤 조심스러운 태도였다. 나란트야는 점점 더 초조해졌다.

"제발 좀 말해 주세요. 걱정이 되어 견딜 수가 없어요."

"저는 모든 것을 다 말해 줄 권리가 없어요. 에밀, 나는 이제 그만 가 봐야겠어. 커피 고마워."

승호는 마침내 자리에서 일어났다. 나란트야도 따라서 벌떡 일어났다.

"저와의 관계 때문에 성혁이 끌려가고, 북한 유학생 조직에 피해를 준 것에 대해 정말 면목이 없어요. 그러나 저는 성혁을 진심으로 사랑해요. 그의 소식을 알고 싶어요. 제발 어떻게 되었는지 자세히 말 좀 해 주세요!"

나란트야가 승호의 소매를 잡으며 울먹이며 애원했다.

문 쪽으로 향하던 승호가 짧은 한숨을 쉬며 돌아섰다. 그러고는 나란트야의 진심을 알려는 듯 그녀의 두 눈을 뚫어지게 들여다보았다.

이윽고 어쩔 수 없다는 표정으로 승호가 입을 열었다.

"성혁을 진실로 사랑했다고요? 그래요, 나도 두 사람의 사랑을 의심하지는 않아요. 하지만 당신은 몰랐던 거예요. 우리 북한 유학생들에게는 진실한 사랑을 할 권리가 없다는 것을 말입니다. 난 당신들의 사랑을 탓하고 싶지는 않아요. 그렇지만 너무 모험이 큰 사랑이었지요. 이제 그 결과가 나타난 겁니다. 성혁은 북한으로 끌려 들어갔어요. 처음에 대사관에 끌려간 뒤, 성혁은 자신이 조국으로 소환된다는 것을 알게 되었어요. 북한으로 소환되고 나면 나머지 인생이야 불을 보듯 뻔하지요. 아마 그래서 서방 세계로의 탈출을 시도했던가 봅니다. 그러나 그 탈출 시도는 실패로 끝났고, 성혁은 그대로 북한으로 끌려갔어요. 얼마 전에 대사관에서 사람들이 다시 내려온 것도 성혁 사건 때문이었어요. 성혁의 비참한 처지를 우리에게 알려 경각심을 주고 사상 교육도 하기 위해서 왔던 거지요. 이게 내가 아는 전부입니다."

승호의 눈가에 눈물 한 방울이 맺혔다. 승호는 마음을 진정시키는 듯 잠시 말을 끊었다가 곧 덧붙였다.

"나란트야! 나도 당신을 좋아했어요. 그러나 앞으로는 예전과 같지는 못할 겁니다. 그리고 이런 말을 하기가 내키지 않지만 당신도 빨리 성혁을 잊는 게 자신을 위해서 좋을 겁니다. 이제 성혁을 만날 기회는 없어요. 짧은 사랑의 대가로는 너무 크지만 어쩔 수 없는 일이에요."

말을 끝내고 난 승호는 방문을 열고 나갔다.

나란트야는 멍하니 서 있기만 했다. 불길한 예감이 현실로 다가온 것이었다. 성혁은 탈출에 실패했고, 기어코 북한으로 끌려가고 말았다. 승호의 말처럼 기적이 없는 한 다시는 성혁을 보지 못할 것이었다. 나란트야는 한 손으로 책상 모서리를 꽉 쥐고 쓰러지려는 몸을 가까스로 지탱하며 의자에 앉았다. 울음이 북받쳐 올랐다. 나란트야는 책상 위에 고개를 숙인 채 얼굴을 두 손으로 가리고 엉엉 소리 내어 울었다.

당황한 에밀이 그녀에게 다가와 위로했지만 나란트야에게는 아무 말도 들리지 않았다. 천 길 낭떠러지로 떨어지는 아득한 마음이기만 했다.

쿵작쿵작하는 디스코 음악 소리와 함께 온 방이 떠나갈 듯이 소란스러웠다. 방 가운데서는 젊은 남녀들이 서로 마주 서서 온몸을 배배 꼬며 춤을 추었다. 어떤 쌍은 남자가 다리를 여자의 사타구니 속에 집어넣고 음악에 맞춰 비벼 대며 람바다를 추어 댔다.

나란트야는 혼자 침대에 걸터앉아 양주를 병째로 들이켰다.

승호에게 성혁의 소식을 듣고부터 계속 울던 그녀는 지쳐 책상 위에 엎드린 채 깜박 잠이 들었다. 그런 그녀를 에밀이 기분 전환을 하라며 파티가 벌어진 라틴 아메리카 유학생의 호실로 데려온 것이었다.

에밀은 한쪽 구석에서 그의 여자 친구와 어깨동무를 한 채 맥주를 마셨다. 처음에는 나란트야를 자꾸 사람들 속에 섞이도록 노력했지만, 이제는 모르는 체했다.

나란트야는 방에 들어서자마자 양주병을 집어 들었다. 도저히 맨정신으로는 견디지 못할 것 같았다. 술기운을 빌어서라도 모든 것을 잊고 싶었다. 그녀는 손에 든 양주병을 들어 물 마시듯 꿀꺽꿀꺽 들이켰다. 애써 취하고자 해서인지 취기가 좀처럼 오지 않더니 반병을 넘어서면서 정신이 혼미해지기 시작했다. 몸도 자꾸 흔들리는 것만 같았다. 그러나 그처럼 술기운이 몸을 지배하기 시작했는데도 마음은 가라앉지 않았다. 오히려 걷잡을 수 없이 슬픔이 밀려왔다.

걱정이 된 옆의 친구들이 술병을 빼앗으려 했지만 그녀는 막무가내로 그들을 물리쳤다. 상관하지 말라고 고래고래 소리를 지르기도 했다. 이제는 아무도 그녀를 상관하지 않았다. 그녀는 깊이깊이 혼자만의 고통과 외로움으로 빠져들었다.

하지만 역시 아무리 술에 취해도 성혁에 관한 생각은 떨쳐버릴 수가 없었다. 현재의 시간은 깜박깜박 끊어지기도 했으나 과거는 시간이 지날수록 점점 더 생생하게 되살아왔다. 성혁과 같이 지냈던 즐거운 날들이 되풀이해서 스쳐 지나갔고, 그 마지막에는 온몸이 얼어터져 피투성이가 되어 끌려가는 성혁의 모습이 바로 눈앞에서 보는 양 생생하게 떠올랐다.

'그래, 내가 철부지였어. 어쩌자고 그런 위험한 사랑놀이를 한 걸까. 아아, 나 때문에 성혁은 일생을 망치고 북한으로 끌려 들어간 거야. 내 감정에만 취해 나는 이기적인 사랑을 한 거였어. 내가 나쁜 년이야.'

나란트야는 계속해서 자신을 원망했다. 아무것도 할 수 없는 자신의 무력함이 한탄스러웠다. 주절주절하며 그녀는 계속해서 술병을 기울였다. 너무나 괴로웠다. 미칠 것만 같았다.

'성혁은 나를 위해 외국으로 탈출을 시도했어. 그토록 날 사랑해 주는 성혁이 죽을 고통을 받고 있는데 나 혼자 편하게 살아 있을 수 없지. 그래, 성혁이 없는데 내가 살아 있을 이유가 없어. 성혁의 인생을 망친 나는 죄인이야.'

자학은 그런 식으로 깊어만 갔다. 그녀는 힘겹게 몸을 추스르며 자리에서 일어났다. 그러고는 곧 넘어질 듯 휘청거리며 창문을 향해 걸어갔다.

'난 성혁 없이 살고 싶지 않아. 아니, 살 수 없어. 죽기 전에 성혁을 한 번만이라도 만나 보고 싶어.'

두 눈에서는 눈물이 계속 흘러내렸다. 그녀는 방 안의 열기를 식히느라 살짝 열려 있던 창문을 확 열어젖혔다. 찬 바람이 방 안으로 휙 밀려 들어왔다.

그녀는 창문 밖으로 고개를 내밀어 하늘을 올려다보았다. 검

푸른 하늘 여기저기의 별빛들이 어디 먼 창가에서 흘러나오는 불빛처럼 아득하게 여겨졌다. 별빛은 또한 누군가의 눈물처럼 보이기도 했다. 반짝반짝 튕겨 오르는 눈물의 빛살들.

나란트야는 그냥 서 있기도 힘든 몸으로 창문턱에 올라섰다. 그러고는 아래를 내려다보았다. 기숙사와 땅이 서로 맞붙어 빙글빙글 도는 것 같았다. 나란트야는 희미하게 웃었다.

"그래…… 아주 간단한 일이야……."

어두운 운동장을 내려다보며 나지막이 중얼거렸다.

그때, 갑자기 밀어닥친 찬 공기를 느끼며 창 쪽으로 얼굴을 돌린 사람들은 그녀의 행동에 아연실색했다. 누군가 짧은 비명을 질렀다. 그러자 술을 마시거나 춤을 추던 사람들이 모두 동작을 멈춘 채 창문턱에 올라서 있는 그녀를 바라보았다.

"나란트야!"

에밀의 목소리가 들렸다고 나란트야는 생각했다. 그가 달려오는 듯한 소리도 들렸다. 뒤이어 파편처럼 솟구치는 몇 자락의 격한 비명들이 있었다.

"안녕!"

나란트야가 중얼거렸다. 다음 순간, 나란트야는 사층 호실 창문에서 몸을 날렸다. 자신의 몸이 깊고 아늑한 어둠 속으로 스며들고 있다고 느끼며 나란트야는 마지막으로 외쳤다.

"성혁, 사랑해!"

9

"주로 어떤 체위로 했어?"

"네?"

"이 새끼가 꼭 두 번씩 묻게 만드네. 짜식아, 니들이 그 짓거리 할 때 어떤 자세로 뒹굴었냐 이거야!"

"아니, 그런 것까지 알아야 합니까?"

"이 새끼가 아직도 정신 못 차렸군. 야, 인마, 너 아직도 여기가 어딘지 몰라? 묻는 말에 대답이나 잘할 것이지, 이게 꼬박꼬박 되묻고 있어!"

예심원의 구둣발이 날아왔다. 벌써 몇 번째인지 몰랐다.

성혁은 입술의 피를 닦으며 이를 악물고 일어났다. 그러자 싸늘하게 바라보던 예심원이 성급하게 다시 물었다.

"어떤 체위로 했어?"

어쩔 수 없었다. 성혁은 고개를 숙인 채 수치심을 참으며 간신히 대답했다.

"보통 체위였습니다."

"늘 그랬단 말이야?"

"네, 늘 그랬습니다."

"너 자꾸 후라이 깔래? 언제나 보통으로만 했단 말이야?"

예심원의 목소리가 신경질적으로 높아졌다. 하지만 성혁은 담담하게 대답했다.

"네, 그랬습니다."

"좋아, 넘어가 주지. 그럼 한 번에 걸린 시간이 보통 어드렇게 돼?"

"네?"

"이 새끼가 또 되묻네?"

예심원의 얼굴이 금세 험악하게 일그러졌다. 금방이라도 구둣발이 날아들 기세였다.

성혁은 체념하고 대답했다.

"……이십 분 정도였습니다."

"호오, 그래? 제법 오래 끌었구만 기래."

예심원이 만족스러운 표정으로 비아냥거렸다. 그러고는 킬킬거리면서 성혁의 얼굴에 담배 연기를 길게 내뿜었다.

성혁은 눈을 감았다. 수치심과 분노와 공포가 뒤범벅되어 아무런 생각도 들지 않았다. 어서 빨리 이 지겨운 심문이 끝나기만을 바랄 뿐이었다.

'그래, 묻고 싶은 대로 물어라. 모두 대답해 주마. 이 비열한 자식들아!'

마음속으로 그렇게 소리치며 성혁은 이를 악물었다. 불끈거리는 오기가 가슴 저 밑바닥에서 사르르 피어올랐다.

성혁이 공항에서 유개차에 실려 끌려간 곳은 '마람 초대소'라는 곳이었다. 국가보위부 비밀실 관리과 소속인 그곳은 초대소라는 이름과는 달리 국가보위부 조사실이 집중되어 있었다.

여섯 개의 동으로 이루어진 마람 초대소는 지하 일층과 지상 일층으로 된 구조였다. 한 호동에는 네 개의 방이 배치되었으며, 모든 창문은 쇠살창으로 가로막혀 있었다. 방에는 침대와 책상, 의자 등이 하나씩 놓여 있었고, 칸막이를 두른 수세식 변기 한 개도 따로 설치되어 있었다.

그곳에서 조사와 심문을 받는 사람들은 주로 예심 전의 수감자들이었다. 간첩 혐의를 받은 북송 교포, 반정부 발언을 했다는 죄명을 쓴 전 고위직 간부, 탈북 시도를 하다 체포된 자 등 여러 부류의 중죄인들이었다.

마람 초대소에 도착하자마자 성혁은 지니고 있던 모든 소지품을 계호원들에게 압수당했다. 그리고 바로 심문이 시작되었다.

예심원은 성혁에 관한 모든 것을 조사했다. 첫 성 경험이 언제였느냐, 나란트야와 만나게 된 계기는 무엇이었느냐, 언제부터 그녀에게서 이성 감정을 느꼈느냐 등 질문은 끝이 없었다.

성혁은 나란트야와의 관계가 첫 경험이라고 대답했다. 예심원은 나란트야와 언제 어디서 관계를 맺었고 몇 번 관계를 가졌느냐, 관계를 가질 때의 기분은 어땠느냐 등을 물었다. 심지어는 삽입한 후 몇 분이 지나 사정했느냐, 그때 여자는 신음 소리를 내더냐, 냈다면 몇 번을 냈느냐 등 차마 대답할 수 없는 부분까지 질문했다. 또 심하게는 매번 관계를 가졌을 때의 체위를 그려 보라거나, 나란트야의 나신을 구체적으로 종이 위에 그리라고 강요했다.

성혁이 수치심에 얼굴이 붉어져 항의하거나 거절하면 "이 자식이 아직도 정신을 못 차렸구만" 하며 뺨을 때리거나, 구석 벽에 무릎을 꿇어앉혀 대답할 때까지 움직이지 못하게 했다. 그래도 말을 안 들으면 계호원들을 시켜 뭇매를 안기게 했다. 꼼짝 못 하게 무릎을 꿇어앉혀 놓고 잠을 재우지 않는 고문도 했다. 나중에는 성혁도 그들에게 굴복해 시키는 대로 다 할 수밖에 없었다. 그들은 나란트야와의 관계에 대한 성혁의 대답을 듣거나, 종이 위에 그려진 그림을 보면서 자기네들끼리 키득거렸다. 성혁은 손에 총이라도 들려 있다면 그들을 모조리 쏘고 싶었다.

그들은 성혁의 서방 세계로의 탈출 시도에 대해서도 빈틈없이 심문했다. 왜 갑자기 서방으로의 탈출 계획을 생각했는지 그 동기도 캐물었다. 혹시 대사관 사람 중에서 누군가 성혁이 북한으로 소환된다는 소식을 누설하지는 않았는지 그들은 의심했다. 그러나 성혁은 대사관에서 그 소식을 알려 준 철남에 대해서 절대 말할 수 없었다. 또 여객기 안에서 만났던 명철에 대해서도 비밀로 했다. 아무리 육체적 고통이 심해도 그들을 배반할 수는 없었다.

똑같은 심문이 반복되기도 하는 이런 조사와 심문은 하루 두세 시간의 잠만 재우고 계속 진행되었다. 그러나 이런 짧은 잠에서조차 성혁은 끊임없는 악몽에 시달려야 했다.

마침내 심문이 보름째 되는 날, 성혁은 이제는 도저히 참을 수 없을 것만 같았다. 이날 오후, 그를 심문하던 예심원이 담배를 꼬나물며 빈정대듯이 말했다.

"야, 이 새끼야. 당에서 혜택을 받아 외국에까지 갔으면 공부나 할 노릇이지 부화는 무슨 놈의 부화질이야? 너네 부모들은 지금 너 때문에 수용소에 끌려 들어가 있어. 아마 거기서 썩어 뒈질 때까지 못 나올 거야. 그걸 알아, 인마. 자식 덕 하난 단단히 보게 됐지."

갑자기 성혁은 심장이 멎는 것 같았다. 그는 예심원의 손을 덥석 움켜잡았다. 그러고는 다그쳐 물었다.

"그게 사실이에요?"

"아니, 이 새끼가 미쳤어?"

예심원은 성혁의 손을 치고는 그의 뺨을 때리며 내뱉었다.

"기럼 내레 후라이쟁이란 말이야? 이 새끼가! 야, 기건 사실이야. 지금쯤 너네 부모들은 수용소에서 뼈 빠지게 고생하고 있을 기야."

성혁은 온 세상이 무너져 내리는 것 같았다.

"아니, 그럼 부모님이 정말……."

성혁이 가장 우려했던 일이 현실로 나타난 것이었다. 부모님에 대한 죄책감이 그를 엄습했다.

그날 밤 10시경에 예심원들은 심문을 끝내고 자리에서 일어났다. 여느 날과는 달리 대단히 이른 시간이었다. 나가면서 예심원들이 자기들끼리 쑥덕거리는 걸 보아 무슨 일이 있는 모양이었다.

그들이 나가고 조용해진 방에서 성혁은 천장만 바라보며 멍하니 누워 있었다. 부모님에 대한 죄책감이 다시 한번 그의 머릿속을 휩쓸었다.

'부모님과 형제들은 나를 얼마나 원망할까?'

가족이 수용소에 한번 끌려 들어가면 살아서 나오기가 거의 불가능했다. 성혁 때문에 온 가족이 그렇게 된 것이다.

'그래, 나는 이 세상에 살아 있을 자격이 없는 놈이다.'

성혁은 목숨을 끊기로 결심했다. 사실 그 같은 결심은 마람초대소에 끌려온 이후로 벌써 여러 번째였다. 매일매일이 지옥 같은 순간이었다. 하지만 스스로 목숨을 끊는다는 건 그리 쉽게 결행되지 않았다. 그러나 지금은 가족들에 대한 죄책감을 죽음으로 씻어야겠다는 생각뿐이었다. 부모님과 형제들마저 수용소로 끌려갔다면 이제 더 이상 기다릴 것도 바랄 것도 없었다. 어차피 살아남는다 해도 북한에서 그를 기다리는 것은 고통의 연속일 뿐이라는 것이 확실했다.

그는 방 안을 샅샅이 살펴보았다. 흉기가 될 만한 것은 전혀 없었다. 침대 커버를 찢어 올가미를 만들까 하는 생각도 잠깐 해 보았다. 여기저기 살피다 보니 치약이 눈에 띄었다. 알루미늄 튜브에 든 치약이었다.

성혁은 변기에 치약을 다 짜내 버렸다. 그런 다음 알루미늄 튜브를 세로로 찢었다. 그러고는 평평하게 편 후, 그걸 시멘트 바닥에 대고 갈았다. 물렁물렁한 알루미늄판은 금방 날이 섰다.

성혁은 날이 선 알루미늄판을 왼쪽 팔목의 동맥 혈관 위에 올렸다. 눈을 감았다.

"어머니!" 하고 소리를 지르며, 그는 자신의 오른손에 쥐고 있던 알루미늄판을 힘껏 내리그었다. 순간 그의 왼손 팔목에서 피가 콸콸 솟구쳤다. 눈을 감고 있었지만, 충분히 느낄 수 있었다. 시뻘건 피가 감은 눈앞을 채웠다.

얼마 후에 성혁은 정신이 가물가물해지는 것을 느꼈다. 그러고는 곧 정신을 잃었다.

어머니의 모습이 보였다.

'이럴 수 없는데……?'

믿기지 않았다. 성혁은 다시 한번 눈을 감았다가 크게 뜨고는 자기 앞에 앉아 있는 노인을 뚫어지게 쳐다보았다. 얼굴 윤

곽이 차츰 뚜렷해졌다. 분명 어머니였다. 꿈에도 잊을 수 없었던 어머니가 작은 의자에 앉아 골똘히 생각에 잠겨 있었다.

성혁은 몸을 일으키려고 했다. 그러나 몸이 말을 듣지 않았다. 온몸이 쑤시고 아팠다. 성혁은 그제야 자신이 자살을 시도한 기억이 났다.

'그렇다면 실패한 건가? 죽지 않았단 말인가?'

그 짧은 순간 온갖 생각이 성혁의 머리를 스쳐 지나갔다.

성혁은 간신히 입을 열어 어머니를 불렀다.

"어머니!"

어머니가 고개를 돌리는 것이 보였다. 어머니는 화들짝 놀라 얼른 성혁의 곁으로 다가왔다.

"얘야, 이제야 정신이 드는가 보구나."

어머니의 목소리는 어디 먼 곳에서 들려오는 것 같았다. 눈앞에서 목소리를 들으면서도 그저 아득하기만 했다.

어머니는 성혁의 머리를 쓰다듬었다. 그러는 어머니의 눈가에 그렁그렁 눈물이 맺혔다. 성혁은 어머니의 손길을 받으며 가만히 누워 있었다. 머리가 깨질 듯이 아팠고, 입도 제대로 열리지 않았다. 보이는 모든 게 도무지 현실감이 없었다.

얼마 후에 문이 열리며 흰 가운을 입은 남자가 들어왔다. 남자는 어머니 옆에 서서 성혁을 내려다보았다.

"환자가 의식을 찾은 모양이네요. 그래, 상태가 좀 어때요?"

남자가 어머니에게 물었다. 그러고는 성혁에게 다가와 손바

닥을 이마 위에 올려놓았다. 남자의 번들거리는 대머리가 눈에
들어왔다.

"열이 많이 내렸네요."

이마에서 손을 떼며 그가 중얼거렸다. 잠시 후에 그가 어머
니에게 무슨 말인가 귓속말로 속삭였다. 그러자 어머니는 아쉬
운 얼굴로 성혁을 내려다보고는 곧 문가로 걸어갔다.

"엄마!"

갑자기 어릴 적에 부르던 호칭이 입밖으로 튀어나왔다. 어머
니가 발걸음이 흠칫 멈추더니 뒤를 돌아보았다.

"엄마…… 어딜 가려고요? 가지 마…… 나하고…… 함께 있
어요."

성혁은 필사적으로 힘을 끌어올리며 띄엄띄엄 말했다.

그러자 어머니가 다시 달려와 침대맡에 꿇어앉았다. 그러고
는 성혁의 볼에 얼굴을 비벼 댔다. 그러는 어머니의 눈가에서
다시 눈물이 쏟아졌다.

"시간이 별로 없는데요."

안쓰러운 눈길로 지켜보던 의사가 어머니를 재촉했다.

"걱정 마. 멀리 안 갈게. 금방 다시 올 테니 치료 잘 받아."

발길이 떨어지지 않는지 어머니는 마지못해 자리에서 일어
섰다. 그러고는 두 손으로 얼굴을 가린 채 계속 흐느끼며 총총
걸음으로 문을 열고 방을 나갔다.

"왜 죽으려고 마음먹었어? 젊은 사람이 힘이 들더라도 마음

을 굳게 가지고 살아남아야지. 희망을 가져야지. 그리고 상태가 좋으니 곧 회복될 거야."

의사가 위로의 말을 하며 성혁의 건강 상태를 여기저기 체크했다. 그 후 그는 잠깐 나갔다 오겠다는 말을 남기고 방을 나갔다. 독방이었으므로 다른 환자는 없었다. 그가 나가자 방 안은 쥐 죽은 듯이 조용했다.

성혁은 홀로 생각에 잠겼다. 펼쳐진 모든 상황이 전혀 납득되지 않았다. 이렇게 살아 병원 침대에 누워 있다는 것도 그렇고, 특히 어머니가 이곳에 온 것은 너무도 뜻밖이었다.

밖에서 웅성거리는 말소리와 함께 발소리가 울렸다. 누가 오는 모양이었다.

문이 열리며 양복에 넥타이를 받쳐 입은 두 사람이 대머리 의사를 따라 들어왔다. 방에 들어선 그들은 침대로 다가와 성혁을 꼼꼼히 살펴보았다. 대머리 의사는 성혁의 상태를 열심히 설명했다. 양복쟁이들은 한두 마디 간단한 질문을 한 후, 간다는 말도 없이 의사와 함께 자리를 떴다.

다시 머리가 아파 왔다. 눈을 감았다. 머리를 좀 쉬게 하고 싶었다. 전에 일어난 모든 일들이 몸에 너무나 큰 정신적 부담이 된 것 같았다.

잠결에 문이 열리는 소리가 들렸다. 깜박 잠이 들었던 모양이었다. 눈이 떠지지 않았다. 그냥 그대로 잠들고 싶었다.

사람들이 다가오는 발소리가 점점 가까이 들려왔다. 또 누가 왔는지 궁금했다. 눈을 떠 그들이 누군지 보아야겠다고 생각했다. 성혁은 무거운 추를 매단 양 계속 내려앉는 눈꺼풀에 애써 힘을 주었다.

어머니가 내려다보고 있었다. 그 옆에는 아까 들어왔던 양복쟁이들이 서 있었다.

"엄마!"

어머니를 불렀다.

"그래, 어때? 많이 아프지 않니?"

어머니가 걱정스러운 표정으로 물었다.

"괜찮아요. 견딜 만해요."

"이걸 먹어 봐라. 수술 후 몸보신에 좋다고 해서 뱀장어를 푹 고아 가지고 왔다."

어머니는 가지고 온 음식 그릇들을 펴기 시작했다. 순간 옆에 서 있던 양복쟁이들의 얼굴에 당황한 빛이 스쳐 지나갔다. 그들은 다급히 다가와 어머니의 귀에 대고 뭐라고 속삭였다.

"알았어요. 하지만 당신들에게도 자식이 있을 텐데 좀 기다려 줄 수 없어요?"

어머니가 도도한 어조로 말했다.

그들은 머뭇머뭇 물러났다. 그러고는 저편에 서서 어머니의 행동을 물끄러미 쳐다보기만 했다.

여러 가지 약초를 넣어 푹 고아진 뱀장어 국물은 허옇고 걸쭉했다. 어머니는 그 국물을 한 방울이라도 흘릴세라 숟가락으로 정성스레 떠서 입에 넣어 주며 말했다.

"다른 음식을 더 해 가지고 오려다가 수술한 지 얼마 안 되어 국물밖에 먹지 못한다고 해서 그만두었다. 그러니 이것만이라도 많이 먹어라."

어머니가 퍼 주는 숟가락 위에 눈물이 뚝뚝 떨어졌다.

"어머니, 고맙습니다. 이 자식은 어머니께 걱정만 끼쳐 드리고, 용서받지 못할 죄스러운 행동을 저질렀는데……, 이렇게 못난 불효자식을……."

성혁은 끝내 흑흑 흐느껴 울기 시작했다.

"눈물을 거둬라. 지난 일은 지난 일이고, 앞으로 닥쳐올 일을 잘 견디고 더 잘해 나가면 되잖니."

'어머니, 용서하세요.'

성혁은 속으로 부르짖었다. 그리고는 어머니가 퍼 주는 국물을 맛있다는 듯이 받아먹었다. 수술 후유증과 통증으로 몸에서 음식을 전혀 받지 않았지만 꾸역꾸역 삼켰다.

금방 배가 불러오고 속이 메슥거려 더 이상 먹을 수가 없었다. 어머니도 그걸 눈치챘는지 더는 음식을 권하지 않았다.

그러자 옆에서 지켜보고 있던 양복쟁이 한 명이 슬그머니 다가와 어머니에게 다시 귓속말로 속삭였다.

"알겠어요. 금방 일어날게요."

어머니는 성혁의 이마에 맺힌 땀을 닦아 주며 말했다.

"다시는 죽을 생각 하지 말아라. 아직 살아갈 날이 구만리인데 그런 나약한 생각을 해선 안 돼. 나는 내 자식을 그렇게 약하게 키우지 않았다. 좌절하지 말고 희망을 가져라. 너를 탓하지 않는다. 우리는 항상 너를 사랑한다. 어떠냐, 다신 그런 행동 안 하겠다고 이 엄마하고 약속할 수 있지?"

어머니가 새끼손가락을 내밀었다. 성혁이 어릴 때 어머니로부터 응석을 부리며 어떤 약속을 받아 낼 때 흔히 쓰던 방법이었다.

"명심하겠어요, 어머니. 힘들어도 견뎌 나가겠어요. 더는 어머니께 걱정을 끼치지 않을게요."

어머니가 자기 편이라고 생각하니 힘이 솟았다. 그 어떤 어려움도 헤쳐 나갈 수 있을 것 같았다. 성혁은 새끼손가락을 내밀어 어머니의 새끼손가락에 걸었다. 그러고는 싱긋 웃었다.

어머니가 자리에서 일어서며 당부했다.

"우선 건강을 되찾아야 한다. 그러기 위해선 음식이 입맛에 안 맞아도 가리지 말고 억지로라도 양껏 먹고, 짬짬 운동도 하고. 알았지?"

"예, 꼭 어머니 말씀대로 할게요."

어머니는 문가로 발길을 옮겼다.

"엄마, 죄송해요. 저를 용서해 주세요."

성혁은 소리쳐 어머니에게 용서를 빌었다.

문 앞에 멈춰 선 어머니는 주먹을 들어서 흔들며 말했다.

"우리 함께 힘을 내자."

그러고는 웃음을 지어 보였다. 양복쟁이들과 함께 문밖으로 사라지는 어머니의 두 어깨가 한없이 들먹거렸다.

그 후 어머니는 더는 병원을 찾지 않았다.

숲속에 위치한 건물은 조용했다. 건물 앞에 비교적 큰 도로가 있었지만 지나가는 차량은 거의 없었다. 낮에는 새들의 지저귀는 소리만 요란하게 들렸고, 밤이면 밤새 울음소리가 낮게 울려 퍼졌다.

밖은 온통 흰 눈으로 덮여 있었다. 날씨가 워낙 춥고 사방이 산줄기로 둘러싸인 곳이라 눈이 내려도 녹지 않고 계속 쌓이기만 했다.

갑자기 새들의 지저귐 소리가 요란해졌다. 성혁은 창밖을 내다보았다. 창문턱에 참새들이 가득 내려앉아 먹을 것이 있나 여기저기 쪼아 댔다. 새들도 모든 것이 눈에 덮인 추운 겨울날에는 먹을 것을 찾기가 쉽지 않은 모양이었다.

성혁은 침대에 누워 주변에서 벌어지는 일들에 대해 곰곰이 생각했다. 자신은 자살을 시도했고 실패로 끝났다. 누군가 자신의 목숨이 완전히 끊어지기 전에 발견해 이곳으로 옮긴 것이다. 알 수 있는 건 그것뿐이었다. 그런데 그가 정신을 차렸을 때 어머니가 옆에 있었다. 어머니는 어떻게 이곳까지 온 것인지, 왜 그 후로는 다시 나타나지 않는 것인지 정말 궁금했다.

'수용소에 끌려가셨다던 어머니는 어떻게 여기에 오셨지?'

어머니에게 그걸 묻고 싶었다. 그러나 옆에 다른 사람들이 늘 붙어 있어 물을 수가 없었다.

'혹시…….'

그에게 일말의 희망이 생겼다. 예심원의 말과 달리 부모님은 수용소에 끌려가지 않았을 수도 있었다.

의사와 간호사들이 치료와 상태 체크를 위해 자주 방을 들락거렸다. 그들에게 어떻게 된 일인지 물어도 전부 모른다는 말뿐이었다. 진짜 모르는 것인지, 아니면 그의 질문에 대답하지 말라는 지시를 받았는지 알 수 없었지만, 그들은 침묵으로 일관했다. 여기가 어떤 병원인지 물어도 마찬가지였다.

창문 밖에는 튼튼한 쇠살창이 설치되어 있었고, 출입문도 두꺼운 철문이었다. 그 문은 밖에서만 손잡이를 돌려 열게 되어 있었다. 그래서 방에 들어올 때 의사와 간호사들은 문이 닫히지 않도록 문틈에 나무토막 같은 것을 끼워 놓았다. 실수로 문이 잠길 때면 가지고 온 키로 문을 열거나, 성혁의 침대 위에 설치된 인터폰으로 연락해 밖에서 문을 열게 했다.

성혁도 급한 일이 생기면 인터폰을 사용해 간호사를 호출했다. 성혁의 건강이 좀 회복되자, 그들은 방에 들어올 때 특수 훈련을 받은 것이 분명한 건장한 사내 한 명을 항상 대동했다. 성혁이 그들을 위협해 탈출하는 것을 방지하기 위해서인 것 같았다. 성혁이 치료받을 때 건장한 사내는 옆에 서서 의사나 간호사들의 손놀림을 지켜보곤 했다.

성혁의 담당 예심원들도 이따금 병원을 찾았다. 그러고는 여러 가지 질문을 했다. 심문의 연속이었다. 그들은 병원에서나마 좀 쉬게 그냥 두질 않았다.

성혁에게 부모님이 수용소에 끌려갔다고 빈정댔던 그 예심원은 그를 보고 뇌까렸다.

"야, 이 자식아. 죽으려면 조사나 다 끝나고 죽을 것이지, 왜 조사도 안 끝났는데 벌써 죽으려고 그래? 이 자식이 끝까지 속을 썩이네. 하여튼 너는 운이 좋은 놈이다. 조사가 끝났더라면 너 같은 놈은 살릴 필요도 없었어."

"저는 얼마 전에 여기서 어머니를 만나 뵈었어요. 어떻게 된 일이에요? 제발 좀 사실을 말해 주세요. 제 부모님은 괜찮으신 거죠? 수용소에 안 끌려간 거지요?"

예심원은 뭐라고 말하려다가 입을 다물었다. 상처 주는 말을 했다가 성혁이 다시 자살을 시도할까 겁이 나는 모양이었다.

성혁의 몸은 빠르게 회복되어 갔다. 그러나 마음은 내내 답답하고 긴장감에서 벗어날 수가 없었다.

그러던 어느 날이었다. 생각지도 않았던 반가운 손님이 성혁을 찾아왔다.

점심 식사를 하고 잠시 눈을 붙였던 성혁은 문이 열리는 소리에 잠에서 깼다. 간호사나 의사가 회진할 때가 아직 아닌데, 하는 생각에 머리를 들어 출입문 쪽을 바라보았다. 출입문 앞에 명철이 서 있었다. 성혁과 눈길이 마주치자 그는 반가운 웃음을 지어 보였다. 그는 여객기에서 볼 때와는 달리 사복 차림이었다. 명철의 뒤로 대머리 의사도 들어왔다.

"명철아!"

성혁은 반가운 기색을 숨기지 못하고 소리쳤다.

명철은 씩씩한 걸음으로 성혁의 침대로 다가왔다. 그러고는 손을 내밀어 악수를 청하며 물었다.

"어때, 몸은 괜찮아?"

성혁은 그의 손을 잡으며 대답했다.

"많이 좋아졌어. 정말 반갑다야."

"나도 너를 보니 너무 반가워. 네가 병원에 입원했단 소리를 듣고 얼마나 걱정을 많이 했다고."

명철은 의자를 끌어다 침대 옆에 앉았다.

"그런데 내가 여기 있다는 것을 어떻게 알았니?"

성혁이 묻자 명철은 그때까지 옆에서 서성거리며 서 있던 대머리 의사에게 고개를 돌려 부탁했다.

"아저씨, 미안하지만 저희끼리 좀 얘기를 나누면 안 될까요?"

"그래, 기럼 내레 나갈게. 얘기 다 끝나면 인터폰으로 알려 줘. 그런데 시간을 너무 오래 잡아먹으면 안 된다."

"알았어요. 신경 써 줘서 고마워요."

의사가 나가자 명철은 우선 출입문에 다가가 문이 제대로 닫혔는지를 확인했다. 그러고는 돌아와 성혁의 침대에 바싹 붙어 말을 꺼냈다.

"그날 여객기에서 내리고선 네가 걱정돼서 공항을 벗어날 수가 있어야지. 그래서 공항 청사 내에서 네가 나오면 얼굴이라도 보고 가려고 기다렸어. 창밖을 통해 활주로를 내다보면서 기다리는데, 글쎄 네가 죄수 수송용 차에 실려 가는 게 아니겠니. 내가 생각했던 것보다 상황이 훨씬 심각하다는 것을 깨달았지. 모스크바 군사대학에서 아주 친하게 지내던 친구가 있었는데 그의 아버지가 국가보위부 국장이었어. 마침 그 친구가 옆에 있어서 네 행방을 알아봐 달라고 부탁했다. 그리고 집에 도착하자마자 아버지께도 부탁했어. 아버지께서 그쪽 계통에도 발이 넓으시잖니."

"네 아버지를 볼 면목이 정말 없어. 나를 많이 욕하셨겠지?"

성혁은 명철 아버지의 엄한 인상이 떠올랐다. 항상 말이 없고 무뚝뚝했기에 성혁은 명철의 집에 찾아갈 때마다 그의 아버지가 두려웠다. 명철 아버지 앞에서는 숨소리도 제대로 못 낼 정도로 긴장하곤 했다. 성혁이 찾아갈 때마다 명철 아버지는 편하게 놀다 가라고 일부러 자리를 피해 주곤 했다.

"괜찮아. 아버지께서 네 얘기를 들으시더니 한참 동안은 말이 없으셨어. 그러시더니 힘써 보겠다고 승낙하셨지. 그래서 다음 날 네가 마람 초대소로 호송됐다는 걸 알게 되었고. 기회를 봐서 너를 찾아보려고 했는데, 조소 합동 군사훈련이 시작되어 거기에 참석해야 해서 도저히 짬을 낼 수가 있어야지. 그러다 이번에 훈련이 끝나 출국하기 전에 며칠 휴가를 얻어 이렇게 너한테 들른 거야."

"그럼 우리 어머니께서는 어떻게 병원에 오시게 된 거야?"

성혁이 다그쳐 물었다.

"처음엔 부모님이 걱정하실까 봐 네 소식을 너의 집에 알리지 않았어. 그런데 어느 날 아버지께서 훈련장으로 전화를 걸어 오셨어. 훈련장에는 좀체 연락을 안 하시는 분이라 무슨 일인가 하여 급하게 달려가 전화를 받았지. 내용인즉 네가 자살을 시도하다 병원에 호송되어 생사를 헤매고 있다는 것이었어. 어느 병원에 입원해 있는지 물었지. 마람 초대소에서 그리 멀지 않은 곳에 있는 국가보위부 병원이라는 거야. 그 소식마저 네 부모님께 감추면 안 되겠다 싶어, 네 어머니 직장으로 전화를 걸어 자초지종을 설명했어. 네 소식을 들은 어머니께선 계속 우시기만 하셨지. 한참 후에 마음을 진정하신 어머니께서 성혁이 너를 꼭 한번 보고 싶다고 하셨어. 그래서 나는 우리 아버지를 찾아가 상의해 보시라고 했어. 좀 전에 나와 함께 들어왔던 대머리 의사 알지?"

명철이 물었다.

"그럼, 나를 수술한 분이신데. 그런데 왜?"

성혁이 대답하며 되물었다. 그는 이야기에 점점 빠져들어 가는 것을 느꼈다. 그러나 아직까지는 상황이 어떻게 전개되는지 실마리가 잡힐 듯하면서도 윤곽이 잘 잡히지 않았다.

"마침 그 대머리 의사 아저씨가 우리 아버지가 육이오전쟁

당시 데리고 있었던 위생병이야. 전쟁이 끝난 뒤에는 평양의학
대학을 졸업하고 그때부터 국가보위부 병원에서 쭉 일하고 계
셨던 것이래. 그래서 우리 집에 대머리 의사 아저씨와 네 어머
니, 우리 어머니 이렇게 세 분이 모여서 상의를 거듭했대. 어떻
게 하면 네 어머니와 너의 면회를 주선할 수 있을까 해서 말이
야. 국가보위부 국장을 하는 내 친구 아버지도 도와주시겠다고
약속하신 상태였어. 그런데 문제는 너와 어머니의 면회를 정당
화시킬 만한 합당한 이유를 만들어 내는 것이었어. 그래서 세
분이 머리를 짜내 생각해 낸 구실이 바로 네 어머니께서 너를
만나는 것은 다시는 네가 자살을 시도하지 않고 그때까지의 잘
못을 반성하도록 설득시키기 위해서, 그리고 조사에도 잘 응하
도록 협조하게 한다는 것이었지. 별로 타당한 이유는 아니었지
만 주변 사람들의 도움을 받으면서 얼렁뚱땅 상급의 승인을 받
아 냈어. 그래서 어머니와 면회가 가능했던 거야. 내가 오늘 널
찾아올 수 있었던 것도 다 그분들의 도움 덕분이고."

성혁은 어머니를 마지막으로 봤던 날 옆에 서 있던 양복쟁이
들이 어머니를 재촉하던 것과, 다시는 죽을 생각을 하지 말라
던 어머니의 당부가 기억났다.

"고맙다, 명철아."

친구를 위해 열심히 뛰어다닌 명철의 우정에 성혁은 코끝이
찡해 왔다. 어디서 이런 친구를 다시 얻을 수 있을 것인가. 명
철이 한 일들은 아무나 할 수 있는 일이 아니었다. 죄를 지은 사

람을 위해 뛰어다니는 일은 언제나 남의 오해를 불러일으킬 수가 있다. 그래서 자칫하면 자신에게도 피해가 돌아올 수 있다. 성혁은 진심으로 명철이 고마웠다. 명철의 뜨거운 우정이 가슴에 저릿하게 다가왔다.

"고맙긴, 자식. 이번 신세는 네가 앞으로 갚으면 되는 거지."

명철은 대수롭지 않다는 듯 말했다. 그 의연한 모습이 다시한번 성혁을 감동시켰다.

"그런데 우리 부모님은 어떻게 되신 거야? 수용소에 끌려갔다는 예심원의 말을 듣고 얼마나 죄책감을 느꼈는데."

성혁이 아까부터 가장 물어보고 싶었던 말이었다.

"그건 다 거짓말이야. 네 아버지와 어머니는 아직까지는 다 무사히 지내고 계셔. 아버님은 아직 김책공대에 교수로 계시고, 가족들도 아직은 네가 조국을 떠나기 전에 살던 그 집에서 살고 계셔."

가장 듣고 싶었던 말이었다. 성혁은 오랜만에 가슴이 시원해지는 느낌이었다.

명철이 계속해서 진지한 표정으로 말을 이었다.

"너에 대한 형이 확정되기 전까지는 부모님에 대한 피해는 없을 거야. 형이 확정되면 사정이 달라지겠지만 말이야. 부모님을 위해서도 너에 대한 조사가 잘 끝나야 될 텐데. 하여튼 너무 걱정 마. 우리 모두 물심양면으로 너를 위해 노력하고 있으니까. 좋은 결과가 꼭 나올 거야."

"명철아, 정말 고맙다."

그 한마디뿐, 성혁은 더 이상 말을 이을 수가 없었다. 어떤 말도 자신의 깊은 고마움을 표현할 수는 없을 것 같았다.

명철은 빙긋이 웃으며 성혁의 손을 잡았다. 성혁도 그 손을 힘껏 잡았다.

"그런데 말이야……."

갑자기 명철이 밝게 웃으며 입을 열었다.

"몽골 류학생이라는 그 여자 친구, 그렇게 좋았냐? 너의 마음을 깡그리 빼앗아 간 여자가 어떤 여잔지 한번 보고 싶다야. 하여튼 너는 대단한 놈이야."

병실의 무거운 분위기를 바꾸고 싶었는지, 명철은 성혁의 어깨를 툭툭 쳐 가며 경쾌하게 말했다.

성혁은 그저 가볍게 미소만 지었다. 그 이야기 역시 한두 마디로 할 수 있는 말이 아니었다. 아아, 언젠가 정말 신나게 웃어 가며 이야기할 수 있게 된다면…….

성혁은 자신이 처한 처지를 새삼 돌아보며 속으로 깊은 한숨을 내쉬었다. 명철 앞에서 더 이상 어두운 얼굴을 보이기는 싫었다.

"그런데 궁금한 게 또 하나 있어."

성혁이 다시 물었다.

"아직도 궁금한 것이 더 남아 있어? 그게 뭔데?"

명철이 정색하며 되물었다.

"내가 도대체 어떻게 살아났지?"

"그건 말이야……."

명철이 웃음을 거두고, 성혁의 자살 시도 후에 일어난 일들을 자세히 말해 주었다.

"아버지가 국가보위부 국장인 친구한테 들은 얘긴데, 이건 아주 극비 사항이래. 마람 초대소의 모든 방에는 방 안에 있는 사람은 알아볼 수 없는 비밀 카메라가 설치되어 있다는 거야. 그런데 이 카메라는 심문하는 시간에는 작동하지 않지만 심문이 끝나고 예심원들이 방을 나선 후부터 작동하게 되어 있어. 그래서 예심원들은 매일 심문을 끝낸 후, 카메라를 작동시키는 전문가들에게 조사가 끝났다는 것을 알리게 되어 있대. 그럼 전문가들은 카메라를 작동시켜 감시하고 특이 사항을 적어 예심원들에게 넘겨준다는 거야. 그럼 예심원들은 그걸 참고해 심문에 이용하기도 한대. 그런데 네가 자살을 시도한 그날은 사격 훈련 중 총기 오발 사고로 죽은 동료 예심원의 상가에 가기로 되어 있는 날이었대. 너를 심문하다 늦게 출발한 예심원들은 급하게 서두르느라 카메라 작동 전문가에게 심문이 끝났다고 말해 주는 것을 깜빡 잊었던 거야. 또 전문가들도 항상 심문이 늦게 끝났으니까 이른 시간이라 생각하고 카메라를 작동시킬 생각을 안 한 거지. 상가에 있던 예심원들 중 누군가가 갑자기 심문이 끝났다고 알리지 않았다는 걸 기억해 내고 급하게 연락을 취했다는 거야. 연락을 받은 전문가들이 네가 있는 방의 카메라를 켜 보니, 감시 화면 위에 피를 쏟으며 쓰러져 있는 네 모습이 보였대. 그래서 비상을 건 후 구급차를 불러 너를 이 병원으로 호송한 것이래. 대머리 의사 아저씨 말이 조금만 늦었어도 살릴 가망이 전혀 없었다는 거야. 그러면서 너는 오래 살 팔자를 타고난 놈이라고 하더라."

성혁은 그제야 모든 상황이 이해되었다. 마람 초대소의 방에 카메라가 설치되어 있으리라고는 꿈에도 생각하지 못했다.

"혹시 여기 이 방에도 도청 장치가 돼 있는 것 아니야?"

성혁은 걱정이 되었다. 명철의 이야기가 도청되면 그는 끝장이기 때문이었다.

"걱정 마. 그래서 내가 미리 대머리 의사 아저씨를 통해 알아봤어. 카메라 장치나 도청 장치는 모두 일제를 사용하는데 그 장빗값으로 외화가 꽤 많이 든다는 거야. 그래서 여기 병원까지 설치할 수는 없었대. 너도 우리 정부가 얼마나 외화가 부족한지 잘 알잖니."

"그래……."

성혁은 안심이 되었다.

"야, 성혁이 너, 여자 친구가 굉장히 보고 싶겠다."

명철은 또 분위기를 바꿔 여자 친구 얘기를 꺼냈다.

"그래, 너무너무 보고 싶어."

성혁은 갑자기 나란트야가 못 견디게 그리워졌다.

'그녀는 지금 뭘 하고 있을까? 내가 탈출에 실패하고 이렇게

끌려와 있는 것을 알까? 만약 알게 되었다면 얼마나 가슴 아파할까?'

성혁은 나란트야를 향한 그리움에 눈물을 글썽였다.

명철은 성혁의 아픈 곳을 잘못 건드렸다고 생각했는지 미안한 기색이었다. 명철의 그런 모습을 보니 성혁이 오히려 미안했다. 성혁은 이번엔 자기 쪽에서 가벼운 농담이라도 걸고 싶었다.

성혁은 애써 쾌활한 목소리로 명철에게 물었다.

"명철이, 너는 여자 친구 생겼니?"

"왜 나도 로씨아 여자 사귀다가 붙잡혀 와 네 옆에 누워 있으라고? 이 자식이 누구 신세를 망치려고."

명철이 빈정댔다. 고등중학교 시절 가장 친하게 지내면서도 서로 트집을 잡아 밤낮 실랑이질하던 버릇이 또 나온 것이다.

"아니, 이 자식아. 조국 여자 친구가 생겼나 말이야. 하긴 너 같이 생긴 놈을 누가 따라다니겠니."

성혁도 지지 않고 그를 물고 늘어졌다. 어릴 적 친구는 이래서 좋다는 생각이 들었다.

"계속 모스크바로 편지를 써 보내오는 여자애가 있긴 한데 나도 잘 모르겠어. 야, 성혁아! 그건 그렇고 네가 동독에서 사귀던 여자 친구 얘기나 한번 해 봐. 그 여자 머리가 노랑머리냐?"

명철이 성혁을 계속 졸라 댔다.

성혁은 기대에 찬 명철의 눈길을 피할 수 없었다.

"머리칼이 노랗지는 않고……."

성혁은 나란트야와의 관계를 대충만 이야기해 주었다. 명철은 정신없이 성혁의 이야기에 빠져들어 갔다.

'띵동띵동!'

인터폰 소리에 성혁은 하던 말을 멈추고, 인터폰을 들었다. 대머리 의사의 목소리가 들렸다.

"명철이를 좀 바꿔 줘."

성혁은 인터폰을 명철에게 넘겨주었다.

"알겠어요. 곧 일어날게요."

명철이 인터폰을 내려놓고는 아쉬운 표정을 감추지 못하며 일어섰다.

"이젠 가야 할 것 같다. 더 이상 머물러 있으면 여러 사람한 테 피해를 끼칠 수 있으니 말이다. 다음번에 만나면 오늘 다 못한 이야기를 마저 해 주는 거지?"

"그럼."

성혁도 그와의 시간이 끝나는 것이 대단히 아쉬웠다.

"참, 네 얘기를 들으니 그런 사랑다운 진정한 사랑을 해본 네가 정말 부럽다는 생각마저 든다."

명철이 진심으로 부러운 듯 말했다.

"이렇게 붙잡혀 와 있는데도?"

성혁이 침울한 목소리로 말했다.

"자식, 힘을 내."

명철이 성혁의 손을 잡으며 위로했다.

철문이 열리며 대머리 의사가 들어왔다.

"이번에 출국하면 성혁이 너를 언제쯤 다시 만나 볼 수 있을지 모르겠다. 모든 것이 잘될 테니 너무 걱정 마. 우리 아버지도 너에게 심한 형이 떨어지지 않도록 적극 도와주시겠다고 약속했어. 그리고 무슨 부탁이 있으면 여기 대머리 아저씨한테 말씀드려. 그리고 이건 비상시에 사용하고."

명철이 성혁의 손에 흰 봉투를 쥐여 주었다. 잠시 물끄러미 성혁을 쳐다보고는 두 팔로 꽉 포옹했다. 그러더니 귓속말로 속삭였다.

"희망을 가지자."

성혁의 목구멍에서 갑자기 뜨거운 것이 치밀어 올랐다.

"고마워, 명철아."

성혁이 중얼거렸다.

"잘 있어"라는 말과 함께 포옹을 푼 명철은 대머리 의사와 함께 문가로 향했다. 문을 나서기 전 그는 성혁을 돌아보며 여객기에서와 똑같이 꽉 움켜쥔 주먹을 흔들어 보였다. 성혁도 주먹을 움켜쥐고 흔들었다. 명철은 곧 문 뒤로 사라졌다.

성혁의 몸이 어느 정도 나아지자, 그는 다시 마람 초대소로 호송되어 심문을 받았다.

명철이 남기고 간 봉투에는 미화 200달러가 들어 있었다. 미화 1달러는 일반 주민 한 달 반치 월급과 암거래될 정도였으니, 200달러는 엄청난 액수였다.

　병원에서 나오기 전 성혁은 대머리 의사에게 부탁해 100달러를 부모님에게 부쳤다. 그리고 남은 100달러는 그가 마람 초대소에서의 남은 조사 기간을 좀 더 편하게 보내는 데 유용하게 썼다. 성혁으로부터 달러를 뇌물로 받은 예심원들이 그를 대하는 태도는 한결 친절했다.

　한 달이 넘는 심문과 조사 끝에 그는 요덕 수용소에서 수용 생활을 하라는 판결을 받았다. 원래 성혁은 서방으로의 탈출죄까지 추가되어, 중요 정치범들을 감금하는 승호리나 함북 청진의 25호 수용소와 같은 지하 감옥에 갇히게 되어 있었다. 그러나 명철 아버지와 국가보위부 국장인 친구 아버지, 그리고 국가보위부에 포진해 있는 동독 대사관 사상 담당 당 부비서 친구들의 도움으로 지하 감옥행만은 면하게 되었다.

　지하 감옥행을 면하게 되었다지만 요덕 수용소 또한 최악의 처벌이기는 마찬가지였다. 한번 들어가면 살아 돌아오지 못한다는 악명 드높은 곳이었다.

　요덕 수용소는 함경남도 남쪽의 산간 오지인 요덕군에 자리 잡고 있었는데, 정식 명칭은 '조선 인민경비대 2915부대'였다. 사람들은 그곳을 '독재 대상 구역' 혹은 '요덕 15호 관리소'로 불렀다. 공식적으로 수용소라는 명칭은 사용되지 않았으나 그곳은 북한 주민이라면 누구나 다 아는 집단 수용소였다.

성혁은 수용소로 끌려가기 전날, 명철 아버지가 보낸 사람을 통해 부모님 소식을 전해 들었다. 아버지는 김책공업종합대학 교수직에서 해임된 후, 함흥에 있는 과학원 분원 연구소 연구원으로 좌천되었다고 했다. 그로 인해 어머니와 함께 함흥으로 이사를 가게 됐다는 것이었다. 시집간 누나들은 그대로 평양에 머물게 되었다는 소식도 들었다. 예상했던 것보다 가족에 대한 처벌이 크지 않아 성혁은 다소 안심하며 수용소로 떠날 수 있었다.

그는 순안 비행장에서와 같이 무장 군인들이 호송하는 죄수 수송용 차량에 실려 요덕 수용소로 끌려갔다. 수용소까지의 길은 자동차로 열 시간 가까이 걸리는 먼 길이었다. 자동차는 포장도 안 된 험한 산길을 계속해서 달렸다. 여러 시간을 심한 요동과 흙먼지에 시달리다 보니 성혁은 정작 수용소에 이르기도 전에 곤죽이 되고 말았다.

수용소가 가까워지자 좁고 비탈진 산길이 끊임없이 이어졌다. 눈 아래는 아찔한 낭떠러지여서 내려다보는 것만으로도 가슴이 서늘했다. 그렇게 한참을 달리자 커다란 망루와 길고 긴 철조망으로 둘러싸인 수용소가 보였다.

차는 그곳에서도 한참을 더 들어갔다. 중간중간 여러 차례 경비병들의 제지를 받아 가며 이십여 분을 더 달려서야 성혁 일행은 목적지에 도착했다.

마침내 자동차가 멈췄을 때, 눈앞에 펼쳐진 광경을 본 성혁은 아찔했다. 보이는 건 축사처럼 허름한 집들과 곧 죽어 나갈 것만 같이 병색이 완연한 사람들뿐이었다. 사람 살 곳이 아니라는 느낌이 당장에 실감되었다.

무장한 보위원들이 한 행렬을 이끌고 어디론가 가는 것이 보였다. 행렬 속의 남녀노소 모두가 마른 나무토막처럼 바싹 여위어 있었다. 보위원들은 그들이 걸음을 조금만 늦추어도 마구 두들겨 팼다. 매번 벌어지는 일인 듯, 맞는 사람에게 아무도 눈길을 주지 않았다. 그러다가 죽게 되면 그만일 듯했다.

성혁은 온몸에 소름이 끼쳤다. 이곳에서 평생을 지내야 한다고 생각하면 당장이라도 죽고 싶었다. 처음부터 그처럼 절망적인 기분이 온몸을 사로잡았다. 하지만 성혁은 가슴 깊은 곳으로부터 용기를 끌어올렸다.

'이곳에서 죽어 나갈 수는 없다!'

성혁은 기필코 살아 돌아가리라 결심했다. 이대로 인생을 마칠 수는 없었다. 사랑하는 부모님과 형제들, 그리고 나란트야를 다시 만나야 했다.

'나는 돌아간다. 꼭 돌아가고 만다!'

숙소로 호송되는 순간에도 성혁은 수없이 다짐했다.

수용소 내부의 비참하고 궁상맞은 분위기와는 달리 수용소를 둘러싼 자연경관은 무척 아름다웠다. 사람들의 손길을 타지 않은 곳이어서 사방의 산과 계곡은 그림처럼 울창했다. 하늘도 맑고 푸르렀다.

　그러한 자연경관이 성혁의 각오를 더욱 굳게 만들었다. 기필코 성한 몸으로 이곳을 나가고 싶었다. 그리하여 한 번 더 새로운 삶을 시작하고 싶었다.

　'돌아간다! 나는 돌아간다!'

　푸르른 하늘을 올려다보며 성혁은 가슴속 깊이 각오를 새겨넣었다.

제 2 부

10

성혁이 끌려간 정치범 수용소 '15호 관리소'는 '완전 통제 구역'과 '혁명화 구역' 두 군데로 나뉘었다. 완전 통제 구역은 용평리와 평전리 일대의 지역이었는데, 주로 국가 반역죄로 숙청된 이른바 반당 종파분자들을 수용했다. 15호 관리소 중에서도 가장 비참한 대우를 받는 구역으로, 한번 들어가면 영원히 나올 수 없는 지옥과 같은 곳이었다.

혁명화 구역은 구읍리, 입석리, 대숙리 일원이었다. 이 구역에는 국외 탈출을 시도하다 잡힌 자, 북한 체제를 비판한 자, 적성 국가를 찬양한 자, 그리고 사상 무장이 덜 되었다고 규정된 북송 교포와 월북자 등이 수용되었다.

이곳에 수용된 사람들은 삼 년에서 십 년 정도의 혁명화 기간을 거쳐야 밖으로 나갈 수 있었다. 그러나 이 기간은 사소한 잘못들로 인해 연장되기가 일쑤여서 이곳에서 제 기간에 맞춰 나가기는 극히 어려웠으며, 적지 않은 사람들이 죽음을 통해서야 이곳을 겨우 벗어났다.

성혁은 삼 년의 혁명화 기간을 받고 혁명화 구역에 수용되었다. 혁명화 구역은 다시 독신자 구역과 가족 세대 구역으로 분리되었다. 혼자 수용된 성혁은 당연히 독신자 구역으로 배치받았다.

독신자 구역에는 성혁과 같은 유학생 출신이 여럿 있었다. 그밖에도 적지 않은 고위 관료들의 자식들이 있었고, 사회에서 상당한 지위에 있던 나이 든 인물들도 많았다. 군이나 당의 고위 관료 출신들이었다. 하지만 이곳에 수용된 사람은 과거에 어떠한 지위에 있었건 그저 죄수일 뿐이었다. 특별 대우란 전혀 없었다. 감시를 맡는 보위원들이건 동료 죄수들이건 그들을 예외로 대접하지는 않았다.

수용소의 경비는 삼엄하기 그지없었다. 수용소 전 지역을 빙 둘러 산을 따라 삼사 미터 높이의 철조망이 설치되었고, 수용소 건물과 가까운 곳에는 전기가 흐르는 철조망이 둘러쳐 있었다. 철조망 주변에는 곳곳에 함정을 파 놓았는데, 그 함정 안에는 뾰족하게 깎은 참나무 창이 수십 개씩 박혀 있었다. 그밖에도 일 킬로미터 간격으로 기관총을 배치한 높은 망루가 있었으며, 경비병들은 훈련이 잘된 군견을 이끌고 수시로 철조망을 순찰 다녔다. 탈출은 웬만한 각오 없이는 꿈도 꾸어 보지 못할 곳이었다.

마람 초대소를 떠난 성혁이 요덕 수용소에 도착한 시간은 저녁 7시였다. 성혁이 독신 중대 합숙소에 배치받은 후 보위원에게 불려 가 소지품 검사를 받고 나오니 마침 작업 나갔던 사람들이 돌아오고 있었다.

성혁은 그들의 모습을 보고 충격을 받았다. 언제 머리를 감았는지 머리칼은 엉망으로 뿌옇고, 제대로 걷는 사람은 하나도 없었다. 다리를 질질 끌며 걷는 사람, 다리를 벌리고 어기적어기적 걷는 사람, 허리를 펴지 못하고 기다시피 걷는 사람 등 차마 눈 뜨고 볼 수 없는 광경이었다.

성혁은 수용 즉시 소대 배치를 받고 작업복 한 벌을 부여받았다. 그러고는 바로 다음 날부터 다른 수용자들과 마찬가지로 정해진 규칙에 따라 생활해야 했다. 아침 5시 기상, 6시 작업 시작, 저녁 8시 작업 종료. 12시에서 1시까지인 점심시간을 빼면 휴식이라고는 일절 없는 고된 일과였다. 일하는 중에 잠깐이라도 느슨하게 움직이면 여지없이 몽둥이가 날아왔다.

보위원들은 사람을 때리는 낙으로 사는 것 같았다. 화가 치밀어서 때리는 게 아니라 좋은 기회가 왔다 싶어 때리는 표정들이었다. 노골적으로 히죽거리는 보위원들도 많았다. 그러나 한 사람이 그렇게 두들겨 맞아도 아무도 나서서 말리지 않았다. 그랬다가는 잘못한 사람보다도 더 심한 곤욕을 치르게 되었다. 누구를 도와줄 만큼 힘이 남아도는 사람도 없었다. 무엇보다 정신 자체가 이미 무력해져 있었다. 남의 일에까지 관심을 가질 형편이 아니었다.

모든 행동은 언제나 다섯 명으로 구성된 분대별로 해야만 했다. 그 다섯 명은 서로 감시하는 사이가 되어 작은 불만조차 함부로 말하기가 어려웠다. 오히려 그들은 누가 조금이라도 게으름을 피우면 감독보다도 먼저 나서서 서로를 거세게 비판하고는 했다. 주어진 작업 할당량을 채우지 못하면 단체로 추궁받아야 했기 때문이었다.

작업 종료 시간은 연장되기 일쑤였고, 밤에 들어오면 서로옷을 벗어 들고 이를 잡느라 정신이 없었다. 앙상한 갈비뼈와 푸르죽죽한 살을 드러내 놓고 이를 잡는 모습은 보기만 해도 궁상맞았다. 하지만 매일 밤 이를 잡는 걸 게을리할 수는 없었다. 가렵다거나 따가워서가 아니었다. 가뜩이나 제대로 먹지 못해 영양실조에 걸린 상태인데, 아까운 피를 이에게까지 빼앗길 수는 없었다. 이는 생명을 갉아먹는 흡혈귀였다.

수용자들이 공급받는 강냉이밥은 숟가락으로 한 술만 수북이 뜨면 없어질 정도로 적은 양이었다. 수용자들은 그걸 옷에 담아 계속 비벼 대다가 찰기가 생기면 주위에서 뜯은 쑥 등의풀을 함께 섞어 먹었다. 그러면 강냉이밥도 부드러워졌고 양또한 많아졌다.

작업장에서 수용자들이 집단적으로 움직이는 것을 보면 그것은 인간이라기보다 완전히 병에 걸린 짐승 무리였다. 치질에 걸려 엉덩이에 손을 대고 엉기적거리며 걷는 사람, 고환염이나 헤르페스 때문에 불알을 잡고 가는 사람, 허리를 다쳐 지팡이를 짚고 걷다가 보위원에게 맞는 사람, 돌이나 나무에 깔려 부러진 다리를 질질 끌고 가는 사람 등 가지각색이었다. 목에는 숟가락을 목걸이처럼 걸고 깡통을 옆에 찬 채 넝마에 모포까지 얼굴에 두르고 걷는 모습은 비참하기 그지없었다.

그곳에서는 매일 사람이 죽어 나갔다. 펠라그라로 죽고, 결핵과 간염으로 죽고, 미쳐서 죽고, 나무에 깔려 죽고, 돌에 치여 죽고, 매 맞아 죽고, 자살해 죽고, 공개 처형 당해 죽는 등 정말 사람 목숨이 파리 목숨만도 못했다.

성혁은 입소 다음 날부터 설사를 시작했다. 강냉이가 제대로 소화되지 않아서였다. 그건 성혁만이 겪는 일이 아니었다. 처음 입소한 사람들은 대개가 그처럼 심한 설사를 거쳤다. 이틀을 내내 설사하느라 변소를 들락거리고 나니 힘이 하나도 남지 않았다. 하늘이 노랗게 보였다. 하지만 그렇다고 작업을 쉴 수는 없었다. 설사 정도야 이곳에서는 병 축에도 들지 못했다.

수용소 생활 이틀째, 밤새 설사 때문에 잠을 못 자고 개신거리며 작업장에 나가던 성혁은 걸음걸이가 시원찮다고 보위원에게 두들겨 맞았다. 얼마나 두들겨 맞았는지 정신이 하나도 없었다.

"이 간나 새끼래 자유주의 물이 들어가지구 설랑 꾀병이 심하구만."

두들겨 패던 보위원은 성혁이 널브러지자 침을 뱉으며 이죽 거렸다. 그러고는 옆구리를 냅다 내질렀다.

"빨리 일어나라우야. 고만 여기서 죽고 싶네?"

성혁은 이를 악물고 일어나야 했다. 그대로 있으면 정말 그 자리에서 권총이라도 빼들 것만 같았다. 성혁의 수용소 생활은 그렇게 시작되었다.

여자 죄수들에게는 가축을 돌보는 일이나 주방일 등이 맡겨 졌다. 모두가 다 그런 것은 아니었다. 보위원들에게 잘 보인 여 자들이 그런 경우였고, 다른 여자들은 남자와 비슷한 중노동에 참여해야 했다.

성혁은 수용소 생활 이 년째인 재철과 가깝게 지냈다. 아버 지가 황해도 당 조직 비서라는 재철은 성격이 유들유들하여 수 용소 생활에 제법 잘 적응했다. 그는 첫날부터 성혁에게 관심 을 보이며 친절을 베풀어 주었다. 친절이라야 별것은 없었다. 워낙 각박한 곳이었으므로 타인에게 대단한 호의를 베풀 처지 는 아니었다. 그저 사사로운 일로 밀고나 하지 않으면 믿을 만 했는데, 재철은 성혁에게 수용소 생활 요령 여러 가지를 가르 쳐 주었다.

수용소에서 며칠째 되던 날, 식당에서였다.

재철은 성혁에게 다가와 주방의 여자들을 가리키며 말했다.

"저 여자들은 모두 걸레야. 모두 보위원들의 노리개이니 조 심하라우."

"그게 무슨 말이가?"

성혁이 어리둥절해서 묻자 재철은 히죽이 웃었다.

"보위원 자식들이 반반한 여자는 그냥 놔두지 않거든. 하기야 여자애들이 먼저 접근하기도 하지. 조금이라도 편해지려면 보위원들과 가까운 게 좋으니까 말이야."

재철은 수용소 여자들의 이야기를 상세하게 들려주었다.

수용소 생활을 하는 젊은 여자들 대부분이 살아남기 위해 보위원들의 노리개 노릇을 하고 있었다. 보위원들은 밤마다 괜찮게 생긴 여자들을 담화실이라는 곳에 불러내 데리고 놀았다. 그리고 그 대가로 먹을 것을 주거나 강냉이밭 정리 등 편한 자리로 배치해 주었다. 그래서 처녀들은 은근히 높은 책임자와 몸을 섞고 싶어 했다. 동시에 그녀들은 독신자 마을의 남자를 하나 잡으려고 노력한다고도 했다. 온 가족이 수용소에 들어와 있는 가족 마을의 남자들과는 달리 독신자 마을의 남자 중에는 괜찮은 집안 자제들이 많았기 때문이다. 그리고 그들은 기간이 오래 걸려서 그렇지 언젠가는 이곳 수용소를 나갈 가능성이 있었다. 사회에서는 그들의 연고자들이 좋은 기반을 가지고 있어서 나중에 수용소에서 나가면 그럭저럭 살아갈 수 있게 된다. 수용소 출신이라는 딱지는 언제까지고 따라다니겠지만 일반 사람들보다는 아무래도 나을 것은 분명했다. 수용소의 처녀들은 사회에 나가면 시집을 가기가 어려우므로, 미리 수용소에서 남자를 하나 엮어 두자는 속셈이었다.

"그러니 조심하라우. 여자가 친절하게 나온다고 공연히 마음 들떴다가는 신세 조지는 기야. 쟤들 중에는 변태도 많아. 어릴 때부터 보위원들과 놀아나서 남자들만 보면 아예 환장하는 애들이 있거든. 임신 따위는 걱정도 하지 않으면서 말이야."

"임신하면 어드렇게 되나?"

"임신 사실이 드러나면 구류장에 갇히거나 강제 노역장에 배치되지. 보위원들은 여자가 임신한 사실을 알게 되면 임신부의 배를 막대기로 찌르고 내던지는 등 심하게 괴롭혀서 결국은 유산시키는 경우가 많아. 자기들까지 귀찮은 일이 생길까 봐 그러는 거 아니갔어."

말을 마친 재철은 경멸의 표정으로 여자들을 바라보았다.

그런데 나중에 알고 보니 재철은 어떤 한 여자와 이미 부화 관계를 맺고 있었다. 가끔 후미진 곳에서 그 여자를 만나 섹스를 하고는 했다.

"와 그래? 나한테는 조심하라고 해 놓고."

성혁이 묻자, 재철은 계면쩍게 씩 웃었다.

"그 짓을 하고 싶어서가 아니야. 사실 여기서는 워낙 피곤해서 물건도 잘 안 서거든."

"그러면 왜?"

"그것도 살아남는 방법 중의 하나가 아니겠나."

성혁은 알아들을 수가 없었다. 그러자 재철이 은밀하게 들려주었다.

대개 여자들은 식당에서 일하거나 음식 관리를 책임지는 일을 했다. 그런 그녀들에게 잘 보이면 배고픔을 덜 수 있었는데, 누룽지라도 얻어먹을 수 있기 때문이었다.

수용소에서는 중노동보다도 오히려 배고픔이 고역이었다. 어차피 중노동이야 매일 계속되는 일이고, 배가 채워지면 감당하기가 훨씬 수월했다. 그래서 배고픔을 잠시라도 면할 수 있다는 유혹이 그 어떤 처벌도 두렵지 않게 했다. 그렇게 독신 남자들은 위험을 무릅쓰고 그녀들의 유혹에 넘어가곤 했다.

"보위원하고 깊은 사이인 여자만 피하면 돼. 쟤네들은 모두 남자에 굶주려 있거든. 그러니 요령껏 몇 번 해 주면 여러 가지로 덕 볼 데가 있어."

사실 성혁에게는 다른 남자들에 비해 여자들의 유혹이 많았다. 그녀들에게는 꿈도 꿀 수 없는 외국 유학 생활까지 한 성혁이 대단한 존재로 여겨졌기 때문이었다. 성혁은 배고픔 때문에 그녀들의 유혹에 넘어가고 싶을 때가 한두 번이 아니었다. 그러나 그때마다 나란트야의 얼굴이 떠올라 도저히 그렇게 할 수가 없었다.

이곳 생활을 견딜 수 있게 해 주는 건 오직 나란트야를 향한 그리움이었다. 언제 이곳을 나가게 될지는 알 수 없지만, 자신의 몸을 함부로 굴리고 싶지는 않았다. 그렇게 자신을 타락시켜 가다 보면 결국 앞날에 대한 희망도 사라질 것만 같았다.

대신 성혁은 수용소 남자들이 여자와 관계를 가질 때 망을 봐 주는 대가로 배고픔을 달래곤 했다. 여자들은 섹스를 하고 나면 누룽지 등 먹을 것을 가져다주었는데, 그것을 나누어 먹는 것이었다. 성혁은 그런 식으로 수용소 생활의 요령을 익혀 갔다. 그러나 요령만으로 수용소 생활의 괴로움을 이겨 낼 수는 없었다. 그런 요령은 잠깐의 배고픔을 잊게 하거나 잠시의 휴식을 줄 뿐이었다. 지옥 같은 생활의 근본은 조금도 달라지지 않았다.

성혁은 갈수록 몸이 여위었고, 몇 개월 지나지 않아 자신이 이곳에 처음 들어설 때 보았던 사람들처럼 피골이 상접해 갔다. 큰 병이 없는 게 그저 다행이었다.

어느 날 아침이었다. 여느 때처럼 허겁지겁 일어나 작업 준비를 하던 성혁은 무심코 고개를 들다가 기겁했다. 같은 소대원 중의 하나가 허공에 매달려 있는 게 보였다. 순간 소름이 오싹 돋았다. 그때 성혁의 옆에서 누군가 고함을 쳤다.

"빨리 끌어내려!"

성혁이 멈칫거리고 있자니 몇 명이 달려들어 그 사람을 끌어내렸다. 그는 이미 죽어 있었다.

"편안한 세상으로 갔구만……."

누군가 자조적으로 중얼거렸다. 아마도 다른 사람들은 그런 일을 여러 번 보아 온 모양이었다.

잠시 후, 보고를 받은 보위원들이 몰려왔다.

"이 간나 새끼가 뒈질려고 환장을 했나!"

이미 죽은 사람을 보고 그들이 하는 말이었다. 아예 욕이 붙어 다녔다. 그들은 사람이 죽었다는 것에 아무런 죄책감도 없는 듯했다.

"뭐들 해? 날래 밖으로 데리고 나가라우."

보위원 하나가 소리쳤다. 그러고는 침을 쩍 뱉고, 아무 일도 아니라는 듯 돌아갔다.

"여기서 죽으면 시신은 어떻게 하지? 가족들에게 보내 주나?"

성혁은 작업 준비를 하는 재철에게 물었다.

"가족? 여기에 끌려온 것도 모르는 가족들에게 무슨 놈의 통보를 하갔어. 그저 이 안 아무 곳에나 묻어 버리는 거지."

재철이 심드렁하게 대답했다.

"묘지는 어디에 있는데? 그동안 한 번도 못 본 것 같은데 말이야."

"묘지가 어데 있어? 아무 데나 묻는다니까. 그냥 길바닥이나 산 아무 데를 파서 묻어 버리는 거야. 그러고는 표 나지 않게 평토해 버리지. 수용소 안이 모두 무덤이야. 그러니 우리가 언제 누구를 밟고 다니는지 모른다는 것 아니가."

너무나 참혹한 말이었다. 이곳 사람들은 죽어서도 수용소를 빠져나가지 못한다는 말이었다.

이날 성혁은 온종일 우울하고 괴로웠다. 그동안 심심찮게 자살 이야기를 들어오기는 했지만, 바로 옆 사람이 죽는 경험은 처음이었다. 생명이 얼마나 하찮게 취급되고 있는지를 새삼 깨달은 날이었다.

'나는 절대 자살은 안 할 것이다!'

성혁은 입술을 깨물며 결심했다.

그러나 사실 하루에도 몇 번씩 그냥 죽어 버리고 싶다는 생각이 끊이지 않았다. 욕설이나 배고픔은 아무것도 아니었다. 죽지 않을 만큼 매질을 당하는 일이 다반사였으며, 살을 에는 바람 속에서 누더기 하나만을 걸치고 추위를 견디는 것도 너무 힘들었다.

수용소 초기에는 지니고 온 몇 가지 물건들 때문에 괜찮았다. 고급 만년필, 털점퍼, 시계 등을 보위원들에게 넘겨주는 대신 몇 가지 호의를 받기도 했었다. 하지만 그 물건들에 대한 호의 표시는 일정 기간뿐이었다. 한 달 동안 약간의 강냉이를 종종 가져다준다거나 며칠간 작업량을 줄여 준다거나 하는 게 고작이었다. 얼마 동안의 시간이 지나면 전과 똑같아졌다. 집에 연락할 수만 있다면 제발 좋은 물건들을 사 보내라고 말하고 싶었다. 하지만 불가능한 일이었다.

수용소에서 두 번째 해를 보내던 어느 겨울날이었다. 그날은 산에 있는 부식토를 모아 산 아래의 밭까지 나르는 일을 했다. 그 높은 산에서 큰 지게에 부식토를 담아 오르내리는 일은 젊은 나이의 성혁에게도 엄청난 고역이었다. 성혁뿐 아니라 모든 사람들이 산에서 여러 번 굴러떨어져 몸이 성한 데가 없었다.

지게를 지고 산을 오르내릴수록 산 전체가 빙빙 도는 것처럼 어지러웠고, 바람이 조금만 세게 불어도 넘어졌다. 일어나려다가 넘어지고 또 일어나려다 넘어지는 것을 보면서 보위원들은 "야, 이 새끼들아! 빨리 일어나 일 못 해?" 하고 고함을 지르며 재미있다는 듯 히히거렸다.

성혁이 산 위에 힘겹게 올라와 지게에 부식토를 담고 있을 때였다.

"비상소집!"

산 밑에서 경비 감독의 외침 소리가 들려왔다. 사람들은 있는 힘을 다 내어 뒹굴고 구르면서 산을 달려 내려갔다.

산기슭에는 두 명의 노인이 쓰러져 있었다. 리비아 대사를 하다 끌려 들어온 양승룡 아저씨와 중앙당 군사부 과장이었던 홍순호 아저씨였다.

가족이 모두 양강도 백암 산골로 추방됐다는 양 아저씨는 성혁을 친아들처럼 아껴 주었다. 그는 자기가 왜 끌려와 있는지 모른다고 했다. 가족 마을에서 처와 세 명의 딸, 한 명의 아들과 함께 사는 홍 아저씨는 김정일과 김일성종합대학 정치경제학부 동기 동창이었다고 한다. 그러나 김정일이 1986년 '나의 동기생 중에 군사 부문에 있는 홍순호가 나의 믿음을 배반했다. 엄중히 처벌하라' 하고 지시하여 끌려왔다고 했다. 그러나 그는 수용소 안에서도 김정일에 대한 자기의 충성심은 변함이 없다고 얘기하고 다녔다.

노인들의 어깨 위에는 지게에서 쏟아져 나온 부식토가 어지럽게 흩어져 있었다.

사람들 앞에 나선 보위원이 앙칼지게 말했다.

"이 영감탱이들은 산에서 굴러떨어져 죽었다. 그러니 저 부식토를 날라다 춥지 않게 푹 묻어 줘라."

누구도 움직이질 않았다. 노인들의 손발이 부르르 떨리는 걸로 봐서 그들은 아직 죽지 않은 것이 분명했기 때문이었다.

"야, 날래 말 안 듣갔어?"

보위원의 위협적인 고함 소리에 사람들은 어쩔 수 없이 한 줄로 서서 부식토를 한 짐씩 져다가 노인들 위에 쏟았다. 차가운 부식토가 쏟아지는 것을 느낀 노인들이 헤쳐 나오려고 애를 썼다. 그러나 힘없는 노인들은 계속해서 쌓이는 부식토의 무게에 눌려 꼼짝을 못 했다. 가냘픈 신음만을 흘릴 뿐이었다.

그것을 본 사람들은 부식토 쏟기를 주저했다. 그러자 지켜보던 보위원의 매서운 호령이 떨어졌다.

"같이 묻히고 싶어? 날래 계속하라우!"

결국 그들의 무서운 눈길에 쫓겨 계속 부식토를 쏟아부어야 했다. 말을 안 들으면 엄청난 벌이 떨어질 게 틀림없었다. 그들은 멀쩡한 사람이라도 묻을 수 있는 놈들이었다.

노인들의 모습이 부식토에 덮여 점점 사라져 갔다. 조금만 더 있으면 노인들의 허약한 육체는 완전히 덮여 숨이 끊어질 것이었다. 이제는 얼굴 부분만 남아 애절한 눈빛으로 사람들을 올려다보았다. 순번이 되어 부식토를 지고 다가간 사람이 차마 쏟질 못하고 머뭇거렸다.

"야, 이 새끼야. 빨리 쏟지 않고 뭐 해?"

보위원이 다가가 그의 정강이를 걷어차며 지게를 잡아당겼다. 그러자 지게가 기울며 부식토가 한쪽으로 몰려 곧 쏟아지려고 했다.

"안 돼요!"

자기도 모르게 소리를 질러 댄 성혁은 앞으로 뛰어나가 보위원을 밀쳤다. 보위원이 저만큼 나가떨어졌다. 순간 주위에서 지켜보고 있던 경비 감독을 비롯한 보위원들과 경비병들이 깜짝 놀라 우르르 몰려들었다.

"이 자식이 죽으려고 환장을 했어?"

그들은 성혁에게 개떼같이 달라붙어 두들겨 패기 시작했다. 사방에서 주먹과 발, 몽둥이가 날아와 도저히 피할 수 없었다. 성혁은 피를 토하며 쓰러졌다. 그들은 계속해서 성혁을 내리밟고 몽둥이질을 해 댔다.

성혁의 온몸이 순식간에 피투성이가 되었다. 정신이 가물가물했다. 갑자기 무언가가 오른팔을 내리찍는 느낌과 함께 '우두둑' 하며 뼈 부스러지는 소리가 났다. 동시에 성혁은 의식을 잃었다. 성혁에 의해 쓰러졌던 보위원이 경비병의 총을 빼앗아 개머리판으로 성혁의 오른팔을 내리찍은 것이었다.

성혁의 저지로 노인들은 죽음을 면했으나, 성혁은 그날부터 구류소에 갇히게 되었다.

구류소에서 지켜야 할 규정은 죽음의 규정이었다. 취침 지시가 있을 때까지 부동자세로 무릎을 꿇고 앉아 있어야 했다. 앉는 자세는 허리를 꼿꼿이 편 채 두 손을 양쪽 무릎 위에 얹어 놓고, 눈은 크게 뜬 상태로 정면을 똑바로 바라보고, 몸과 머리, 손은 절대로 움직이지 말아야 했다. 이 규정을 조금이라도 어기면 보위원들이 쇠줄로 내리치거나 갈고리로 코를 걸어 잡아당기며 끌고 다녔고, 밥을 굶기기도 했다. 조금만 반항하면 손에 수갑을 채운 다음 여러 명이 몰려 들어와 사정없이 몽둥이 찜질을 해 댔다.

가장 참기 어려운 것은 경비병들의 훈련 대상이 되는 것이었다. 그들은 심심하면 중대장의 지시대로 성혁을 끌어다 꼼짝 못 하게 나무에 동여맸다. 그러고는 이십여 명의 대원들이 준비 운동을 하면서 몸을 풀었다.

"시작!"이라는 중대장의 지시와 함께 대원들은 "야!" 소리를 지르며 전투 준비 동작을 취했다. 그러고는 한 명씩 달려들어 묶여 있는 그를 상대로 곧추차기, 돌려차기, 올려차기 등을 해 댔다. 그러다 지치면 옆으로 물러나고 다른 놈이 달려들었다. 어떤 놈은 급소인 성기 부분을 집중 공략했고, 어떤 놈은 "미제 침략자들에게 죽음을 주라!" 하고 고함을 지르며 달려들었다.

그럴 때마다 성혁의 이가 부서졌고, 코뼈가 부러졌으며, 얼굴이 찢겨 나갔다. 그가 의식을 잃고 축 늘어지자 경비병들은 그를 나무에서 풀어 구류소에 집어넣었다.

구류소 생활 중 성혁은 오른팔에 엄청난 통증이 느껴졌다. 며칠 후 팔은 시퍼렇게 부어올랐다. 썩어 들어가기 시작한 것이었다. 온몸이 불덩어리가 된 그는 매일 사경을 헤매야 했다.

보위원들과 경비병들은 성혁의 팔이 썩어 들어가는 걸 보고는 비아냥거리기만 했다.

"자식 잘됐어. 너 같은 놈은 썩어 없어져야 해."

썩어 들어간 부위가 어깨에까지 이르렀다. 썩은 팔에서 풍기는 냄새가 구류소 안에 진동했다. 그러자 안 되겠다고 생각했는지 보위원이 그를 진료소로 옮겼다.

진료소에서 그의 팔을 살펴본 군의는 중얼거렸다.

"거 미리 치료했으면 괜찮았겠는데, 지금은 너무 늦었군."

그러고는 아무런 말도 없이 그의 팔을 잘라 버렸다.

그때부터 성혁은 오른팔 없는 몸으로 수용소 생활을 견뎌야했다.

수용소 생활 중 그는 죽고 싶을 때가 한두 번이 아니었다. 그러나 그때마다 그의 머릿속에 나란트야의 슬픈 모습이 나타났다. 그녀는 속삭였다.

'성혁, 힘내요. 당신을 기다릴게요. 힘을 잃지 말아요.'

'그래, 살아야 해. 그녀를 보기 전에는 죽을 수 없어. 죽더라도 그녀를 한 번이라도 만나 본 후에 죽자.'

성혁은 꼭 살아남아야겠다고 결심했다.

팔이 하나밖에 없는 그는 다른 사람들보다 수용소 생활을 견디 내기가 더 힘들었다. 그러나 그는 살아남기 위해 다른 수용자들과 마찬가지로 뱀이고 쥐고 닥치는 대로 잡아먹었고, 돼지 우리에 들어가 돼지 먹이를 훔쳐 먹다 들켜 얻어터지면서도 죽지 않으려고 악착같이 노력했다.

또 누룽지를 얻어먹기 위해, 몸이 허약해 제대로 말을 듣지 않는 물건을 애써 발기시켜 여자들에게 봉사하는 창남 노릇도 마다하지 않았다. 처음에는 유혹을 이기기 위해 그토록 애를 썼지만, 시간이 지날수록 더는 견딜 수가 없었다. 이제 가장 중요한 것은 살아남는 일이었다. 살아남기 위해서라면 무슨 일이든 해야 했다. 수용소에서는 굶어 죽지 않기 위해, 또는 영양실조로 인한 여러 가지 병에 걸리지 않기 위해 닥치는 대로 먹어 두는 것이 그나마 생명을 지탱하는 방법이었다.

그러나 시간이 지나면서 성혁은 점점 희망을 잃어 갔다. 도저히 이곳에서 살아 돌아갈 것 같지 않았다. 이제는 나란트야의 얼굴도 잊혀져 갔다. 부모님도, 형제들의 모습도 자꾸 멀어져만 갔다.

수없이 탈출을 꿈꾸었다. 하지만 탈출 시도자의 공개 처형을 몇 차례 보고 나니 그것도 자신 없었다. 수용소에서는 도주하다 잡힌 사람은 무조건 공개 처형을 했다.

탈출을 시도하는 사람들은 대개가 수용소에 갓 들어온 젊은 독신자들이었다. 그들은 수용소 생활을 견디지 못하고 젊은 혈기에 실패할 것이 뻔한 탈출을 결심하는 것이었다.

공개 처형을 할 때는 수용자들을 전부 모아 놓고 그 앞에서 사형수 한 명에게 아홉 발의 총을 쏘아 죽이거나 교수형에 처했다. 교수형이 끝난 후에는 수용자들을 한 줄로 세워 교수대에 매달린 시체에 돌을 던지고 돌아가게 했다. 만약 돌을 던지지 않고 지나가는 사람을 발견하면 보위원들이 달라붙어 구둣발로 반죽음을 만들었다.

매일매일이 죽고 싶은 나날들이었다. 밤에 잠자리에 들 때마다 내일 아침은 죽어 있었으면 하는 마음이었다. 그러면서도 스스로는 목숨을 끊을 수가 없었다. 막상 죽어 버리자고 결심하고 나면 바로 그 순간, 까맣게 잊고 있었던 나란트야의 얼굴이 다시 떠올랐다. 참으로 신기한 일이었다.

'아아, 나란트야……'

그녀의 얼굴을 눈앞에 그리며 뜨거운 눈물을 흘리고 나면 살고 싶다는 욕망이 다시 솟구쳤다. 그런 식으로 자살 충동은 번번이 지나갔다.

어느덧 오 년의 세월이 무상하게 지나갔다. 처음에 성혁에게 내려진 기간은 삼 년이었으나, 수용소 측에서는 그의 이런저런 잘못을 이유로 그때마다 기간이 연장되었던 것이다.

어느 날이었다. 정확히 말하면 김일성 생일을 이틀 앞둔 4월 13일이었다. 수용소 측에서 사람들을 집합시켰다. 사람들은 오래전부터 이날을 기다려 왔다. 일 년에 한두 번, 그러니까 김일성이나 김정일의 생일이 돌아올 때면 '해제 모임'이 있고는 했다. 해제란 그동안 수용소 생활을 착실하게 하고 반성이 뚜렷한 사람들에 한해 국경일을 맞아 특별 사면 하는 것을 말했다. 사람들은 김일성과 김정일의 생일이 가까워지면 자신이 해제 대상에 포함되지나 않을까 하여 잔뜩 기대하고는 했다. 해제만 된다면……, 해제만 된다면……, 모든 사람이 꾸는 꿈이었다.

성혁도 수용소 생활 초기에는 마찬가지였다. 그러나 이제는 그런 기대조차 사라졌다. 자신이 아직 살아 있다는 실감마저 없었으므로 해제고 뭐고 간에 관심이 가지 않았다.

벌써 오 년이 아닌가. 자신이 이곳에서 오 년을 버텨 왔다는 게 믿기지 않았다. 그동안 여러 번의 해제 모임이 있었으나 단한 번도 성혁의 이름은 불리지 않았다. 이제는 더 기다릴 여력도 없었다.

해제 모임이 끝나고 난 다음의 그 막막한 허탈감. 조금이라도 기대를 품었던 사람들은 대성통곡하며 절망감을 토했다. 성혁은 그런 비참한 감정을 다시는 맛보고 싶지 않았다. 더욱이 지금까지의 경우로 보면, 성혁에게 해제가 떨어지려면 족히 몇 년은 더 살아야 할 게 틀림없었다. 성혁과 비슷한 죄로 들어온 사람들이 모두 십 년을 넘겨서야 겨우 해제 대상에 오르곤 했던 것이다. 그러나 기대가 있건 없건 가야만 했다. 집합 명령이 떨어지면 무조건 가야 했다.

모임 장소에는 수용소 관리소장, 정치부장, 지구조장 등이 나와 있었다. 관리소장이 먼저 일어나 발언했다. 사람들은 모두 숨을 죽인 채 귀를 기울였다. 모두의 얼굴마다 이번엔 자기 차례이기를 바라는 간절한 소망이 담겨 있었다. 이번에 해제되는 사람들은 사회에 나가 생활을 잘할 것을 당부하는 관리소장의 긴 연설이 있고 난 후, 이윽고 지구조장이 해제되는 사람들의 이름을 부르기 시작했다.

한 사람의 호명이 끝날 때마다 환호성이 솟았다. 감격의 눈물을 흘리며 춤을 추는 사람도 있었고, 그 자리에서 털썩 주저앉아 부르르 몸을 떠는 사람도 있었다. 성혁은 그런 모습을 멀거니 바라보았다. 모두가 꿈속의 한 장면인 양 비현실적으로 느껴졌다.

그런데 어느 순간이었다. 몇 번째 부른 이름이었던가. 귀에 익은 이름 하나가 호명되었다.

"독신자 김성혁."

성혁은 멍하니 그 이름을 되새겨 보았다.

'김성혁. 이들이 지금 김성혁이라고 했나?'

가슴이 오싹했다. 성혁은 대답도 못 하고 멍청히 서 있기만 했다. 차가운 바람이 가슴을 뻥 뚫고 지나간 느낌이었다. 깊은 곳으로 추락하는 것처럼 정신이 아뜩했다.

"뭐야! 와 대답이 없어?"

호명하던 지구조장이 고함을 쳤다.

"야, 네 이름 아니야? 빨리 대답해!"

옆에 있던 재철이 다급하게 말하며 성혁의 팔을 흔들었다.

"네."

성혁은 간신히 대답했다. 대답하면서도 그것이 남의 목소리만 같았다.

지구조장은 계속해서 다른 이름들을 호명해 나갔다.

"야, 축하한다. 자식, 운이 되게 좋네."

재철이 부러움에 가득 찬 목소리로 말했다.

성혁은 그때까지도 멍하기만 했다. 해제 모임이 다 끝날 때쯤에야 겨우 정신을 차릴 수가 있었다. 그렇게 정신을 차리고 나자 흥분되어 견딜 수가 없었다. 가슴이 터질 것만 같았다. 수없이 그려 보던 꿈, 그리고 절망에 빠져 아예 포기하고 있던 꿈이었다.

'아아, 내가 세상으로 다시 나가는구나. 죽지 않고 이곳을 벗어나는구나!'

온몸의 실핏줄 하나까지도 파들파들 떨리는 기분이었다. 성혁은 감격을 주체할 수 없어 누가 보거나 말거나 눈물을 펑펑 쏟았다.

다음 날, 성혁은 사회에 나가면 수용소에서 있었던 일을 절대 비밀로 하겠다는 서약서에 지장을 찍고 수용소를 나섰다. 서약을 어기면 다시 수용소에 끌려 들어가야 했다.

전기 철조망이 둘러쳐진 담장과, 기관총들이 여기저기에 설치된 삼엄한 경비망을 지나 수용소 정문을 빠져나온 트럭이 도착한 곳은 요덕군 행정 위원회였다.

성혁 일행은 냉기가 도는 강당 안에 들어가 앉았다. 잠시 후 푸른색 정복을 입은 사회안전원이 나왔다. 복장부터가 회색 군복 차림에 권총을 찬 수용소 내의 보위원들과는 달랐다. 그는 인원을 체크한 후, 열심히 살기를 바란다는 내용의 간단한 연설을 했다. 연설이 끝난 후, 그가 옆에 서 있는 사람을 가리키며 말했다.

"군 노동과장인 이 동무가 동무들의 직장을 배치해 줄 거요."

그러고는 갑자기 성혁의 이름을 불렀다.

"김성혁!"

성혁은 깜짝 놀라 대답했다.

"날 따라오시오."

갑자기 눈앞이 노래졌다.

'왜 나만 불러내지? 혹시 다시 수용소에 끌고 가는 건 아닐까? 문서 착오로 잘못 풀어주었다가 확인되어 다시 집어넣는 건 아닐까?'

별의별 생각이 다 들었다. 심장이 마구 뛰었다. 수용소에 다시 가는 것은 죽기보다 싫었다.

'제발 수용소에만 끌고 가지 않았으면……'

사회안전원을 따라가는 그의 다리가 부들부들 떨렸다.

복도로 나간 사회안전원은 어느 한 방으로 그를 데리고 들어갔다. 책상 앞 의자에 앉아 있던 점잖은 복장의 사람이 일어섰다. 고위 당 간부들이 입는 고급 양복 차림이었다.

"데려왔습니다."

사회안전원이 보고했다.

"알았소. 동무는 나가 보시오."

수용소에서 갓 나온 성혁은 앞에 서 있는 간부를 정면으로 처다볼 수가 없었다. 수용소에서는 보위원의 얼굴을 정면에서 빤히 쳐다보다가는 단방에 주먹이 날아왔다.

사회안전원이 나가자 간부가 그를 향해 다가오는 것이 느껴졌다.

'저 사람은 누구지? 꽤 높은 간부 같아 보이는데, 왜 나를 보려는 거지?'

그가 다가오는 짧은 시간 동안 머리를 푹 숙인 성혁의 머릿속에서 의문이 꼬리를 물었다.

"성혁이 고생했지?"

간부의 친절한 말투가 그를 어리둥절하게 만들었다. 게다가 '성혁이'라니. 그건 친구 사이에서나 쓰는 말이었다.

"머리를 들어. 나야, 서승호."

서승호. 귀에 익은 이름이었다. 성혁은 천천히 머리를 들어 눈앞에 있는 사람을 찬찬히 뜯어보았다.

맞았다. 동독 유학 시절에 친구들 중에서 가장 나이가 많았던 서승호였다. 그때보다 나이가 더 들어 보일 뿐 모습은 그대로였다.

"승호 형!"

성혁은 반가움에 눈물이 울컥 치밀어 올랐다. 여기서 승호를 만나게 되다니 믿기지 않았다.

"내 얼굴을 잊지 않았구나."

악수하려고 손을 내밀던 승호의 동작이 엉거주춤 굳어졌다. 그의 입에서 비명에 가까운 목소리가 울렸다.

"팔은?"

팔이 없어 축 늘어진 오른쪽 소매를 본 것이었다.

"수용소에서 잘려 나갔어."

"으음."

꽉 다문 승호의 입에서 가벼운 신음 소리가 흘러나왔다.

"난 괜찮아. 살아 나온 것만 해도 행운이야."

성혁이 그를 안심시키려고 대수롭지 않은 듯 말했다. 승호는 악수 대신 성혁을 꽉 껴안았다. 그러고는 성혁에게 자리를 권했다.

"수용소에서 빨리 꺼내 주지 못해 미안하다. 동독에서 함께 공부하던 친구들이 네 걱정을 많이 했어. 네가 조국으로 소환된 후 수용소에 끌려갔다는 소식을 듣고는 우리 모두 죄책감에 시달려야 했고."

승호의 얼굴이 미안함을 감추지 못하고 붉어졌다. 그때가 생각났던 모양이었다.

"그래서 류학에서 돌아오자마자 친구들 모두가 여기저기 줄을 대 너를 구해 보려고 백방으로 노력했어. 너도 잘 알잖니. 류학생들의 부모들이 얼마나 쟁쟁한 위치에 있는지. 그런데 류학생들의 빽으로도 너를 빼내는 게 쉽지 않았어. 넌 서방 탈출 시도까지 더해져 중죄인 중의 중죄인으로 분류되었으니까. 그래도 류학생들은 포기하지 않고 너를 구해 내기 위해 노력했지. 그런데 마침 국가보위부에서 나와 함께 일하던 동료 중 한 명이 요덕 수용소를 관장하는 국가보위부 7국으로 옮기게 됐어. 참 내가 국가보위부에서 일한다는 걸 얘기 안 했지? 난 류학에서 돌아와 국가보위부에서 일하기 시작했어. 내년 초쯤엔 과장으로 승진할 것 같아. 그때는 나도 힘이 커져 너를 제대로 도울 수 있을 거야."

'승호 형이 국가보위부에서 일한단 말이지.'

국가보위부. 성혁에게는 이름만 들어도 소름이 끼치는 곳이었다.

"그 동료를 통해 끊임없이 7국 고위 간부들에게 엄청난 뇌물 공세를 들이댔지. 다른 류학생 친구들이 뇌물로 들어가는 달러를 구하는 데 많은 도움을 주었어. 그렇게 해서 7국으로부터 이번 4월 15일을 맞아 대사면이 진행될 때 너의 이름을 끼워 넣겠다는 약속을 받아 냈던 거야."

'그렇구나. 그래서 내가 남들보다 빨리 수용소에서 나올 수 있었구나.'

그제야 수용소 해제 모임에서 그의 이름이 호명될 때부터 가졌던 의문이 풀렸다.

성혁은 그의 해제를 위해 애쓴 옛 유학생 친구들이 고마웠다. 그는 그들이 죄를 저지른 놈이라고 등에 침을 뱉으며 영원히 자신을 잊어버릴 줄 알았다. 더구나 그들이 죄책감까지 느꼈다니.

성혁은 옛 유학생 친구들을 절대로 원망하지 않았다. 북한을 떠난 지 얼마 안 된 시기였으므로 그 당시 유학생들 누구나 당과 정부에 대한 충성심에 불타 있었다. 그런 그들에게 그와 나란트야의 관계를 조직에 고발했다고 탓할 수는 없었다. 그저 자신의 불행한 운명이라고 생각했다.

"정말 고마워."

성혁은 북받쳐 오르는 울음을 참느라 가슴이 떨렸다. 수용소 생활에서 메말라 버린 그의 가슴이 오랜만에 느껴 보는 인간의 온기 앞에서 우르르 무너져 내렸다.

승호는 성혁의 어깨에 손을 얹으며 말했다.

"네가 수용소에서 나온다는데 맞아 주는 사람이 한 명도 없어서야 되겠니. 그래서 내가 내려온 거야."

성혁은 이곳까지 찾아온 승호가 너무나 고마웠다.

"오늘 수용소에서 풀려난 독신자 마을 사람들은 백산 탄광으로 배치받게 되어 있어. 이곳 요덕읍 소재지에서 오십 리 정도 떨어진 곳에 있지. 거기서 이 년 동안 일을 시키면서 생활 검토를 한다는 거야. 지금 당장 너를 탄광에서 빼내 오기는 힘들지만, 일단 수용소에서 해제되었으니 몇 달 내에 너를 평양에 끌어올리는 일은 나 혼자 힘으로도 그리 힘들지 않아. 그러니 한두 달 후 평양으로 올라가는 게 어때?"

승호가 진지하게 물었다.

평양. 그곳은 성혁이 태어난 곳이고 어린 시절과 대학 생활을 보낸 곳이었다. 여름이면 보트 놀이를 하던 맑은 대동강과 보통강이 그리웠다. 또 강변을 거니는 젊은 남녀의 모습도 보고 싶었다. 중앙동물원, 대성산 유원지, 만경대 유희장, 봄이면 진달래꽃이 만발하는 아름다운 모란봉, 김책공업종합대학 시절 강의만 끝나면 붙어살던 북한 최대의 도서관인 인민대학습당 등 평양의 그 어느 곳 하나 그의 기억에서 잊으려야 잊을 수 없는 곳이었다. 정말 가 보고 싶었다.

"우리 부모님은?"

성혁이 조심스레 물었다.

"부모님은 아직 함흥에 살고 계셔. 몇 달 전에 직접 찾아뵈었지. 평양에 올라와 사시도록 도와드리겠다고 했더니 아버님께서는 그냥 거기에 사시겠다고 하더군."

성혁은 부모님이 보고 싶었지만, 찾아뵐 면목이 없었다.

"승호 형! 생각해 주는 마음은 고맙지만 나도 여기에 남을게. 아버지께서 그냥 함흥에 사시겠다고 하는 게 나도 이해가 돼."

왜 그런지 도저히 평양에서 살 자신이 없었다. 또 그의 옛 친구들에게도 자신의 초라한 모습을 보이고 싶지 않았다.

"그래, 알았어."

승호는 성혁의 손을 꽉 잡아 주었다.

"그리고…… 한 가지 더 물어볼 게 있어요."

성혁은 운만 띄어 놓고는 잠시 머뭇거렸다.

"나란트야 소식이겠지?"

승호가 먼저 성혁의 마음을 읽어 내고 물었다.

"네, 그래요."

"나란트야는 그 얼마 후에 몽골로 돌아갔어. 네 기억이 묻어 있는 동독에서는 더 이상 있기가 힘들었겠지. 아직도 그녀를 사랑하니?"

"내가 수용소 생활을 버텨 낸 건 그녀에 대한 그리움 때문이었어요. 그래요, 사랑해요."

승호는 쓸쓸한 미소를 보이며 다시 성혁의 손을 잡았다. 그러고는 고개를 서너 번 끄떡였다.

승호가 떠난 후, 백산 탄광에서 이 주 정도 일하던 성혁은 같이 일하던 동료들의 부러운 눈길을 받으며 요덕 읍내에 있는 자그마한 기계공장으로 옮겨졌다. 승호가 힘을 쓴 게 틀림없다고 성혁은 생각했다.

성혁은 빠르게 새 생활에 적응해 갔다. 공장 일도 쉽지는 않았으나 지옥 같은 수용소 생활을 겪은 그에게 힘든 일은 하나도 없었다. 예전의 유학 생활이나 가족과 함께 지내던 평양에서의 생활과는 비교할 수 없지만, 매일매일이 평안하고 자유로웠다. 하지만 마음은 육체만큼 평안하지 않았다. 자기 삶이 아닌 무언가 다른 사람의 인생을 사는 듯했다. 수용소에서는 그곳을 벗어나기만을 꿈꾸었으나 이제 막상 나와 보니 기대할 것이 없었다. 어디로 가야 하는지 앞으로 어떻게 살아가야 할지 막막했다.

집으로는 가고 싶지 않았다. 부모님의 얼굴을 차마 못 볼 것만 같았다. 그렇다고 언제까지 이곳에서 은둔자처럼 살아갈 수도 없었다.

물론 마음이 늘 달려가는 곳은 나란트야였다. 하지만 그녀가 있는 곳은 너무 멀었다. 시아버지가 고위층에 있다고 했으니 몽골에만 가면 그녀를 어렵지 않게 찾을 수 있을지도 모른다. 그러나 15호 관리소 이력이 있는 성혁에게 해외여행이 허가될 리 만무했다. 그녀를 볼 수 없는 지금, 성혁에게는 육체만 조금 편해졌을 뿐 수용소 안이나 밖이나 크게 다를 바 없었다. 더욱이 수용소에서의 기억은 그를 놔주지 않았다. 수용소에서 나온 지 일 년이 다 되어 가도록 그는 매일 밤 악몽에 시달려야 했다.

눈을 감으면 그곳을 지키던 보위원들의 살기 서린 눈길과 매질, 공개 처형, 죽어 나가던 사람들, 뼈만 앙상한 몸에 넝마와 같은 너덜너덜한 옷을 걸친 수용자들의 초점 없는 눈빛, 배고픔을 참지 못해 소똥에 섞여 나오는 강냉이알을 주워 먹던 수용자들의 모습이 눈앞에 환영처럼 떠올라 그를 괴롭혔다.

그는 잠시라도 수용소에서의 지옥 같은 생활을 잊기 위해 매일 밤 술을 마셔 댔다. 맨정신으로는 도저히 잠들 수 없었다. 술이 없으면 공장에서 공업용 알코올을 몰래 빼내 물에 타서 마셨다.

모든 물자가 부족했으므로 술도 구하기가 쉽지 않았다. 그는 시장에서 한 병에 20원 이상 하는 비싼 밀주를 사서 마셨다. 그의 한 달 월급이 80원 정도였으므로 월급의 3분의 1 정도가 강냉이나 도토리로 만든 밀주 한 병 값으로 날아갔다.

하기야 돈 쓸 곳도 없었다. 성혁은 공장에 나가는 것 말고는 거의 외출하지 않았다. 가깝게 사귀는 사람도 없었다. 세끼 밥과 술을 마시는 것 외에는 할 일이 없었다.

스스로 생각해도 자신의 삶은 허공에 떠 있었다. 기다리는 것도 바라는 것도 없었다. 수용소에서보다 삶의 의욕이 더 사라져 갔다.

'나란트야······.'

술에 취했을 때마다 불쑥 떠오르는 그녀와의 추억만이 성혁의 유일한 삶의 낙이었다. 그 추억의 빛깔은 감미로우면서 서글펐다. 그럴 때마다 성혁은 소리 없이 눈물을 흘렸다.

11

국가보위부 해외 담당 정보실의 서승호 과장은 의자에 몸을 맡긴 채 깊은 생각에 잠겼다. 사무실 안은 담배 연기로 자욱했다. 책상에 놓인 재떨이에는 담배꽁초가 수북했고, 그 주변으로 여러 장의 사진과 문서가 여기저기 널려 있었다.

그는 사진 한 장을 집어 들었다. 화려한 파티용 드레스를 입은 여자가 칵테일 잔을 들고 있는 모습이었다. 파티장에서 여러 사람들 사이에 섞여 이야기하고 있는 장면을, 그의 부하가 망원렌즈로 몰래 찍은 사진이었다. 그녀의 웃는 모습은 너무나 아름다웠다.

승호가 전화기를 집어 들었다. 잠시 후 호출을 받은 김원남 지도원이 들어섰다.

"과장 동지, 부르셨습니까?"

김원남은 언제 보아도 단정했고 신선한 느낌을 주었다. 이십대 중반이 갓 지난 그는 아주 능력 있는 젊은이였다. 평양외국어대학 재학 중 선발되어 모스크바 종합대학 노문학과에서 유학 생활까지 한 그는 중국어와 러시아어를 아주 유창하게 구사했다. 승호가 가장 아끼는 직원이었다.

"일이 있어 불렀어. 그래, 점심은 먹었소?"

애길 해 놓고 보니 승호 자신은 점심도 잊고 몇 시간 동안 담배만 피워 대며 사무실에 앉아 있었다는 데 생각이 미쳤다.

"예, 과장 동지는요?"

"나는 생각이 없어서 건너뛰었소. 내일 오전 첫 비행기 편에 몽골로 떠날 수 있도록 준비해 주시오. 김 지도원 동무도 함께 동행하도록. 여행 목적은 고객 상담. 몽골 쪽 고객에게 우리가 간다고 연락을 취하시오. 몽골 주재 대사관에는 연락하지 말고. 이상."

"알겠습네다."

김원남은 깍듯이 경의를 표한 후 문 쪽으로 돌아섰다.

"가만, 김 지도원 동무!"

그는 문을 열고 막 나가려는 김원남을 불러 세웠다.

"예."

김원남이 돌아섰다.

"영희 동무는 잘 있어?"

영희는 김원남의 여자 친구였다. 평양음악무용대학을 졸업

한 그녀는 북한 최고의 예술단인 만수대 예술단에서 무용수로
활동하고 있었고, 대단한 미인이었다. 그녀의 아버지는 당 중
앙위원회 정치국 후보위원이며 평양 화력발전소 당 비서로 집
안 환경도 좋았다.

"예, 요즘 새로운 공연을 준비하느라 정신이 없습네다."

김원남이 계면쩍은 듯 머리를 긁적거리며 대답했다.

"공연은 언제부터 시작하지?"

"내일모레 첫 공연을 한다고 합니다."

"어허, 나 때문에 김 지도원 동무가 영희 동무의 첫 공연에 못
가게 되어서 어떻게 하지?"

승호가 미안한 표정을 지었다.

"괜찮습네다. 출장이 끝난 후에 가 보면 됩네다."

김원남이 오히려 당황한 목소리로 대답했다.

"기래, 그럼 출장 후에 함께 가서 구경해 보기요. 공연이 끝
난 후 내가 한턱 단단히 내지."

"고맙습네다. 과장 동지도 함께 가면 영희 동무도 아주 기뻐
할 겁네다."

김원남은 무엇이 그리 즐거운지 얼굴에 싱글벙글 미소를 띤
채 방을 나갔다.

다음 날 오전 10시, 서승호와 김원남이 탄 모스크바행 조선
민항 여객기가 순안 비행장을 출발했다.

북한과 몽골 사이에는 직항로가 없었다. 그들은 모스크바에서 몽골의 수도 울란바토르로 향하는 러시아 여객기로 갈아타야 했다. 북한 평양을 출발해 중국을 지나 몽골로 이어지는 철도망이 있긴 했지만, 그 열차를 이용하는 여행은 장시간을 요했다.

북한에서는 외국 여행이 엄격히 통제돼 있었다. 그럼에도 승호는 직업상 외국 여행이 잦았다. 하지만 그에게도 몽골 여행은 처음이었다. 지금까지 그의 부서와 거래하는 고객 중 몽골 고객은 없었다.

그가 과장으로 일하는 국가보위부 해외 담당 정보실은 말 그대로 해외 정보 수집을 주목적으로 했다. 전 세계에 나가 있는 모든 북한 대사관과 영사관, 이익 대표부에는 해외 담당 정보실 요원들이 파견되어 있었다. 그들은 주재국의 사회, 정치, 경제 등 모든 분야의 정보와 그곳에 체류하고 있는 북한인들의 동향 등 가능한 한 모든 정보를 닥치는 대로 수집했다. 현지인들을 돈으로 매수해 요원으로 활용하기도 했다.

승호가 책임자로 있는 특수과에서는 주로 해외 군수품 거래를 담당했다. 해외 여기저기에 나가 있는 그의 요원들은 군수품 거래에 관한 정보를 수집해 승호에게 보고했다.

북한에서 진행되는 모든 군수품의 수출입 여부는 승호의 특수과에서 종합한 정보에 의해 결정되었다. 따라서 특수과에서는 외국어와 국제 정세에 능수능란한 몇 안 되는 해외 유학파들이 빛을 발휘했다. 물론 평양외국어대학이나 김일성종합대학 외문학부를 비롯한 국내 대학들에서 전문 외국어 교육을 받은 사람들도 있었다. 그러나 그들은 유학파들에게 상대적으로 눌려 지냈다.

그들의 주 고객은 동구권 국가와 중동 국가를 비롯한 내전이 끊이지 않는 개발도상국들이었다. 중국과 러시아를 비롯한 동구권 나라들은 주요 무기 수입 대상국으로, 그런 나라들로부터는 전투기, 탱크 등 신형 무기들을 주로 구매했다. 반면 중동을 비롯한 개발도상국들은 주요 무기 수출 대상국들이었다. 그들 나라에는 미사일, 발사관, AK 소총, 박격포, 지뢰 등 상용 무기들을 수출했다.

얼마 전, 몽골에 있는 '풍산개'라는 암호명을 지닌 요원으로부터 전문이 날아왔다.

이곳 몽골 무기 밀매 조직으로부터 우리 정부와 거래하고 싶다는 제의를 받음.
조건은 비교적 좋은 것으로 평가됨.
종류는 러시아제 탱크를 비롯한 일부 군수품과 최신 군사 기술 문서임.
빠른 회신 바람.
풍산개

뒤이어 무기 밀매자들이 제시한 품목과 가격 리스트가 적힌 전문이 날아왔다.

과연 그들이 제시하는 조건은 러시아 정부와 직접 거래하는 것보다 훨씬 좋았다. 특히 그들이 제공하겠다는 군사 기술은 러시아 내에서도 극비 사항에 속하는 것이었다. 핵무기의 핵심 부분에 관한 내용으로, 정상적인 방법으로는 도저히 손에 넣을 수 없는 것이었다.

승호도 몽골에 무기 밀매 조직이 새로 생겨 활발하게 활동하고 있다는 정보를 들은 적이 있었다. 그러나 그들과 직접 거래해 본 적은 없었다. 북한 정부에서는 그동안 러시아나 서방, 중동의 무기업자들과 거래해 왔다. 몽골과는 이전에 군수용 말을 소량 수입한 적이 있었지만, 그것은 몽골 정부와의 직접 거래였다.

승호는 풍산개에게 그 조직에 대한 구체적인 정보 자료를 요구했다. 무기 거래는 큰 액수의 돈이 오가기 때문에 신중을 기해야 했다.

풍산개가 추가로 전문을 보내왔다.

조직 이름은 나숑(Naschong).

몽골 무기 밀매 조직 중 가장 큰 조직으로 판명됨.

주로 러시아 신형 무기들을 중동 국가나 아시아, 전 세계 반체제 무장군에게 공급함. 군사용으로 쓰이는 몽골 말 수출의 많은 비중을 관여함.

조직 구성원은 몽골 비밀경찰 MGIA의 전 요원들이 주를 이룸.

조직 책임자는 여성임. 그녀의 공식적인 이름은 엘 바트나산(L. Batnasan)으로 알려짐. 그녀의 사진도 함께 전송함.

풍산개

"MGIA 요원들로 이루어졌다⋯⋯."

승호는 혼잣말로 중얼거렸다.

동구권이 급속히 몰락하면서 그 나라 체제를 지탱해 나가고 있던 비밀경찰 조직들은 유명무실해졌고, 비밀경찰 요원들 역시 그들의 기득권을 잃게 되었다. 그들은 그에 대한 탈출구를 돈을 버는 사업에서 찾았다. 자본주의 경제 체제에서의 돈은 사회주의 체제에서 그들이 지녔던 권력을 대신해 주었다.

돈을 쉽게 벌 수 있는 길 중 하나가 그들이 이전에 전 세계에 갖추어 놓은 정보망을 이용해 무기 밀매를 하는 것이었다. 그래서 그들은 새로운 조직을 형성해 무기 밀매에 손을 대기 시작했다. 그들은 마피아와도 손을 잡았다. 이들은 정부와의 직접 거래보다 낮은 가격에 덤핑을 치면서, 거의 모든 종목에 손을 댔고, 덕분에 적지 않은 구매자들을 확보하고 있었다.

승호의 부서에서도 이들 무기 밀매 조직과 북한 정부와의 무기 거래를 주선한 적이 여러 번 있었다. 그들 중 적지 않은 조직이 정부 기관 못지않게 신빙성과 신뢰를 철칙으로 삼았다.

이렇게 비밀경찰과 같은 정보기관 요원들이 무기 밀매에 손을 대는 현상은 러시아에서 두드러지게 나타났다. 러시아는 사회주의 체제 붕괴 전 최신 무기 생산에 전력을 기울였던 곳이었다.

'그런데 이젠 몽골까지…….'

이전에도 그의 머릿속을 떠나지 않던 북한 체제에 대한 불안감이 다시 한번 고개를 쳐들었다.

'우리 정부도 변하긴 변해야 하는데, 그다음은 어떻게 될까?'

승호는 착잡해하며 전문과 함께 날아온 사진을 들여다보았다. 사진 속의 여인은 어디선가 많이 본 듯한 얼굴이었다. 그는 다시 한번 사진을 찬찬히 뜯어보았다. 전문으로 날아온 자료가 흑백 인쇄물이라 아주 명확하지는 않았지만, 분명 낯익은 얼굴이었다.

'혹시…….'

그는 김원남을 불러 풍산개에게 다음과 같은 전문을 보내도록 지시했다.

엘 바트나산에 대한 정보를 그녀의 이전 행적까지 포함해 구체적으로 수집하여 최대한 빠른 시일 내에 보내라.
묘향산

그의 암호명은 요원들 사이에 '묘향산'으로 통했다. 승호는 아주 중요한 일이 아니고서는 자신의 암호명으로 직접 전문을 보내는 일이 없었다. 시급한 전문이라고 판단했는지 김원남은 전문을 보내기 위해 허겁지겁 방을 나섰다.

승호는 부하 직원들에게 풍산개로부터 전문이 오면 밤이 늦더라도 집으로 알려 달라고 지시했다. 그리고 아침이면 출근하는 즉시 풍산개로부터 온 전문이 있는지부터 확인했다.

전문을 보낸 지 삼 일째 되는 날, 출근하자마자 당직 직원에게 풍산개로부터 온 전문이 있는지 물었으나, 아직 온 게 없었다. 무기 밀매와 같은 비밀스러운 일을 하는 사람의 뒤를 캔다는 것이 쉽지 않은 일이라는 것을 그도 모르는 바가 아니었다. 그렇지만 마음이 급해지는 것은 어쩔 수 없었다. 하루빨리 그녀의 정체를 알고 싶었다.

사무실에 들어선 승호는 리비아에 수출하는 미사일 건을 검토하려고 문서를 펼쳤다. 저번에도 비밀리에 추진하다 세계 여론에 포착되어 한참 시끄러운 문제를 불러일으켰던 사건이었다. 외국 기자들은 그런 것들만 골라 냄새 맡는 후각 신경을 타고났다는 생각이 들었다.

리비아나 시리아, 이라크와 같은 나라에 무기를 수출하면 북한 경제에 가장 시급한 연료를 들여올 수 있었다. 리비아 건에 북한 정부가 심혈을 기울인 이유였다.

정신없이 문서에 몰두해 있던 그는 '따르릉' 울리는 전화벨 소리에 문서에서 눈길을 뗐다. 수화기를 들자마자 김원남의 목소리가 귀청을 때렸다.

"과장 동지, 방금 풍산개로부터 전문이 도착했습네다."

"당장 가지고 들어오시오."

벽시계를 올려다보았다. 오전 10시가 조금 넘었다.

승호는 갑자기 마음이 초조해졌다. 김원남이 왜 좀 더 빨리 달려오지 못하는지 야속하게 느껴졌다.

'딱딱딱딱! 딱딱딱딱!'

자기도 모르게 손에 쥔 사인펜으로 책상을 두드렸다.

'똑똑똑!'

문 두드리는 소리가 났다. 승호는 사인펜으로 책상을 두드리던 행동을 멈췄다.

"들어오시오."

승호의 급한 대답 소리와 함께 문이 열리며 김원남이 들어섰다. 그는 급하게 뛰어왔는지 숨을 가쁘게 몰아쉬며 전문을 내밀었다.

"수고했소. 혼자 있고 싶으니, 급한 일이 아니면 사람을 들여보내지 마시오."

"알았습네다."

대답과 함께 김원남이 방을 나가자, 그는 서둘러 전문을 펼쳤다.

전문은 꽤 두툼했다. 그의 눈길이 빠르게 전문을 훑어 내려갔다. 전문을 한 장 한 장 넘길수록 가슴속에는 이루 표현할 수

없는 감정의 파도가 휘몰아쳤다. 마지막 장까지 다 읽어 내려
간 그는 잠시 멍한 시선으로 꼼짝하지 않고 앉아 있었다.

맞았다. 그녀가 틀림없었다. 그녀에 대한 기억이 그의 머릿
속에 하나둘 새록새록 되살아났다. 정말 잊지 못할 여인이었
다. 아니, 그의 기억 속에서 영원히 지울 수 없는 여인이었다.
전문에는 그녀의 생년월일로부터 태어난 곳, 부모, 친척 관계,
성장 과정과 성격 등 그녀에 대한 상세한 정보가 담겨 있었다.

그는 전문 뒤에 첨부된 그녀의 사진들을 뚫어지게 들여다보
았다. 이번에는 컬러사진이었는지, 일제 프린터로 컬러 인쇄된
사진은 비교적 선명했다.

사진 속의 그녀가 말없이 그를 응시했다.

'이렇게 다시 그녀와 부딪치다니…….'

참으로 세상은 좁다는 생각이 들었다. 그는 담배를 꺼내 물
었다. 줄담배를 피우며 그녀와 얽혔던 지난 일들을 더듬으며
사색에 잠겨 있던 그가 김원남을 불렀다. 그러고는 몽골 여행
을 지시했다.

모스크바 공항에는 그곳에서 활동하는 요원들이 마중 나와
있었다. 그들은 모스크바 주재 북한 대사관에 체류하면서 정보
수집 및 여러 가지 활동을 했다.

러시아 아에로플로트(Aeroflot) 항공사의 몽골행 여객기가 이
륙하기까지는 얼마간의 시간이 남아 있었다. 승호는 그 시간

동안 요원들에게 그동안의 활동에 대한 종합적인 보고를 받고 여러 가지 지시를 내렸다.

이전부터 느꼈던 일이지만 요원들의 보고를 받으면서 러시아에서의 활동이 점점 더 힘들어질 것 같다는 예감이 들었다. 소비에트 연방이 해체된 후 모든 공화국이 각기 따로 무기 수출 시장을 개척해 나갔다. 무기 수출 시 내놓는 조건도 제각각으로 달랐으며, 지불 방식도 경화를 통한 현금 지급을 요구했다. 북한의 경우 소비에트 연방과의 무기 수출 시 항시 장기 지불의 혜택을 받던 지난날과는 너무 큰 변화였다.

승호는 요원들에게 어렵더라도 잘해 달라는 격려를 잊지 않았다. 그러고는 김원남과 함께 몽골로 출발하는 아에로플로트 여객기에 올랐다.

여객기 안에서 그는 줄곧 몽골에서 만나게 될 여자에 관한 생각에 잠겼다. 어떻게 그녀가 무기 밀매 조직의 보스가 되었는지 궁금하기 그지없었다.

세 시간 동안의 여행 끝에 여객기는 몽골의 수도 울란바토르 공항에 도착했다. 여객기에서 내려다본 울란바토르 전경은 러시아의 그리 크지 않은 도시를 방불케 했다. 날씨는 구름 한 점 없이 쾌청했다.

그들이 세관 검열대를 통과해 출구를 나서니 공항 청사 내에서 풍산개가 기다리고 있었다. 밤색 가죽점퍼를 걸치고 얼굴이 햇볕에 타서 새까맣게 된 그는 얼핏 보면 일반 몽골인과 큰 차이가 없어 보였다. 십 년 이상을 몽골에 체류 중인 그는 반몽골인이 되었다. 그는 대사관에 머무르면서 몽골 내에 구축해 놓은 정보망과 요원 관리를 종합적으로 맡아 했다. 한마디로 그는 몽골 내 정보 조직 책임자였다.

풍산개가 승호와 김원남을 발견하고는 반가운 표정을 지으며 달려왔다.

"과장 동지, 멀리 오시느라 정말 수고 많이 하셨습네다."

그는 승호가 내민 손을 힘차게 흔들어 댔다.

"나도 정말 반갑구만 기래. 그동안 타지에서 수고 많지?"

승호도 반가움을 감추지 못했다. 지난해 해외 정보 책임자 회의차 북한에 귀국했을 때 이후로 거의 일 년 만에 보는 풍산개였다.

"괜찮습네다."

그는 밝은 목소리로 대답한 후 김원남과도 인사를 나눴다.

만류하는 그들의 짐을 기어이 뺏어 든 풍산개는 그들을 공항 청사 밖에 세워 놓은 벤츠 승용차로 안내했다. 차에 올라탄 그들은 숙소인 호텔로 향했다.

북한에서는 모든 해외여행이 개인적인 용무가 아닌 국가적인 사업을 위해 이루어졌다. 따라서 목적지에 도착한 여행객들은 즉시 해당 주재국 북한 대사관에 들러야 했다. 그러나 비밀 정보기관에 종사하는 승호 일행은 그 규정에 해당하지 않았다. 대사관에 들르면 조국에서 국가보위부 직원들이 왔다는 이유

하나로 대사관 전 직원이 긴장할 것이 분명했다.

최근에는 해외에서 근무하는 북한 주민들의 제3국이나 한국으로의 망명이 늘어나 북한 정부에서도 신경을 곤두세우고 있었다. 해외 공관들에 대한 국가보위부의 내사도 잦아졌다. 그런 시기에 대사관에 찾아가 그들에게 쓸데없는 부담감을 주고 싶지 않았다. 또 대사나 대사관 당 비서를 비롯한 임원들을 만나 일일이 인사하는 것도 귀찮았다. 그래서 그들의 여행을 대사관에는 비밀로 하도록 지시했었다.

"바트나산이 저녁 식사에 초대했습네다."

차를 운전하며 풍산개가 보고했다.

시계를 들여다보니 저녁 6시가 조금 넘은 시간이었다. 승호는 한시바삐 그녀를 만나고 싶었다. 그래서 출국 전날 김원남에게 지시해 울란바토르 도착 즉시 그녀와의 만남 자리를 마련하라고 했었다.

그들이 도착한 호텔 이름은 '바양골(Bayangol)'이었다. 풍산개의 말에 따르면 몽골에서 가장 유명한 호텔이라고 했다. 새로 건축된 듯한 호텔에는 비교적 현대적인 시설들이 갖추어져 있었다.

방에 들어서자 풍산개는 급하게 전화 버튼을 눌렀다. 전화 통화를 끝낸 그가 말했다.

"정각 7시 15분에 그녀가 보낸 차가 호텔 정문 앞에서 기다릴 거라고 합네다."

그때까지는 삼십 분이 좀 넘게 남아 있었다.

"알았소. 빨리 준비하기요."

승호가 입고 온 양복을 벗으며 지시했다. 그들은 서둘러 짐을 풀고 간단히 샤워를 했다.

캐주얼 차림으로 갈아입은 승호가 김원남을 향해 말했다.

"김 지도원 동무도 간편한 외출복으로 갈아입기요. 그리고 오늘은 사업적인 얘기를 나누지 않을 테니 문서 준비는 하지 말고 그저 편안한 마음으로 출발합시다. 그냥 여행의 피로도 풀 겸 즐거운 마음으로 저녁 식사나 나눕시다."

김원남이 의아한 표정을 지었다.

시간을 항상 칼날처럼 쪼개어 가며 일하는 승호의 제의가 김원남에게는 뜻밖이었다. 그렇지만 그는 아무 말 없이 승호의 말을 따랐다.

7시 14분. 그들이 타고 내려온 엘리베이터 문이 열렸다. 그러자 기다렸다는 듯이 사십 대 중반으로 보이는 점잖은 사람이 다가왔다. 아주 세련된 검은 양복에 고급스러운 안경을 쓴 몽골인이었다.

"북한에서 오신 손님들이지요?"

그가 유창한 영어로 물었다.

"네, 그렇습니다."

승호도 영어로 대답했다.

"반갑습니다. 이쪽으로 오시죠."

그는 그들을 호텔 앞에 세워져 있는 차로 안내했다. 검은색 롤스로이스였다.

얼마 전까지만 해도 공산 치하에 있던 몽골의 수도 울란바토르에서 자본주의 국가가 생산한 고급 승용차를 탄다는 것이 아이러니하다는 생각이 들었다.

그들이 차에 오를 때 지나가던 사람들이 무례할 정도로 힐끔힐끔 쳐다보았다. 저런 고급 외제 승용차를 타고 다니는 사람은 도대체 어떤 사람인가 하는 호기심 가득 어린 눈길이었다.

차 안에 앉아 기다리고 있던 운전사는 이십 대 초반 정도의 아주 잘생긴 젊은이였다. 유럽인의 피가 섞인 혼혈인지 눈동자는 약간의 파란 색채를 띠었다. 깔끔한 양복 차림이었다. 사람들이 다 오른 것을 확인하자 그는 브레이크를 풀고 차의 액셀러레이터를 지그시 밟았다.

롤스로이스가 육중한 몸을 힘겹게 움직이며 출발했다. 그러자 뒤에 서 있던 독일산 BMW 승용차가 따라 움직였다. 그 안에는 험악한 인상의 덩치 큰 사내 넷이 타고 있었다. 그들은 날카로운 눈매로 앞차를 주시했다.

차 안에서 중년 남자가 어디론가 전화를 걸었다.

"지금 출발합니다."

상사에게 보고하는 모양이었다.

그들이 탄 차는 울란바토르 시내를 가로질러 달렸다. 약 60

만 인구를 가진 울란바토르 시내의 저녁 시간은 꽤 붐볐다. 몽골 인구가 260만 정도이니 전 인구의 4분의 1 정도가 수도 울란바토르에 사는 셈이었다.

사람들이 어슬렁거리며 보도 위를 걷는 모습이 보였다. 차들도 꽤 많이 다녔다. 여기저기 번쩍거리는 유흥가도 보였다. 청춘 남녀들이 팔짱을 끼고 걷거나 서로 부둥켜안고 키스하는 모습도 보였다. 눈에 거슬릴 만큼 야한 복장을 한 여성들도 자주 눈에 띄었다. 개방적 성향의 도시라는 느낌이 들었다.

차가 울란바토르 시내를 벗어나는지 고층 건물이 점점 뜸해졌다. 그러더니 시골 풍경이 눈앞에 나타났다. 길 양옆으로 드넓은 초원이 끝없이 펼쳐졌다. 초원에는 수십 수백 마리씩 떼를 지은 말과 양이 한가로이 풀을 뜯고 있었다. 말을 타고 뛰어다니며 짐승들을 몰고 가는 몰이꾼들도 보였다. 몽골 민족이 유목 민족이라는 말이 실감 나는 장면이었다.

국토 면적의 팔십 퍼센트가 산이 차지할 정도로 산이 많은 북한에서 사는 승호에게는 눈앞에 펼쳐진 넓은 초원과 평지가 부럽기만 했다.

'북조선에도 저렇게 넓은 평지가 있다면 모두 갈아엎어 곡식을 심을 수 있을 텐데……. 그러면 북조선 정부가 봉착한 식량 부족 문제도 해결할 수 있고…….'

이따금 몽골의 전통가옥 게르가 모여 있는 마을이 드문드문 보였다. 이동이 잦은 유목민들이 편하게 생활할 수 있게 지어진 둥근 모양의 주택 게르는 승호에게도 꽤 낯익었다. 몽골을 소개하는 잡지나 텔레비전 프로그램에서 자주 보았는데, 실제로 보는 것은 처음이라 몽골을 떠나기 전에 꼭 한번 게르의 내부를 구경해 봐야겠다고 생각했다.

울란바토르 시내를 벗어나자 도로 사정이 좋지 않았다. 최고급 차인데도 자체가 자주 흔들거렸다. 푸른 초원을 배경으로 이십여 분 동안 달린 차는 좁은 시골길로 들어섰다. 주위에는 어둠이 내려앉았다. 지금까지 달리던 길과는 달리 길 양옆에 그리 높지 않은 작은 산들이 시커먼 형체를 드러내 보였다.

말이 별로 없던 중년 남자가 전화를 걸더니 거의 다 도착했다고 했다.

인적과 마을이 전혀 보이지 않는 산길을 십여 분 정도 더 달리던 차는 속도를 줄이다 곧 멈춰 섰다.

"다 왔습니다."

중년 남자가 말했다.

승호 일행이 밖을 내다보니 시커먼 담장이 그들을 가로막고 서 있었다. 오 미터 이상은 되어 보이는 높은 담이었다. 담은 옛날 성곽을 쌓을 때 사용하던 것과 같은 커다란 돌로 되어 있었다. 담 밖으로는 불빛 하나 새어 나오지 않았다. 그래서 승호 일행이 차를 타고 오면서도 발견 못 했던 모양이었다.

그들의 뒤를 계속 따라오던 BMW에서 사내가 내렸다. 그는 담에 설치된 철문으로 다가갔다.

잠시 후 커다란 철문이 천천히 열렸다. 두 대의 차는 스르르 안으로 미끄러져 들어갔다.

철문을 지날 때 승호는 그곳을 지키는 사내들이 전부 AK 소총을 메고 있는 것을 보았다. 김원남이 중년 남자가 눈치채지 못하게 손을 툭 치며 담장 위를 가리켰다. 올려다보니 그곳에는 기관총이 여기저기 설치되어 있었고, 기관총마다 두 명의 사내가 붙어 앉아 있었다.

담 안에 펼쳐진 넓은 공지도 그들을 놀라게 했다. 여기저기에 서 있는 군용 차량들과 함께 러시아제 군용 장갑차와 탱크도 눈에 띄었다. 게르도 서 있었다. 사내들의 숙소로 이용되는 모양이었다. 무장 게릴라들에 관한 영화의 한 장면을 보는 기분이었다. 풍산개도 이런 곳에 처음 와 보는지 창밖에서 눈을 떼지 못했다.

몇 분쯤 달리던 차가 큰 건물 앞에 멈춰 섰다. 그 옆으로는 건물 여러 동이 더 보였다.

"자, 내리시죠."

운전사가 차 문을 열자 중년 남자가 말했다.

승호 일행이 차에서 내리자 중년 남자는 그들을 환하게 불이 켜져 있는 건물 앞에서 기다리고 있던 두 명의 사내에게 인수했다.

"이 사람들이 안내해 줄 겁니다."

사내들이 그들을 안으로 안내했다. 출입문 옆에서 커다란 독일산 셰퍼드가 날카로운 이빨을 드러낸 채 그들을 지켜보았다.

'독일산 셰퍼드라……'

승호는 묘한 생각이 들었다.

건물 안은 바깥 풍경과는 전혀 달리 초현대적인 시설들이 갖추어져 있었다. 대리석 기둥들과 천장에 달린 화려한 색상의 상들리에, 바닥에 깔린 카펫까지 최고급품이었다. 건물 내 곳곳의 잘 보이지 않는 곳에는 무인 카메라가 설치되어 있었다. 환하게 불을 밝힌 건물 내부는 북한에서 자랑하는 만수대 예술 극장 내부와 비교해도 월등하게 치장되어 있었다.

사내들은 그들을 자그마하지만 아늑하게 꾸며진 방으로 안내했다.

"미안하지만, 잠시만 기다려 주십시오."

사내 중 한 명이 방을 나갔다가 잠시 후 들어왔다. 그러고는 풍산개에게 다가와 말했다.

"무기는 지참하면 안 됩니다. 저희에게 맡겨 주십시오."

친절한 말투였지만, 그의 시선은 풍산개의 온몸을 날카롭게 훑었다.

노련한 정보원인 풍산개도 순간 당황한 표정을 지었다. 승호가 넘겨주라는 눈짓을 하자, 그는 품속에서 피스톨을 꺼내 사내에게 넘겨줬다. 예기치 못한 일에 대비해 승호 일행을 보호하려고 지니고 있었던 모양이었다.

건물 내 그들이 지나온 통로 어디엔가 금속 탐지기가 설치된 것이 분명했다. 그러지 않고는 일행 중 유일하게 무기를 지참한 풍산개만을 꼭 찍어 알아낼 수는 없었을 것이다.

사내는 풍산개로부터 넘겨받은 피스톨을 방에 머물러 있던 사내에게 넘겨주었다. 그러고는 먼저 앞장서며 말했다.

"저를 따라오십시오."

그들은 들어온 문과는 다른 또 다른 문을 통해 그를 따라 나갔다. 복도가 길게 나 있었다. 그들이 복도 끝까지 다가가 문을 열고 들어서자 좀 전의 방보다 훨씬 넓은 방의 가운데에 둥그런 대형 테이블이 놓여 있었다.

새하얀 천이 덮인 테이블 위에는 크리스털 잔과 포크, 나이프, 그리고 여러 가지 고급술들이 놓여 있었고, 테이블 중심에는 갖가지 과일들이 아름다운 장식을 이루었다. 한쪽 벽에 설치된 대형 유리를 통해 열대어들이 화려한 색상을 뽐내며 유유히 헤엄치고 있는 것이 보였다. 방의 모든 장식과 조화를 이루며 설치된 조명은 은은한 색깔의 빛을 내뿜었다. 정말 포근한 느낌을 주는 방이었다.

"곧 책임자 동지께서 나오십니다. 여기 앉아서 기다려 주십시오."

사내가 그들을 한쪽에 놓인 소파로 안내한 후, 방을 나갔다.

'과연 그녀를 만나게 된단 말인가! 나를 알아볼까?'

짧은 시간 동안이지만 숭호의 가슴속에는 만감이 교차했다.

좀 전에 사내가 나간 방향과 다른 쪽에 위치한 문이 소리 없이 열렸다. 날렵하고 예쁘장하게 생긴 젊은 사내 둘이, 열어 놓은 문 옆에 서서 고개를 깍듯이 숙여 경의를 표했다.

열린 문으로 세 사람이 들어왔다. 휠체어를 탄 일흔이 넘어 보이는 노인과 짙은 색의 간편한 투피스를 차려입은 여인이 앞섰고, 그 뒤로 한 남자가 휠체어를 밀며 들어왔다. 그는 호텔에서부터 함께 차를 타고 온 중년 남자였다.

그들을 맞이하기 위해 승호 일행은 자리에서 일어났다. 승호의 가슴이 쿵쿵 뛰었다. 그녀가 틀림없었다.

여인이 먼저 승호 일행을 둘러보며 상냥하게 인사했다.

"이렇게 만나게 되어 반갑습니다."

"저희도 반갑습니다."

승호가 일행을 대표해서 답례했다.

"저는 여기 책임자로서 이름은 바트나산……."

승호에게 손을 내밀어 악수를 청하며 자기소개를 하던 여인의 말이 뚝 끊겼다. 그녀의 눈에 일순 놀라워하는 기색이 서렸다. 하지만 잠시였다. 여인은 이내 무표정으로 돌아가 인사말을 이었다.

"여기에 오신 것을 환영합니다. 이곳이 마음에 드시는지요?"

"네, 마음에 듭니다. 화려하면서도 아늑한 느낌을 주는 곳이로군요."

승호도 담담하게 인사에 답했다.

여인은 이어서 휠체어에 앉은 노인을 소개했다.

"이분은 저희 조직의 고문이신 엔크바트이십니다."

노인이 휠체어에 앉은 채로 손을 들어 나이에 어울리지 않는 카랑카랑한 목소리로 인사했다.

"만나서 반갑소. 서로 좋은 결과가 있기를 바랍니다."

"네, 그렇게 되리라 믿습니다."

승호가 답례하고 나자 다시 소개가 이어졌다.

"그리고 이쪽은 저희 조직 부책임자인 뷰얀입니다."

여인이 중년 남자를 가리켰다.

"우린 벌써 구면이지요?"

승호가 이렇게 말하자 중년 남자는 빙긋 미소를 지었다. 이 제는 승호가 일행을 소개할 차례였다.

"저는 무기 수출입을 주로 담당하는 부서 책임자이고, 여기 이 사람은 김원남이라고 저희 직원입니다. 그리고 이 사람은 여기 계신 분들 중 아시는 분도 계시겠지만, 몽골 주재 북한 대 사관에 머물면서 저희 일을 도와 일하고 있습니다."

승호는 풍산개를 소개하면서 그에 대한 구체적인 설명은 피 했다.

"자, 그럼 자리에 앉으시죠."

여인이 그들을 테이블로 안내했다.

그들이 자리에 앉자, 깔끔한 옷차림의 젊은 남자들이 음식을 날라 오기 시작했다.

"차린 건 별로 없지만, 많이 드십시오."

여인이 승호 일행에게 음식을 권했다.

몽골 전통 음식인 양고기구이부터 시작해 각종 고기를 다양하게 요리한 것들이었다. 고기 음식이 많은 비중을 차지했지만 음식 맛이 아주 담백한 것이 유명한 전문 요리사의 솜씨가 틀림없었다.

식사가 끝난 후 그들은 포도주를 마시며 이야기를 나누었다. 이야기 내용은 주로 급변하는 세계정세와 국제 무기 거래 상황에 대한 것이었다.

노인이 간단한 영어 회화만 가능해서 그들은 그를 위해 러시아어로 대화했다. 몽골어와 러시아어는 비슷한 부분이 많아 대부분의 몽골 사람들이 러시아어를 잘했다. 김원남과 풍산개는 원래 러시아어 전문가였고, 승호도 고등중학교 때부터 배운 러시아어 실력이 만만치 않아 소통에 전혀 지장이 없었다.

승호는 대화 도중에도 여러 차례 여인을 곁눈질해 보았다. 틀림없었다. 여인은 승호가 생각하는 그 여자가 맞았다. 다만 승호가 신중하게 살펴본 것은 여인의 표정이나 눈빛이 예전과 너무 달라서였다. 순진하고 여리게만 보이던 눈빛은 많이 차가웠고, 얼굴에 나타나는 표정도 대체로 마음을 읽을 수가 없도록 세련되게 포장된 느낌이었다.

어쨌거나 그 여자가 틀림없는 만큼 승호는 무언가 이야기를 나누어야겠다고 생각했다. 그러려면 둘만의 시간이 필요했다.

"바트나산, 실례가 안 된다면 조용히 이야기 좀 나누어도 되겠습니까?"

승호는 좌중을 돌아보며 정중히 물었다.

엔크바트라는 노인과 중년 남자가 여인에게 눈길을 주었다. 여인은 여인대로 노인의 표정을 살피며 머뭇거렸다.

"그러도록 하지. 실무 책임자끼리 따로 할 이야기도 있지 않겠소."

노인이 가볍게 웃으며 고개를 끄떡였다. 그러자 여인이 일어나 승호를 옆방으로 안내했다.

도자기와 같은 골동품들이 전시된 그 방에는 소파와 테이블만 놓여 있어 매우 단출하면서도 정갈했다. 두 사람은 테이블을 사이에 두고 마주 앉았다. 여자는 조용히 승호의 말을 기다렸다.

잠시 후, 젊은 남자가 술과 간단한 안주를 날라다 주었다. 두 사람은 그때까지 서로 아무 말도 하지 않았다.

"담배를 피워도 되겠습니까?"

승호가 먼저 입을 열었다.

"네, 편히 행동하십시오."

여인이 예의 바르게 대답했다.

승호는 담배를 꺼내 불을 붙이고는 연기를 깊이 들이마셨다. 그 사이에 여인은 승호의 잔에 술을 따랐다.

'단도직입적으로 말하는 게 좋겠지…….'

승호는 술을 한 모금 마신 뒤 술잔을 내려놓았다. 그리고는 조심스럽게 입을 열었다.

"우리 만난 적이 있는 것 같은데요?"

승호가 불쑥 물어보자, 여인의 표정이 순간적으로 흔들렸다. 여인은 잠시 표정을 가라앉히고 나서 승호의 눈을 정면으로 바라보았다. 차분하게 절제하는 태도였다.

"그런 것 같군요."

여인의 대답은 간단했다.

"동독에서였지요?"

승호가 다시 묻자, 여인은 이번에도 간단하게 대답했다.

"네."

이제 더는 확인할 필요가 없었다. 그녀가 분명했다. 승호는 천천히 담배를 끄고 나서 말했다.

"제 기억이 맞다면 당신의 본명은 나란트야입니다. 맞나요?"

여인의 표정이 다시 흔들렸다. 오래도록 그 이름을 못 들어보았다는 그런 표정이었다. 여인은 한참 동안 대답이 없었다. 이윽고 여인이 담배를 꺼내 물었다. 여인이 뿜어낸 담배 연기가 천장에서 희미하게 사라질 때쯤 여인의 입이 열렸다.

"맞습니다."

이미 확신하고 있었지만 막상 나란트야로부터 긍정의 대답을 듣자 승호는 가슴이 설레면서 긴장되었다. 육 년 만이었다. 이 여자는 어떻게 해서 이런 일을 하게 된 것일까? 육 년의 세월은 이 여자에게 무엇이었을까? 한꺼번에 온갖 상상이 머릿속을 가득 채웠다.

"제 이름은 서승호입니다."

"알고 있어요. 동독에서 가장 먼저 제게 말을 걸어 준 사람이지요."

이제까지 했던 말 중 가장 긴 말이었다. 하지만 나란트야의 표정은 여전했다. 예의 바르면서 사무적인 말투도 여전했다. 예전의 그 수줍은 모습은 전혀 보이지 않았다.

승호는 성혁의 이야기를 꺼낼까 말까 망설였다. 나란트야가 아직도 성혁을 기억하고 있을지, 아니 기억이야 하겠지만 여전히 옛날처럼 성혁을 사랑하고 있는지 알 수가 없었다. 나란트야의 표정에서는 아무것도 읽어 낼 수가 없었다.

'이 여자는 현재 무기 밀매 조직의 책임자다. 예전의 그녀일 수가 없다. 이런 일을 하는 여자가 한때의 풋사랑에 연연하고 있지는 않겠지.'

승호는 성혁의 이야기를 꺼내지 말자고 생각했다. 무기 거래를 위해 은밀하게 만나는 자리에서 여자가 관심도 갖지 않는 옛 애인의 이야기를 꺼낸다는 것은 부질없는 짓이리라 생각되었다.

"그냥 예전의 그 사람인가 확인해 보고 싶었습니다. 됐습니다. 이제 사람들이 있는 곳으로 돌아가지요."

말을 마친 승호가 자리에서 일어났다. 나란트야도 따라 일어났다. 먼저 문 쪽으로 걸어간 승호가 문손잡이를 막 잡으려고 할 때였다. 등 뒤에서 나란트야의 목소리가 들렸다.

"잠깐만요."

짧은 말이었지만 그 말투는 이제까지와는 전혀 달랐다. 조바심이 가득 담긴, 그러면서 축축하게 가라앉은 말투였다.

승호가 돌아서자 나란트야는 무언가 말할 듯 입술을 달싹거리기만 할 뿐 좀처럼 말을 꺼내지 않았다. 승호는 가만히 서서 기다렸다.

이윽고 나란트야가 입을 열었다.

"혹시, 성혁 소식을 들은 적 없나요?"

나란트야는 긴장하고 있었다. 목소리만으로도 나란트야의 긴장이 충분히 전달되었다.

"있습니다."

승호는 담담하게 대답했다.

"어떻게 됐나요? 북한으로 끌려간 후 그는 어떻게 됐나요?"

전혀 다른 사람 같았다. 비밀 조직의 책임자답게 한 치도 흐트러짐 없이 행동하던 나란트야의 목소리가 갑자기 걷잡을 수 없이 흔들렸다. 승호가 오히려 당황할 정도였다.

승호는 애써 침착한 말투로 조용히 물었다.

"아직 그에게 관심이 있습니까?"

그러자 나란트야가 순간적으로 멈칫했다. 잠시 후 그녀는 창가로 걸어가 밖을 내다보았다. 한동안 그렇게 말없이 서 있었다. 승호는 가만히 서서 기다렸다.

얼마 후에 나란트야가 돌아섰다. 그녀의 눈에 눈물이 맺혀 있었다. 표정 또한 이미 바뀌어 있었다. 차갑게 절제된 표정이 아니라 예전의 그녀처럼 은은한 부드러움이 깔린 얼굴이었다.

나란트야는 승호를 똑바로 바라보며 결연한 목소리로 말하기 시작했다.

"단 한 번도 그를 잊은 적이 없어요. 아니, 한때는 잊으려고 애를 써 보기도 했고 실제로 잊은 적도 있었지요. 하지만 결국 확인하게 되는 건 결코 그를 잊을 수 없다는 사실이었습니다. 성혁은 내 인생에서 가장 아름다운 시간을 만들어 주었던 사람이에요. 그 사람은……."

나란트야의 말은 거기에서 그쳤다. 무언가 속에서 복받쳐 오르는 모양이었다. 다시 창을 향해 돌아선 나란트야의 어깨가 심하게 들썩거렸다. 나란트야는 이내 돌아섰다. 그러고는 초조한 목소리로 다급하게 물어 왔다.

"제발 말해 주세요. 성혁은 어떻게 되었나요? 지금 어디에 있나요?"

나란트야의 모습은 이제 완전히 옛 모습 그대로였다. 에밀의 기숙사 방에서 보았던, 수줍음과 간절함으로 얼굴이 붉게 달아 있던 바로 그 모습이었다.

승호는 가슴이 찌르르해졌다. 세월을 가볍게 뛰어넘는 사랑의 무게가 가슴 깊이 느껴졌다. 승호는 다시 테이블로 돌아가 앉았다. 나란트야도 승호를 따라 앉았다.

승호가 담배 한 대를 피워 물고는 입을 열었다.

"성혁은 북한으로 소환된 얼마 후에 요덕 관리소라는 곳으로 끌려갔습니다. 거기는 형식상 군부대이지만 실제로는 각종 정치범을 수용하는 강제 수용소이지요. 성혁이 거기에 있다는 사실을 저도 몇 해 전에야 겨우 알았습니다. 그 사실을 안 이후로 저는 성혁을 빼내기 위해 애썼습니다. 나름대로 무진 애를 썼지만 한참이 지난 후에야 성과를 볼 수 있었지요. 성혁은 일 년 전쯤 그 수용소에서 나왔습니다. 지금은 요덕 마을에서 기계공으로 일하고 있습니다. 그리고……."

승호는 성혁이 팔 하나를 잃었다는 사실을 말할까 하다가 머뭇거렸다. 아까부터 눈물을 뚝뚝 흘리고 있는 나란트야에게 더이상의 충격을 줄 수가 없었다.

하지만 나란트야가 먼저 다그치듯 물었다.

"그리고요? 그리고 뭐지요?"

승호는 잠시 뜸을 들였다가 입을 열었다.

"그리고……, 성혁도 역시 나란트야 당신을 잊지 못하고 있더군요."

나란트야가 눈을 감았다. 감은 눈에서 눈물이 쉴 새 없이 흘러내렸다. 이윽고 나란트야는 손수건을 꺼내 눈물을 닦았다. 그리고 눈을 떠 승호를 바라보았다.

"그러니까, 아직 살아 있다는 말이지요? 아……."

격하고 짧은 탄식이었다.

한참 후에 나란트야는 다시 처음의 얼굴로 되돌아갔다. 하지만 차갑고 무심한 표정은 아니었다. 비탄과 조바심의 표정은 거두었으나 나란트야의 얼굴에는 이제 승호에 대한 신뢰와 따뜻함이 깔려 있었다.

"정말 반가워요. 오늘 북한에서 오는 책임자가 당신일 줄은 꿈에도 생각 못 했어요."

나란트야는 승호의 잔에 술을 따랐다.

"저도 매우 반갑습니다. 출발하기 전에 당신에 대한 정보를 들어 만나리라 예견했지만, 이렇게 직접 만나 보니 감회가 새롭군요."

승호의 말에 나란트야는 엷게 웃었다.

"그래요. 그쪽 정보가 대단히 빠르네요. 그런데 우리 쪽 사람들의 말에 의하면 당신들이 속해 있는 조직이 국가보위부라는 정보기관이라는데 어떻게 그곳에서 일하게 되었어요?"

승호는 소파에 몸을 푹 잠그며 대답했다.

"제가 다른 북한 유학생들보다 나이가 더 많았던 것을 기억하지요? 저는 원래 군인이었는데, 북한 대학에서 위탁교육을 받던 중 유학에 선발되었기 때문입니다. 유학에서 돌아오니, 군에서 복무하던 경력도 인정되어 그쪽 길로 빠진 겁니다. 그런데 나란트야, 저보다도 당신이 어떻게 이런 무기 밀매 조직의 보스가 됐는지 저로서는 도저히 이해할 수가 없는데요?"

"제가 자살 시도를 한 후 동독 병원으로 실려 가 살아난 것은 잘 아시죠?"

그 사건은 승호도 잘 알고 있었다. 구급차가 오고 온 기숙사 사람들이 달려 내려와 피투성이가 되어 구급차에 실려 가는 그녀를 걱정스러운 눈길로 바라보았다. 서서 구경하는 사람들 속에서는 이미 숨이 끊어진 것 같다는 말도 흘러나왔다. 그녀의 친구들은 엉엉 소리 내어 울었다.

그러나 며칠 후에 날아온 소식은 온 기숙사를 기쁘게 했다. 그녀가 극적으로 살아났다는 것이었다. 그녀가 떨어진 곳에는 잔디밭이 펼쳐져 있었다. 잔디밭에 떨어져서인지 한쪽 팔이 부러지고 장이 파열되었을 뿐 생명에 지장이 될 큰 부상은 다행히 없었다는 것이었다.

기숙사 내 외국 유학생들 속에서 그녀가 성혁이 끌려간 것 때문에 자살을 시도했다는 소문이 나돌았다. 나란트야에게 차갑게 대했던 북한 유학생들은 그제야 뒤늦은 죄책감을 느꼈다.

"병원에서 퇴원한 후 기숙사에 돌아와 마음을 붙이고 유학생활을 해 보려고 했지만 도저히 불가능했어요. 결국 유학 생활을 청산하고 몽골로 돌아왔지요."

승호의 머릿속에 수술의 부기가 빠지지 않아 퉁퉁 부은 얼굴로 팔에 깁스를 한 채, 수업을 듣기 위해 힘겹게 학교 계단을 오르내리던 그녀의 모습이 떠올랐다. 얼마 후에는 그녀의 모습이 더는 보이지 않았는데, 친구들 사이에는 자기 나라로 돌아갔다는 소문이 떠돌았다.

"담배 좀 피울게요."

나란트야가 테이블 위에 손님 접대용으로 놓인 담뱃갑으로 손을 가져가며 양해를 구했다.

"그러고 보니 아까부터 담배를 피우는군요. 이전에는 담배를 전혀 안 피웠잖습니까?"

승호가 조금 놀란 듯 물었다.

이전의 그녀는 담배나 술과는 거리가 멀었다. 언제나 동양 여자다운 단정함과 수줍음을 지니고 있던 여자였다.

"몽골로 돌아온 후 조금씩 피우기 시작한 것이 이제는 완전히 습관이 되어 버렸어요."

나란트야가 담배를 뽑아 들며 말했다.

승호가 얼른 불을 붙여 주며 자기도 한 대 뽑아 들었다.

그녀는 담배 연기를 깊숙이 들이마시고는 말을 이었다.

"몽골에 돌아온 뒤로 복잡한 일들이 많았지요. 짧은 시간에 어떻게 다 말하겠어요. 아무튼 나름대로 힘들게 보낸 시간들이었어요. 그러다가 우연한 기회에 이런 일에 끼어들게 되었지요."

나란트야는 그렇게만 말했다.

승호는 더 이상 묻지 않았다. 옛 친구 사이라고는 하지만 지금 현재는 비밀 조직의 책임자가 아닌가. 모든 걸 다 털어놓을 수 없는 게 당연했다. 승호 역시 그녀에게 자신의 모든 것을 밝히지는 않은 상태였다.

"돌아가시면 성혁의 최근 근황에 관해 좀 더 자세하게 알아봐 주시겠어요? 보답은 꼭 하겠습니다."

나란트야가 간절한 목소리로 부탁했다.

"보답이라니요. 당연히 알아봐 줘야지요. 성혁은 제 친구이기도 합니다. 다음에 만나면 좀 더 자세한 상황을 전해 드리지요."

"감사합니다. 저쪽에서 너무 오래 기다리네요. 이젠 가 봐야지요?"

"네, 건너갑시다."

승호와 나란트야는 사람들이 기다리고 있을 옆방으로 건너갔다. 나란트야는 이미 처음의 표정과 자세로 돌아가 있었다.

12

　울란바토르 시내의 외곽에 있는 삼층짜리 아담한 석조 건물. 조직의 비밀 아지트인 그 건물 내의 한 사무실에서 나란트야는 손가락 사이의 담배가 타들어 가는 것도 잊은 채 묵연히 앉아 있었다. 거리 쪽을 향해 난 창문에는 이제 막 기울기 시작하는 석양이 뿌려 대는 붉은 빛살이 은은하게 비껴들었다.

　서승호 일행과의 무기 밀매 계약은 순조롭게 마쳤다. 나란트야와 승호의 상호 신뢰가 바탕이 되어 주었다.

　나란트야는 엔크바트에게만 승호와의 옛 인연을 말했다. 그 정도야 문제 될 게 없었다. 그렇지 않아도 이런 계약의 실무는 나란트야가 전권을 가지고 진행하기는 하지만, 승호와의 인연을 안 엔크바트는 전적으로 나란트야의 의견을 존중하며 그녀에게 모든 것을 맡겼다. 그래서 무기 거래 계획은 다른 어느 때보다도 빠르게 진행되었다.

승호는 내일이면 본국으로 돌아갈 것이다. 나란트야는 그 전에 개인적으로 한 번 더 만나자고 약속해 둔 상태였다.

"성혁."

나란트야는 가만히 불러보았다. 얼마 만인가, 이 이름을 불러 보는 것이. 나지막이 이름을 중얼거리는 것만으로도 나란트야의 가슴은 금세 축축해졌다. 오랜 조직 생활을 통해 길들여져 온 무심하고 건조한 정서가 한꺼번에 다른 색깔로 바뀌어 갔다. 창턱에 올려놓던 빈 화분, 소리 없이 스며들어 오던 성혁의 모습, 격렬한 정사, 은밀하게 기숙사 주변을 산책하던 기억, 그때마다 저릿하고 은은한 기쁨으로 나누던 수많은 이야기, 그리고 기숙사 창에서 내려다보던 성혁의 마지막 눈빛……

그 눈빛이 떠오르자 나란트야는 지그시 입술을 깨물었다. 예전 그때처럼 참을 수 없는 조바심과 그리움, 그리고 죄책감이 가슴속으로 거세게 밀려들었다.

북한의 정치범 수용소가 얼마나 비참한 곳인지는 나란트야도 대충은 알고 있었다. 그런 곳에서 성혁이 오 년이라는 세월을 보냈다니. 짐작도 할 수 없는 그 고통이 그녀를 견딜 수 없게 했다. 짧은 사랑의 대가치고는 너무도 가혹한 형벌이 아닌가.

나란트야는 자신의 삶을 돌아보았다. 자살이 실패로 끝나고 몽골로 돌아온 이후, 나란트야의 삶은 이미 빛이 사라진 어둠의 길이었다. 그 우울한 기억들이 환등기 영상처럼 찰칵거리며 산만한 머릿속으로 찍혀 올라왔다.

　몽골로 돌아왔을 때, 남편은 이미 다른 여자와 살고 있었다. 원래부터 바람기 많았던 남편은 나란트야가 유학을 떠난 이후로 거침없이 여성 편력을 늘려 간 모양이었다. 남편은 나란트야에게 당당히 이혼을 요구했다. 미안해하는 표정이라곤 전혀 없었다. 시아버지조차 자기 아들을 아예 내놓은 형편이었다.

　"그까짓 놈 미련 가질 것 없다. 이혼해 줘라."

　언제나 나란트야를 귀여워해 주던 시아버지가 오히려 미안한 얼굴로 말했다. 나란트야는 이혼에 동의했고, 아이는 시아버지가 맡아 주기로 했다.

　남편과 헤어지는 건 하나도 아프지 않았지만, 일단 이혼까지 하고 나니 정신적인 공허함은 더욱 깊어졌다. 시아버지는 여전히 잘 대해 주고 아이도 밝게 자라기는 했으나, 막상 그녀 자신은 아무 곳에도 열정을 쏟을 수가 없었다. 젊디젊은 나이에 이미 그녀는 생의 의욕을 잃고 말았다.

　이 조직에 뛰어들기 이전까지 나란트야는 서서히 예전의 온화함과 발랄함을 상실해 갔다. 어디에도 희망을 둘 수 없는 상황 속에서 나란트야는 육체와 정신 모두가 나날이 피폐해지기만 했다.

　그러던 어느 날, MGIA 소속의 한 남자가 나란트야를 찾아왔다. 바로 현재 조직의 고문인 엔크바트였다. 엔크바트는 나란트야가 국방부에서 시아버지의 비서로 근무할 때 알고 지내던 사람이었다. 그는 나란트야에게 함께 일해 보자고 제안했다. 국방부에서 쌓은 그녀의 경험을 활용하고 싶다고 했다.

나란트야는 즉석에서 응했다. 무슨 일이든 뛰어들고 싶었다. 그것만이 자꾸 망가져 가는 자신의 삶을 더 이상 허물어뜨리지 않을 유일한 길이었다. 아니, 망가지고 허물어지는 건 어찌 되든 좋았다. 그저 자꾸 떠오르는 성혁과의 추억에서 벗어나, 무언가에 자신을 몰입시키면서 그 슬픔과 괴로움을 잊고 싶었다. 그러지 않으면 미쳐 버릴 것만 같았다.

나란트야에게는 해외 정보를 분석하고 정리하는 일이 맡겨졌다. 나란트야는 누구보다 열심히 그 일에 매달렸다. 원래 경험이 풍부하기도 했지만, 그처럼 열심히 일에 매달리다 보니 나란트야는 오래지 않아 능력 있는 여성 정보원으로서 신임을 얻게 되었다. 나란트야는 해외 정보 수집과 전략 수립의 일인자로 서서히 부상해 갔다.

특별한 재미나 보람은 없었으나 그런대로 틀이 잡혀 가던 나란트야의 삶이 다시 한번 변화를 겪게 된 것은 동구권으로부터 시작된 사회주의 체제의 와해가 그 계기였다.

동구권이 개방 개혁의 바람에 휩쓸려 사회주의를 포기하면서 그 여파가 몽골에까지 미쳤다. 몽골도 개방 개혁을 안 할 수가 없었다. 공산 체제가 바뀌면서 몽골에서도 다른 동구권 나라와 똑같은 현상이 일어났던 것이다. 이를테면 기존의 체제에서 기득권을 누려 오던 세력이 설 자리를 서서히 잃어 간 것도 그런 변화 중의 하나였다.

그런 사정은 MGIA 요원들에게도 마찬가지였다. MGIA 요원들은 살아남기 위한 길을 모색해야만 했다. 그들은 먼저 구소련의 선례에서 해답을 얻고자 했다. 몽골은 소련의 한 공화국으로 불릴 정도로 소련과 밀접한 관계였다. 그런 친밀한 우방 관계는 중국의 위협으로부터 자국을 보호하려는 필요에서 비롯되었다. 당연히 MGIA도 그동안 소련의 비밀 정보기관인 KGB와 아주 가까운 협력 관계를 맺고 있었다.

MGIA 요원들은 우방인 구소련의 전직 KGB 요원들에 대한 정보를 수집하기 시작했다. 몽골보다 먼저 개방 개혁을 시도한 구소련에서의 그들의 행로가 궁금했던 것이다. 그런데 많은 전직 KGB 요원들이 소련 붕괴 후에도 여전히 부유한 생활을 누리고 있었다. 체제 변화의 혼란을 틈타 무기 밀매를 시작한 것이었다. 거기서 벌어들인 돈을 이용해 그들은 정치, 경제 등 사회의 모든 부문에 대한 영향력을 변함없이 행사하고 있다는 걸 알게 되었다.

결국 소련의 그 선례에 따라 적지 않은 MGIA 요원들이 무기 밀매에 손을 대기 시작했다.

구소련에서는 이전부터 몽골로부터 많은 양의 육류를 수입했다. MGIA 요원들은 전직 KGB 요원들에게 육류를 보내 주는 대가로 무기를 요구했다. 그들은 MGIA의 요구를 흔쾌히 받아

들였다. 갑자기 정부의 강한 통제력을 잃어버린 구소련에서는 경제난이 심각했고, 그 때문에 시중에서 육류는 비싼 가격으로 암거래되는 실정이었다. 몽골의 요구를 쉽게 받아들였던 이유였다. 무엇보다 전직 KGB 요원들로서는 무기를 구매하는 일이 그리 힘들지 않았다. 그들에게는 전국에 구소련 시절에 구축해 놓은 강력한 조직망이 있었다. 그리고 구소련에서는 장교들이나 병사들이 돈을 벌기 위해 부대 내의 무기를 몰래 내다 파는 일도 허다했다.

MGIA는 그렇게 싼값으로 들여온 무기를 내전이 끊이지 않는 아시아와 중동 여러 나라에 팔아 큰 이윤을 남겼다. 무기 밀매가 공공연한 사업으로 활성화돼 가면서 많은 조직이 생겨났다. 대개가 MGIA 요원이 만든 조직이었다. 그중에서도 나란트야가 소속된 조직은 처음부터 유리한 조건에서 창설되어 가장 활동력이 왕성하고 규모가 큰 조직으로 성장했다.

무기 밀매에서는 해외 정보가 가장 중요했다. MGIA에서 나란트야가 속해 일하던 부서가 바로 해외 정보 수집을 전문으로 했다. 나란트야 조직의 핵심 인물들은 모두 그쪽 분야의 베테랑이었다. 또한 몽골 내에서 해외 정보 계통의 일인자라고 불리는 엔크바트가 이 조직의 고문을 맡았다.

몽골 내 최대 마피아 조직과 손잡은 것도 이 조직의 확장에 큰 도움이 되었다. 현재 이 조직의 부책임자인 뷰얀이 바로 몽골 내 마피아 조직의 두목이었다. 나란트야와는 개인적으로 무척 친밀한 관계를 유지하는 사람이었다. 게다가 몽골군 요직에 있는 시아버지의 친구들이 좋은 방패막이가 된 것도 이 조직의 운영에 상당한 도움이 되었다.

아무튼 이제 나란트야는 무기 밀매를 주업으로 하는 비밀 조직의 책임자로서 새로운 인생을 살고 있었다. 언제까지 이 생활이 계속될지는 알 수 없었다. 지금까지는 그저 그때그때의 환경에 최선을 다해 적응해 왔을 뿐이었다. 특별한 애착도 특별한 목적도 없었다. 그저 자신을 필요로 하는 일에 몰입함으로써 매 순간 짧은 희열을 느끼는 정도였다. 아무런 목적이 없는 만큼 큰 불안이나 조바심도 없는 생활이었다.

그러나 이제, 나란트야는 하나의 목적을 가지게 되었다. 성혁과 다시 만날 수도 있으리라는 희망이 나란트야를 갑자기 조바심 나게 만들었다. 그 조바심은 오랜만에 느껴 보는 삶의 의욕이기도 했다.

'성혁! 우리는 다시 만날 수 있게 될 거예요.'

잔잔하게 솟아오르는 기쁨으로 나란트야의 가슴은 뜨거워졌다.

어느새 창밖에는 짙은 어둠이 내려앉아 있었다. 나란트야는 시간을 확인하고 자리에서 일어났다. 승호를 만나기로 한 시간이 가까워지고 있었다. 나란트야가 승호를 개인적으로 다시 만나기로 한 것은 전해 줄 물건이 있어서였다. 예전의 북한 유학생들을 만나게 되면 전해 주려고 오래전부터 지니고 있던 것이었다. 편지였다. 나란트야로서도 뜻밖의 만남을 통해 받게 된 편지였다.

나란트야는 사무실을 나와 택시를 잡았다. 승호와 만나기로 약속한 식당을 일러 주고는 좌석 깊숙이 몸을 뉘었다. 피로감이 몰려왔다.

나란트야가 승호에게 전달하려는 편지는 철우가 쓴 편지였다. 동독 유학 시절 초급 단체의 책임자였던 철우는 베를린 장벽이 무너진 틈을 타 서방으로 탈출했다. 물론 나란트야는 그 사실을 알지 못했다. 그런데 뜻밖에도 한국에서 철우를 만나게 된 것이었다.

나란트야가 한국을 방문한 것은 아버지 때문이었다. 아버지는 세상을 뜨기 전, 남한 땅에 남아 있는 친척들 이야기를 하곤 했었다. 나란트야 자신도 언제든 한번 그 남한 땅을 가 보고 싶었다.

그러나 자본주의 국가인 몽골의 적국이었으므로 그 희망을 실현할 수 없었다. 다행히 몇 해 전에 몽골이 개방되고 한국과도 외교 관계를 맺게 됨으로써 사정이 달라졌다. 이제 한국은 마음만 먹으면 언제든 날아갈 수 있는 땅이 되었다. 결국 나란트야는 아버지의 친척도 찾아볼 겸 지난해에 한국을 다녀왔다.

나란트야가 서울의 신라호텔에 머물고 있을 때였다. 저녁 식사를 마치고 무심코 텔레비전을 보았는데, 화면에 매우 낮익은 얼굴이 보였다.

한국의 텔레비전 방송에 아는 사람이 나올 리가 없었으므로 나란트야는 처음에는 그가 누군지 전혀 짐작되지 않았다. 그러나 얼마 지나지 않아 그가 동독에서 알았던 철우라는 것을 기억해 냈다. 하지만 역시 확신할 수는 없었다. 얼굴이 무척 닮았지만, 북한 유학생이었던 철우가 남한의 텔레비전 방송에 나올 것이라고는 전혀 생각할 수가 없었다.

나란트야는 그래도 혹시나 하는 마음으로 옆에 있던 여자에게 물었다. 그녀는 나란트야가 한국에 머무는 동안 임시 통역원으로 고용한 사람이었다. 나란트야가 성혁에게서 한국어를 배웠다고는 하지만, 가벼운 일상 대화 말고는 자유롭지가 못했다. 그래서 영어를 잘하는 한국인 여자를 통역원으로 삼았던 것이다.

"혹시 저 사람의 이름이 무언지 아세요?"

나란트야가 영어로 묻자, 그 통역원은 화면을 잠깐 들여다보고는 곧 고개를 끄떡였다.

"이름이…… 아마 전철우일 거예요. 북한 유학생이었다가 귀순해 온 사람으로 알고 있어요."

나란트야는 깜짝 놀랐다. 혹시나 해서 물어보았던 것인데, 여자는 금방 전철우의 이름을 댔다. 그렇다면 이곳에서 꽤 유명해져 있다는 얘기였다.

철우가 귀순했다는 사실도 놀라웠지만, 이곳에서 방송 활동을 하고 있다는 점도 뜻밖이었다. 그건 철우의 유학 시절 전공과는 너무도 다른 분야였다.

"저 사람이 동독에서 유학 생활을 하다 귀순해 왔단 말인가요?"

나란트야는 다시 확인해 보았다.

"동독인지 그것까지는 모르겠지만 유학생이었다는 건 분명해요. 처음 여기에 왔을 때 뉴스에 아주 크게 나왔었지요. 그런데 얼마 전부터 방송에도 자주 나오기 시작하더라고요."

믿기지 않는 일이었지만 철우인 것이 틀림없었다. 나란트야는 가슴이 마구 뛰었다. 몽골로 돌아온 후로는 처음 대하는 북한 유학생이었다. 게다가 생각지도 않았던 남한 땅에서 그의 얼굴을 보게 되다니, 나란트야는 반가움과 놀라움으로 한동안 멍한 기분이었다.

"저 사람의 연락처를 좀 알 수 있을까요? 사실은 제가 전부터 알던 사람이거든요."

"정말이에요?"

여자는 뜻밖이라는 표정으로 반문했다.

"네, 동독에서 같이 유학 생활을 했었지요. 어떻게 전화번호를 알아낼 수는 없을까요?"

"글쎄요. 아마 방송국으로 연락해 보면 되겠지요."

여자는 나란트야의 부탁을 받아 방송국으로 전화를 걸었다. 금방 연결이 안 되는지 여기저기 통화를 하던 여자는 얼마 후에 전화번호를 알아내는 데 성공했다.

그날 밤, 혼자 남은 시간에 나란트야는 철우의 연락처로 전화를 걸었다. 전화를 걸면서도 철우가 그 전화를 받으리라고는 도저히 믿기지 않았다.

신호가 몇 번 가고 난 후에 전화기 저편에서 "여보세요!" 하는 남자 목소리가 흘러나왔다. 그녀가 서울에서 전화를 할 때마다 가장 많이 들었던 말이었다.

나란트야가 영어로 말했다.

"미안하지만, 미스터 전과 통화할 수 있습니까?"

수화기 저편에서는 갑작스러운 영어에 당황한 듯 대답이 없었다. 그러더니 곧 긴장한 듯한 목소리로 역시 영어로 답했다.

"제가 전입니다. 누구십니까?"

전화받은 사람이 철우라는 것을 확인한 나란트야는 독일어로 말하기 시작했다.

"저는 동독 글라우카우에 있는 기사 학교에서 당신과 함께 독일어를 공부한 나란트야라고 해요."

저쪽에서 깜짝 놀란 목소리로 물었다. 역시 독일어였다.

"뭐라고? 네가 몽골에서 유학 왔던 나란트야라고?"

"그래, 내가 바로 네가 얘기한 그 나란트야야."

"오, 하느님 맙소사!"

수화기에서 가벼운 탄성이 흘러나왔다.

그날, 짧은 전화 통화가 끝난 후 철우는 곧장 그녀가 묵고 있

는 호텔을 찾아왔다. 생각지도 않았던 한국 땅에서 이루어진
오 년 만의 해후였다.

그날 밤, 그들은 밤이 새는 줄도 모르고 그동안 있었던 일들
을 얘기했다. 그리고 그녀가 머무르는 동안 철우는 함께 다니
며 그녀에게 남한의 여러 명승지를 구경시켜 주는 등 시간을
아끼지 않았다.

택시가 식당 앞에서 멎었다.

나란트야는 다시 시간을 확인하면서 택시에서 내렸다. 약속
한 시간보다 오 분쯤 이른 시간이었다.

식당으로 들어가니 승호는 이미 와 있었다. 오전에 본 정장
차림 그대로였다. 하기는 관광 여행도 아닌데, 여러 벌의 옷을
가져왔을 리 없었다.

두 사람은 가벼운 음료수를 주문했다. 종업원이 돌아가자 승
호가 먼저 물었다.

"내게 전해 줄 게 있다고요?"

나란트야는 먼저 담배부터 한 대 피워 물고는 입을 열었다.

"저, 글라우카우에서 함께 어학 강습을 받던 철우를 기억하
시죠?"

갑자기 철우 이름이 나오자, 승호는 잠시 멀뚱하니 나란트야
를 바라보았다. 그리고는 의아히 여기며 대답했다.

"물론 알지요. 그런데 갑자기 철우는 왜……."

"그럼 그가 남한에 망명한 것도 잘 아시겠네요?"

"잘 알지요. 외국에서 공부하고 있던 유학생들에게 그 사건은 아주 유명했어요. 철우는 절친한 친구와 함께 1989년 말 동서 베를린 장벽이 무너진 틈을 타 서방 세계로 탈출한 후에 남한으로 망명했지요. 그때 북한 유학생들 중에는 그들이 무사히 넘어갔다는 소식을 듣고 참 운이 좋은 친구들이라고 속으로 은근히 부러워도 했고요. 그 후로 동독 유학생 중 몇 명은 그 친구들의 뒤를 따르려고 탈출을 시도하기도 했지요. 운이 나쁘게도 북한 대사관 사람들에게 잡혀 일생을 망쳐 버리긴 했지만 말입니다."

승호의 말을 듣고 있으려니 나란트야의 마음은 금세 우울해졌다. 베를린 장벽을 넘다가 잡힌 성혁이 생각나서였다. 나란트야의 얼굴이 어두워지는 것을 본 승호는 실수했다고 생각했는지 잠깐 미안한 표정을 지었다.

"그런데 철우에 대해선 왜 묻는 건가요?"

미안한 표정도 잠깐, 승호는 역시 궁금함을 참지 못하겠는지 그렇게 물었다.

"제가 작년에 남한에 다녀왔어요. 그때 우연히 철우를 만났어요. 아니, 우연은 아니지요. 텔레비전에서 먼저 그의 얼굴을 보았던 거니까요."

나란트야의 말을 들은 승호는 알겠다는 듯 두어 번 고개를 주억거렸다.

"그랬군요. 사실은 저도 방송 총국 특수 자료실에서 남한으로 넘어간 철우가 방송에 출연한 것을 본 적이 있습니다. 특수 자료실에는 남한 텔레비전 프로들을 녹화한 테이프가 많았는데 그중에 철우가 나오는 것도 있더군요."

"아, 그래요? 그렇다면 철우가 방송인으로 활동하고 있는 건 이미 알고 있겠군요."

"네, 알고 있습니다. 그런데 직접 만나 보았다고요?"

"철우가 내가 묵고 있는 호텔로 찾아왔었지요. 그날 밤새도록 많은 이야기를 했어요. 물론 그 후에도 여러 번이나 만났고요."

"철우는 그곳에서 잘 지내고 있습니까?"

그렇게 묻는 승호의 얼굴이 감회로 은은해져 있었다.

"네, 그는 서울에서 다시 대학을 다니며 방송인으로 활동하고 있었어요. 북한에 있는 친구들이 무척 보고 싶다고 하더군요."

"그래, 결혼은 했답니까?"

"아직 결혼하지 않고 아담한 아파트에서 혼자 살고 있었어요. 요즘도 이따금 전화 통화를 하는데 아직 결혼 생각이 없다는 얘길 들었어요."

"아무튼 잘 살고 있다니 다행이군요."

고개를 끄떡이는 승호의 얼굴에 쓸쓸해하는 표정이 스쳤다. 분단 현실에 대한 착잡함일 것이라고 나란트야는 생각했다.

나란트야는 가지고 온 봉투 두 장을 승호에게 내밀었다.

"철우가 저에게 기회가 되면 북한에 있는 친구들에게 전해 달라고 부탁한 거예요. 받아 놓기는 했지만 전혀 기회가 없었는데, 이번에 당신을 만나게 되어 다행이에요. 이쪽 봉투는 철우가 동독에서 같이 유학 생활을 하던 친구들에게 보내는 편지예요. 이건 직접 뜯어 봐도 될 거예요. 그리고 여기 이 두툼한 봉투 속에는 고향에서 고생하고 계실 부모님께 전해 달라고 한 미화 2만 달러와 편지가 들어 있어요."

승호는 말없이 봉투를 받아 가방 속에 넣었다.

"어때요, 이 편지가 철우의 부모님께 무사히 전해질 수 있을까요?"

"노력해 보지요. 제가 국가보위부에 있으니 그리 어렵지는 않을 겁니다."

두 사람은 가벼운 대화 몇 마디를 더 나눈 후에 바로 일어났다. 두 사람 모두 한가한 상황이 아니었다.

승호가 먼저 택시를 타고 식당 앞을 떠났다. 나란트야는 승호를 태운 택시가 길모퉁이로 사라질 때까지 서 있다가 돌아섰다. 큰 짐 하나를 덜어 낸 기분이었다.

'다음에는 성혁의 소식을 들을 수 있었으면……'

나란트야는 생각에 잠긴 채 어두운 거리를 총총히 질러갔다.

13

승호는 다음 날 아침, 몽골을 떠났다.

모스크바행 비행기 안에서 승호는 나란트야에게서 받은 봉투를 뜯었다. 친구들에게 보내는 봉투 속에는 편지와 사진들이 들어 있었다. 사진은 서울 곳곳에서 친구들과 함께 찍은 것들이었다. 열두 명이 함께 찍은 사진 뒷면에는 '동구권에서 유학하다 남조선으로 망명한 전 북조선 유학생들과 함께'라는 글씨가 쓰여 있었다.

동독 외에도 체코, 폴란드, 구소련, 중국에서 공부하던 북한 유학생들이 남한으로 망명한 사실을 승호도 잘 알고 있었다. 그런 그들이 함께 모여 찍은 사진이었다. 사진 속 그들의 환하게 웃는 모습이 모두 행복해 보였다.

그는 편지를 펼쳐 들었다. 옆 좌석에 앉은 김원남은 그가 혼자 있으려고 한다는 것을 눈치채고 아무 말 없이 그날 회담 내용이 적힌 문서를 뒤적이며 검토하기 시작했다.

사랑하는 친구들에게

나는 동독 드레스덴 공과대학에서 유학하다 친구와 함께 동서 베를린 장벽을 넘어 남조선으로 망명한 전철우입니다. 지금은 여기 서울에 있는 한양대학교 전자공학과를 다니며 방송인으로 활동하고 있습니다.

나뿐 아니라 여기 남조선으로 망명한 다른 북조선 유학생 친구들도 다 잘 지내고 있습니다. 여러 친구들이 여기서 결혼해서 가정을 가져 자식까지 낳았습니다.

우리 모든 유학생 친구들이 북조선에 남아 있는 친구들을 조금도 잊지 않고 있습니다. 너무나 보고 싶습니다. 나와 함께 유학하던 친구들도 지금은 북조선 사회의 중요한 위치에서 일하고 있겠지요. 다들 결혼도 했겠구요.

하루빨리 남북한이 화해하여 친구들을 만나야 할 텐데……. 정말 그리 멀지 않은 곳에 있는 친구들을 만나 보지 못한다는 것이 너무나 슬픕니다.

여기 서울에서 꿈같게도 동독 유학 시절 김성혁을 사랑했던 나란트야를 만나게 되어 이 편지를 씁니다. 그때 김성혁의 사건은 우리 모두에게 큰 죄책감을 안겨 준 사건이라고 생각됩니다. 나도 그 사건을 도저히 잊을 수 없습니다. 북조선에 남아 있을 성혁에게 잘해 주길 바랍니다. 그것만이 우리 모두의 의무라고 생각합니다.

고향에 계시는 내 부모님께 보내는 자그마한 성의가 담긴 봉투를 나란트야를 통해 보냅니다. 어렵고 위험한 일이겠지만 염치 없이 부탁합니다. 부모님께 전해 주시면 정말 감사하겠습니다.

그럼 다시 만날 그날까지 안녕히 계십시오.

서울에서 전철우가

승호의 눈앞에 성혁이 끌려간 후 몹시 괴로워하던 철우의 모습이 떠올랐다. 그는 아직도 자신이 성혁에게 도움이 되지 못했다는 죄책감을 떨쳐 버리지 못한 모양이었다. 승호는 자신도 모르게 얼굴이 화끈 달아오르는 것을 느꼈다. 자신에 대해 부끄러운 생각이 들었다. 승호는 다시 한번 사진들을 자세히 들여다보았다. 사진 속의 철우는 많이 세련되어 보였다. 사진 속 다른 친구들의 모습도 왠지 낯설지 않았다.

철우의 부모님께 전할 봉투에는 '사랑하는 부모님께'라는 글씨가 적혀 있었다.

'언제 기회가 닿으면 외국에서라도 철우를 만나 실컷 얘기라도 나누면 좋겠는데……'

승호는 두 개의 봉투를 혹시나 잃어버리지 않도록 출장용 가방 깊숙이 집어넣었다.

그날 밤늦게 모스크바 공항에 도착한 승호 일행은 그곳에서 하루 묵은 후, 다음 날 오전 북한으로 향하는 첫 여객기에 탑승했다.

평양에 도착한 승호는 출장 결과에 대한 보고서를 상부에 제출하는 등 바쁜 나날을 보냈다. 상부에서는 이번 몽골 출장에서 합의된 무기 거래 조건에 대단히 만족스러워했다. 나란트야 조직과의 이번 무기 거래는 아무런 문제 없이 무난히 진행될 것 같았다.

매주 토요일은 정치 학습의 날이었다. 오전 시간만 근무한 뒤, 오후에는 일주일의 생활 중 잘못한 일을 조직 앞에 비판하는 생활총화와 정치 강연회가 진행되었다. 이번 주 강연은 '동구권 나라에서 사회주의를 포기하고 개방 개혁을 실시한다고 하더라도 동요하지 말고 우리 식대로 살아 나가자'라는 내용이었다.

중앙당 선전부에서 나온 강사는 공산 체제를 포기한 동구권 나라의 당과 정부 권력 기관에서 종사했던 공산당 간부들의 말로가 비참했다며 절대로 사회주의를 포기할 수 없다고 역설했다. 그러면서 이럴 때일수록 핵심 당원들이 합심하여 북한 체제를 지탱해 나가야 한다면서 단결을 촉구했다. 체제의 위기감을 느낀 북한 정부에서 요즘 부쩍 강조하는 말이었다.

정치 학습이 끝난 후, 승호는 평양시 창광 거리를 향해 차를 몰았다. 혼자서 드라이브를 하고 싶다면서 기사는 먼저 들여보냈다.

창광 거리는 평양에서 가장 번화한 거리였다. 그곳에는 평양 체육관, 인민문화궁전, 북한에서 가장 현대적인 종합 레저 센터인 창광원, 북한 사람이면 누구나 한 번쯤 들르고 싶어 하는 고급 대형 음식점인 청류관, 북한의 유일한 실내 대형 빙상 경기장인 빙상관 등이 자리 잡고 있었다. 또 중앙당 고위 당 간부들이 사는 중앙당 아파트와 유명한 과학자들이 입주한 과학자 아파트가 즐비했다.

그 아파트는 유리조차도 일제 자재로 건설된 최고급 아파트였다. 중앙당 부부장 아파트의 경우는 호위국 산하 군인들이 무장 보초를 서 일반인의 접근을 막았다. 창광 거리에 산다는 것만으로도 일반 평양 시민들의 부러움의 대상이었다.

승호는 창광 거리 창광동 내에 위치한 '락원 백화점' 주차장에 차를 세웠다. 락원 백화점은 1980년대 중반에 건설된, 북한에서 가장 큰 외화 상점이었다. 주로 외국인 관광객들과 외국 대사관 직원들, 북송 교포들, 일부 북한 고위층들이 이용했는데, 외화 바꾼 돈으로만 물건을 살 수 있는 외화 백화점이었다. 이 백화점에는 일제, 홍콩제, 대만제 전자 제품들을 비롯해 자본주의 나라에서 들어온 상품들이 즐비했고, 쇠고기와 돼지고기 등 부식물도 없는 것이 거의 없었다. 이런 상품들은 외화 바꾼 돈만 있으면 마음대로 살 수 있었다.

외화 바꾼 돈은 달러, 엔화, 마르크 등 경화하고만 교환 가능한 북한의 제2 화폐였다. 1달러에 2.2원 정도의 외화 바꾼 돈으로 공식 환전됐다. 일반인들은 외화 바꾼 돈을 만져 보지도 못했다. 암거래 시장에서 1달러는 일반 근로자의 두 달 월급인 90원 이상에 거래되었다.

북한에서는 1980년대 초 외화 획득의 일환으로 모든 도 소재지, 직할시 등에 외화 바꾼 돈만 사용 가능한 외화 상점을 만들었다. 일본의 친척으로부터 엔화를 송금받는 북송 교포들과 외교관, 해외 출장자, 유학생, 그리고 외국인 관광객 등이 가지고 있는 외화를 끌어내기 위한 방안이었다.

승호는 백화점 안으로 들어갔다. 출구에 서 있던 깔끔한 옷차림의 남자가 인사를 했다.

일반 백화점보다 물건이 훨씬 많고 고급스러운 백화점 안은 여느 때처럼 한산했다. 출구에서 옷차림이 단정치 못해 외화 바꾼 돈이 없다고 생각되는 사람들을 미리 차단했기 때문이다.

몇 명의 외국인들과 귀부인 티가 나는 북한 부인들이 매점을 기웃거리며 돌아다녔다. 일반 백화점의 두 배가 넘는, 예쁘게 생긴 여직원들이 빽빽하게 늘어서 있었다. 승호는 그 모습을 볼 때마다 엄청난 인력 낭비라는 생각이 들었다.

그는 부식물 매점으로 가서 쇠고기와 돼지고기, 두부, 양주와 일제 맥주, 마른오징어 등을 샀다. 일반 상점이나 일반 백화점에서는 도저히 구입할 수 없는 것들이었다.

국가보위부 내에서도 해외 쪽 일을 하기 때문에 그는 다른 고위 간부들에 비해 외화를 풍족하게 쓸 수 있었다. 또 무기 거래 건이 성립되는 경우, 외국인 파트너들이 고마움의 표시로 건네주는 돈은 그 액수가 적지 않았다. 그런 경우 대부분을 위에 바치고 자기 몫으로 조금만 남겨 놓아도 부족하지 않았다. 또 부하 직원들이 받아 챙기는 것을 볼 때면 못 본 척 눈감아 주었다.

물건을 차에 실은 승호는 창광 거리 내 가까이에 있는 집에 들르지 않고 그대로 차를 몰아 평양시를 벗어났다. 집에는 오늘은 들어가지 못한다고 미리 연락해 두었다.

평양시를 벗어나면서부터 지역 간의 경계선을 넘어설 때마다 물 샐 틈 없는 검문이 진행되었다. 그러나 검문소마다 그의 차 번호를 확인하고는 멈춰 세우지도 않고 무사통과시켰다.

북한에서는 부서와 직무에 따라 차 번호가 일률적으로 정해져 있어서 차 번호만으로 차에 탄 사람이 어느 부서의 어떤 직급에 있는 사람인지 한눈에 알아볼 수 있었다. 예를 들어, 중앙당 후보 위원인 경우 김정일의 생일과 같은 숫자인 '216'으로 차 번호가 시작되었다. 승호의 차에는 국가보위부 고유 번호와 함께 어떤 직급에 있는 사람인가를 알아볼 수 있는 번호가 추가되었으므로 마음대로 검문할 수 없었다. 이러한 특혜는 다른 지역을 오갈 때마다 사회안전부에서 발급한 통행증이 꼭 필요한 일반 차량이나 일반인들에게는 도저히 불가능한 것이었다.

승호는 계속해서 북쪽으로 차를 몰아갔다. 도로에는 차가 전혀 없었다. 차가 많지 않아 모든 도로가 늘 한산했지만 주말에는 더욱 심했다. 날로 어려워지는 연료 사정으로 정부에서 토요일 저녁과 일요일 주말 동안 일반 차량의 운행을 전면 금지했기 때문이었다. 꼭 필요한 차량은 정부에서 발급해 준 허가증을 붙이고 운행했다.

갈 길이 아직 멀었다. 그는 액셀러레이터를 지그시 밟았다. 속도계의 바늘이 백오십 킬로미터 눈금을 넘어섰다. 도로 사정이 좋지 않아 차가 자주 들추긴 했지만, 소련제 '니바'는 아주 잘 달렸다.

길옆에 늘어선 논에서는 토요일 저녁인데도 농장원들이 바쁘게 일하는 모습이 보였다. 평양에서 북쪽으로 멀어질수록 길 양옆에는 논 대신에 크고 작은 산들이 벽을 이루었다.

계단식 다랑이 논을 만드느라 나무를 베어 내고 여기저기 깎아 내어 거의 모든 산들이 벌거숭이를 이루었다. 많은 외국 방문객들이 북한의 도로변 산들이 전부 벌거숭이라고 비난했지만, 평지가 부족한 이곳에서는 식량의 자급자족을 위해 산을 깎아 이용할 수밖에 없었다.

'올해 농사가 제발 잘되어야 할 텐데······.'

점점 어려워지는 식량 사정을 생각하니 승호는 가슴이 답답했다.

차가 마을 가까이 지날 때마다 길을 가던 어린 소년단원들이 그의 차를 향해 소년단 인사를 했다. 학교에서 공산주의 도덕 시간에 웃어른이나 높은 간부의 승용차를 보면 인사하라고 가르쳤기 때문이었다.

락원 백화점을 떠나 휴식 없이 세 시간 이상 달린 차는 북한의 어느 자그마한 도시에 들어섰다. 해가 긴 여름이었지만, 주위에는 벌써 캄캄한 어둠이 깃들고 있었다.

승호는 차를 시내 중심가에 세웠다. 조금 편하려고 차를 목적지까지 끌고 가 괜한 의심을 받는 일이 없도록 하기 위해서였다.

북한 전역에는 주차된 차의 타이어나 부품을 뜯어 팔아먹는 좀도둑들이 적지 않았다. 그러나 국가보위부 번호판이 붙어 있는 차를 건드리는 간이 부은 도둑은 없었다. 만약 그런 일을 당하면 국가보위부에서는 어떤 수를 써서라도 범인을 잡아냈으며, 가차 없는 처벌을 가했다.

승호는 차 안에서 일반 노동자들이 입는 후줄근한 작업복으로 갈아입었다. 그가 평상시에 입는 고급 옷은 이런 작은 도시에서 주목받기 십상이었다. 락원 백화점에서 산 물건들을 군용 배낭에 넣어 어깨에 멘 후 차에서 내렸다. 영락없는 일반 서민의 모습이었다.

그는 거리를 지나가는 사람들 속에 끼여 터벅터벅 걸었다. 한참을 걷다가 시내 큰길 옆 오층짜리 저층 아파트 사이로 난 골목길로 들어섰다. 아파트 뒤에는 하모니카 집들이 빽빽이 들어차 있었다. 아파트에 가려 거리 쪽에서는 전혀 볼 수 없는 정경이었다.

하모니카 집은 하층 서민들이 사는 곳으로, 한 건물에 여러 가구가 붙어 있는 다세대 주택이다. 겉보기에 집 배열이 꼭 하모니카 모양 같다고 해서 하모니카 집이라고 불렀다.

스무 채씩 붙어 있는 하모니카 집 건물의 한 면에는 스무 개의 출입문만이 나란히 보였다. 하모니카 집에는 대문이라는 것이 전혀 없었다. 출입문을 열고 들어가면 자그마한 부엌이 나오고, 부엌을 통해 방문을 열고 들어가면 세 평 정도의 방 하나가 전부였다. 이런 곳에서 보통 네다섯 식구가 살았다. 집 몇십 채당 변기가 두세 개밖에 없는 공동 화장실이 하나씩 있었는데, 아침 출근 시간 전에는 온 동네 사람들이 화장실 앞에 줄을 길게 늘어선 채 발을 동동 구르며 순서를 기다렸다.

하모니카 집들이 몰려 있는 동네로 들어선 승호는 좁은 길들을 이리저리 돌았다. 집들 사이에 미로처럼 뻗어 있는 길은 자칫 잘못 들어갔다가는 길을 잃기가 쉬웠다.

이곳에 여러 번 온 적이 있는 승호는 힘들지 않게 집을 찾을 수 있었다. 문은 닫혀 있었다.

'쿵쿵쿵!'

승호가 문을 두드렸다. 아무 대답이 없었다. 다시 더 세게 두드렸다. 그의 키보다 작은 낡은 출입문의 판자들이 부서져 나갈 듯이 위태롭게 덜컹거렸다.

그래도 대답이 없자, 문을 안으로 밀어 보았다. 잠기지 않았는지 문은 삐거덕 소리를 내며 쉽게 열렸다. 그때 안에서 인기척이 났다. 곧 부엌과 방을 연결하는 문이 열렸다. 술 냄새가 확 풍겨 왔다.

열린 문을 통해 성혁의 부스스한 머리가 빼꼼 내보였다. 술과 잠이 덜 깬 흐릿한 두 눈이 한참 동안 승호를 뚫어지게 쳐다보았다. 그러더니 드디어 누군지 알았다는 듯이 혀 꼬부라진 목소리로 크게 소리쳤다.

"아, 승호 형! 형이 왔네."

반가운 표정으로 환하게 웃으며 성혁이 일어났다. 성혁은 부엌으로 나오려는 듯 일어서다가 잠시 비틀거렸다. 움직이는 동작이 매우 불안정했다.

"성혁아, 나오지 마."

승호가 뛰어 들어가 쓰러지려는 그를 부축했다.

"형, 오늘 시간이 있었네. 정말 반갑다야."

승호는 삶의 의욕을 잃고 점점 알코올에 찌들어 가는 성혁이 안쓰러웠다.

옷이 여기저기 어지럽게 널린 방 안에는 밥사발 하나가 덩그러니 놓여 있었다. 밥사발에 투명한 액체가 조금 남아 있는 걸로 보아 알코올을 마셔 댄 것이 분명했다.

"너 또 알코올을 타 마셨구나. 그래, 저녁은 먹었네?"

승호가 걱정스러운 눈빛으로 물었다.

"아니, 난 술만 있으면 돼."

남아 있는 왼팔을 밥사발에 뻗던 그가 갑자기 미안한 표정을 지으며 일어섰다.

"아, 형이 저녁을 굶었겠구나. 형, 조금만 기다려. 내가 금방 저녁을 지을게."

"넌 좀 누워 있어. 내가 뭘 좀 만들어 가지고 올게."

승호가 그에게서 밥사발을 빼앗아 부엌으로 나갔다. 배낭에서 물건들을 꺼내 부엌에 펼쳐 놓았다. 그러고는 연탄불 위에 프라이팬을 올려놓고는 돼지고기와 두부 등을 섞어 간단한 안주를 만들었다.

성혁은 자기가 하겠다고 끝끝내 부엌에까지 따라 나왔다가 결국은 옆에서 거들어 주는 일만 했다. 그는 미안한 마음을 참지 못하고 계속 중얼거렸다.

"뭐 이런 걸 다 사 오고 기래. 이거 승호 형이 오랜만에 왔는데, 대접은 못 하고 요리까지 얻어먹게 되었네."

둥그런 밥상 위에 돼지고기와 두부볶음, 구운 오징어 등 간단한 요리와 양주와 일제 맥주가 놓였다. 성혁은 음식을 맛있게 먹으며 연신 탄성을 질러 댔다.

"야, 승호 형 덕분에 고기도 먹어 보고 호강하네. 와! 이건 동독에서 먹어 봤던 외국산 고급술 발렌타인이네. 이거 꽤 비쌀 텐데."

고기 몇 점과 외국 술 한두 병을 놓고 애처럼 기뻐하며 만족해하는 성혁의 모습이 승호의 가슴을 아프게 했다.

성혁도 전에는 그의 옛 친구들이었던 다른 유학생들과 마찬가지로 이 사회의 상위 계층에 속해 남보다 풍족한 생활을 누렸다. 모든 사람들의 부러움을 사며 상위 계층에서 출세의 탄탄대로를 달리던 그가 지금은 사회의 최하층에서 허우적거리고 있었다. 그것도 모든 희망을 잃고 오직 술에 의존하면서.

성혁의 잔에 술을 부은 승호도 자신 역시 여러 잔 쉬지 않고 따라 마셨다.

"캬아! 목구멍으로 살살 넘어 들어가는 게 술맛이 정말 좋구만. 기린데 이 술을 마시니끼니 동독 류학 시절의 옛날 생각이 나는구만 기래."

말끝을 맺는 성혁의 두 눈에 눈물이 글썽했다. 동독에서의 즐거웠던 기억이 그를 슬프게 만드는 모양이었다.

발렌타인은 동독에서도 인터숍(Intershop)이라는 외화 상점에서만 파는 귀한 술이었다. 외교관 여권을 가지고 서독에 자주 드나들던 대사관 직원들이 간혹 한두 병씩 사서 들어왔다. 그러면 유학생들이 친한 대사관 직원에게 졸라 한 병씩 얻어 와, 생일 같은 날에 한두 잔씩 돌리곤 했다.

성혁을 물끄러미 바라보던 승호가 입을 열었다.

"나란트야를 만났어."

순간, 성혁의 고개가 번쩍 들렸다. 성혁은 술이 확 깨는 표정으로 뚫어지듯 승호를 바라보았다.

"형, 뭐라고 했지요?"

"네가 사랑했던 그녀를 만났어. 나란트야 말이야. 얼마 전에 업무 때문에 몽골에 갔었지. 거기에서 우연히 나란트야를 만났어."

갑자기 성혁의 고개가 푹 꺾였다. 그의 주먹 쥔 손이 부르르 떨렸다. 가슴을 진정시키는 것 같았다. 승호는 성혁이 진정될 때까지 묵묵히 기다렸다.

'이름만 듣고도 이처럼 충격을 받다니……'

승호는 성혁이 얼마나 나란트야를 깊이 생각하고 있는가를 새삼 확인했다.

잠시 후에 성혁이 눈을 감았다. 그러고는 벽에 천천히 몸을 기댔다. 그는 왼손으로 밥상 위를 더듬어 담배를 집었다. 오른쪽에는 팔이 없어 홀쭉한 소매가 매달려 있었다.

성혁의 입술에 물린 담배에 승호가 라이터 불을 가져다 댔다. 라이터 불이 흔들리는 담배를 따라 불안하게 움직였다.

이윽고 천천히 눈을 뜬 성혁이 쓸쓸하게 웃으며 말했다.

"형, 그녀에 대해 얘기해 줘."

승호는 업무와 관련된 극비 사항만 빼고 나란트야와 만났던 과정을 성혁에게 이야기해 주었다. 성혁은 한마디도 흘려듣지 않겠다는 표정으로 귀 기울여 들었다. 그러면서 가끔 눈물을 글썽였다.

승호는 마지막으로 철우에 대한 소식도 전해 주었다. 철우가 남한으로 귀순해 행복하게 살고 있다는 이야기가 행여 성혁에게 자학감을 줄까 우려돼 잠시 주저하다가 나온 말이었다. 성혁은 진심으로 철우의 귀순을 축하해 주었다. 베를린 장벽을 넘으려 했던 그였기에, 철우의 탈출이 얼마나 어려웠을까를 짐작하는 듯했다.

승호의 말이 끝나자 성혁이 창가로 다가갔다. 그러고는 조용히 밖을 내다보았다. 이윽고 혼잣말처럼 중얼거렸다.

"내가 그 어려운 수용소에서 살아남을 수 있었던 것은 오직 나란트야를 만나야겠다는 희망 때문이었어요. 정말 그녀를 한 번만이라도 볼 수 있다면 죽어도 한이 없겠어요."

"그건 나란트야도 같은 마음이었어."

승호는 울란바토르 공항에서 작별 인사를 나눌 때의 그녀 모습을 떠올리며 얘기했다. 작별 인사를 하기 위해 잡은 손을 쉽게 놓지 못하던 그녀는 결심한 듯 말했었다. "성혁을 만날 수 없을까요?"라고.

승호는 그때 선뜻 대답을 못 했다. 일반 사람들도 북한을 빠져나오기가 거의 불가능했다. 그런데 성혁과 같이 수용소 생활까지 한 사람은……. 그건 생각해 볼 처지도 안 됐다. 그러나 간절함이 가득 실린 그녀의 눈을 마주하니 도저히 안 된다는 말이 나오질 않았다.

"글쎄요. 한번 방도를 찾아보지요."

그의 의사와는 달리 저절로 튀어나온 대답이었다. 그때 나란트야의 기뻐하던 모습. 만약 주변에 아무도 없었다면 그녀는 승호를 껴안기라도 할 것 같았다.

"성혁아, 이리 와 앉아 봐."

성혁이 우울한 표정으로 돌아와 앉았다. 승호는 몽골에서 돌아온 후 성혁을 찾아오기까지 고심 끝에 결심한 바를 성혁에게 말했다.

"성혁아, 나란트야를 만나러 가. 내가 외국으로 보내 줄게."

"예? 기거이 가능하단 말이야요? 그녀를 만날 수 있다면 죽음도 두렵지 않으니 진짜 한번 시도해 보고 싶어요."

성혁은 믿기지 않는 표정을 지으며 말했다.

"내 밑의 비밀 정보원들을 동원하면 너를 해외로 빼낼 수도 있을 거야."

승호의 이야기를 듣고 잠시 생각에 잠겼던 성혁이 고개를 설레설레 저었다.

"승호 형, 싫어. 해외 탈출이 설사 성공한다 하더라도 후에 그 사건이 드러나면 형의 목숨이 위태로울 수 있다는 걸 나도 다 알아. 수용소 생활은 나 혼자서도 족해. 나 때문에 형까지 수용소 생활을 시킬 수는 없어. 형, 고맙지만 나는 그녀 소식을 들은 것만으로도 만족해. 형을 위험하게 만들고 싶진 않아."

마음은 벌써 나란트야에게 달려가 있으면서도 그를 생각해 도움을 거절하는 성혁의 깊은 마음에 승호는 얼굴을 붉혔다. 성혁을 도와야겠다는 승호의 결심이 더욱더 굳어졌다.

"성혁아, 걱정 마. 내레 다 알아서 할게."

그는 성혁의 왼손을 꼭 잡았다.

성혁의 두 눈엔 고마움의 눈물이 맺혔다.

'쾅쾅쾅!'

갑자기 밖에서 문을 세차게 두드리는 소리가 났다. 승호는 벽시계를 올려다보았다. 새벽 3시가 넘은 시간이었다.

'아니, 이 깊은 새벽 시간에 누가……?'

승호는 온몸의 신경이 곤두섰다.

성혁과 승호는 재빨리 상을 옆으로 밀어 놓고 이불을 폈다. 그러고는 겉옷을 벗고 잠자리에 누웠다.

'쾅쾅쾅!'

문 두드리는 소리가 더욱 거칠어졌다.

"문 열라우야!"

사나운 남자 목소리가 들렸다. 인기척으로 봐서 여러 명이 문밖에 있는 것 같았다.

"저, 누굽네까?"

성혁이 잠에서 덜 깬 목소리를 내며 물었다.

"숙박 검열 나왔으니끼니 빨리 문 열라우야!"

'숙박 검열?'

승호는 예감이 좋지 않았다.

국내 여행이 자유롭지 못한 북한에서는 타지방을 방문해 하루라도 묵는 경우 숙박 등록을 해야 했다. 숙박 등록은 낮이건 새벽이건 상관없이 도착 즉시 북한의 치안 기관인 해당 지역 사회안전부에 찾아가 해야 한다. 24시간 대기하는 담당 부서 사회안전원에게 여행 허가를 증명한 통행증과 개인의 신분에 관해 혈액형까지 세세히 기록된 공민등록증을 제출한다. 그리고 어디 어디에 사는 어느 친척 집 혹은 친구 집에서 며칠 동안 묵으려고 한다는 것을 신고한다. 그러면 사회안전원이 지역 체류 허가 도장을 찍어 준다.

그런데 깊은 새벽에 도착해 피곤하거나, 추운 겨울에 사회안전부까지 가는 것을 귀찮게 여기는 일부 여행자들이 숙박 등록을 소홀히 하는 경우도 있었다. 또 통행증 없이 타 지역에 스며든 사람들이나 범죄자들도 숙박 등록을 하지 않았다. 이런 사람들을 잡아내기 위해 모두 잠든 깊은 새벽에 전 가정을 돌며 불시에 숙박 검열을 실시했다.

이때는 삼사십 가구 정도의 주민 대표인 인민반장의 입회하에 사회안전원들이 집을 수색했다. 숙박 등록을 안 한 사람이 적발될 경우, 당사자뿐 아니라 재워 준 사람까지 엄한 처벌을 받았다.

성혁이 불안한 눈으로 승호를 쳐다보았다. 승호는 괜찮다는 표정을 지으며 문을 열어 주라고 눈짓했다. 어디 피할 곳도 없었다. 정면으로 부딪칠 수밖에 없었다.

모든 곳에서 특혜를 받는 국가보위부 직원에게는 숙박 등록을 할 의무가 없었다. 그러나 요시찰 대상인 성혁의 집에 국가보위부 과장이 찾아와 밤을 함께 지새운다는 것은 의심받을 여지가 충분했다. 그는 잠자다 금방 깬 것처럼 보이기 위해 머리를 두 손으로 비벼 부스스하게 만들었다.

딸깍하는 문고리 벗겨지는 소리와 함께 문이 벌컥 열리며 사람들이 들어오는 소리가 났다.

"왜 이렇게 늦게 문을 열어? 누굴 숨겨 놓은 게 아니야?"

남자의 의심스러워하는 목소리와 함께 낮은 방문을 통해 퍼런 정복을 입은 두 명의 사회안전원과 인민반장인 듯한 여인이 들어왔다.

승호를 발견한 한 명이 앙칼진 목소리로 뒤따라 들어오는 성혁에게 물었다.

"동무네 집에 누가 묵는다는 숙박 등록이 안 되어 있는데, 이 사람은 누구야?"

"저⋯⋯."

성혁이 대답을 못 하고 쭈뼛거렸다.

"이거 냄새가 나누만 기래. 동무, 날래 일어나 공민등록증과 통행증 이리 내놔!"

사회안전원이 한 건 올렸다는 듯이 의기양양한 표정을 지으며 승호에게 표독스럽게 명령했다.

승호는 공민등록증과 통행증 대신 신분증을 꺼내 보이며 무게 있게 말했다.

"밤늦게 수고들 하누만. 나 국가보위부에 있소."

신분증을 들여다보던 그들은 깜짝 놀라 차렷 자세를 취한 후 경례했다. 국가보위부, 그것도 특수과 과장이라는 직책은 그들에게 엄청난 것이었다.

"알아보지 못해서 미안합네다!"

계급이 높은 중위 계급장을 단 사회안전원이 말했다.

"기런데 어드렇게 이런 집에까지 다 오셨습네까?"

그는 이해가 안 가는지 머리를 갸우뚱거리며 물었다.

"응, 내레 뭔가 조사할 게 있어서 왔소. 그럼, 계속 수고들 하시오."

"네, 저희는 돌아가겠습네다!"

그들은 깍듯이 경례를 붙이고 돌아섰다. 목소리가 귀청을 뚫을 듯이 높았다. 숙박 검열 시 사회안전원들은 혹시나 숨겨 놓은 사람이 없나 이불장이나 옷장까지 뒤지곤 했다. 그러나 그들은 승호 때문인지 그냥 돌아갔다.

승호는 마음이 개운치가 않았다. 돌아서 나가면서도 의문이 가득한 표정을 감추지 못하던 그들의 모습이 머릿속에서 쉽게 떠나지 않았다.

"승호 형에게 공연한 피해만 주고 있군요."

승호의 표정을 본 성혁이 미안해하며 말했다.

"아니야, 내래 이래 봬도 보위부의 간부 아니가."

"그래도 요덕 관리소 출신인 나 같은 사람을 자꾸 찾아다니면 괜한 오해를 받지 않겠어요."

"걱정 말라니까 그러네."

승호는 환하게 웃으며 성혁의 어깨를 툭 쳤다. 성혁은 여전히 미안한 표정이었다.

"마음 굳게 먹고 생활이나 잘하라우."

"네, 정말 여러 가지로 고마워요."

"고맙다는 말도 이젠 좀 고만하라우."

승호가 씩 웃었다. 그제야 성혁도 희미하게나마 웃음을 보이며 고개를 끄떡거렸다.

14

　다음 날 오전, 승호는 성혁의 집을 출발했다.

　돌아오는 길에는 소나기가 쏟아졌다. 7월부터 시작되는 장마
가 벌써 다가오기 시작한 것이었다.

　길옆 야산에서는 쏟아져 내리는 물줄기에 다랑이 논이 무너
지는 것을 막기 위해 농장원들이 굵은 빗줄기 속을 부지런히
뛰어다녔다. 비가 많이 내릴 때마다 그들에게 닥쳐오는 어려움
이었다.

　승호는 평양에 도착한 즉시 사무실로 향했다. 공휴일인 일요
일이어서 해외 담당 정보실이 자리 잡은 국가보위부 청사는 무
척 한산했다. 당직을 서는 사람을 비롯해 일부 직원들만 남아
있었다.

　"무슨 일 없었나?"

승호는 당직자를 호출해 물었다.

"그렇지 않아도 기다리고 있었습네다."

당직자는 가지고 온 서류철에서 전문 한 장을 꺼냈다. 승호는 전문을 받아 빠르게 훑어보았다. 러시아에서 활동하는 요원인 '블랙 로즈'에게서 온 것이었다.

"그럼 나가서 일 보라우."

승호가 지시하자, 당직자는 고개를 숙여 인사하고서 밖으로 나갔다.

승호는 전문을 다시 한번 읽고는 의자 등받이에 몸을 깊숙이 기대었다. 여러 가지 생각이 머릿속을 오락가락했다.

늘씬한 몸매의 금발 미녀인 블랙 로즈는 원래 KGB 요원이었다. 구소련에는 무장력 총참모부 직속의 '보로실로프(Voroshilov) 명칭 군사 아카데미'라는 아주 유명한 군사 교육 기관이 있었다. 군 고위 장교들의 교육 기관인 이곳에서 2년제 교육 과정을 마치면 구소련에서도 군단장급 이상의 직책을 부여받았다. 바로 이곳에서 몇 명의 북한 인민군 장성급 고급 군관들이 교육받고 있었다. 그들은 극비 군사 정보를 다루던 북한군의 고급 두뇌들인 동시에 북한군을 떠메고 나갈 인재들이었다. 그래서 국가보위부에서는 그들에 대한 보이지 않는 보호와 감시를 늦추지 않았다.

그런데 어느 날 국가보위부의 감시망에 수상한 정황이 포착되었다. 한 북한군 고급 군관이 미모의 소련 여성과 지나치게 가깝게 지내는 것이었다. 국가보위부에서는 그들에 대한 감시를 강화하면서 그 여성에 대한 정보를 수집하기 시작했다. 정보 수집 결과는 놀라웠다. 이십 대 중반의 그녀는 KGB에서 외국인을 상대로 미인계 공작에 투입되기 위해 십 대 중반부터 교육받아 온 첩자였다. 특수 교육을 거친 그녀는 영어, 프랑스어, 독일어 등 여러 외국어에 능통했다.

북한은 사회주의 나라 가운데서도 소련에 고분고분하게 구는 나라가 아니었다. 소련에서는 이런 북한을 손아귀에 넣는 방법으로 북한 핵심층의 장악을 시도했다. 그 사업의 일환으로 군사 유학생들을 통한 북한군의 장악과 일반 유학생들을 통한 정치, 경제계의 장악이었다. 그 사업의 중심에 KGB가 있었다.

KGB에서는 남자들에게 미모의 여자를 접근시켜 포섭하는 미인계와, 어떤 사람의 잘못을 조사해 폭로하겠다고 위협한 후 협력자로 만드는 전술을 즐겨 썼다.

'보로실로프 명칭 군사 아카데미 사건'은 바로 KGB 미인계의 대표적인 사건이었다. 소련 여성에게 흠뻑 빠진 사십 대 초반의 남자는 북한군에서 군단 참모장을 지내다가 유학을 떠난 인재였다. 또한 그는 아버지가 김일성의 측근으로 있는 북한의 로열패밀리 계층인 '백두산 줄기'였다. 백두산 줄기는 김일성과 백두산에서 같이 항일 투쟁을 했다는 사람들의 가족과 친척들로 이루어진 극소수의 사람들을 말했다. 북한에서 가장 좋은 출신 성분을 갖고 태어난 그들은 북한 지배층의 핵심을 이루었다.

그의 처리를 고민하던 국가보위부에서는 KGB에 역공세를 취하기로 했다. 해외 정보원들의 포섭을 담당하고 있던 국가보위부 해외 담당 정보실에서 그 작전을 위해 소련에 사람들을 파견했다. 국가보위부에 들어온 지 얼마 되지 않았던 승호도 그 작전팀의 일원으로 소련으로 떠났다.

그들은 남자를 비밀리에 만났다. 남자는 한눈에 보기에도 좋은 풍채에 잘생긴 얼굴이었다. 그는 국가보위부에서 자기의 일거수일투족을 전부 꿰뚫고 있다는 것을 알고는 기가 죽어 순순히 그들의 요구에 응했다. 그때부터 그녀에 대한 본격적인 공작에 들어갔다.

남자와 함께 있는 방을 덮친 그들은 체포하듯이 남자를 끌고 나간 후 그녀와 마주 앉았다. 그들은 그녀와의 관계 때문에 남자가 북한에 끌려가 심한 처벌을 받게 될 것이라고 위협했다. 그러면서 남자를 구하기 위해서는 국가보위부에 협조해 줘야 할 것이라고 강요했다.

남자를 진심으로 좋아하고 있던 그녀는 그가 처벌된다는 말에 거절을 못 하고 고민에 고민을 거듭했다. 승호 일행의 끈질긴 설득과 위협, 그들이 제안한 좋은 보수에 그녀는 결국 국가보위부를 위해서도 일할 것을 약속했다. 그때부터 그녀는 블랙로즈라는 암호명으로 국가보위부를 위해서도 활동했다. 한마디로 그녀는 KGB와 국가보위부의 이중 첩자가 되었다.

그녀의 직속상관은 공산 정권이 붕괴한 후 KGB를 탈퇴할 때 그녀도 함께 데리고 나왔다. 그래서 그녀는 전 직속상관이 만든 밀수 조직에서 함께 활동하고 있었다. 그녀가 속한 밀수 조직은 골동품, 미술 작품, 중고 잠수함, 헬기, 핵무기 부품 등 돈이 될 만한 모든 것을 닥치는 대로 해외로 내다 팔았다.

블랙 로즈에게서 온 전문은 다음과 같았다.

부탁했던 일은 성공리에 추진되고 있음.

시간이 좀 걸릴 것으로 예상됨.

블랙 로즈

"고맙소, 블랙 로즈."

승호는 중얼거렸다. 그녀와 함께 추진하고 있는 일은 북한 최고위층에서도 지대한 관심을 둔 중요한 일이었다.

그는 문을 안에서 잠갔다. 실내가 숨 막힐 듯이 더웠다. 에어컨을 틀자, 성능 좋은 일제 에어컨이 방 안을 순식간에 시원하게 만들었다. 그는 다시 책상으로 가 앉았다. 성혁의 탈출을 위한 구체적인 계획을 세우기 위해서였다.

며칠 후, 승호는 시내에서 김원남과 그의 여자 친구인 영희를 만났다. 몽골로 출장 가기 전에 했던 약속대로 영희의 새로운 공연을 본 후 승호가 한턱내는 날이었다.

영희는 공연의 하이라이트인 무용 '조국의 진달래'에서 주인공을 맡아 열연했다. 공연이 끝나자 만수대 예술극장 공연장을 꽉 메운 관객들은 그녀에게 갈채를 아끼지 않았다. 승호도 그녀의 아름다운 율동에 넋을 잃을 정도였다.

공연이 끝난 후, 승호는 평양시 중구역에 위치한 국제문화센터의 민족 식당으로 두 사람을 이끌었다. 그곳은 저녁 6시부터 새벽 2시까지 영업하는 곳으로, 일반 내국인의 출입이 통제되었다.

문가에는 사복을 입은 국가보위부 요원들이 지키고 서 있었다. 내국인이 들어오기 위해서는 그들에게 외화 바꾼 돈 10원을 뇌물로 바쳐야 했다. 북한 노동자들의 평균 월급이 6, 70원일 때 외화 바꾼 돈 10원은 일반 북한 돈 400원과 암거래되었다. 그러니 일반 내국인들은 그 앞에서 얼씬도 할 수 없었다. 이곳을 이용하는 사람들은 주로 외국인, 북한을 방문한 조총련계 인사, 일부 북송 교포, 달러를 비교적 풍족히 쓸 수 있는 일부 특권층과 그 자녀들뿐이었다.

음식으로는 불고기와 오징어 안주, 일제 기린 맥주와 산토리 위스키 등을 팔았는데, 가격이 만만치가 않았다. 외화 바꾼 돈으로 불고기는 일인분이 3원 50전, 기린 맥주는 캔 하나에 1원 20전, 산토리 위스키 한 병은 17원을 받았다.

디스코 타임과 블루스 타임이 있어 홀 위의 현란한 조명 밑에서 동구권의 댄스 음악에 맞춰 춤출 수 있었다. 일체의 조명 시설과 음향 시설은 최고급 일제였다.

승호는 방을 따로 잡아 김원남과 마주 앉았다. 영희는 두 사람이 잠시 할 이야기가 있다고 하여 혼자 홀에 나가 있었다.

"우리가 구울 테니 접대원 동무는 좀 나가서 쉬시오."

승호의 말에 고기를 굽던 젊은 여종업원은 카랑카랑한 목소리로 대답했다.

"일없습네다. 힘들지 않습네다."

"우리끼리 조용히 할 말이 있어 그러니 부담 갖지 말고 나가 있기요."

"네."

그제야 정중히 대답한 여종업원은 다소곳이 고개를 숙인 채 미닫이문을 열고 방을 나갔다. 문이 닫히자, 방음 장치가 잘 된 방 안이 조용해졌다.

승호가 김원남의 잔에 술을 부었다. 김원남이 얼른 자세를 바로잡으며 그의 술을 받았다.

"자, 한잔하기요."

잔을 부딪친 승호가 먼저 술을 들이켰다. 그러자 김원남도 단숨에 잔을 비웠다.

승호가 안주를 집으며 넌지시 말했다.

"김 지도원 동무, 모스크바에 좀 갔다 와야겠어."

"무슨 일로……?"

김원남이 의아스러운 표정을 지었다.

"모스크바에 가서 몽골의 나란트야에게 전화해 그녀를 만나시오. 그리고 내가 주는 문서를 전해 주시오."

몽골에서 돌아오는 여객기 안에서 승호가 대충 설명해 주어서 김원남은 그녀의 이름이 바트나산이 아니라 나란트야라는 것을 알고 있었다.

"알겠습니다. 그런데 언제 떠나면 좋겠습네까?"

그는 더는 의문을 품지 않고 출발 날짜를 물었다.

"내일 당장 떠나시오. 전해 줄 문서는 내일 아침 일찍 사무실에서 받아 가시오. 극비 문서이니 절대 남에게 보이면 안 되오. 상부에는 러시아 무기 거래 건 때문에 출국했다고 보고하겠소. 그리고 명심할 것은 이 모든 것을 다른 사람들에게는 비밀로 하는 것이오. 어떻소? 해낼 수 있겠소?"

승호가 김원남을 뚫어지게 주시하며 물었다.

"걱정 마십시오. 과장 동지의 말씀대로 철저히 비밀을 지키겠습니다."

김원남이 믿음직스럽게 대답했다.

승호는 그가 모스크바에서 돌아오면 모든 것을 털어놓아야겠다고 생각했다. 성혁의 성공적인 탈출을 위해서는 나란트야의 도움이 필요했다. 그러나 그녀와 국제전화를 통해 구체적인 계획을 상의하는 것은 섶을 쥐고 불 속에 뛰어드는 것과 같았다. 북한의 국제전화 통화는 거의 모두 국가보위부 통신 조종실에 의해 도청되기 때문이었다. 가장 안전한 길은 구체적인 탈출 계획을 적은 문서를 인편을 통해 나란트야에게 넘겨주는 것이었다. 그는 그 일의 적임자로 김원남을 염두에 두었다.

미닫이문이 스르르 열렸다.

"비밀 이야기를 나누고 있는데 방해한 건 아니디요?"

열린 문 사이로 영희가 방긋 웃으며 뛰어 들어왔다. 열심히 몸을 흔들었는지 얼굴은 불그스레 상기되어 있었다.

"미안해요. 내레 김 지도원을 붙들고 있느라 영희 동무 혼자 춤추게 해서⋯⋯."

승호가 김원남의 옆에 앉는 영희의 잔에 맥주를 기울이며 진심으로 미안한 표정을 지었다.

"괜찮습네다."

그녀가 맥주를 홀짝거리며 말했다.

"그런데 과장 동지, 부탁 하나 들어줄 수 있습네까?"

질문하는 영희의 얼굴에 장난기가 가득했다.

"내 영희 동무 부탁이라면 저 하늘의 별이라도 따올 수 있디."

승호가 껄껄 웃으며 대답했다.

그녀의 입에서 무슨 말이 튀어나올지 몰라 조마조마한 표정을 짓는 김원남의 얼굴은 누가 보기에도 우스꽝스러웠다.

"저희와 함께 춤추러 나가요."

영희가 눈을 동그랗게 뜨며 말했다.

"뭐, 춤을? 아, 그건 곤란한데⋯⋯."

승호가 일부러 과장되게 난처한 표정을 지었다.

"과장 동지, 어서요."

영희는 김원남의 만류에도 아랑곳하지 않고 승호의 손을 잡아끌며 떼를 썼다. 그녀의 표정은 누가 보기에도 귀여웠다.

"아, 알겠어요. 영희 동무가 내레 멋진 춤꾼이었다는 걸 모르는 모양인데, 내 동독에서 배운 멋진 춤 솜씨를 보여 주리다."

승호는 영희에게 끌려 나가며 큰소리를 쳤다.

홀에는 북한의 유명한 '왕재산 경음악단'이 생음악을 연주하고 있었다. 북한에서 만든 경쾌한 댄스 음악이었다. 홀에 있는 사람들이 음악에 맞춰 열심히 디스코 춤을 추어 댔다. 대부분이 외국인들과 조총련계 사람들이었다.

몸매가 늘씬한 여종업원들이 서빙을 하느라 분주하게 테이블 사이를 헤집고 다녔다. 여종업원들은 전부 대학을 졸업한 후 엄격한 심사를 거쳐 선발되었는데, 그녀들은 이곳에서 일하는 것을 큰 자랑으로 여겼다. 외국인들이 외화로 한두 푼씩 건네주는 팁이 그녀들에게는 엄청난 수입이 되었다.

아직 젊은 나이의 김원남과 직업이 무용수인 영희는 아주 능수능란하게 춤을 추었다. 너무나 잘 어울리는 그들 한 쌍을 보는 승호의 마음은 즐거웠다. 승호는 옛 동독 유학 시절에 배웠던 기억을 더듬으며 몸을 흔들어 보았지만 몸이 마음 같지 않았다. 그는 분위기를 맞추느라 김원남과 영희 옆에서 대충 몸을 흔들었다.

갑자기 출입구 쪽이 소란스러워지며 여러 명의 젊은이들이 밀려들어 왔다. 북한 젊은이들이 분명한 그들은 전부 일제 가죽옷이나 티셔츠, 청바지 차림을 하고 있었고, 기름을 잔뜩 바른 머리가 번질거렸다. 손목에는 고급 외제 시계가 번쩍거리는 게 일반 북한 젊은이들과는 너무나 다른 복장이었다.

여종업원들의 엉덩이를 손바닥으로 찰싹 때리거나 가슴을 툭툭 건드리며 들어서는 그들의 모습이 승호의 눈에 거슬렸다. 그런데도 여종업원들은 전혀 화를 내지 않고 그들의 그런 행동을 은근히 즐기는 눈길이었다.

그들은 홀에 들어서자마자 서툰 일본어를 사용하며 조총련계 사람들과 어울렸다. 이곳을 드나드는 사람들은 극소수로 제한되어 있어서 서로를 알고 있었다. 한쪽 테이블을 차지하고 고급 양주를 시켜 마시던 그들은 주변을 두리번거리며 춤을 추기 시작했다.

그들 중 한 명의 눈길이 여자들만 모여 술을 마시고 있는 테이블에 멈췄다. 그가 친구들에게 뭐라고 귓속말로 속삭였다. 그러자 고개를 끄떡인 그들은 춤추는 것을 멈추고 어슬렁거리며 여자들의 테이블로 다가가 무작정 앉았다.

블루스 타임이 되었다. 승호는 김원남과 영희가 블루스를 추게 하고는 바에 앉아 일제 기린 맥주를 시켰다.

잠시 후 젊은이들은 몇 잔 마시지도 않은 술을 남겨 둔 채 여자들과 함께 자리에서 일어났다. 그러고는 대수롭지 않은 돈이라는 듯 외화로 대충 술값을 계산한 후 출입구 쪽으로 향했다.

어떤 젊은이는 여자의 허리에 손을 두른 채였다. 북한의 일반인들은 상상하기조차 어려운 모습이었다.

맨 마지막에 머리를 다소곳이 숙이고 따라가는 여자는 승호에게도 익숙한 얼굴이었다.

'어디서 봤던가?'

맞았다. 그녀였다. 요즘 텔레비전이나 영화에서 한창 주가를 올리고 있는 예술인(연예인)이었다. 함께 온 여자들도 한결같이 세련되고 몸매가 잘빠진 걸 봐서 같은 예술인이거나 평양영화대학 배우과 학생들이 틀림없었다. 하긴 외화를 펑펑 쓰면서 화려한 생활을 누리는 그들의 꼬임에 넘어가지 않을 여자는 없었다. 그래서 적지 않은 여자들이 그들과의 만남을 은근히 기대하곤 했다.

승호의 머릿속에는 민족 식당을 나선 젊은이들의 다음 행동이 훤하게 그려졌다.

젊은이들은 여자들과 함께 밖에서 대기하고 있는 벤츠나 볼보와 같은 아버지의 고급 승용차를 쌍쌍이 나눠 타고 특급 호텔로 직행하거나, 원산의 명사십리, 금강산 또는 남포 와우도의 외국인 클럽 같은 곳으로 달려갈 것이다. 그러고는 그곳에서 며칠 동안 여자들과 진탕 놀다 올 것이 분명했다.

그들 아버지의 전용 운전기사는 밤새도록 잠을 못 자는 한이 있어도 그들을 목적지에 데려다줄 것이다. 만약 그들의 요구를 거절했다가는 운전기사 자리에서 쫓겨날 테니 말이다. 고위 간부의 전용 운전기사는 비교적 좋은 생활을 보장받는 괜찮은 직업이었다.

이들 고위층 자녀들은 낮에는 외국인 호텔에서 일반인들이 구경도 못 하는 당구나 볼링을 치면서 빈둥거렸고, 일부는 북한에서 엄벌하는 도박까지 서슴지 않았다. 하는 일도 없이 방탕한 생활을 하는 이들에 대한 주민들의 신고가 적지 않았다. 국가보위부에서는 호텔을 비롯한 외화를 사용하는 업소에 대한 일제 단속을 계획했던 적이 있었다. 그러나 단속 대상이었던 젊은이들의 부모들이 너무나 쟁쟁한 고위 간부들이어서 그 계획을 취소할 수밖에 없었다.

이런 젊은이들의 주 활동 무대는 민족 식당 외에도 은하수 식당, 은정 식당 등 평양시 중구역과 보통강 구역에 밀집되어 있었다. 그들의 그런 과소비적인 행태를, 모든 것이 부족한 어려움 속에서 살아가는 일반 북한 주민들이 구체적으로 알게 된다면 분통을 터뜨릴 것이 분명했다.

"무슨 생각을 그렇게 깊이 하고 계십네까?"

김원남이 영희와 함께 바의 옆자리에 걸터앉으며 물었다.

"아, 아무것도 아니오. 그래, 춤은 재미있었소?"

"네, 그런데 워낙 영희 동무가 블루스 추는 것을 쑥스러워해서……."

김원남이 머리를 긁적거리며 대답했다.

영희의 얼굴이 살짝 붉어졌다.

"벌써 열두 시가 넘었군. 우리 이젠 그만 가 볼까?"

승호가 손목시계를 들여다보며 말했다.

그들은 민족 식당을 나섰다. 문가에 서 있던 국가보위부 요원이 승호 일행에게 경례를 붙였다.

"오늘 이렇게 저희를 위한 자리를 마련해 주어서 정말 고맙습니다."

김원남이 고마움 섞인 목소리로 말했다.

"둘만 있어야 하는 자리에 내가 불청객처럼 끼어서 재미있었는지 모르겠군."

"정말 재미있었습네다."

승호의 말에 영희가 맑은 목소리로 끼어들었다.

밖에 나서니 밤하늘에 별이 총총했다. 밤 12시가 지난 시간이라 인적이 드물었지만, 쌍쌍의 젊은이들이 환한 가로등 밑을 거니는 모습이 가끔 보였다.

밖에서 대기하고 있던 승호의 차가 소리 없이 다가왔다.

"집에 데려다줄까?"

승호가 물었다.

"아니, 괜찮습네다. 저희는 그냥 산책 삼아 걸어가겠습네다."

"그럼 조심히 가기오. 내일 사무실에서 봅시다."

승호는 더는 청하지 않았다. 그들에게 둘만의 오붓한 시간이 필요할 것이라고 생각했다.

"조심히 가세요"라는 김원남과 영희의 인사를 뒤로한 채 승호의 차가 움직이기 시작했다.

"대동강 유보도 쪽으로 돌아갑시다."

승호가 기사에게 지시했다. 왠지 갑자기 넓은 대동강이 보고
싶어졌다.

길가에서는 사회안전부 순찰대가 지나가는 행인들을 불시
검문하는 모습이 보였다.

김원남이 모스크바로 떠난 뒤, 승호는 눈코 뜰 새 없이 바쁜
나날을 보내야 했다.

북한은 1993년 3월 NPT(핵확산금지조약)를 탈퇴한 후 자신들
의 핵 시설에 대해 투명성을 주장했지만 국제적 비난은 갈수록
높아졌다. 미국 CIA는 첩보 위성이 찍은 영변의 핵 시설 사진
을 국제 언론에 공개하면서 민간용이 아니라 핵무기 제조를 위
한 시설이라고 연일 비난의 화살을 늦추지 않았다. IAEA(국제원
자력기구) 특별 이사회에서는 영변 핵 시설에 대한 핵 사찰을 받
아들이라고 북한 정부를 더욱 압박했다. 그러나 핵무기는 북한
정부가 미국과의 협상에서 절대로 버릴 수 없는 비장의 카드였
다. 국제적인 고립 상태와 경제적 위기에 처한 북한이 미국의
원조를 얻어 내기 위해서 핵무기는 절대적이었다.

핵무기 보유를 위해서는 그 연료인 플루토늄의 확보가 시급
했다. 하지만 핵무기 보유를 의심받는 북한이 국제 시장에서
플루토늄을 확보한다는 것은 거의 불가능했다. 미국을 비롯한

강대국들이 플루토늄의 국제적 이동에 대한 감시를 철저히 했기 때문이다.

플루토늄을 확보하는 길은 핵무기 다량 생산국인 러시아 쪽밖에 없었다. 그러나 다른 나라들이 핵무기를 소유하는 것을 원치 않는 러시아에서 북한에 플루토늄을 판매할 리가 만무했다. 또한 러시아의 핵 기술과 핵연료가 북한에 넘어가는 것을 우려한 미국의 러시아 정부에 대한 압력도 거셌다. 한 가지 유일한 방법은 러시아 무기 밀매 조직에 의존하는 것이었다. 거대한 조직망을 가진 그들은 돈만 많이 준다면 구소련 내의 그 어떤 것도 훔쳐내 팔았다.

당 중앙위 핵심 인사이자 국가보위부에 큰 영향력을 행사하던 장성택 위원의 지시로, 승호의 특수과에 특별 임무가 떨어졌다. 러시아를 통한 플루토늄 확보 작전, 암호명은 '폭풍 1호'였다.

승호는 러시아에 퍼져 있는 전 요원들에게 플루토늄 확보 가능성에 대한 정보 수집 명령을 내렸다. 그리고 블랙 로즈에게는 그녀가 속한 무기 밀매 조직을 이용한 플루토늄 확보에 대한 지시를 내렸다. 그 무기 밀매 조직은 국제 무기 시장에서도 꽤 이름이 알려진 조직이었다.

지시 전문을 보낸 지 거의 두 달이 되어 블랙 로즈로부터 전문이 날아왔다. 무기 밀매 조직의 두목이 그녀의 설득과 북한 정부가 제시한 조건에 흥미를 느껴 플루토늄 구매 작전을 승인

했다는 내용이었다. 이제 그들의 목표는 우크라이나 공화국 내 핵무기 제조 공장의 특수 창고에 보관된 플루토늄을 훔치는 것이었다.

당시 소련의 대통령 고르바초프와 미국 대통령 레이건 사이에 체결된 핵확산금지조약에 의해 구소련 내 많은 핵무기 제조 공장들이 가동을 멈춘 상태였다. 또한 소련의 붕괴로 핵 시설물에 대한 책임과 경비도 예전보다 허술해졌다.

공산 체제의 붕괴와 함께 자본주의 경제 체제하에서의 돈맛을 알게 된 많은 구소련 시민들은 돈을 벌기 위해 그 어떤 행동도 서슴지 않았다. 이 모든 주변 환경이 이전 공산 정권하에서는 상상도 못 했던 플루토늄 밀매와 같은 일들을 가능하게 만들었다.

성혁을 만나고 돌아온 날 블랙 로즈에게서 온 전문은 그에게 희망을 안겨 주었다. 삼엄한 경비 속에 보관되어 있는 플루토늄을 빼돌리는 데 시간이 좀 걸리는 걸 탓할 수는 없었다.

승호는 거의 매일같이 장성택 위원에게 불려 가 폭풍 1호 작전에 대한 브리핑을 해야 했다. 그때마다 그의 직속상관이며 동독 유학 시절 대사관 사상 담당 당 부비서였던 해외 담당 정보실장이 동행했다.

김정일의 매제인 장성택은 영특한 두뇌와 빠른 판단력으로 주목받던 인물이었다. 김정일의 친누이동생 김경희의 남편인 그는 김정일이 가장 믿는 오른팔이었다. 북한의 다른 고위 간부들과 마찬가지로 배가 커다랗게 나온 장성택은 그들을 세워 놓고 폭풍 1호 작전의 중요성을 설명하곤 했다.

'우리 북조선에 플루토늄을 들여오는 것은 위대한 수령님과 친애하는 지도자 김정일 동지께서 가장 바라시는 문제입니다. 그것만이 우리가 국제무대에서 탕탕 큰소리칠 수 있는 길이기 때문입니다. 우리 모두 인민들을 위해 한평생을 바치시는 위대한 수령님과 친애하는 지도자 동지의 걱정을 덜어 드리기 위해 모든 것을 다 바쳐 노력합시다.'

승호는 모스크바에 머물고 있는 김원남에게 전문을 보내 블랙 로즈를 만나고 올 것을 지시했다. 시간이 좀 더 걸리더라도 그녀를 만나 폭풍 1호의 구체적인 진행 상황을 파악하라고 했다. 그것만이 그의 모스크바 출장을 정당화시킬 이유가 될 수 있었다.

승호는 요 근래 들어 어떤 보이지 않는 눈이 그를 감시하는 것 같은 느낌을 자주 받았다. 차를 타고 가거나 길거리를 거닐다가도 주위를 살피게 되었다. 그러나 어디에서도 이상한 사람을 발견하지는 못했다. 혹시 성혁의 탈출 준비로 신경이 너무 날카로워져서 그런 게 아닐까 하는 생각이 들어, 그런 느낌을 떨쳐 버리려고 노력했다. 그러나 마음속의 불안은 쉽게 가시질 않았다.

오전에 승호는 특수과 당 비서와 한바탕 말다툼을 벌였다.

김일성종합대학 외문학부를 졸업한 그는 특수과의 부 과장 겸 과 내 당원들을 책임지는 당 비서를 맡고 있었다.

북한의 조직 체계는 한 부서에서 서로 다른 사람이 행정 책임자와 당 조직 책임자를 분리해 맡도록 되어 있었다. 따라서 같은 조직 내에서 이 두 사람의 보이지 않는 견제와 마찰이 심했다. 행정 책임자는 당적으로는 당 책임자에게 속해 있었고, 당 책임자는 행정적으로 행정 책임자에게 속해 있었기 때문이었다. 결국 한 조직 내에 서로 다른 두 명의 책임자가 존재하는 격이었다.

그러나 문제는 항상 당 책임자가 행정 책임자의 소관인 행정에까지 간섭하려는 데서 생겼다. 당 책임자들은 보통 말을 잘 듣지 않는 행정 책임자에게 당권을 휘둘러 수세에 몰아넣었다. 북한에서는 당을 가장 중요시했다. 따라서 대부분의 조직에서 외형적인 우두머리는 행정 책임자였지만 실권은 당 책임자가 쥐고 있었다.

중앙당 정치국 위원으로 있는 아버지를 둔 그는 백두산 줄기였다. 그래서 그런지 앞뒤를 가리지 않고 안하무인격으로 행동했다. 해외 정보망을 점검한다는 구실로 외국에 나가서는 유흥가를 전전하거나, 외국인 여성 첩자들을 건드려 문제를 일으키기 일쑤였다. 특히 그는 특수과 내의 해외 유학파들을 눈엣가시로 여겨 기회만 되면 유학 시절에 젖은 사대주의 사상을 뺀다고 닦달질했다.

그런 그가 오전에 승호의 방에 올라온 것이었다.

"과장 동무, 거 요즘 사회주의 나라들이 전부 자본주의로 넘어가는 등 세계정세가 심상치 않은데, 해외에 있는 정보원들을 전부 평양에 불러 단단히 사상 교육을 시켜야겠어."

"네?"

승호는 순간 귀를 의심했다.

"어, 외국에 있는 우리 동무들을 평양으로 불러들여 몇 주일 동안 정치 학습을 냅다 시켜 주체사상으로 콱콱 무장하자 이 말이오."

"우리가 포섭한 외국인 정보 요원들까지 말입네까?"

"기릴 수 있다면 더 좋디. 거럼."

승호는 기가 막혔다. 해외 곳곳에 힘들게 박아 넣은 정보원들을 한꺼번에 평양에 불러들인다는 것은 그들의 정체를 노출시키기 딱 알맞은 일이었다. 그리고 돈과 여자 등 갖가지 방법을 이용해 포섭한 외국인 첩자들을 불러다 사상 교육을 시킨다고 먹혀들 리가 없었다. 또 그에 따른 엄청난 예산은 누가 감당한단 말인가? 더구나 요즘은 점점 어려워지는 북한의 외화 사정 탓에 첩자들에게 지급되는 정보비도 제대로 주지 못하는 판이었다. 그리고 최근 동구권의 몰락으로 해외 정보망의 활동이 크게 위축되어 있었다. 이럴 때일수록 정보원들을 불러들여 닦달질하기보다는 정보망의 보존에 더 큰 힘을 쏟아야 했다. 과연 그가 제정신을 가지고 그런 얘기를 하는지 의심스러울 지경이었다.

"그건 불가능합니다."

승호는 단호하게 얘기했다.

"아니, 해외에서 활동하고 있는 동지들에게 우리 당의 사상을 심어 주자는 건데, 왜 안 된다는 거요?"

기다렸다는 듯이 그는 버럭 화를 내며 언성을 높였다.

'이 무식한 놈! 지금 그걸 말이라고 하는 거냐?'

이런 말이 승호의 목구멍까지 치밀어 올랐다. 그러나 그는 가까스로 화를 억누르며 그에게 안 되는 이유를 차근차근 설명했다.

그런데도 그는 "외국 류학을 못 했다고 날 무시하는 거냐", "당에서 하자고 결심만 하면 못 해낼 일이 어디 있느냐"라는 등 말도 안 되는 소리를 큰소리로 늘어놓았다. 나중에 그는 "거, 과장 동무의 사상 상태가 좀 의심스럽구만 기래"라는 의미심장한 말을 남긴 채 문을 쾅 닫고 나가 버렸다.

지금껏 당 비서와 부딪친 적이 여러 번 있었지만, 이번에 벌어진 말다툼은 그의 마음속을 무겁게 내리눌렀다.

승호는 폭풍 1호의 성공을 위해 전 직원을 총동원시키는 한편, 성혁의 탈출을 위해 국내에서 할 수 있는 일들을 침착하게 준비해 나갔다.

모스크바로 떠났던 김원남이 보름 만에 돌아왔다. 집을 떠나면 고생이라더니 출장 결과를 보고하는 그의 얼굴이 핼쑥했다. 그는 폭풍 1호의 구체적인 진행 상황이 적힌 보고서와 나란트 야의 편지가 담긴 밀봉된 봉투를 가지고 왔다.

나란트야의 편지를 극비 서류를 보관하는 금고에 깊숙이 넣고 난 승호는 먼저 폭풍 1호에 대한 블랙 로즈의 보고서를 펼쳐 들었다.

보고서는 이전에 받았던 전문과는 달리 반가운 내용만 담고 있지는 않았다. 미국 정부의 강력한 요구에 러시아 정부가 핵 관련 시설에 대한 경비를 대폭 강화했다는 것이었다. 또한 러시아 정부는 구소련의 전 연방국들에도 플루토늄에 대한 관리를 강화할 것을 요구했다고 한다. 그 여파로 갑자기 구소련 내의 플루토늄 보관 기지에 대한 경비가 이중 삼중으로 강화됐다는 것이었다. 한마디로 폭풍 1호 작전 계획에 차질이 생겼다는 내용이었다.

블랙 로즈는 두목이 요구한다는 새로운 조건도 함께 적어 보내왔다.

첫째, 플루토늄 확보를 위한 충분한 시간적 여유를 줄 것.
둘째, 가중되는 위험 부담에 따른 거래 가격의 추가 인상.

승호도 구소련 내의 플루토늄이 무기 밀매 조직을 통해 해외로 밀반출된다는 정보를 미국 CIA가 입수했다는 사실은 알고 있었다. 그때 CIA는 미국 정부에 강력한 조처를 건의했고, 미국 정부는 러시아 정부에 압력을 넣었던 것이었다.

"가격을 더 올려 달라고? Scheisse(젠장)!"

그의 입에서 자기도 모르게 독일어 욕설이 흘러나왔다. 전혀 예상치 못한 나쁜 일에 부닥쳤을 때 승호가 습관적으로 내뱉는 말이었다.

그는 실장에게 전화를 연결했다.

"알겠소. 기다리시오."

그의 보고를 들은 실장이 간단하게 내뱉었다.

잠시 후 실장으로부터 전화가 왔다.

"위원 동지께 보고드렸소. 위원 동지께서 부르시니 정각 6시에 블랙 로즈의 보고서를 가지고 함께 올라갑시다."

정각 6시에 승호와 그의 직속상관인 실장은 여비서의 안내를 받으며 위원실에 들어섰다. 여비서는 웬만한 영화배우 뺨칠 정도로 아름다운 몸매와 미모를 가지고 있었다. 지적인 이미지까지 고루 갖춘 그녀는 북한의 유명한 정치간부 양성 기관인 금성정치대학을 졸업한 인텔리였다. 어느 부하 직원의 거의 상납에 가까운 소개에 의해 장성택 위원의 비서로 발탁되었다는 소문이 있었다.

장성택은 책상에 앉아 담배를 피우며 문서를 뒤적이고 있었다. 그들이 들어섰는데도 그는 고개를 숙인 채 하던 일을 계속하면서 말했다.

"폭풍 1호의 진행 상황에 대해 과장 동무가 다시 한번 보고해 보시오."

그 같은 행동은 최근에 북한 고위 간부들 속에서 흔히 찾아 볼 수 있는 현상이었다. 김정일의 후계자 승계 선전에 앞장서 있는 북한 언론에서는 그가 항상 여러 가지 일을 동시에 해 재 끼는 위대한 인물이라고 말끝마다 추켜올렸다. 문서 결재와 부 하 직원의 보고를 청취하는 일, 그리고 음악을 감상하는 일까 지 세 가지 일을 동시에 한다는 것이었다. 그러면서도 복잡한 문서 결재나 보고의 청취를 한 치의 실수도 없이 해내며, 흘러 나오는 곡의 틀린 음까지 하나도 놓치지 않고 잡아낸다는 것이 었다. 그때부터 많은 김정일계 간부들이 그의 그런 행동을 흉 내 내기 시작했다. 이전에 전 북한 총리 연형묵을 비롯한 김일 성계 고위 간부들이 김일성의 팔자걸음을 흉내 내던 것과 똑같 은 현상이었다.

승호의 눈길이 재빨리 장성택의 책상 위에 놓인 담뱃갑으로 향했다. 예상했던 대로 영국산 담배 '로스만(Rothmans)'이었다. 김정일이 평소 이 담배를 즐겨 피우자, 간부들 역시 이 담배를 따라 피우면서 서로의 일체감을 확인하려 했다.

승호는 블랙 로즈에게서 온 보고서 내용을, 최근의 미소 관 계까지 덧붙여 알기 쉽게 구체적으로 설명했다.

승호의 보고가 끝나자, 문서에서 눈길을 뗀 장성택이 일부러 걸걸한 목소리를 내며 말했다.

"기래, 미제를 비롯한 제국주의 세력들로부터 사회주의를 지키려는 우리 인민들의 앞길에 방해 분자들이 책동을 일삼는단 말이지. 혁명의 길은 항상 이렇게 어려운 법이오. 알갔소. 오늘 친애하는 지도자 동지께서 베푸는 연회에 참석하게 되니 그때 지도자 동지께 폭풍 1호에 대해 보고를 드리갔소. 우리의 친애하는 지도자 동지께서 현명한 결정을 내리실 거요. 기럼 나가보시오."

장성택은 김정일의 절친한 술친구 중 한 명이었다. 어릴 때 일찍 어머니를 여의어서 그런지 유달리 외로움을 많이 타는 김정일은 거의 매일 술판을 벌였다. 그런데 그는 술자리에서 즉흥적으로 중요한 국가적 문제들을 결정할 때가 많았는데, 그의 술친구들이 전부 북한의 정책 결정자들이었기 때문이었다.

김정일의 매제인 장성택이 연회라고 말하는 것은 바로 그런 술자리를 말했다.

'폭풍 1호도 오늘 술자리에서 결판이 나겠구만.'

위원실을 나서며 승호는 생각했다.

"성혁은 어떻게 지내고 있소?"

복도를 걸으며 실장이 물었다. 동독 대사관에 국가보위부 파견원으로 있으면서 성혁의 문제에 직접적으로 관여했던 그는 성혁을 수용소에서 빼내는 데 많은 조언과 도움을 주었다.

"요덕군에 있는 자그마한 기계 공장에 다니면서 아직도 혼자 술에 빠져 지내고 있는 모양입니다."

그는 성혁에 관해 관심을 가지고 이따금 안부를 물어 왔다. 그런 그에게 탈출 계획을 털어놓고 도움을 청해 볼까 하는 생각이 순간적으로 들었지만 그만두었다. 그까지 위험한 일에 끌어들이고 싶지 않았다.

"성혁을 찾아가 도와주는 것도 좋지만, 몸조심해요. 괜한 의심을 살 수 있으니까……."

실장이 걱정 어린 어조로 말했다.

"최대한 주의하겠습니다."

"우리 퇴근 후에 어디 가서 술 한잔할까?"

걸음을 멈춘 실장이 손을 들어 술잔을 기울이는 시늉을 하며 익살스러운 표정을 지었다.

나란트야의 편지를 빨리 보고 싶었지만, 승호는 차마 그의 청을 거절할 수 없었다.

"좋습니다."

퇴근 후 그들은 평양역 맞은편에 위치한 고려 호텔 사십층에 있는 스카이라운지에 올라갔다. 전면이 유리로 덮인 둥근 원형의 스카이라운지는 전기 모터에 의해 회전할 수 있게 되어 있었다. 스카이라운지가 회전하면 앉은 자리에서 평양 시내 전경을 감상할 수 있었다. 그러나 전기 사정으로, 평양에서 큰 국제 행사가 있을 때를 제외하고는 거의 가동하지 않았다. 스카이라운지가 회전하지 않아도 대형 창을 통해 평양역을 비롯한 시내 야경이 한눈에 잘 보였다.

밖에서는 퇴근하는 사람들을 실어 나르는 무궤도 전차들과 버스들이 여성 교통 안전원들의 수신호에 따라 질서 있게 움직였다. 비가 오나 눈이 오나 사거리 복판에 꼼짝하지 않고 서서 기계처럼 움직이며 교통정리하는 젊은 여성 교통 안전원들이 참 대견하다는 생각이 들었다.

한쪽으로는 보통강 변에 서 있는 백오층짜리 '류경 호텔'이 보였다. 아시아 최고의 호텔을 지으라는 김정일의 지시에, 철저한 준비도 없이 무리하게 시공했다가 실패한 건물이었다. 외형이 거의 다 지어졌을 때, 지반이 무른 강가에 지어져 무너질 위험이 있다는 과학자들의 실험 결과가 나왔다. 결국 내부 공사를 중지시킬 수밖에 없었다. 지금은 호텔이 되어야 할 건물이 인공기를 위한 탑으로만 쓰이는 중이었다. 건물 꼭대기에 그려 놓은 대형 인공기는 주위에 불이 켜져 있어 캄캄한 밤에도, 그리고 먼 거리에서도 잘 보였다.

또 다른 한쪽에는 김책공업종합대학, 평양의학대학, 평양 대극장, 평양 백화점, 제1 백화점, 제2 백화점, 인민 대 학습당, 대동강 호텔을 비롯한 외국인 전용 고급 호텔들, 중앙당 청사, 금수산 의사당 등 대형 건물들이 옹기종기 모여 있었다. 그 지역이 바로 북한의 주요 기관들이 밀집된 중구역이었다.

스카이라운지는 외화만이 사용 가능하고 일반인의 접근이 통제되어서 그런지 조용했다. 몇 명의 외국인들만이 자리를 차지하고 술을 마시고 있었다.

그들은 룡성 식료 공장에서 나오는 수출용 금강 캔맥주를 몇 개 시켜 놓고 이런저런 이야기를 나누었다. 실장이 일부 해외 유학파 고급 군관들의 움직임이 심상치 않다는 정보가 국가보위부에 입수되었다는 극비 사항을 털어놓았다. 그러면서 국가보위부 국내 담당 부서들에서 그들에 대한 대대적인 숙청 사업을 비밀리에 계획하고 있다는 것이었다. 그러니 이럴 때일수록 특별히 처신에 신경 써야 한다고 당부했다.

'북한의 체제 붕괴도 멀지 않았구나'라는 생각이 승호의 뇌리를 스쳤다.

실장과 헤어진 승호는 다시 사무실로 돌아왔다. 직원들이 거의 다 퇴근한 청사 안은 조용했다.

비밀번호를 돌려 금고를 연 승호는 나란트야에게서 온 봉투를 꺼냈다. 봉투 속에 들어 있는 편지지의 첫 장에는 독일어로 쓰인 간단한 안부 편지가 들어 있었다. 건강하게 잘 있다는 등의 일반적인 안부 내용이었다.

두 번째 장부터 숫자가 무수히 적힌 편지지들이 이어졌다. 김원남을 통해 나란트야에게 보내는 편지에, 승호는 만일을 생각해 자체 개발한 암호 방식을 넣어 보냈던 것이다. 그러면서 비밀스러운 내용은 그 암호 방식대로 써 보내 줄 것을 부탁했다. 그럼 편지를 분실하거나 노출되는 예기치 않은 일이 생겨도 전혀 문제 되지 않을 수 있었다.

그는 금고 속에서 역시 자체 개발한 암호 해석 책을 꺼내 암호를 풀기 시작했다. 그가 만든 암호 방식은 간단했다. 독일어를 이루는 스물여섯 개의 철자와 세 개의 변모음에 임의의 숫자를 하나씩 대입시킨 것이었다. 그밖에 빈 공간과 문장의 마침을 표시하는 숫자들, 날짜 같은 숫자를 쓰는 경우는 그 앞에 숫자임을 표시하는 특별 숫자만 정해 주면 되었다. 방식은 간단했지만, 서로 약속된 숫자를 모르는 다른 사람은 절대 암호를 풀 수 없었다.

매 숫자에 독일어 철자를 대입하는 암호 풀이는 그리 오랜 시간이 걸리지 않았다. 암호가 다 풀리자 아주 훌륭한 독일어 편지가 만들어졌다.

처음에는 위험을 무릅쓰고 성혁의 탈출을 결심해 주어 고맙다는 인사말들이었다. 그리고 성혁을 북한 국경만 무사히 넘게 해 주면 그곳에서부터 그녀의 조직원들이 그를 인수하여 안전한 장소로 데려가겠다는 내용이었다. 편지 후반에는 그녀가 MGIA에 있을 때부터 알고 지낸 북한 주재 몽골 대사관 직원의 자세한 인적 사항이 적혀 있었다. 북한에 파견된 MGIA 정보원인 그는 그녀의 조직을 위해서도 일하는 믿을 만한 사람이라고 했다. 추후 필요한 모든 구체적인 사항을 그를 통해 연락하면 안전하고도 신속하게 받아 볼 수 있을 것이라고 했다. 그와 접선하는 방법에 대해서도 아주 구체적으로 적혀 있었다.

'나란트야의 나송 조직원들이 안 들어가 있는 데가 없군. 정

말 대단해.'

승호의 입가에 미소가 어렸다. 세계에서 가장 폐쇄적이라는
북한에까지 그녀의 조직원들이 침투해 있으리라고는 전혀 생
각지 못한 일이었다.

어쨌든 골머리를 앓던 나란트야와의 연락 문제가 해결된 것
이 기뻤다. 모든 대사관은 본국과 직통 전화를 설치했거나, 철
저히 암호화된 전문을 보냈다. 아무리 도청을 시도해도 북한
정부에서 그 내용을 알아내기가 쉽지 않았다.

한동안 생각에 잠겨 있던 승호는 다이얼을 돌려 어디론가 전
화를 했다.

다음 날 오전 11시가 조금 지난 시각, 승호는 장성택의 호출
을 받고 위원실로 뛰어 올라갔다. 실장은 북경에서 열리는 북
미 회담 준비를 위해 북경행 오전 비행기로 출발해 자리에 없
었다.

그가 들어서자 눈을 감은 채 여비서의 안마를 받고 있던 장
성택이 힘겹게 눈을 떴다. 아직 술이 덜 깬 표정이었다. 김정일
은 대개 낮에 잠을 자고 밤에 일하거나 새벽까지 술을 마셨기
때문에, 측근들도 그의 습관을 따라야 했다. 그 결과 장성택도
취기가 가시지 않아 오전에는 일을 거의 못 할 때가 많았다.

"어, 과장 동무 왔어?"

장성택 위원이 쉰 목소리로 말했다. 가까이 서 있지 않았는

데도 술 냄새가 확 풍겨 왔다.

"네."

승호가 공손히 대답했다.

"책상 위에 담배가 있으니끼니 한 대 꺼내 피우라우."

기분이 좋은지 그는 의자에 몸을 푹 묻은 채 다시 눈을 감으며 말했다.

"괜찮습네다."

"미안해하디 말고 한 대 꺼내 피우라니까 기래."

그의 목소리가 더욱 커졌다. 담배를 권하는지 강요하는지 분간이 안 갔다.

승호는 로스만 담뱃갑에서 담배 한 대를 꺼내 불을 붙였다. 자리가 불편해서 그런지 담배 맛이 전혀 나지 않았다. 여비서가 위원의 어깨를 두드리는 소리만 들릴 뿐 잠시 조용한 침묵이 흘렀다.

"과장 동무!"

장성택이 갑자기 방이 떠나갈 듯한 큰 소리로 그를 불렀다. 승호는 하마터면 담배를 떨어뜨릴 뻔했다.

"폭풍 1호 작전을 계속 밀고 나가시오. 친애하는 지도자 동지께서 어젯밤 플루토늄 확보는 우리 사회주의 조국의 운명과 관련된 아주 중요한 혁명 과업이라는 강령적 지침을 내렸소. 기리니끼니 어떤 일이 있어도 폭풍 1호를 완수하시오. 우리 조국의 외화 사정이 긴박한 가운데서도 친애하는 지도자 동지께서는 폭풍 1호 가격의 추가 인상을 승낙하셨소. 어떻소? 잘 해낼 수 있갔소?"

주먹을 쥐고 열변을 토하던 위원이 갑자기 승호의 눈을 뚫어지게 노려보며 물었다.

"네, 목슘 바쳐 임무를 완수하겠습네다."

승호는 자기도 모르게 목이 터지도록 큰 소리로 대답했다.

"좋아, 그 기백이 보기 좋구만. 나가 보라우."

위원은 다시 여비서의 손에 몸을 맡기며 눈을 감았다.

15

국도를 따라 차디찬 밤공기를 가르며 지프차가 전속력으로 달렸다. 북한에서 자체 생산한 유일 기종인 '갱생 1호' 지프차였다. 두 시간가량을 한 번의 멈춤도 없이 내처 달리기만 하던 지프차는 어느 도심 속으로 들어섰다.

희미한 가로등 빛을 통해 보이는 길게 늘어선 아파트들과, 높은 굴뚝들이 듬성듬성 솟아 있는 커다란 공장 건물들은 그곳이 규모가 큰 공업지대라는 것을 말해 주었다.

속도를 늦추지 않고 계속 달리던 지프차는 도심을 벗어나 외따로 서 있는 그리 크지 않은 시커먼 건물 앞에 멈췄다. 얼핏 보기에는 버려진 건물이거나 폐품을 넣어 두는 창고 같았다.

차 문이 열리며 두 사람이 내렸다. 한 명은 검은 코트 차림이었고, 다른 사람은 두툼한 군용 동복 차림이었다. 잠시 뒤 어둠 속에서 덩치가 큰 사내 한 명이 나타나 겨우 들릴락 말락 한 목소리로 말했다.

"이쪽입네다."

두 명의 사내는 그를 따라 건물 안으로 들어갔다.

여기저기 빈 드럼통만 몇 개 나뒹구는 건물 안 벽에는 어지러운 낙서들이 새겨져 있었다. '쌍간나 숙희는 부화쟁이', '숙희와 만식이가 여기서 흘레했다', '동무들 앞으로 전진'과 같은 문구들과 해골을 그린 그림들이었다.

한쪽 구석에 놓인 드럼통에서는 장작이 불꽃을 튀며 타올랐다. 그 주변으로 다섯 명의 사내가 둘러앉아 불을 쬐고 있었다. 인기척을 느꼈는지 사내들이 문 쪽으로 얼굴을 돌렸다. 그들이 들어오는 것을 보고 사내들 중 한 명이 일어나 다가왔다. 덩치는 작지만 다부진 몸매였다.

"먼 길을 오느라고 수고가 많았겠습네다."

사내가 공손하게 말했다. 눈매가 대단히 날카로운 사내였다.

"준비는 철저히 됐겠지?"

차에서 내린 두 사람 중 검은 코트가 나직한 목소리로 물었다.

"예, 걱정하지 마십시오. 철저히 준비했습네다."

사내의 대답에 군더더기가 없었다.

"인사하라우. 이 사람이 내레 아까 차 안에서 얘기했던 그 유명한 함흥 최고의 깡패 조직 '살모사' 패의 대장이네."

검은 코트가 군용 동복에게 사내를 소개했다. 그들이 도착한 곳은 바로 북한에서 평양 다음으로 인구가 많은 제2의 공업 도시 함흥시 외곽 지역이었다.

북한의 건달계에서 함흥 깡패는 동료들을 위한 희생정신과 용맹성으로 그 명성을 떨쳤다. 악질이라고 소문난 함흥 깡패하고 붙어 이길 수 있는 다른 지역 깡패는 없었다. 그중에서도 살모사 패는 의리로 똘똘 뭉친 정예 조직으로 정평이 나 있었다.

"처음 뵙겠습네다."

짤막한 인사말과 함께 사내가 손을 내밀었다. 이리저리 일렁이는 장작 불빛이 쨤쨤이 사내의 얼굴에 무수히 난 상처 자국을 비추었다.

"반갑습네다."

군용 동복이 사내의 여기저기 굳은살이 박여 껄껄한 손을 마주 잡았다. 순간 손바닥이 얼얼했다. 꼭 쥐는 사내의 손힘이 대단했다.

"얘들아, 이리 와서 이분들께 인사드려라."

사내가 말하자 드럼통 주위에 앉아 있던 사내들이 줄레줄레 일어났다. 그리고는 한 줄로 서서 투박한 목소리로 한꺼번에 인사했다.

"반갑습네다."

"나도 반갑소."

검은 코트가 그들의 인사에 답례했다. 군용 동복은 그 옆에 엉거주춤 서 있었다.

"함께 갈 사람은 누군가?"

검은 코트의 물음에 사내가 옆의 부하 중 두 명을 가리키며 대답했다.

"이 두 사람과 저, 이렇게 세 명입네다."

말이 없어 보이는 듬직한 체구의 사내와 날렵하게 생긴 깡마른 사내였다.

"이 두 사람 다 인민군 특수부대 출신들입네다. 이 덩치 큰 사람은 해군 특수부대 출신이고, 이쪽 사람은 민경 출신입네다."

그렇다면 두 명 다 북한 인민군 최고의 특수부대 출신이었다. 해군 특수부대는 유사시 폭탄을 등에 지고 적진에 헤엄쳐 들어가 적군함 옆에 붙어 기다리다가 명령이 떨어지면 자폭하는 임무도 수행했다. 오랫동안 바닷속에서 견뎌야 하는 그들은 살인적인 훈련을 받았다. 민경은 '민사 경찰'의 약어로 휴전선 철책선에 근무하는 특수부대 군인을 말했다. 그들의 실력은 인민군 내에서도 최고를 자랑했다.

"성공할 자신 있는가?"

검은 코트의 물음에 두 사내가 차려 자세를 취하며 대답했다.

"예, 자신 있습네다."

"대장과 두 사람은 나를 따라오라."

검은 코트가 그들을 구석으로 데리고 갔다. 그리고 들고 온 트렁크의 번호를 돌려 잠금을 풀었다. 트렁크가 열리자, 그 안에서 러시아제 권총들이 번쩍거렸다.

"와!"

사내들이 감탄했다.

검은 코트는 권총 세 자루와 탄창을 꺼내 사내들에게 나누어 주었다.

"여기 이 권총은 이번 일의 중요성 때문에 주는 것이다. 그러니 어떤 일이 있어도 이 사람을 철저히 보호해야 한다."

검은 코트가 군용 동복을 가리키며 말했다.

"그리고 이번 일이 끝난 즉시 이 권총을 전부 회수하겠다. 그러니 절대로 분실하면 안 된다. 약속할 수 있나?"

"예!"

사내들은 큰 목소리로 대답했다.

"야, 이거 정말 오랜만에 만져 보는데."

신이 난 사내들은 권총을 겨눠 보기도 하고, '철컥!' 하고 방아쇠를 당겨 보기도 하면서 입을 다물지 못했다. 민간인의 무기 소지를 철저히 금지하는 북한에서 무기를 구한다는 것은 아예 불가능했다.

검은 코트가 군용 동복에게 물었다.

"한 자루 줄까?"

"됐어. 저 사람들 것만으로도 충분해요."

군용 동복이 사양했다.

검은 코트가 대장에게 말했다.

"저 밖에 세워져 있는 지프차를 타고 가면 검문을 무사히 통과할 수 있을 것이다. 사용 후 번호판을 떼어 내 폐기하고 차는 네가 마음대로 처분해도 된다. 그리고 이건 너희 신분증이다. 그럴 일이 없겠지만 만약 검문소에서 단속하면 이 신분증을 보여 줘라. 그러면 별문제가 없을 것이다."

검은 코트가 위조 신분증을 대장에게 넘겨주었다.

"알았습네다. 남아 있는 저희 동료들이 시내로 모셔다드릴 겁네다."

대장의 말이 끝나자 검은 코트가 지시했다.

"자, 그럼 지금 출발한다."

사내들은 물을 부어 장작불을 끈 후 건물 밖으로 나갔다.

밖에서 검은 코트는 군용 동복의 손을 잡고 말했다.

"그럼 좋은 소식 기다릴게."

"고마워요. 이렇게 위험을 무릅쓰고 날 도와줘서."

떨리는 목소리로 말하는 군용 동복의 눈시울이 뜨거워졌다.

"이건 내가 당연히 해야 할 일이었어. 자, 시간이 없으니 빨리 차에 타라구."

검은 코트가 군용 동복의 등을 떠밀었다. 차가 떠나려고 하자, 그는 속주머니에서 무언가를 꺼내더니 군용 동복의 손에 쥐여 주었다.

"내가 쓴 편지야. 차 타고 가면서 읽어 봐."

지프차를 배웅하는 검은 코트의 목소리가 울먹거렸다.

"잘 가. 모든 것이 잘되길 바란다."

"고마워."

차창 밖으로 내민 군용 동복의 얼굴에 두 줄기의 눈물이 흘러내렸다.

한편, 몽골의 나란트야는 조직의 부책임자 뷰얀으로부터 한 통의 긴급 전문을 전해 받았다.

"중국 측으로부터 헬기 착륙에 대한 허가가 내려졌답니다."

뷰얀이 방에 들어서며 보고했다.

"수고했어요."

나란트야는 뷰얀에게 자리를 권했다. 말이 별로 없는 뷰얀이 볼수록 믿음직스러웠다.

얼마 전에 그녀는 승호로부터 성혁을 탈출시키기 위한 준비가 완료됐다는 연락을 받았다. 성혁을 해외로 빼돌려 그녀에게 보내려고 한다는 그의 첫 편지를 모스크바에서 받아 본 지 꼭 오 개월이 지난 1993년 12월 중순이었다.

그동안 여러 차례 남북 정상의 특사 교환을 위한 남북 실무 접촉과 북미 회담 준비 때문에 그가 속해 있는 국가보위부는 바쁜 나날을 보냈다. 그래서 성혁의 탈출 준비가 예상보다 좀 늦어졌다는 내용이었다.

"국경 쪽은 어떻게 됐어요?"

나란트야의 물음에 뷰얀이 자신 있게 대답했다.

"염려 마십시오. 조직원들은 그쪽 비밀 요원들의 안내를 받으며 벌써 약속 장소로 떠났습니다."

승호 쪽에서 비밀리에 성혁을 북한과 중국 사이의 국경으로 이동시켜 중국 쪽으로 넘기면, 국경 주변의 약속된 장소에서 기다리던 그녀의 조직원들이 그를 넘겨받게 되어 있었다. 그다음에는 두 대의 지프차와 한 대의 트럭에 나누어 탄 중무장한 조직원들의 철저한 호위 속에 헬기 이륙지까지 성혁을 이동시킨 후, 헬기에 태워 몽골에 있는 그녀의 요새로 데려오는 것으로 성혁의 탈출 작전은 끝을 맺는 계획이었다. 그러기 위해서는 중국 정부로부터 헬기 이착륙 허가를 받아야 했다.

자본주의 시장 경제 체제로 넘어가면서 중국의 관료들은 부패할 대로 부패했다. 뇌물이면 안 되는 일이 거의 없었다. 지방 정부 관료들에게 뇌물로 달러를 두둑이 안겨 주면 헬기 이착륙 허가는 그리 힘들지 않게 얻어 낼 수 있었다. 그밖에 무기 거래를 통해 알게 된 중국의 국방부 관계자들과의 인연도 큰 힘이 되었다.

"저도 곧 헬기를 타고 중국의 이착륙지로 날아가겠습니다."

뷰얀이 자리에서 일어서며 말했다.

"고마워요, 뷰얀."

나란트야가 그를 배웅하기 위해 따라 일어섰다. 정말 아무 불평 없이 모든 일 처리를 깨끗하게 해 주는 그가 더없이 고마웠다.

"뭘요. 좋은 소식만 기다리십시오. 아참, 이번에 거래한 군수품에 대한 대금을 리비아 국방성이 스위스 은행 계좌에 입금한 걸 확인했습니다."

그는 깍듯이 인사하고 방을 나섰다. 의형제를 맺은 사이인데도 그는 항상 그녀에게 존칭어를 사용했다. 아마 상하 관계가 철저한 마피아 조직에서 오랫동안 생활하면서 몸에 밴 습관 때문일 거라고 생각했다.

같은 시각, 지프차는 어둡고 한적한 길을 내달렸다. 사내들은 말 한마디 없이 묵묵히 담배만 피워 댔다. 벌써 몇 시간 동안 달렸는데, 조는 사람도 없었다.

검은 코트의 말대로 지프차는 모든 검문소를 무사통과했다. 누구도 차를 멈춰 세울 생각을 안 했다. 특수 기관의 소속 차량임을 표시하는 차 번호의 위력은 정말 대단했다. 만약을 대비해 준비해 준 위조 신분증은 써볼 기회조차 없었다.

차창 밖으로 눈에 뒤덮인 산등성이와 나무들이 스쳐 지나갔다. 간간이 얼어붙어 미끄러운 도로를 만났지만, 군용으로 만들어진 지프차는 별 탈 없이 잘 달렸다. 깊은 밤이어서인지 도로 위에 다른 차들은 전혀 보이지 않았다. 그들이 탄 차는 호랑이가 종종 출몰한다는 험한 부전령산맥을 넘었다.

군용 동복 차림의 성혁은 기억을 되짚어, 함흥시를 향해 달리던 차 안에서 승호가 말해 준 탈출 계획을 다시 떠올렸다.

함흥에 도착하면 성혁이 비밀리에 국경을 넘는 것을 도와줄 사람들을 만나게 된다. 그들은 바로 깡패 조직 살모사 패 조직 원들이다. 성혁도 알고 있을 정도로 그 조직의 명성은 북한 내에서 유명했다. 그런데 그 살모사 패 대장이 승호의 비밀 정보 원이었다.

승호는 그를 비밀 정보원으로 포섭하게 된 경위도 설명해 주었다. 몇 년 전 함흥 시내에서 거대 깡패 조직들 간의 피비린내 나는 큰 세력 다툼이 있었다. 그 사건을 계기로 국가보위부와 사회안전부에서 합동으로 깡패 조직에 대한 대대적인 검거를 실시했다. 그때 그 싸움의 한쪽 세력이었던 살모사 패 대장도 체포되었다. 사망자가 여러 명 발생한 사건인지라 그는 무기징역을 면하기 어려운 처지에 놓였다. 그러나 그는 그저 감옥에서 썩기에는 아까운 인물이었다. 잘 짜인 조직망을 갖춘 깡패 조직의 우두머리는 좋은 정보원이 될 수 있었다. 승호는 그를 비밀 정보원으로 활동한다는 약속하에 풀어 주었다. 그때부터 살모사 패 대장은 승호에게 충성을 다 바치는 비밀 정보원이 되었다. 그것은 국가보위부에서 비밀 정보원 확보를 위해 흔히 쓰는 수법 중 하나였다.

승호는 성혁의 탈출을 위해 특별히 그들을 택한 이유도 설명해 주었다.

우선 살모사 패는 대장을 비롯하여 전 조직원이 의리를 생명으로 여겼다. 또한 승호에 대한 고마움을 잊지 못하는 대장은 승호가 준 임무라면 그 어떤 것이라도 철저히 수행했다. 살모사 패는 중국과의 생필품 밀수에도 손을 대고 있어서, 이번 일에 가장 중요한 요소인 국경 초소에 대한 해박한 지식도 가지고 있었다.

그들은 성혁의 신분에 대해 전혀 모르고 있다고 했다. 그리고 구태여 말해 줄 필요가 없다고 덧붙였다. 국경을 넘어서면 그들이 나란트야의 조직원들이 기다리는 약속 장소까지 안내할 것이라고 했다. 그다음부터는 나란트야 조직원들의 보호하에 움직이면 된다는 것이었다.

'그녀는 어떤 모습으로 변해 있을까? 과연 나를 알아볼 수 있을까?'

그녀를 만나게 된다는 생각에 성혁은 벌써부터 마음이 설레었다. 그는 마음을 진정시키려고 남아 있는 왼손을 주머니에 넣어 담배를 찾았다. 순간, 승호가 차 안에서 읽어 보라고 건네준 편지가 손에 잡혔다. 너무 긴장했던 나머지 읽어 보는 것을 깜박 잊었었다.

성혁의 탈출을 돕는다는 건 승호뿐 아니라 그의 온 가족의 생사가 달린 위험한 일이었다. 그런데도 위험을 무릅쓰고 주저함이라곤 없이 그를 적극적으로 도와주는 승호가 너무나 고마웠다.

'형, 고마워요. 이 은혜를 꼭 갚을게요.'

마음속으로 중얼거리며 그는 담배 대신 편지를 꺼내 펼쳤다.

성혁아.

다시 돌아오지 못할 수도 있는 먼 곳으로 떠나는 너에게 이제
는 마음속에 품고 있던 진실을 밝혀야 할 것 같아 이 편지를 쓴
다. 내가 지금부터 밝히는 내용은 나를 지금까지 너무나 괴롭
혀 왔던 것이다.

우리가 동독 유학을 떠나기 전부터 나는 국가보위부의 비밀 요
원이었다. 인민군에 있을 때 이미 나는 인민무력부 보위국 사
람에 의해 비밀 요원으로 포섭이 됐지. 나의 임무는 군인들의
사상 동향을 정기적으로 보위국에 보고하는 것이었어.

그 후 위탁 교육을 받기 위해 김책공업대학에 들어가서부터는
인민무력부 보위국 대신 국가보위부의 관리를 받게 됐어. 내
임무도 대학생들의 동태를 살피는 것으로 바뀌고 말이야.

동독 유학을 떠나기 전 나는 국가보위부로부터 새로운 임무를
부여받았어. 사생활부터 시작해 유학생들의 모든 것을 국가보
위부에서 파견된 대사관 사상 담당 당 부비서에게 보고하라는
것이었어. 우리가 처음 동독에 도착한 날 대사관에서 묵었던
것 기억하지? 그날 밤 나는 남들이 다 자는 깊은 새벽에 사상
담당 당 부비서한테 불려 갔어. 그는 나에게 구체적인 활동 과
업을 지시했지.

나는 유학 생활을 하면서 다른 유학생들이 눈치채지 못하게 그

들의 생활을 낱낱이 감시하기 시작했어. 그런데 내 감시망에 너와 나란트야가 걸려든 거야. 너와 그녀와의 관계가 심상치 않다고 여긴 나는 너를 집중적으로 감시하기 시작했지. 아니나 다를까. 네가 밤늦게 그녀의 호실에 자주 내려가는 것이었어. 나에게는 공을 세울 큰 건수가 걸려든 거지. 아무도 몰래 너를 미행해 네가 몇 시에 그녀 호실에 들어가고 몇 시에 나오는지 전부 기록했어. 그리고 충분한 정보가 모였다고 생각되어 사상 담당 당 부비서에게 자료를 보냈지. 조국을 떠나온 지 얼마 안 된 그때는 그것이 옳은 일이라고 믿었다.

네가 끌려간 지 얼마 안 되어 대사관 사람들이 내려와 네 사건과 관련해 사상 투쟁을 벌였어. 그때 나는 내가 사상 담당 당 부비서에게 보고한 다음 날 조직 책임자였던 철우가 뒤늦게 너에 대해 보고했다는 것을 알았어. 그러나 사상 담당 당 부비서는 유학생들 앞에서 내 보고에 대해선 전혀 언급을 안 했어. 비밀 요원인 나를 보호하기 위해서였지.

동독에서의 유학 생활이 길어질수록 너에 관한 생각은 나를 놔주지 않았다. 외국 생활을 통해 점점 세상 물정을 알게 되고 눈이 뜨이게 되니 내가 몹쓸 짓을 했다는 생각이 자꾸 드는 것은 어쩔 수 없었어. 그렇지만 나의 밀고가 아니었어도 철우가 한 보고로 인해 어차피 네가 끌려 들어갈 수밖에 없었다는 생각으로 위안을 삼으려고 노력했지.

어느 날, 철우를 비롯한 몇 명의 유학생들이 모여 술을 마셨어.

마침 네 얘기가 화제에 올랐지. 그런데 그때 술에 만취한 철우가 이런 얘길 하는 거야.

'나는 진심으로 성혁이를 돕고 싶었어. 그래서 다른 친구들이 성혁이와 나란트야의 관계에 대해 나에게 통보해 왔을 때도 대사관에 보고를 안 하고 있었던 거야. 그런데 그때 글라우카우 강습소의 우리 조직 내에 있던 국가보위부 밀정이 미리 보고를 해 버린 거야. 그래서 나도 보고할 수밖에 없었다구. 나는 성혁이가 끌려 들어간 데 책임이 없단 말이야.'

그 말을 듣는 순간 나는 쥐구멍이라도 있으면 들어가 숨고 싶은 심정이었어. 위안을 삼았던 마지막 보루마저 무너져 내렸기 때문이었지. 나 자신이 너무 경멸스러웠어.

그때부터 나는 국가보위부의 비밀 요원 활동을 그만두기로 결심했어. 정보 수집을 안 한다고 오랫동안 못살게 굴던 국가보위부 쪽에서도 내가 공부하느라 시간이 없다고 완강히 우기자 포기를 하더군.

유학에서 돌아오자 이전의 비밀 요원 경력 때문인지 나는 국가보위부에 배치됐어. 나는 기왕 이렇게 된 김에 국가보위부 직원의 권한을 이용해 너를 돕자고 생각했지. 그것만이 너에 대한 죄책감과 괴로움 속에서 조금이나마 벗어나는 길이었어.

이번 탈출 준비에 대해서도 나에게 고맙다고 했는데 그럴 필요 없어. 그것은 너를 위해서라기보다 나 자신을 위한 일이었으니까. 나로 인해 망쳐진 인생에서 벗어나 지금이라도 네가 행복을 찾는 것이 나를 고통 속에서 해방시키는 길이기 때문이야.

그러니 성혁아, 너는 꼭 행복해져야 한다. 앞으로의 행복이 지금까지의 고통을 충분히 보상해 줄 수 있게 말이야. 그것을 위해 나는 모든 것을 다할 결심이다.

성혁아, 나를 용서 못 하겠지만 간간이 소식을 전해 주었으면 한다.

그럼 행복을 찾길 바란다.

너한테 몹쓸 짓을 해서 정말 미안하다.

승호

성혁은 머리가 빠개지는 것 같았다. 가슴이 너무 답답해 창문을 양껏 열었다. '쌩' 하는 날카로운 소리와 함께 차디찬 겨울 바람이 기승을 부리며 차 안으로 몰려들어 왔다. 오줌을 누면 나오는 즉시 그대로 얼어붙어 얼음 줄기를 이룬다는 그 유명한 12월의 차가운 양강도 산골바람이었다.

갑자기 찬 바람의 공격을 받은 사내들은 무슨 일인가 하여 열린 창문과 성혁을 힐끗 번갈아 보았다. 그러고는 아무 말 없이 옷깃을 여미며 바람을 피했다.

그들이 탄 지프차는 함경남도의 도청 소재지인 함흥을 떠나 신흥, 풍산, 풍서, 갑산을 지났다. 워낙 산이 많은 북쪽 지역인지라 그들은 내내 깊은 산속으로 난 국도를 달려야 했다.

"거의 다 도착했습네다."

운전대를 잡은 민경 출신의 깡마른 사내의 목소리였다.

성혁은 앞을 내다보았다. 앞에 불이 환하게 켜진 검문소가 보였다. 지역과 지역 사이의 경계선에 배치된 검문소였다.

털모자를 깊이 눌러쓴 채 근무를 서고 있던 무장 군인이 차를 세우려고 손을 들었다. 그러다가 차 번호를 보고는 경례하며 그냥 통과하라는 신호를 보냈다.

차는 속도를 늦추지 않고 계속 달렸다. 어둠 속에서 어렴풋이 시커먼 물체들이 차를 향해 다가오는 것이 보였다. 길 양옆에 늘어선 건물들이었다. 그들이 탄 차는 압록강 상류 지역에 자리 잡은 국경 도시 양강도 혜산시에 들어섰다.

혜산시는 그리 크지 않았다. 시내의 어느 한 단독 주택 앞에 차를 세운 그들은 조심스럽게 대문을 두드렸다. 문이 열리며 사십 대 후반의 집주인인 듯한 사람이 나왔다. 그는 그들을 집 안으로 안내했다.

집 안에 들어서니 집주인이 인원수에 맞게 군용 털모자와 동복, 두툼한 겨울용 군용 신발, 군용 통장갑 등을 내놓았다.

"오랫동안 강추위 속에서 떨어야 하니 얼어 죽고 싶지 않으면 입으시오."

대장이 성혁에게 한 세트를 건네주며 말했다. 군용 동복을 입고 있던 성혁은 털모자와 신발, 그리고 왼쪽 통장갑을 골라 잡았다. 한쪽 팔을 잃은 그에게 오른쪽 장갑은 필요 없었다.

일행이 군용 동복 등을 다 갈아입자, 집주인이 허옇게 응고

된 돼지기름을 가져왔다.

"이건 어디에 쓰려고 하지요?"

성혁이 의아한 표정으로 물었다.

"우리가 지금부터 통과해야 할 곳은 바람이 많고 대단히 추운 곳이오. 노출된 얼굴이 얼어 터질 수 있으니, 그걸 방지하기 위해 얼굴에 이 기름을 바르는 거요. 이 기름은 추위로부터 피부를 보호해 준다오."

그렇게 말하며 대장이 부하들과 함께 돼지기름을 얼굴에 두껍게 발랐다. 성혁도 그들이 하는 대로 얼굴에 돼지기름을 문질러 댔다.

준비가 다 끝나자 대장이 집주인에게 말했다.

"차는 여기 세워 둘 테니 창들이 눈치채지 못하게 잘 보관하시오."

창은 사회안전원을 칭하는, 깡패들의 은어였다.

"네, 걱정하지 마십시오."

집주인이 대답했다.

특수 번호의 지프차는 성혁의 탈출 작전이 끝난 후, 그들이 되돌아갈 때 필요했다.

집주인의 배웅을 받으며 집을 나선 그들은 시내를 벗어나 백두산 밑 보천보 쪽을 향해 걸었다. 시내를 벗어난 뒤로는 남의 눈에 띄지 않으려고 눈이 많이 덮여 길도 없는 산속으로 들어가 걷기 시작했다. 사내들은 한 명씩 교대로 돌아가며 맨 앞에

서서 길을 만들어 나갔다. 그들은 성혁을 제일 가운데 서서 걷게 했다. 그곳 지리를 잘 아는 그들은 능수능란하게 험한 산길을 헤쳐 나갔다. 날씨가 찬 데다 눈이 녹지 않고 계속 쌓여서 어떤 곳은 눈이 키보다 높게 쌓여 있었다. 성혁이 눈구덩이에 빠져 허우적거리면 사내들이 조심스럽게 꺼내 주곤 했다.

그들은 그럴 때마다 주의를 잊지 않았다.

"깊은 눈구덩이에 빠지면 절대 허우적거리며 덤비면 안 돼요. 그러면 계속 빠져들어 가요. 그 자리에 가만히 누워 있으면 몸무게로 눈이 다져져 굳어지는데, 그때 조심스럽게 눈구덩이를 나와야 해요."

아무래도 불안한지 대장이 끈을 가져와 성혁의 몸에 한쪽 끝을 묶은 후 다른 쪽 끝을 자기 몸에 묶었다. 혹시 성혁이 깊은 눈구덩이에 빠지거나, 발을 헛짚어 보이지 않는 벼랑 아래로 굴러떨어지는 것을 방지하기 위해서였다.

세차게 불어오는 찬 바람에 얼굴은 감각을 잃어버린 지 오래였다. 돼지기름마저 안 발랐다면 정말 얼굴이 얼어 터졌을 것이 분명했다.

몇 시간이나 흘렀을까? 그들 앞에 압록강이 내려다보였다. 폭이 그리 넓지 않은 압록강은 꽁꽁 얼어붙어 있었다. 건너뛰기만 해도 한걸음에 압록강 저편 중국 땅에 닿을 것 같았다.

깡마른 사내가 손짓으로 어딘가를 가리켰다. 그곳에는 초소들이 아주 교묘하게 은폐되어 있었다. 성혁의 가슴이 쿵쿵 뛰었다.

대장이 성혁과 그를 잇고 있던 끈을 풀었다. 그들은 조심스럽게 산을 톺아 내리기 시작했다. 국경 경비 대원들이 매복해 있을 수도 있어서 최대한 주의를 기울여야 했다.

압록강이 점점 가까워졌다.

'여기만 건너면 중국 땅이구나.'

성혁의 마음은 벌써 나란트야가 있는 몽골로 달려갔다.

성혁과 헤어진 후, 남아 있는 사내들의 차를 타고 함흥 시내로 들어온 승호는 '승리 호텔'에 여장을 풀었다. 함흥 시내에 하나밖에 없는 외국인 전용 호텔이었다.

외화만 사용하는 이곳은 내국인의 출입이 별로 없었다. 평양과 달리 외국 관광객 역시 거의 없어 호텔은 한산하기 그지없었다. 처음 호텔에 들어설 때 내국인인 것을 보고 뻣뻣한 표정을 짓던 호텔 종업원이 그의 신분증을 보고는 이내 공손해졌다.

북한의 모든 여관과 호텔에 묵으려면 공민등록증과 통행증을 제시해야 했다. 그러면 국가 공무원인 종업원은 그것을 보고 본인이 확실하다는 것과 그곳에 묵을 사유가 정당하다는 것을 확인한 후 숙박 여부를 결정했다. 이상한 사람은 그 즉시 사회안전부에 신고했다. 공적인 일로 여행하는 사람 외에는 여관이나 호텔에 머물 수 없었다.

승호는 담배를 피우며 성혁의 탈출 소식을 기다렸다. 성혁이 국경을 넘어 약속 장소에 도착하면 즉시 승호에게 연락을 해 오기로 되어 있었다.

호텔에 도착한 지 벌써 몇 시간이 지났다. 그 시간이 몇십 년처럼 길게 느껴졌다.

'지금쯤은 연락 올 때가 되었는데……'

승호는 달아오르는 조바심을 참으려고 방 안을 이리저리 왔다 갔다 하며 서성거렸다. 재떨이에는 담배꽁초가 점점 그 높이를 더해 갔다.

그때였다.

'똑똑똑!'

누군가 밖에서 방문을 두드렸다. 승호는 긴장한 채 문 앞으로 다가섰다.

나란트야는 술잔을 계속 들이켰다. 마음을 진정시키기 위해서였다. 테이블 위에 놓인 재떨이에는 담배꽁초가 흘러넘쳤다.

조금 전에 중국의 헬기 이착륙지에 나가 있는 뷰얀으로부터 전화 연락이 왔다.

"조금만 있으면 저쪽에서 국경을 넘어설 겁니다. 국경을 넘었다는 소식이 들어오는 즉시 연락드리겠습니다."

뷰얀이 나가 있는 곳은 장백이라는 중국의 국경 도시였다. 그곳은 폭이 좁은 압록강 하나를 사이에 두고 북한의 혜산과 인접해 있었다. 국경에서 그곳까지는 얼마 멀지 않은 거리였다. 그러니 성혁이 지금쯤 국경을 넘고 있다면 이착륙장에서 헬기를 타고 그녀에게로 날아오는 시간을 계산하더라도 대여섯 시간 정도만 지나면 그토록 그리던 그를 만날 수 있을 것이었다.

'그는 어떤 모습으로 변해 있을까? 잘린 오른팔의 고통은 없을까? 그를 만나면 경치 좋은 곳에 아담한 집을 지어 놓고 오손도손 살아야지. 자식도 낳고 말이야.'

생각만 해도 가슴이 흥분으로 터져 나갈 것 같았다.

그녀는 담배를 꺼내 물었다. 눈길은 벨이 울리면 금방 손이 닿을 수 있게 가까이 가져다 놓은 전화기에서 잠시도 떠나지 않았다.

'연락이 올 때가 됐는데…….'

그녀의 담배가 절반 정도 타들어 갔을 때 '따르릉' 하고 전화벨이 울렸다. 그녀는 벌떡 일어나 전화기를 집어 들었다.

"여보세요. 뷰안?"

갑자기 어디선가 부스럭하는 소리가 났다. 순간 성혁의 머리칼이 곤두섰다. 사내들도 모두 걸음을 멈추고 주위를 조심스럽게 살펴보았다.

그들의 손에는 승호가 건네준 권총이 들려 있었다. 숨을 죽인 채 소리가 난 쪽을 주시하던 깡마른 사내가 낮은 목소리로 급하게 소리쳤다.

"매복이다. 튀어!"

그들이 몸을 움직이려는 순간 숲속에서 큰 목소리가 울려 퍼졌다.

"꼼짝 마. 너희들은 포위되었다."

순간 그들은 그 자리에 굳어 버렸다. 자신들에 대한 정보가 누출된 모양이었다.

당황한 대장은 급히 부하들에게 명령했다.

"여기는 내가 맡는다. 너희들은 저 사람을 보호해 강을 건너라."

잠시 주춤하던 그들은 그의 명령에 따라 성혁과 함께 냅다 강 쪽으로 달렸다.

'타타탕!'

날카로운 총소리가 어두운 밤하늘을 가르며 울려 퍼졌다. 뒤쪽에서 대장과 경비대들 사이에 총격전이 벌어졌다.

"서라!"

그들을 추격하는 군인들의 목소리가 귀청을 때렸다.

'픽! 픽! 픽!'

사방에 총알이 날아와 박히는 소리가 등골을 서늘하게 했다.

그들이 산기슭을 거의 다 내려왔을 때 양옆에서 군인들이 달려오는 것이 보였다.

"옆에도 있다."

사내들은 양옆으로 성혁을 둘러쌌다. 그러고는 서로 반대쪽을 향해 총을 쏘며 계속 달렸다.

'억' 하는 소리와 함께 성혁의 왼쪽 사내가 쓰러졌다. 민경 출신의 깡마른 사내였다. 쓰러진 그의 가슴에서 피가 흥건히 흘러나왔다.

덩치 큰 해군 특수부대 출신의 사내가 그를 업으려고 하자 그는 고통스러운 표정을 지으며 말했다.

"이러다간 우리 모두 잡혀. 그러니 날 놔두고 빨리 강을 건너."

어둠 속에서 시커먼 그림자들이 점점 더 가까이 다가왔다.

"안 되겠습니다. 놔두고 갑시다."

덩치 큰 사내가 쓰러진 사내를 걱정스럽게 들여다보며 성혁에게 갈린 목소리로 말했다. 그러는 그의 얼굴엔 주먹만 한 눈물이 맺혔다.

발소리가 똑똑히 들릴 정도로 군인들이 점점 가까이 접근했다. 성혁과 사내는 강가에 거의 다다랐다.

군인들을 향해 뿜어 대던 사내의 총에서 갑자기 '철컥' 하고 격발 장치가 떨어지는 소리가 났다. 총알은 나오지 않았다. 탄알이 다 떨어진 것이었다.

순간 뒤에서 앙칼진 군인의 목소리가 귀청을 때렸다.

"움직이지 마! 움직이면 쏜다!"

사내와 성혁은 그 자리에 멈춰 섰다. 바로 눈앞이 압록강이었다.

'중국 땅을 몇 발자국 앞에 두고 잡히다니.'

성혁은 원통하기 그지없었다.

사내가 성혁만 알아듣게 조용히 속삭였다.

"내가 이놈을 처치할 테니 그사이 날래 강을 넘으시오."

"모두 손들고 돌아서!"

그들은 손을 번쩍 들었다. 다른 군인들이 밀려오는 것이 보였다. 뒤로 천천히 몸을 돌리던 사내가 총을 겨누고 있던 군인이 가까이 다가온 동료들을 보고 방심하는 사이, 몸을 옆으로 숙여 날리며 발로 그의 배를 걷어찼다.

'헉' 하는 김 빠지는 소리와 함께 군인의 몸이 앞으로 기울었다. 눈 깜짝할 사이에 일어난 일이었다.

"뛰어!"

사내가 성혁에게 소리치며 빼앗은 총으로 다가오는 군인들과 엉겨 붙어 육박전을 벌이기 시작했다. 너무 가까워 서로 총을 쏠 수가 없었다.

성혁은 죽을힘을 다해 달려 강 위의 얼음판에 다다랐다.

'타탕!'

총소리가 들렸다. 얼음판 위를 달리던 성혁은 옆구리에 심한 통증을 느끼며 그 자리에 쓰러졌다. 총탄을 맞은 것이었다.

통증으로 가물거리는 그의 눈앞으로 한 걸음이면 닿을 듯 중국 땅이 보였다.

'여기서 잡힐 순 없어. 포기하면 안 돼!'

그는 피가 콸콸 쏟아져 나오는 옆구리를 왼손으로 감싸 쥔 채 조금씩 앞으로 기어가기 시작했다. 얼음판 위에는 그의 옆구리에서 흘러나온 피가 낭자하게 퍼져나가 붉게 물들었다. 정신이 점점 가물가물해졌다.

군인들이 다가오는 발소리가 들렸다.

'저놈들한테 잡히면 안 돼. 난 나란트야가 기다리고 있는 곳으로 가야 해.'

그는 온몸의 힘을 모아 발로 얼음을 밀어내며 전진하려고 애썼다. 그러나 오른손이 없는 그의 몸은 더는 앞으로 나가지질 않았다.

"이 자식 지독한 놈이구만 기래."

내려다보던 군인들 중 한 명이 뇌까리며 군홧발로 그의 옆구리를 힘껏 걷어찼다. 신음 소리를 내지르던 성혁은 의식을 잃었다.

"네, 뷰얀입니다. 일이 잘못된 것 같습니다."

"잘못되다니요?"

나란트야가 급하게 다그쳐 물었다.

"국경 쪽에 나가 있는 조직원들의 말에 따르면 국경에서 총격전이 벌어졌다고 합니다. 러시아제 야시경이 장착된 망원경으로 감시하던 그들의 보고로는 강을 넘으려고 시도하던 사내들이 전부 총에 맞아 쓰러졌다고 합니다. 그리고 그들을 군인들이 끌고 갔다고 합니다."

손에서 전화기가 미끄러져 나가고, 그녀는 자리에서 쓰러졌다. 주단이 깔린 바닥에 전화기가 떨어지면서 가볍게 부딪치는 소리를 냈다.

"여보세요! 여보세요!"

수화기에서 뷰얀의 다급한 목소리가 흘러나왔다.

잠시 후 뷰얀의 연락을 받은 부관이 급하게 뛰어 들어왔다. 그는 나란트야의 상태를 살핀 후, 조직원들의 전문 담당 의사가 묵고 있는 방에 전화를 걸었다.

"책임자님이 쓰러졌어요. 빨리 방으로 와 주세요."

의사가 헐레벌떡 들어왔다. 그는 서둘러 가방을 열고 진찰 기구들을 꺼내 간단한 진찰을 했다. 그러고는 안도의 숨을 내쉬며 말했다.

"너무 걱정할 것 없습니다. 심한 정신적 충격 때문에 잠시 의식을 잃은 것뿐입니다. 곧 깨어날 겁니다."

의사가 간단한 응급 처치를 했다. 그녀의 몸이 조금씩 움직이기 시작했다.

"정신이 좀 드는 모양입니다."

의사의 말이 끝나기도 전에 그녀가 천천히 눈을 떴다. 그러고는 걱정스러운 눈길로 내려다보고 있는 부관과 의사의 얼굴을 번갈아 쳐다보았다.

나란트야는 정신을 가다듬고 침착한 목소리로 부관에게 지시했다.

"뷰얀에게 조직원들을 철수시키라고 하세요. 그리고 북한 주재 몽골 대사관의 우리 정보원과 전화를 연결해 주세요."

"알겠습니다."

부관이 전화 다이얼을 돌렸다.

'탕탕탕!'

호실 문을 두드리는 소리가 다시 들렸다.

'이 깊은 밤중에 누구지?'

승호는 의심스러운 듯 문가로 조심스럽게 다가가 물었다.

"누구요?"

"호텔 직원입네다."

'호텔 직원이 웬일이지?'

"무슨 일이오?"

"저 급하게 알려 드릴 일이 있어서 그러니 문 좀 열어 주십시오."

'급하게 알려 줄 일이 있다니, 혹시……?'

승호는 서둘러 문고리를 벗겼다.

순간 문이 벌컥 열리며 건장한 젊은이들이 우르르 몰려 들어와 그에게 권총을 겨누었다.

깜짝 놀라 뒤로 물러난 승호는 침착함을 잃지 않으려 위압적인 목소리로 소리쳤다.

"이 자식들, 너희들 뭣 하는 짓이야?"

이때 열린 문으로 특수과의 당 비서가 능글맞게 웃으며 들어섰다.

"허허! 과장 동무, 너무 흥분하면 건강에 안 좋은 거 모르나? 내가 우리의 존경스러운 과장 동지가 아주 기뻐할 소식 하나 전해 주지. 당신 친구 성혁이도 방금 압록강 강가에서 피투성이가 돼서 체포됐다는구만 기래. 참 아쉽지. 한두 발자국만 더 가면 중국 땅인데 말이야. 뭐 총에 맞아서 목숨이 간들간들한다고 기래."

승호의 얼굴에 분노가 이글거렸다.

"이 비열한 인간쓰레기 같은 자식!"

승호 앞에 멈춰 서서 고소한 표정을 짓던 그는 갑자기 고래고래 소리를 질러댔다.

"야, 이 새끼야. 네가 아직도 특수과 과장인 줄 알아? 내 네놈이 그런 놈인 줄 미리 알아봤어. 너는 오늘로 인생이 끝난 거이야. 끌어내!"

사내들은 그를 끌어내 호텔 앞에 세워 둔 자동차에 태웠다. 자동차는 빠른 속도로 어둠 속을 달려, 어느 건물 안으로 사라졌다.

16

사무실 의자에 깊숙이 몸을 묻은 특수과 당 비서는 행복한 미소를 지었다. 기분이 좋았다.

오늘 장성택 위원실로 직접 불려 가 서승호 사건으로 칭찬을 받은 것이다. 그 자리에는 승호의 행정상 상관이기도 한 해외 담당 정보실장도 함께 있었다. 정보실장은 아무 말 없이 침묵만 지켰다.

'외국물을 먹었다는 놈들은 다 똑같이 한 뱃속이야.'

그는 무슨 더러운 벌레를 처다보듯 경멸스러운 표정을 짓던 정보실장의 얼굴이 생각나 이를 부드득 갈았다.

'너도 언젠가는 내 손아귀에서 망할 때가 있을 것이다.'

그가 승호의 뒤를 밟기 시작한 것은 오래전부터였다.

승호를 비롯한 해외 유학파들은 당 조직의 권한을 이용해 특수과를 독주하려는 그에게 절대적인 장애물이었다. 그들은 그가 어떤 지시를 내리면 무조건 받아들이는 국내파 직원들과는 달리, 합당치 않다고 생각되면 조목조목 이유를 대며 거절하기 일쑤였다. 그에게 해외 유학파들은 외국에서 따지는 것만 배워 온 말 많은 족속들이었다. 또한 정통한 외국어가 없고 외국 정세에 무지했던 그는 외국과의 중요한 특수 작전에서 따돌림을 당하거나 겉돌 때가 많았다.

'이 자식들 두고 보자!'

벼르고 있던 그에게 뜻밖의 정보가 입수되었다. 특수과 내외국 유학파의 우두머리 격인 승호에 대한 것이었다.

그에게는 사회안전부 정보과에 다니고 있는 김일성종합대학 동기가 있었다. 비슷한 권력 기관에 종사하고 있는 그들은 직업의 공통점 때문인지 자주 만나 서로의 어려움을 얘기하거나 정보를 교환하곤 했다. 그러던 어느 날 그에게 뜻밖의 정보가 전해졌다.

"야, 지금 나한테 이상한 정보가 들어와 있는데 말이야. 너네 특수과 과장이 정치범 수용소에 있다가 나온 불순분자를 만난다는 거이야."

"뭐야? 서승호 과장 그 자식이…… 구체적으로 얘기해 보라우."

그는 촉각을 곤두세우며 다그쳤다.

"어, 요덕의 사회안전부에서 들어온 정보인데, 숙박 검열을 하던 두 명의 안전원이 요시찰 대상인 성혁이라는 불순분자네 집에 너네 과장이 있는 것을 발견했다는 거이야."

"기거이 확실한 거이야?"

그가 따져 물었다.

"기럼, 신분증에 국가보위부 특수과 과장이라고 정확히 적혀 있는 것을 봤다는 거이야."

"기래?"

비밀경찰 기관인 국가보위부 과장이 요시찰 대상자를 비밀리에 만난다는 것부터가 뭔가 수상쩍었다. 그가 자료를 찾아보니 승호가 만났다는 성혁은 그의 옛 유학생 동료였다.

'기다려라, 서승호.'

그는 속으로 쾌재를 불렀다. 그는 비밀 정보원들에게 지시해 승호를 미행하도록 했다. 절대 눈치채게 하면 안 된다고 강조하는 것도 잊지 않았다. 그리고 함경남도 요덕에 있는 국가보위부 친구에게도 성혁의 철저한 감시를 부탁했다.

승호가 최근에 함흥에 자주 내려간다는 정보가 들어왔다. 그곳에서 그의 비밀 정보원인 깡패 조직 살모사 패 대장을 만난다는 것이었다.

'살모사 패라.'

뭔가 미심쩍은 일이 진행되고 있다는 예감이 들었다. 그는 국가보위부 자료실에서 살모사 패에 대한 모든 자료를 찾아보았다.

자료를 훑어 나가던 그의 눈길이 한곳에 멈췄다. 활동 영역이 적힌 그곳에 '최근 국경을 통한 중국과의 직접적인 생필품 밀수에도 전력함'이라고 적혀 있었다.

국가보위부에서는 국내의 모든 깡패 조직에 대한 구체적인 정보를 가지고 있었다. 그럼에도 불구하고 불법을 저지른다고 그들을 막 잡아넣지는 않았다. 필요할 때만 사회안전부에 자료를 넘겨주어 체포하게 했다. 더구나 살모사 패는 승호의 비밀 정보원으로 등록되어 있어 국가보위부의 보이지 않는 보호를 받았다.

'밀수를 한다면 국경을 비밀리에 넘나든다는 말이 아닌가? 그런데 왜 성혁을 만난 후에 그들을 자주 만나는 걸까?'

그는 성혁과 그들 사이의 연관성을 찾느라 머리를 움켜쥔 채 한참 동안 골머리를 앓았다. 그러던 그의 머릿속에 뭔가 휙 스쳐 지나가는 것이 있었다.

'혹시……'

이전에 승호가 성혁을 자주 만난다는 정보를 입수한 후, 성혁에 대한 자료를 찾아보면서 특이하게 느꼈던 것이 되살아났다. 바로 그가 수용소 생활을 한 것은 유학 시절 한국계 혼혈인 여자와의 사랑 때문이었다는 기록이었다.

'맞아. 서승호 과장 그놈이 친구인 성혁이 그 자식을 외국으로 빼돌리려는 건지도 몰라.'

성혁의 북한 탈출 가능성은 얼마든지 있었다. 수용소 생활까지 한 그가 지금의 북한 체제에서 가질 수 있는 희망은 전혀 없었다. 그리고 사랑하는 여자를 위해 서방으로의 탈출까지 시도했던 그가 매일 옛 여자 생각에 빠져 있을 것은 보지 않고도 뻔했다.

'목숨을 버릴 생각을 할 정도로 혼혈인 여자의 아랫도리가 그렇게 좋나?'

음흉한 상상을 해 보던 그는 다시 추리를 거듭해 나갔다.

'그렇다면 서승호 과장 그 자식은 어떻게 하려는 거지?'

외국 출장이 잦은 승호가 해외로 탈출하기는 그리 힘들지 않을 것이다.

'그럼 친구를 탈출시키고 자기는 북조선에 남아 있단 말인가?'

그것은 말이 되지 않는 것 같았다. 훗날 성혁의 탈출 사건 개입 사실이 드러나면 생명까지 위협받을 수 있다는 것을 그가 모를 리 없었다.

'성혁이를 탈출시킨 후 외국으로 튈 생각을 하고 있는지도 몰라. 하여튼 이번 기회를 놓치지 말자.'

그는 비밀 정보원들에게 승호와 성혁에 대한 감시를 더욱 강화할 것을 지시했다.

그러던 어느 날, 평양시 외곽 지역인 서포 버스정류장에서 내린 승호가 미리 세워져 있던 정체불명의 지프차로 갈아탄 후 함경남도 요덕 쪽으로 향하고 있다는 보고가 들어왔다. 그는 즉시 지프차에 붙은 차 번호에 대한 조회를 지시했다. 그 결과 앞 두 자리 숫자는 분명 국가보위부 차량임을 표시하는 18이라는 숫자였으나, 전체적인 차 번호는 국가보위부 내에 존재하지 않는 번호였다. 분명 뭔가 있는 것이 확실했다.

"어허, 이거 뭔가 걸려드는데……."

흥분된 감정을 감추지 못하고 그는 큰 소리로 중얼거렸다.

비밀 정보원들에게 계속 승호를 미행하라고 지시한 후, 그는 국가보위부 내 격술 유단자들인 전문 체포팀과 함께 함흥으로 떠났다. 그들이 함흥 시내에 거의 도착할 무렵, 승호가 성혁을 태우고 요덕을 떠났다는 연락이 왔다.

'서승호 이놈, 너는 독 안에 든 쥐다.'

주위에 체포팀이 없었더라면 만세라도 부르고 싶은 심정이었다.

먼저 도착해 함흥 시내에서 기다리고 있던 체포팀은 승호를 미행하는 팀과 합세했다. 미행팀이 탄 차량이 앞에서 승호의 차량을 미행하고, 체포팀이 탄 차량은 앞차와 무전 연락을 하며 멀리 떨어져 뒤따라갔다. 미행을 눈치채지 못하게 하기 위해서였다.

승호와 성혁이 함흥시 외곽 지역에 있는 건물 안으로 들어간 후 그들은 야시경이 달린 망원경을 통해 건물을 감시했다.

얼마 후 건물에서 나온 성혁이 사내들과 함께 지프차를 타고 떠나는 것을 보고 미행팀을 따라 보냈다. 그리고 그는 체포팀과 함께 승호가 탄 차량을 미행해 시내로 들어갔다. 차 안에서 국경 지역을 향하는 길목에 있는 검문소들에 연락해 성혁이 탄 지프차 번호를 알려 주고 이동 사항을 즉시 보고하도록 조처했다. 검문이나 체포는 하지 않도록 했다. 국가보위부 내에서 적지 않은 추종자를 가지고 있는 승호를 꼼짝 못 하게 잡아넣기 위해서는 현장 체포가 가장 중요했다.

그는 승호가 승리 호텔로 들어가는 것을 확인하고 체포팀 중한 사람을 보내 그가 들어간 호실 번호를 알아 오게 했다.

검문소에서는 성혁이 탄 지프차가 함경남도를 지나 양강도 내의 국경 지역으로 이동하고 있다는 보고가 속속 들어왔다. 지도를 펼쳐 놓고 그들이 이동하는 도로를 살펴보니 혜산시로 향하는 것이 분명했다. 혜산시와 맞닿은 곳에는 국경을 이루는 압록강의 폭이 좁은 데가 많았다.

그는 국경 경비대에 연락해 혜산시 주변 압록강 연안에 대한 경비를 강화하도록 지시했다. 국가보위부 직권으로 내리는 지시는 일사천리로 받아들여졌다.

미행팀으로부터 혜산시에 들어섰다는 연락이 온 지 얼마 되지 않아, 지프차를 세워 놓은 성혁 일행이 어느 집으로 들어갔다는 보고가 들어왔다. 잠시 후, 성혁 일행이 지프차를 둔 채 집에서 나와 걸어서 혜산 시내를 빠져나가고 있다는 보고도 이어졌다.

인적 없는 깊은 밤중에 드러나지 않게 그들을 계속 미행한다는 것은 대단히 어려웠다. 그렇다고 지금 미행팀만으로 그들을 덮친다는 것은 무리였다. 성혁과 동행하는 사내들은 죽음을 두려워하지 않는 그 유명한 살모사 패 조직원들이 아닌가.

그는 혜산시 국가보위부의 도움을 받을 수 없느냐고 물었다. 그러기엔 시간이 너무 촉박하다는 대답이 왔다. 자칫 시간을 지체하다가는 성혁 일행을 놓치기 십상이라는 것이었다.

이런저런 생각을 굴리던 그는 미행팀에게 성혁 일행을 포기하고 집주인을 덮쳐 심문하도록 지시했다. 이번 일에 깊이 개입한 것이 분명한 집주인이 성혁 일행이 가려고 하는 길을 모를 리 없었다. 대부분의 밀수꾼들은 부득이한 경우를 제외하고는 이미 확보해 놓은 월경(越境)길을 쉽사리 버리지 않기 때문이었다.

설사 집주인이 길을 말하지 않는다 해도 이미 국경 초소에는 이중 삼중으로 경계를 강화해 성혁 일행이 통과하기는 거의 불가능했다. 괜히 무리하게 미행을 붙였다가 다 되어 가는 일을 망치고 싶지는 않았다.

삼십 분쯤 지나 혜산의 미행팀으로부터 연락이 왔다. 성혁 일행이 가는 길을 알아냈다는 것이었다. 처음에는 권총을 머리에 가져다 대며 당장 쏴 버린다고 위협해도 집주인은 완강히 입을 열지 않았다고 했다. 그래서 마지막 수단으로 잠자고 있던 자식들을 끌어내 머리에 총부리를 가져다 대며 말 안 하면 당장 애들을 쏴 죽이겠다고 위협했더니 그제야 입을 열더라는 것이었다. 아무리 조직에 대한 충성심이 지독하기로 소문난 살모사 패 조직원이라 해도 자기 핏줄인 자식 앞에서는 별수 없었던 모양이었다.

그는 국경 경비대에 다시 연락해 성혁 일행이 통과하려고 하는 길을 가르쳐 주고 그곳에 철저한 매복을 하도록 지시했다.

그는 담배를 피워 물며 회심의 미소를 지었다. 이제 성혁 일행의 체포 소식만 기다리면 되었다. 지금 당장 쳐들어가 승호를 체포할 수도 있었다. 그러나 그와 극적인 만남을 그렇게 싱겁게 만들고 싶지 않았다. 성혁 일행이 체포됐다는 소식과 함께 그의 방으로 뛰어 들어가 큰 소리로 그 사실을 알리고 싶었다. 그가 무시했던 당 비서에 의해 계획이 모두 실패로 돌아갔다는 것을 알게 되었을 때, 승호가 고통스러워하는 모습을 지켜보고 싶었다.

당 비서는 자리에서 일어나 국가보위부 청사 내에 있는 지하실로 향했다. 그곳 조사실에서는 승호와 성혁, 살모사 패 대장이 조사받고 있었다.

여러 곳에 총탄을 맞고 쓰러진 살모사 패 대장은 군인들이 다가가자 빈 탄창이 든 권총을 던지며 비틀거리는 몸으로 싸워 보겠다고 손을 허우적거리며 덤벼들었다고 한다. 정말 지독한 놈이었다. 그의 부하 중 한 놈은 가슴에 총탄을 맞고 출혈이 심해 그 자리에서 죽었고, 다른 놈은 끝까지 군인들과 맞붙어 육박전을 벌이다가 총창에 온몸이 갈기갈기 토막이 나 버렸다.

'분명 또 다른 놈이 있겠는데…….'

당 비서는 중얼거리며 복도를 걸었다.

그의 판단으로는 승호 말고도 이번 일에 관계된 또 다른 놈이 있을 것 같았다. 그놈이 국가보위부 내에 있다면 그로서는 너무나 좋은 기회였다. 그걸 빌미 삼아 승호의 세력을 뿌리 뽑을 수 있기 때문이었다.

그러나 승호는 자기 혼자 준비한 일이라고 완강히 고집했다. 성혁 역시 아무리 고문을 해도 자신은 승호 외에 다른 사람은 전혀 모른다고 잡아뗐다. 살모사 패 대장은 입조차 열지 않았다. 잡아먹을 듯한 표독스러운 눈길로 조사자들을 노려볼 뿐이었다.

그는 승호가 조사받는 방으로 들어갔다.

승호는 예심원 앞에 앉아 심문받고 있었다. 고문으로 인해 그의 얼굴 여기저기에 피멍이 들었고, 찢어진 옷 사이로 살이 터져 나간 것이 들여다보였다. 예심원 옆에는 고문을 전문으로 하는 거칠게 생긴 건장한 사내들이 말뚝처럼 서 있었다.

"기래, 맛이 어드래? 이번 일을 함께 꾸민 놈들을 불기만 하면 내레 당장 너에 대한 고문과 조사를 그만두라고 지시할 수도 있디."

그가 손으로 승호의 턱을 들어 올리며 말했다.

승호는 그를 노려보며 아무 말도 하지 않았다.

"하하, 용감한 우리의 과장 동지가 침묵을 지키시는구만 기래. 너레 내 앞에서 이렇게 될 줄은 꿈에도 몰랐디?"

그가 승호의 얼굴을 손바닥으로 툭툭 쳤다.

"더러운 자식, 퉤!"

승호의 입에서 한 뭉치의 침이 날아가 정면으로 그의 얼굴에 떨어졌다.

"아직도 자존심은 살아 있어 가지고."

비열한 웃음을 띠며 얼굴에 묻은 침을 천천히 닦아 내던 당 비서가 승호의 얼굴을 후려갈겼다. 승호의 터진 입술에서 피가 흘러나왔다.

"야, 이놈은 이제 더는 국가보위부 과장이 아니니끼니 입을 열 때까지 마음대로 족치라우!"

악이 받칠 대로 받친 그는 일그러진 표정으로 사내들에게 지시한 후, 문을 박차고 나갔다.

옆방에서는 거꾸로 매달린 성혁이 사내들에게 두들겨 맞고 있었다. 피로 범벅이 된 몸이 축 늘어진 게 의식이 있는지 없는지 분간이 안 갔다. 왼쪽 눈 주위가 주먹만 하게 퉁퉁 부어 볼썽사나웠다.

다른 방에 갇힌 살모사 패 대장은 나무 기둥에 머리끝에서부터 발끝까지 온몸이 꽁꽁 묶여 있었다. 사내들이 고문을 하면 묶이지 않은 몸을 이용해 사내들을 맞받아 두들겨 팼기 때문에

취한 조처였다. 그는 어떤 고문을 받아도 신음 소리 하나 내지
않고 고문하는 사내들을 노려보기만 했다.

'지독한 놈들이야.'

당 비서는 고개를 한 번 젓고는 지하실을 나섰다.

17

　새벽 1시경. 함경남도 내 백운산 줄기를 이루는 그리 크지 않은 산골짜기로 사오십 명의 건장한 사내들이 떼를 지어 모여들었다. 작은 소리 하나 내지 않고 질서 있게 조용히 움직이는 것으로 보아 예사로운 무리가 아니었다.

　산골짜기 중심의 평퍼짐한 평지에서 그들은 일제히 걸음을 멈췄다. 그러고는 줄을 맞춰 무릎을 꿇고 자리에 앉았다.

　몇 명의 사내가 무리 앞에 나서서 들고 온 배낭에서 물건들을 꺼내 놓았다. 그중에서도 달빛에 번쩍이는 것은 술병 같아 보였다. 사내들은 물건 옆에 불을 작게 지핀 후, 한 명만 남기고 무리 속으로 들어갔다. 불길이 흩날리는 방향으로 향내가 연하게 풍겼다.

　"덮칠까요?"

산등성이에 숨어 이를 지켜보던 사내 한 명이 조심스럽게 물었다.

"조금만 더 기다리라우."

그 옆에 있던 다른 사내가 산골짜기에 있는 무리에서 눈을 떼지 않은 채 짤막하게 대답했다.

산골짜기의 무리 속에서 한 명의 사내가 나와 불 앞에 정중히 꿇어앉았다. 무리 앞에 남아 있던 사내가 불 앞에 꿇어앉은 사내의 잔에 병에 든 액체를 아주 조심스럽게 따랐다. 두 손으로 잔을 받은 사내는 잔을 불 위로 정성스럽게 몇 바퀴 돌린 후 주변에 뿌렸다. 그러고는 잔을 내려놓고 자리에서 일어나 머리를 숙였다. 뒤에 있던 사내들도 그를 따라 일어나 똑같이 머리를 숙였다.

몇 분 후, 머리를 든 사내가 무리를 향해 돌아서 몇 마디 한 후, 사내들이 움직이려는 듯 줄이 헝클어지기 시작했다.

"덮치라우!"

산등성이에 있는 사내의 지시가 떨어짐과 동시에 붉은 신호탄이 하늘로 올랐다. 그것을 신호로 사방에서 탐조등이 켜지면서 산골짜기의 사내 무리를 환하게 비추었다. 커다란 확성기 소리가 조용했던 산골짜기에 울려 퍼졌다.

"너희들은 포위되었다. 움직이지 마라!"

잠시 당황한 듯 갈팡질팡하던 사내 무리 속에서 사태를 짐작했는지, 십여 명의 사내들이 "이 개새끼들아! 죽여 버리갔어!"

하고 소리를 질러 대며 산등성이로 달려 올라왔다.

'따따땅! 따따땅!'

수십 발의 총소리와 함께 사내들이 몇 발자국 못 움직이고 그 자리에 픽픽 쓰러졌다. 동료들이 쓰러지는 것을 본 나머지 사내들은 굳은 듯 움직이지 않았다. 탐조등에 사내들의 움직임이 훤히 노출되었다.

"반항하면 저놈들처럼 개죽음을 당한다. 기리니끼니 얼른 손을 들어 항복하라!"

확성기 소리가 다시 울렸다.

불 위에 잔을 돌렸던 사내가 무리를 향해 무언가 지시하는 것이 보였다. 무리의 책임자인 모양이었다.

"반항하디 말고 시키는 대로 하라우!"

그제야 사내들은 모두 손을 들기 시작했다.

산등성이에 매복해 있던 사내들이 AK 소총을 겨눈 채 내려와 손을 든 사내들을 결박했다. 퍼런 사회안전원 정복을 입었거나 군복을 입은 그들은 국가보위부의 지휘 아래 살모사 패소탕 작전에 동원된 함흥시 사회안전부와 함흥시 주변에 주둔한 군인들이었다.

북한에서는 거의 모든 사형을 공개 처형으로 집행했다. 공개 처형을 본 사람들이 겁이 나서 똑같은 죄를 짓지 못하게 하려는 효과를 노린 것이었다.

의리를 가장 중요하게 여기는 함흥 깡패들은 조직원이 사형을 당하면 당일 깊은 밤중에 사형 집행지를 찾아 눈물을 흘리며 죽은 동료를 떠나보내는 것으로 유명했다.

살모사 패 소탕 계획을 세우고 있던 국가보위부에서는 바로 그 점을 노렸다. 그들은 작전 개시 전날 오후, 함흥시 외곽의 야산 산골짜기에서 많은 사람을 모아 놓은 가운데 살모사 패 대장을 공개 처형했다. 그리고 인민군과 사회안전부 병력을 농원해 밤새도록 그곳을 지키도록 했다. 대장이 죽은 사형장을 조직원들이 찾지 않을 리 없다고 생각한 것이다. 아니나 다를까 거의 모든 조직원들이 대장을 추모하러 왔고, 결국 목숨을 잃거나 구류장 신세를 지게 되었다.

'복수하리라!'

그다음 날부터 함흥 시내의 사회안전부와 분주소들의 담벼락에는 낙서가 나돌기 시작했다.

또 며칠 후에는 살모사 패 대장을 사형하는 데 동원되어 총을 쏘았던 사회안전원 중 한 명이 피살되는 사건이 발생했다. 아직 남아 있는 살모사 패 잔당의 소행이 분명했다. 그럴 경우를 대비해 사형장에서 총을 쏠 임무를 지닌 사회안전원들의 얼굴을 알아보지 못하도록 마스크를 씌웠지만 큰 도움이 되지 못한 모양이었다.

그 후 함흥시 국가보위부와 사회안전부에서는 살모사 패 잔당을 소탕하기 위해 총력을 기울였다.

"이자를 아는가?"

"네, 압네다."

"너는?"

"네, 저도 압네다."

"어떻게 아는 사인가?"

"고등중학교 친구입네다."

"정말 이자의 임무를 받고 탈출을 계획하지 않았단 말인가?"

"아닙네다. 우린 기냥 고등중학교 친구일 뿐입네다."

"기럼, 이자들이 계획했던 국가 전복 음모를 전혀 몰랐단 말인가?"

"네, 기런 얘기는 처음 들어 봅네다."

"뭐야, 기럼 왜 이자가 너를 만난 거이야, 엉? 만나서 무슨 꿍꿍이질을 벌였어?"

"친구이기 때문에 저를 찾아온 겁네다. 만나서 기냥 평소 살아가는 얘기만 했을 뿐입네다."

"뭐야, 이 새끼들이 다 알고 있는데도 후라이 까고 기래."

또다시 고문이 시작되었다. 그들이 의식을 잃고 쓰러지면 찬물을 끼얹었다. 정신을 차리면 예심원은 또다시 똑같은 질문을 되풀이했다.

고문을 담당한 사내들이 의자에서 자꾸 미끄러져 떨어지려는 마주 앉은 두 사내의 어깨를 부여잡았다. 얼굴 곳곳이 볼품없이 찢기고 퉁퉁 부어오른 데다 피투성이 상태여서 누가 누군지 도저히 알아볼 수 없었다. 이따금 예심원의 입에서 흘러나오는 이름을 통해 그들이 누군지 짐작할 수 있을 뿐이었다.

북한은 1992년 쿠데타 음모 혐의로 군에 대한 대대적인 숙청 작업을 벌였다. 북한 내에서도 잘 알려진 이 사건에는 군 장성급까지 숙청 대상에 올랐는데, 구소련이 배후로 지목된 이 사건에 프룬제 군사대학 졸업생들이 주를 이루었기 때문에 '프룬제 사건'이라고도 불렸다.

구소련에서는 북한군을 장악하기 위해, 1985년부터 삼백여 명의 북한 인민군 고급 군관을 교육한다는 목적으로 불러들였다. 그중에서도 프룬제 군사대학 유학생들을 중심으로 핵심 인물들을 선발하고 포섭해, 그들에게 최고의 점수를 주어 졸업시켰고, 북한군 내에서도 중요한 위치에 배치될 수 있도록 하는 전략을 세웠다.

이렇게 북한군 내의 중요한 요직을 차지한 해외 유학파들은 자기들끼리 모여 앉으면 체제 비난을 하기가 일쑤였다. 이런 정황이 인민무력부 보위국에 의해 포착되었다. 구소련의 북한군 장악 기도 전략을 눈치챈 보위국에서는 그들을 쿠데타 음모죄로 처벌하기로 결정했다.

1992년부터 시작된 숙청에 의해 프룬제 군사대학과 보로실로프 명칭 군사 아카데미 졸업생들이 가장 큰 피해를 입었다. 숙청된 사람 중 적지 않은 사람들이 총살당했다.

백두산 줄기이며 인민군 부총 참모장이었던 홍계성 상장도 숙청 대상에 올랐다. 아무리 큰 잘못을 저질러도 웬만하면 백두산 줄기를 건드리지 않는 북한에서는 이례적인 일이었다. 위기를 느낀 김정일이 '러시아계와 중국계 군관들은 남조선 간첩보다 더 무서운 놈들이니 걸리면 다 숙청하라'라는 지시를 내렸기 때문이었다.

1992년 숙청의 칼날을 간신히 피했던 명철이 체포된 것은 성혁이 국경을 넘다 실패한 때와 거의 같은 시기인 1993년 12월 말이었다.

그는 숙청에서 살아남은 동료들과 비밀 결사 조직을 맺었다. 그것이 그들에 대한 경계의 눈초리를 늦추지 않고 있던 보위국의 감시망에 걸려든 것이다.

먼저 숙청당한 동료들의 끔찍한 처벌을 목격한 그들이었지만 비밀 결사 조직을 포기할 수 없었다. 그것은 숙청된 동료들의 한을 풀어 주기 위해서나, 앞으로의 거사를 위한 세력 확장에 필수적이었다. 또 유학 시절에 뜻이 맞은 동료들과 했던 약속, 한두 사람에게 권력이 집중된 그런 사회가 아닌 대중을 위한 새 사회를 만들어 보자고 했던 것을 지키기 위해서였다.

명철을 체포한 보위국에서는 그를 국가 전복을 위한 쿠데타 준비 죄로 기소하기 위해 철저한 조사를 진행했다. 그 과정에서 그들은 명철이 수용소 생활까지 한 성혁과 친한 사이라는 것을 알아냈다. 또한 성혁이 압록강을 통한 해외 탈출을 시도

하다가 체포되어 국가보위부에서 조사받고 있다는 것도 알게 됐다. 그들은 성혁의 해외 탈출과 명철의 쿠데타 기도가 연관되어 있을 거라고 추측했다. 러시아로 보내는 밀사, 아니면 미국 CIA와의 연결 고리일 수도 있다고 여긴 것이었다.

인민군 내의 국가보위부 격인 인민무력부 보위국은 국가보위부에 협조를 요청했다. 국가보위부에서도 잘하면 그를 통해 내부에 존재할 수도 있는 반정부 세력을 적발할 수도 있다는 판단에서 그들의 요청에 적극적으로 협조했다. 명철의 비밀 결사 조직이 성혁의 친구인 승호와 어떤 연관이 있을 수 있다고 여겼기 때문이었다. 그러나 며칠간의 끈질긴 심문 끝에 명철과 승호가 전혀 모르는 사이라는 것을 알게 된 그들은 성혁에 대한 심문에만 매달렸다.

그들은 처음에는 서로 갈라놓고 상대방에 대해 캐물었다. 그러나 결과가 시원치 않자 그 이후부터 성혁과 명철을 한 방에 넣은 후, 잠 한숨 재우지 않고 밤새도록 대질심문을 했다. 성혁에게는 명철에게서 받은 임무를, 명철에게는 성혁에게 준 임무를 말하라고 강요했다. 그러다가는 거짓말을 한다며 끔찍한 고문을 해 댔다.

성혁은 탈출 전에 명철을 만난 적은 있었으나 비밀 결사 조직에 대해서는 전혀 들어 보지 못했다. 성혁은 이따금 그가 하는 말을 통해 북한 체제에 대해 불만을 가지고 있다는 것을 느꼈을 뿐이었다.

다음 날, 더 심문해 봤자 얻어 낼 게 없다고 생각했는지 보위국 직원들이 명철을 데리고 갔다.

　그로부터 일주일 후, 성혁은 예심원으로부터 명철이 주동자로 지목된 몇 명과 함께 군법에서 사형이 선포되어 총살당했다는 소식을 들었다. 그 소식을 알려 주면서 그는 뇌까렸다.

　"야, 이 새끼야. 너도 말을 잘 듣지 않으면 당장 총살시켜 버릴 거야."

　성혁은 보위국 직원에게 끌려 나가면서 그의 손을 꼭 잡던 명철의 마지막 모습을 떠올리며 오열했다.

18

'따르릉!'

전화벨이 울렸다. 뷰얀이 전화기를 들었다.

"여보세요."

그는 전화기를 귀에서 떼고는 나란트야를 향해 공손하게 말했다.

"북한 주재 우리 대사관 정보원으로부터 걸려 온 전화입니다. 책임자님과 통화하고 싶답니다."

'북한 주재 대사관에서? 그런데 전화라니…….'

그 정보원은 아주 급한 정보가 아니면 전화 대신 전문을 보냈다.

나란트야의 얼굴에 긴장감이 돌았다.

"이리 주세요."

그녀가 전화를 받아 들었다.

"여보세요. 제가 책임자입니다."

전화기에서 남자의 침체된 목소리가 흘러나왔다.

"불행한 소식을 알려 드리게 되어 죄송합니다. 성혁과 서승호에 대한 형이 확정되었습니다. 성혁에게는 사형이, 서승호에게는 승호리에 있는 정치범 지하 감옥행이 언도됐다는 정보입니다."

순간 그녀는 그 자리에 굳어져 버렸다. 귀가 먹먹하고 온 세상이 빙글빙글 돌았다. 가장 우려했던 일이 드디어 현실로 나타난 것이었다.

놀란 뷰얀이 쓰러지려는 나란트야를 부축해 소파에 앉혔다. 그리고는 그녀에게서 전화기를 빼앗듯이 받아 들었다. 잠시 후 뷰얀이 그녀의 손을 꼭 잡고 위로했다.

"너무 걱정하지 마십시오. 저희들이 최선을 다해 그 사람을 구해 보겠습니다."

"북한 대사관에 전화를 좀 연결해 주세요."

그녀는 북한 대사관에 전화해 제발 성혁을 죽이지 말아 달라고 애원하고 싶었다.

측은한 눈으로 그녀를 바라보던 뷰얀이 아무 말 없이 전화기를 들었다.

"북한 대사관이 연결됐습니다."

그러나 전화를 받으려던 그녀는 문득 생각을 바꾸었다.

"아니에요, 됐어요. 그만두세요."

북한 대사관에 전화한다고 해서 도움이 될 것 같지는 않았다. 오히려 문제만 복잡하게 만들 수 있었다.

'우리의 운명 앞엔 왜 이렇게 어려운 시련만이 놓여 있는 걸까?'

국경에서 총성이 울렸다는 보고를 뷰얀으로부터 받은 날, 나란트야는 부관을 불러 성혁의 차후 행방에 대한 정보가 입수되는 대로 지체 없이 보고하라는 전문을 북한 주재 몽골 대사관의 정보원에게 보내도록 지시했었다. 그날 이후의 첫 보고를 방금 받은 것이다.

나란트야는 아득해졌다. 성혁의 탈출이 실패한 후 승호마저 체포된 것이다. 그래도 성혁이 아직 죽지 않고 국가보위부 지하실에 끌려가 있다는 소식은 그녀를 조금이나마 안심시켰다. 살아만 있다면 어떤 방법을 써서라도 그를 구해 낼 수 있을 것이다. 사형이 집행되기 전에 빨리 손을 써야 할 것 같았다.

'서승호 과장도 붙잡혀 들어갔다는데 이젠 누구의 도움을 받지?'

앞이 막막했다. 그나마 김원남에게 아무런 피해가 없는 것이 큰 위안이었다. 김원남은 승호와 그녀의 정보원인 몽골 대사관 직원 사이의 연락책 역할을 하고 있었다. 이번 정보도 그가 그녀의 정보원에게 넘겨준 것이었다. 그러나 승호가 체포된 이 상황에서 최측근인 김원남도 몸조심을 해야만 할 것이었다.

다음 날부터 뷰얀은 조직 내 실무자들을 모아 놓고 성혁을 구출하기 위한 여러 가지 방안을 짜내기 시작했다. 조직의 책임자로서만이 아니라 개인적으로 큰 신뢰를 얻어 온 그녀였으므로 조직원들은 기꺼이 나란트야의 일에 협조하고자 나섰다.

북한 대사관 직원이나 요인을 납치해 성혁과 맞바꾸자는 의견, 성혁을 넘겨주지 않으면 북한 대사관을 폭파하겠다고 위협하자는 의견, 몽골 정부를 움직여 북한 정부에 항의하자는 의견 등 갖가지 의견들이 모였다.

그러나 어느 것 하나 확실하게 성혁을 구해 낼 방법은 아니었다. 자칫 잘못하면 그를 더 곤경에 빠뜨릴 수 있는 미묘하고도 위험한 방법들이었다.

그러던 중 북한 주재 몽골 대사관의 정보원을 통해 김원남이 쓴 장문의 편지가 전문으로 날아왔다.

당신들도 소식을 들어 알겠지만 지금 성혁과 서승호 과장은 위험한 상태에 빠져 있습니다. 성혁은 사형을 언도받았고, 서승호 과장은 한번 들어가면 일생 동안 나올 수 없는 중요 정치범들을 독방에 가두어 넣는 승호리 지하 감옥으로 끌려갔습니다. 이들을 구할 수 있는 한 가지 방법을 알려 드리겠습니다.

국제무대에서 고립된 북한 정부는 외세의 개방 압력으로 체제를 보호하기 위한 강력한 무기를 필요로 하고 있습니다. 북한 정부는 그것을 핵무기 개발에서 찾았습니다. 핵무기는 미국을 비롯한 강대국들뿐 아니라 온 세계가 두려워하는 것이니까요. 핵무기만 가지면 북한의 내정에 그 어느 나라도 이래라저래라 마음대로 간섭을 못 하고, 또한 그 어떤 강대국과도 동등한 입장에서 대화할 수 있다고 판단했기 때문입니다.

그래서 북한 정부는 오래전부터 구소련에 기술자들을 보내 핵기술을 배워 오도록 했습니다. 그 결과 생겨난 것이 지금 북한 평안북도 영변의 핵 시설입니다.

핵무기 생산에서 가장 중요한 것은 그 원료인 플루토늄입니다. 그러나 국제적인 감시를 받고 있는 북한 정부가 플루토늄을 공식적으로 구매한다는 것은 전혀 불가능했습니다. 북한 정부는 러시아의 무기 밀매 조직으로부터 플루토늄을 구매하는 데서 문제의 타결책을 찾으려고 했습니다.

그 임무를 서승호 과장의 책임하에 제가 속한 특수과에서 추진하고 있었습니다. '폭풍 1호'라고 불리는 플루토늄 구매 작전은 지금 거의 완성 단계에 있습니다. 그 플루토늄이 북한 정부에 넘겨지기 전에 먼저 손에 넣으십시오. 그리고 그걸 가지고 북한 정부와 협상하십시오. 체제 유지에 플루토늄이 절실히 필요한 북한 정부에서 플루토늄 확보를 위해 성혁과 서승호 과장을 넘겨주지 않을 수 없을 겁니다.

성혁의 사형 집행일은 3월 25일입니다. 그전에 빨리 손을 써야 합니다. 일단 플루토늄이 확보되면 그 즉시 몽골 주재 북한 대사관을 거쳐 당 중앙위 장성택 위원에게 직접 조건을 이야기하세요. 그 정도의 결정을 내리려면 최소한 장성택 위원은 되어야 합니다. 당신들이 플루토늄을 가지고 있다는 걸 알게 되면 그쪽에서도 쉽게 거부하지 못할 겁니다. 플루토늄은 북한 정부의 사활이 걸린 국가적인 문제이며 북한의 실제적 권력자인 김정일이 큰 관심을 가지고 있는 문제이기 때문에 재빠른 조치가 내려질 겁니다.

이 편지의 뒷장에 플루토늄 확보 작전을 벌이고 있는 러시아 무기 밀매 조직에서 활동하는 우리 비밀 정보원의 인적 사항과 접선 방법을 적어 보냅니다. 그녀에게 서승호 과장이 처한 상태를 얘기하고 도움을 청하십시오. 그녀는 서승호 과장의 직속 비밀 정보원이었습니다.

자, 그럼 우리 모두 힘을 잃지 말고 그들을 구하기 위해 최선을 다해 봅시다. 저도 당신들이 플루토늄을 확보하는 대로 어떤 새로운 결심을 해야 할 것 같습니다.

그럼 행운을 빕니다.

뒷장에는 편지의 앞부분에 쓰인 대로 블랙 로즈라는 암호명을 가진 정보원에 대한 인적 사항과 접선 방법이 상세히 적혀 있었다.

'그래, 바로 이거야!'

나란트야는 급히 뷰얀을 불러 편지를 보여 주었다.

편지를 읽어 본 뷰얀이 고개를 끄덕이며 말했다.

"바로 이게 그들을 꼼짝 못 하게 할 최상의 방법임이 틀림없습니다. 제가 곧 필요한 조처를 취해 놓겠습니다."

다음 날, 나란트야는 뷰안과 함께 모스크바로 향하는 여객기에 올랐다. 그들 주변에는 항상 두 젊은 남녀가 서성거렸다. 얼핏 보기에는 연인처럼 보였지만, 나란트야와 뷰안의 경호를 맡은 사람들이었다. 둘 다 전 MGIA 요원들로서 구소련의 KGB 첩보 학교에서 살인, 도청, 격투기 등 여러 가지 특수 교육을 받은 베테랑이었다. 그들도 몽골의 공산 체제가 붕괴된 후 MGIA를 버리고 보수와 대우가 좋은 그녀의 조직으로 흡수되었다.

모스크바 공항에서는 나란트야의 조직과 밀접한 관계를 유지하고 있는 러시아 마피아 조직원들이 기다리고 있었다. 그들은 공항 주차장에 세워 놓은 승용차로 나란트야 일행을 안내했다. 한결같이 최고급 BMW 승용차였다. 그들은 두 대의 승용차에 나눠 타고 시내로 향했다. 그들이 탄 차 뒤로 경호차로 보이는 또 한 대의 BMW 승용차도 따라 움직였다.

그들이 탄 차는 모스크바 시내의 중심가에 있는 '메트로폴(Metropol) 호텔'에 멈춰 섰다. 하루 일반 객실 요금이 300달러, 특실 요금이 1000달러 이상 하는, 모스크바 시내에 있는 호텔 중 최고급 호텔이었다. 그들은 미리 예약한 스위트룸에 짐을 풀었다.

룸에서 나란트야는 김원남이 편지에서 알려 준 번호로 전화를 걸었다. 여러 번 신호가 간 후에 저쪽에서 수화기를 드는 소리가 났다.

"여보세요."

중년 여인의 러시아어 목소리가 들렸다.

나란트야는 김원남이 가르쳐 준 블랙 로즈의 가명을 말했다.

"여보세요! 저는 왈랴 친구예요."

저쪽에서 선뜻 대답이 없었다. 짧은 순간의 침묵이 흘렀다.

"왈랴는 지금 밖에 나가고 없는데요. 친구 누구시지요?"

긴장된 목소리였다.

"얼마 전까지 뉴질랜드에서 살다 온 왈랴 친구 야노시까인데요, 왈랴를 만나고 싶어서요."

그녀는 김원남이 말해 준 암호를 말했다.

"그래요? 왈랴가 들어오면 전해 드리죠. 지금 계시는 곳 전화번호를 말씀해 주세요."

"예, 메트로폴 호텔에 묵고 있어요. 저녁 9시 이후에 연락을 바란다고 전해 주세요."

나란트야는 방 번호를 알려 주었다. 저녁 시간에는 공항에 마중 나왔던 마피아 조직의 두목과 식사 약속이 돼 있어서, 9시후에나 전화를 받을 수 있을 것 같았다.

"알겠어요. 전화를 드리라고 할게요."

저쪽에서 '딸깍' 하고 전화기를 내려놓았다.

그날 저녁 6시, 프런트에서 전화가 왔다. 공항에 마중 나왔던 마피아 조직원이었다.

"두목님께서 도착하셨습니다. 레스토랑으로 내려오시길 바랍니다."

준비하고 있던 나란트야 일행은 호텔 내에 있는 레스토랑으로 내려갔다. 레스토랑에 들어서니 문가에서 기다리던 사내가 그들을 룸으로 안내했다. 최고급 시설로 꾸며진 레스토랑은 한눈에 보기에도 일반인이 출입하기 힘든 비싼 곳임을 알 수 있었다.

그들이 룸 안에 들어서자, 테이블 앞에 앉아 이야기를 나누던 머리가 희끗희끗한 노인이 반가운 표정을 지으며 일어났다. 모스크바의 최대 마피아 조직의 두목 블라디미르 이바노비치였다. 그는 나란트야와는 오랜 인연이 있는 아주 각별한 사이였다.

"오, 나의 사랑스럽고 아름다운 여인 나란트야!"

그가 다가오며 나란트야를 껴안고 그녀의 볼에 '쩍' 소리가 나게 입을 맞췄다. 그러고는 능청스럽게 속삭였다.

"더 예뻐진 것 같아. 반가워."

"저도요. 정말 오랜만이네요. 빱!"

나란트야도 그의 귀에 대고 속삭였다. '빱'은 아버지를 친근하게 부르는 말이었다.

일반 러시아 사람에 비해 체구가 작은 블라디미르 이바노비치는 무척 단단한 몸집을 하고 있었다. 예순이 넘은 나이가 믿기지 않을 정도로 굉장히 건장해 보였다.

그는 구 공산 정권 시절 붉은 군대 집단군 사령관을 지내다 예비역 장성으로 예편한 공산당의 핵심 세력 중 한 명이었다. 구소련 유도협회 회장을 역임하기도 했던 그는 은퇴한 운동선수들과 군에서의 옛 부하들을 규합해 친목 단체 형태의 조직을 만들어 책임을 맡았다. 공산 정권이 붕괴하자, 이 조직은 이윤 사업에 손을 대는 마피아 조직으로 탈바꿈했다. 조직은 그가 쌓아 놓은 당이나 정부 기관, 군에서의 인맥을 등에 업고 급격히 성장했다.

그들 조직은 러시아뿐만 아니라 전 CIS(독립국가연합) 국가들의 백화점과 호텔의 운영, 그리고 군수품 납품에 손을 뻗치고 있었다. 또한 러시아 전역의 고급 호텔에 퍼져 있는 인터걸의 운영도 조직 수입에 적지 않은 몫을 차지했다. 밤이 되면 모스크바 호텔들을 누비며 남성들을 유혹해 이삼백 달러에 하룻밤의 쾌락을 제공하는 늘씬한 금발 미녀들의 거의 대부분을 그의 조직에서 관리했다. 그는 러시아 국회의 대의원(국회의원)이기도 했다. 한마디로 그는 러시아 마피아의 대부격이었다.

나란트야가 그를 알게 된 것은 시아버지를 통해서였다. 구소련 시절 이바노비치는 구소련의 붉은 군대 대표단 단장으로 몽골을 방문했다. 그때 국방부 장관을 하기 전, 군 장성으로 있던 그녀의 시아버지가 대표단을 맞이했다. 그녀의 시아버지는 그에게 융숭한 대접을 해 주었는데, 그것이 인연이 되어 가깝게 지내게 되었다.

휴가 때면 이바노비치는 가족과 함께 몽골을 찾아와 말을 타고 초원을 달리며 휴가를 보냈고, 그녀의 시아버지는 그를 찾아 구소련을 방문해 바이칼호에서 더위를 식히곤 했다. 또는 두 가족이 함께 외국 여행을 떠나기도 했다.

그녀가 이바노비치를 처음 본 것은 국방부 장관이었던 시아버지의 비서로 일하고 있을 때였다. 당시 시아버지가 몽골에 와서 휴가를 보내고 있던 이바노비치에게 그녀를 소개했던 것이다. 그때부터 딸이 없던 그는 그녀를 친딸처럼 귀여워했다. 그녀가 몽골 최대의 무기 밀매 조직을 꾸릴 수 있었던 데에는 그의 도움이 컸다.

"그래, 무슨 바람이 들어 여기 모스크바에 날아왔나?"

이바노비치가 자리에 앉으며 물었다.

"개인적인 볼일이 있어서요."

그가 권하는 맞은편 자리에 앉으며 나란트야가 대답했다.

"어허, 남자 친구라도 만나러 온 모양이지?"

이바노비치가 웃으며 농담했다.

"그 비슷한 경우지요."

그녀도 지지 않고 맞받아쳤다.

"나란트야가 남자 친구를 만나면 이 늙은 할아버지는 질투가 나서 어떻게 하지? 하여튼 나는 나이 때문에 포기할 수밖에 없으니, 혹시라도 그 남자 친구가 못되게 굴면 말해 줘. 내가 혼내 줄 테니."

그가 껄껄 웃으며 말했다.

"정말 도움받을 일이 있을 것도 같아요."

나란트야가 진지하게 얘기했다.

"그래, 필요하면 부담 갖지 말고 얘기해. 내 우리 예쁜 딸을 위해 힘닿는 데까지 도울 테니."

"고마워요."

거친 마피아 세계의 대부인 그였지만, 나란트야에게는 친아버지처럼 편한 사람이었다.

그녀의 옆에 앉은 뷰얀은 이바노비치의 양옆에 앉은 사람들과 이런저런 이야기를 나누었다. 뷰얀과 이바노비치의 측근들인 그들도 이미 서로 알고 있는 사이였다.

저녁 식사를 끝내고 8시 30분경에 호텔룸으로 돌아온 나란트야는 뷰얀과 거실 소파에 마주 앉았다. 뷰얀이 바에서 포도주를 꺼내 잔에 따랐다. 경호를 맡은 사내들은 스위트룸 안의 다른 방에 들어가 있었다.

그들은 천천히 포도주를 마시며 전화를 기다렸다. 9시 30분이 지났는데도 전화는 오지 않았다. 둘은 아무 말 없이 앉아 묵묵히 담배를 피우거나 포도주만 들이켰다.

시곗바늘은 어느새 10시 30분을 가리켰다.

"뷰얀, 오늘 비행기를 타고 오느라 피곤했을 테니 들어가 쉬어요."

그녀가 미안함을 감추지 못하며 뷰얀에게 쉬라고 권했다.

"별로 졸리지도 않는데요 뭐. 좀 더 앉아 있다가 졸리면 들어가 쉬겠습니다."

뷰얀이 일부러 눈을 크게 뜨며 큰 소리로 말했다.

지루함을 줄이기 위해 텔레비전을 켜 놓았으나 누구도 관심을 보이지 않았다.

11시가 다 될 무렵이었다.

'따르릉!'

전화벨이 울리는 것과 동시에 그녀와 뷰얀의 눈길이 텔레비전 옆에 놓인 전화기로 향했다. 뷰얀이 일어나 전화기를 그녀에게 가져다주었다.

"여보세요!"

나란트야가 전화기에 대고 러시아어로 말했다.

"여보세요. 뉴질랜드에서 온 야노시까를 찾는데요?"

젊은 여자의 맑은 목소리였다.

"예, 제가 야노시까인데요. 전화하시는 분은 왈랴신가요?"

나란트야가 조심스럽게 되물었다.

"네, 맞아요."

저쪽에서도 조심스럽게 대답했다.

"묘향산이 보내서 왔습니다."

'묘향산'은 승호의 암호명이었다.

젊은 여자는 한참 동안 아무런 말이 없었다. 무슨 미심쩍은 생각이 든 모양이었다.

나란트야는 조바심이 났다.

'이러다 통화를 끊어 버리면 어떻게 하지? 그리고 영영 다시 전화를 안 해 준다면?'

그러면 모든 일이 수포로 돌아가는 것이었다.

"저, 묘향산 밑에서 일하는 김원남 지도원 동무를 아시죠? 그 동무도 왈랴 얘기를 많이 했어요."

나란트야가 다급하게 말했다.

여전히 말이 없던 젊은 여자는 한참이 지나서야 결심한 듯 말했다.

"저는 지금 우크라이나 공화국에 있어요. 내일 오전 첫 비행기로 갈게요. 어디서 만나는 게 좋을까요?"

"예, 여기 메트로폴 호텔로 와서 제 방에 전화를 주세요. 기다릴게요."

나란트야는 속으로 탄성을 외치며 대답했다.

"내일 오후쯤 호텔에 도착할 것 같아요. 편히 주무세요."

젊은 여자가 말을 마치며 전화를 끊었다.

"내일 만날 때까지 당신도 잘 계세요."

나란트야도 중얼거리며 전화기를 내려놓았다. 그러고는 궁금한 표정으로 그녀를 쳐다보고 있는 뷰얀을 향해 손가락으로 동그라미를 그려 보였다. 그걸 본 뷰얀은 기분이 좋은 듯 피식 웃었다.

다음 날 오후 3시. 그들이 묵고 있는 스위트룸으로 전화가 걸려 왔다.

"지금 일층 커피숍에서 기다리고 있어요. 커피숍으로 내려와 밍크코트를 벗어 둔 채 테이블에 앉아 커피를 마시고 있는 모자 쓴 여자를 찾으세요. 그녀에게 다가가 '뉴질랜드에서 온 야노시까인데 왈랴를 만나러 왔어요'라고 말하세요. 그럼 당신이라는 것을 알 수 있으니까요."

"알았어요. 곧 내려갈게요."

나란트야는 전화기를 든 채 뷰얀에게 나가자는 신호를 했다.

그는 경호를 맡은 젊은 남녀를 먼저 일층 커피숍으로 내려보냈다. 그리고 잠시 후 그들도 다음 엘리베이터를 타고 일층으로 내려갔다.

일층에서 내리면서 뷰얀과 나란트야는 서로 모르는 사람인 양 각자 커피숍으로 들어갔다. 나란트야는 커피숍 안을 휘둘러보았다. 모자를 쓰고 밍크코트를 벗어 둔 채 커피를 마시고 있는 여자를 발견하기는 그리 힘들지 않았다. 그 여자의 옆 테이블에 나란트야의 경호원들이 연인처럼 다정한 표정을 지으며 앉아 있는 것이 보였다. 뷰얀도 그 여자와 가까운 테이블에 가앉았다.

나란트야는 여자에게 다가갔다. 하지만 앉아 있는 여자는 김

원남이 보낸 전문에 뿌옇게 나와 있던 블랙 로즈의 흑백 사진
과는 모습이 좀 달라 보였다.

"앉아도 될까요?"

나란트야가 물었다.

그녀는 대답 대신 어깨를 으쓱했다. 긍정도 부정도 아닌 '당
신 좋을 대로'라는 표시였다.

"뉴질랜드에서 온 야노시까인데 왈랴를 만나러 왔어요."

나란트야가 자리에 앉으며 말했다.

그러자 그 여자는 무슨 뚱딴지같은 소리를 하느냐는 듯 불쾌
한 표정을 지으며 자리에서 벌떡 일어나 나가 버렸다.

그녀의 갑작스러운 행동에 나란트야는 당황했다.

'무엇이 잘못된 걸까? 혹시 아까 그녀가 전화로 말해 준 암호
를 내가 잘못 들은 게 아닐까?'

그러나 그런 것 같지는 않았다. 그녀는 분명 '뉴질랜드에서
온 야노시까인데 왈랴를 만나러 왔어요'라는 말을 하라고 했었
다. 참으로 난처한 노릇이었다.

이때 다른 테이블에 앉아 있던 여자가 슬그머니 일어났다.
그리고는 밖으로 나가려는 듯 눈길을 문에 고정한 채 걸어 나
오다가 그녀의 테이블로 다가와 소리 없이 앉았다. 그리고는
낮은 목소리로 말했다.

"미안해요. 놀라셨지요? 제가 블랙 로즈예요."

"아, 그러세요?"

나란트야는 또 한 번 당황했다.

두꺼운 도수 안경을 낀 블랙 로즈는 영락없이 일생을 연구하는 데 바치려고 결심한 사십 대 여자 과학자의 모습이었다. 사진에서 보았던 블랙 로즈의 모습과는 전혀 달랐다.

"어디 조용하게 이야기할 만한 곳이 없나요?"

그녀가 물었다.

"우리 방으로 올라가시죠."

나란트야가 그녀에게 제의했다.

"그럴까요?"

그녀는 나란트야를 따라 스위트룸으로 들어왔다. 그리고 뷰안과 경호원들도 방으로 따라 들어왔다.

방에 들어선 그녀는 답답한 듯 촌스러워 보이는 안경과 외투를 벗었다. 안경과 외투에 가려져 있던 깊은 쌍꺼풀 진 유달리 큰 파란 눈과 늘씬한 각선미는 눈이 부실 지경이었다. 상체 밑으로 길게 뻗은 곧고 긴 다리는 그녀를 더욱 매혹적으로 만들었다.

러시아 부인들이 흔히 쓰는 둥그런 모양의 이상한 모자를 벗어 던지자 기다란 금발이 주르르 미끄러져 그녀의 어깨를 덮었다. 저절로 탄성이 날 정도로 아름다웠다. 스웨터 위로 팽팽하게 불거져 나온 커다란 젖가슴은 뷰안을 비롯한 남자들의 눈을 자극하기에 충분했다.

허물을 벗어 던진 그녀는 나란트야가 그녀의 사진을 보면서 느꼈던 그대로 아름다운 여인이었다. 정말 어느 곳 하나 흠잡을 데 없는 완벽한 미인이었다.

'깎아 놓은 듯 아름다운 저 여인의 미모에 얼마나 많은 남자들이 혼을 뺏겨 국가의 중대한 비밀을 털어놓았을까?'

이런 생각을 하며 나란트야는 그녀에게 자리를 권했다.

"고마워요."

예의 바른 그녀의 목소리가 아주 자극적이었다.

KGB에서 미인계에 쓸 여자들을 교육할 때 걸음걸이뿐 아니라 목소리와 말투, 웃는 방법 등에 대해서까지 철저히 가르친다는 말을 들었는데, 그녀를 보니 과연 틀린 말이 아닌 것 같았다. 그녀의 몸놀림과 말투 하나하나가 여자인 나란트야마저 묘한 느낌이 들게 할 정도였다.

"저희 직업이 워낙 조심성을 요하는 직업이라서……, 아까 그 여자는 제 동료예요."

그녀가 가벼운 미소를 띠며 말했다.

"네, 그랬군요."

나란트야도 미소를 지어 보였다.

잠시 후 뷰얀이 커피를 가져다주었다. 그녀가 커피를 한 모금 들이켜기를 기다렸다가 나란트야가 말을 꺼냈다.

"서승호 과장이 체포됐어요."

"네? 묘향산이 보냈다고 하지 않았나요?"

그녀가 놀란 표정으로 물었다.

"사실은 김 지도원이 저를 보냈어요."

나란트야는 먼저 플루토늄이 필요하다고 단도직입적으로 말했다. 이어서 북한보다 더 후한 가격으로 플루토늄을 인수할 것이며, 이 일이 잘 성사되면 앞으로 상호 간에 큰 도움을 주고받을 수 있을 것이라고 설득했다.

나란트야는 마지막으로 덧붙였다.

"서승호는 우리 조직의 비밀 정보원이었습니다. 우리 조직으로서는 꼭 구해 내야 하는 인물입니다. 그가 구출되면 당신네 조직에도 나쁘지는 않을 겁니다. 그는 우리 모두에게 도움이 될 사람입니다."

아무 말 없이 나란트야의 이야기를 듣던 그녀는 잠시 생각에 잠기더니 말했다.

"글쎄, 저도 묘향산을 인간적으로 좋아하고 존경합니다. 하지만 이건 다른 거래와는 달리 북한 정부에서 직접 주문한 거래라서 힘들 것 같은데요. 그래서 저희 조직이 그 일을 시작했고요. 또 저는 묘향산의 직속 비밀 정보원이긴 하지만, 궁극적으로는 국가보위부에 속해 있는 몸이에요. 국가보위부를 배신하는 그런 일을 할 수는 없군요. 묘향산 문제는 안됐지만 다른 방도를 찾아보세요. 그럼 저도 발 벗고 도와드릴 테니까요. 할 말이 끝났으면 저는 이만 가 봐도 될까요?"

그녀는 아주 예의 바른 어조로, 그러나 단호하게 나란트야의 제의를 거절했다. 그러는 그녀의 얼굴엔 부드러운 미소마저 보였다. 정말 예사로운 여자가 아니라는 생각이 들었다.

나란트야는 당황스러웠다. 쉽지는 않을 것으로 생각했지만 처음부터 이렇게 단호한 거절로 나오니 앞이 막막했다. 하지만 당장은 아무런 방도가 생각나지 않았다. 가격을 후하게 쳐주면 인도해 주지 않을까 생각했던 게 너무 성급한 판단이었다.

나란트야는 막 일어서려는 여자의 소매를 잡았다. 막상 자리에서 일어나는 여자를 보니 참을 수 없는 조바심이 끓어올랐다. 그리고 순간적으로 절망감마저 느껴졌다.

나란트야는 애원하듯 말했다.

"제발, 제 말을 끝까지 들어 주세요. 부탁이에요."

나란트야의 절망적인 두 눈을 들여다보던 블랙 로즈는 다시 자리에 앉았다. 나란트야의 돌변한 태도에 당황한 것 같았다.

"무언가 또 다른 사정이 있는 모양이군요. 일단 이야기는 들어 주지요. 그렇다고 생각을 바꿔 협조하리라는 기대는 하지 마세요."

그녀는 먼저 그렇게 방패를 걸고 나왔다. 그러면서도 나란트야의 이야기에 대한 호기심을 감추지는 않았다.

나란트야는 그 호기심마저 눈물겹게 고마웠다. 지푸라기라도 잡고 싶은 심정이었다.

뷰얀은 만약의 경우에 여자를 완력으로 막기라도 하려는 듯 문가로 향하는 통로에 서서 그들의 얘기에 귀를 기울였다.

나란트야는 블랙 로즈의 얼굴을 똑바로 바라보며 그때까지

하지 않았던 성혁에 관한 이야기를 하기 시작했다. 유학 시절에 처음 보았을 때부터 성혁의 동서 베를린 장벽을 통한 탈출 시도, 그녀의 자살 시도, 그리고 성혁의 수용소 생활 등 그들 사이에 일어났던 모든 것을 세세하게 이야기했다. 막상 생각지도 않았던 자리에서 그런 이야기를 하고 있자니 나란트야는 자꾸만 목이 메어 여러 차례나 말을 중단해야만 했다.

자신의 자살 시도와 성혁의 수용소 생활을 얘기할 때 블랙 로즈의 눈가에 살짝 물기가 어리는 것이 보였다. 그러나 당황한 그녀는 얼른 표정을 바꿔 자기의 감정을 감췄다.

성혁이 압록강을 통한 탈출 실패로 사형을 언도받았다는 이야기를 하면서 나란트야는 감정을 억제하지 못해 흐느껴 울었다. 뷰얀이 손수건을 가져다 그녀에게 건넸다.

"제발 성혁을 살려 주세요, 네? 이제 당신들의 플루토늄이 마지막 희망입니다. 개인적으로 저는 당신들에게 이 빚을 꼭 갚겠습니다. 부탁합니다."

나란트야는 입을 꽉 다문 채 묵묵히 앉아 있는 블랙 로즈의 손을 잡고 흔들었다.

한동안 말이 없던 블랙 로즈는 깊은 한숨을 내쉬며 말했다.

"결과는 어떻게 될지 모르겠지만 제가 도와볼게요. 일단 내일 다시 우크라이나로 가니 함께 동행해요. 지금 플루토늄 확보의 마지막 단계를 위해 두목도 그곳에 가 있어요. 저도 그 일 때문에 그곳에 머물러 있었고요. 제가 그곳에서 두목을 만나게 해 드릴게요."

"도와줘서 고마워요."

다음 날 약속 장소를 정한 후 방을 나서면서 그녀는 나란트야에게 말했다.

"그래도 그런 사랑을 하고 있는 당신이 부럽군요."

다음 날 오전 9시. 블랙 로즈와 나란트야 일행은 러시아 항공 아에로플로트 여객기를 타고 우크라이나 공화국으로 떠났다. 전날 오후 호텔 커피숍에서 나란트야를 당황하게 만들었던 밍크코트의 여인도 동행했다.

나란트야와 블랙 로즈는 여객기 안에서 많은 대화를 나누었다. 차갑게만 느껴졌던 블랙 로즈가 마음을 열었기 때문이었다. 그녀의 본명은 갈리나였고, 애칭은 갈랴였다.

모스크바에서 태어난 그녀는 어릴 적 꿈이 영화배우였다. 그가 태어날 당시 아버지는 시청에서 근무하고 있었고, 어머니는 연극배우였다. 어릴 때부터 외모가 뛰어났던 그녀는 주변 사람들의 사랑을 독차지했다. 만 열일곱 살의 나이로 고등중학교를 졸업한 그녀는 대학에 들어가 연기를 전공하려는 꿈으로 마음이 부풀었다.

그녀는 연극영화과에 입시 원서를 냈다. 대학 면접시험을 끝낸 지 며칠 후 그녀에게 대학 당 위원회에서 부른다는 연락이 왔다. 대학 당 위원회에 들어서니 면접시험 장소에서 그녀를 뚫어지게 살펴보던 사십 대 중반의 남자가 기다리고 있었다. 후에 알고 보니 그는 시험관이 아니라 KGB 직원이었다.

그는 그녀에게 소련 공산당의 배려로 더 좋은 곳에서 공부하게 되었다며 차에 태워 어디론가 데리고 갔다. 군인들이 보초를 서고 높은 담장으로 사방이 둘러싸여 있는 위압감을 주는 곳이었다. 그곳이 바로 미인계에 이용할 여성들에게 특수 교육을 시키는 KGB 소속 첩보 학교였다. 집에 알려야 한다는 그녀에게 KGB 직원은 이미 부모님의 동의를 얻었다고 했다.

그곳을 졸업한 그녀는 이 년 정도 군 고위 장성들이나 KGB 고위 간부들의 수발을 들면서 실전 경험을 익혔고, 이후 현장에 투입되었다. 그녀의 주 임무는 소련을 방문하거나 체류하고 있는 외국인 주요 인사들을 유혹해 정보를 빼내는 것이었다. 그러던 중 진실로 사랑했던 남자도 있었으나 그녀에게는 그런 사랑의 감정조차 허용되지 않았다.

그녀는 남들처럼 자신을 위해 주는 사랑하는 사람과 평범하게 사는 것이 유일한 바람이라고 했다.

여객기는 두 시간 정도의 비행 끝에 우크라이나의 수도 키이우에 도착했다. 키이우는 400만의 인구를 가진 아름다운 도시였다. 도시를 가로지르는 드니프로강은 세계적으로도 널리 알려져 있었다.

그들은 마중 나온 차를 타고 키이우 남쪽에 위치한 빌라체르크바로 향했다.

그들이 탄 차가 다가가자 안에 있던 사내들이 대문을 열었다. 높은 담장 때문에 잘 보이지는 않았지만, 안에 들어서니 정원과 그리 크지 않은 아담한 건물이 있었다.

"이곳을 지금 임시 아지트로 사용하고 있어요."

블랙 로즈가 나란트야에게 조용히 속삭였다.

응접실에 들어서자 그녀는 나란트야 일행에게 자리를 안내했다.

"여기서 잠시 기다리세요. 제가 들어가 두목님께 말씀드려 볼게요."

블랙 로즈는 이층으로 올라갔다.

건물 안에 있던 사내들이 그들에게 커피를 가져다주었다. 커피를 마시며 한 시간쯤 기다렸을 때 이층에서 블랙 로즈가 오십 대로 보이는 사내와 함께 내려왔다.

"인사하세요. 저희 조직 책임자인 보리스 빅토르비치입니다."

"안녕하세요. 바트나산입니다."

나란트야가 가명으로 자신을 소개했다.

"안녕하세요. 보리스 빅토르비치입니다. 앉으시죠."

그들이 자리에 앉자 그는 곧바로 용건을 말했다.

"갈랴한테서 얘기를 들었습니다. 그러나 도와드릴 수 없다는 말씀을 드리게 되어 유감이네요. 잘 아시겠지만 이것은 일반 물품 거래가 아닙니다. 엄청난 위험과 큰 액수의 돈이 걸려 있는 일이지요. 그리고 이 일은 북한 정부에서 직접 요청한 일입니다. 당신 남자 친구 일은 안됐지만 도울 방도가 없군요."

"저희는 북한 정부에서 제시한 액수보다 더 많은 액수를 지불할 용의가 있습니다."

나란트야가 그의 말을 끊으며 끼어들었다.

"글쎄요. 그러면 저희도 좋지요. 그러나 무기 거래에서는 신용이 중요하다는 걸 잘 알고 계시지 않습니까? 우리는 신용을 잃고 싶지 않습니다. 북한은 지금까지 우리의 좋은 거래 대상이었습니다. 또 이번 일은 우리 조직이 지금까지 해온 거래 중에서 가장 큰 거래라 쉽게 거래선을 바꿔 복잡한 문제를 야기시키고 싶지 않습니다. 먼 길을 오느라 피곤하실 테니 푹 쉬다 가세요. 도와드리지 못해 미안합니다. 갈랴! 약속 시간이 거의 다 됐으니 나갑시다."

그는 자리에서 일어나 나란트야 일행 쪽은 외면하며 밖으로 나갔다. 블랙 로즈가 그를 따라 나가며 나란트야를 위로했다.

"도움을 못 드려 미안해요. 너무 실망하지 마세요."

나란트야와 뷰얀은 난감한 표정을 지은 채 차마 자리를 뜨지 못했다.

낮에 두목과 함께 외출한 블랙 로즈는 아직 돌아오지 않았다. 사내들만이 방 안을 어슬렁거리거나 모여서 트럼프 판을 벌였다.

나란트야는 정원에 놓인 테이블 앞에 홀로 앉아 있었다. 테이블 위에는 밍크코트 여인이 가져다 놓은 포도주가 놓여 있었다. 그녀는 멍하니 밤하늘의 별을 올려다보며 생각에 잠겼다.

'성혁도 저 별을 보고 있을까? 빨리 그를 구할 수 있는 길을 열어야 하는데…….'

나란트야는 막막하기만 했다.

환한 승용차 불빛이 대문의 쇠살창을 통해 정원을 비췄다. 사내들이 대문을 열었다. 그러자 러시아산 볼가 승용차가 부드러운 엔진 소리를 내며 들어섰다. 기사가 뛰어내려 차 뒷문을 열었다. 열린 문으로 블랙 로즈가 내렸다. 두목의 모습은 보이지 않았다. 두목과는 도중에 헤어진 모양이었다. 그녀는 정원에 앉아 있는 나란트야를 발견하고는 테이블로 다가왔다.

"무슨 생각에 깊이 잠겨 있어요? 아까는 그 이상 도울 수가 없었어요. 저도 오랜 시간 설득해 보았지만 그의 마음을 돌려 세울 수가 없군요. 모스크바를 떠날 때부터 두목의 동의를 받아 내기가 쉽지 않으리라 예상은 했지만 그렇게까지 완강할 줄은 몰랐어요. 이번 일은 북한 정부의 요청으로 오래전부터 워낙 면밀히 준비해 온 사업이라 그런 모양이에요."

처음에는 나란트야를 돕기를 단호하게 거절했던 블랙 로즈가 이제는 그녀에게 도움을 주지 못해 안타까워했다.

"갈랴 당신을 원망하지 않아요. 도와줘서 고맙게 생각할 뿐이에요. 그런데 앞으로 어떻게 해야 할지 막막해요."

나란트야는 그녀의 마음 씀씀이가 고마웠다.

"우선 그 일에 대한 생각을 잊고 머리를 좀 식히세요. 무슨 수가 나겠지요."

블랙 로즈가 테이블 위의 포도주를 잔에 따랐다.

그녀의 성의를 거절할 수 없어 나란트야가 입에 대는 시늉만 내고 포도주 잔을 내려놓는데 뷰얀이 방에서 나왔다.

"몽골에 전화해 고문님과 통화했는데 별다른 일은 없답니다."

그들이 자리를 비울 때는 고문인 엔크바트가 조직을 관리했다. 그래도 나란트야는 뷰얀을 시켜 매일 몽골에 전화해 상황을 체크하도록 했다.

"그리고 모스크바 쪽에 통화를 했는데, 블라디미르 이바노비치 씨가 책임자님이 러시아 땅에까지 와서 자기한테 알리지도 않고 어디론가 숨어 다닌다고 서운해하셨답니다. 한번 통화를 해 드려야 섭섭함이 풀리실 것 같습니다."

나란트야는 그제야 오늘 아침에 그에게 연락도 하지 않은 채 우크라이나로 출발했다는 사실이 떠올랐다. 그는 그녀가 어쩌다 러시아를 방문할 때면 조금이라도 더 잘 챙겨 주려고 항상 애를 썼다. 그런 그가 호텔로 전화를 걸었다가 그녀가 말도 없이 떠났다는 걸 알았을 때 얼마나 서운해했을지를 생각하니, 나란트야는 미안한 마음에 얼굴이 화끈거렸다.

"저, 러시아 마피아계의 대부인 블라디미르 이바노비치 말인가요?"

블랙 로즈가 호기심 어린 표정으로 물었다.

"네, 저에겐 친아버지 같으신 분이세요."

"그래요······."

고개를 천천히 끄떡이는 블랙 로즈의 커다랗고 파란 눈동자
가 무슨 생각을 더듬는 듯 오므라든 채 움직이질 않았다.

"일어나요!"

누가 흔들어 깨우는 바람에 나란트야는 힘들게 눈을 떴다.
성혁을 구출하는 이런저런 방법을 생각하다 보니 새벽 3시에야
겨우 잠에 들었던 것이다.

블랙 로즈가 그녀를 내려다보고 있었다.

"무슨 일이에요?"

나란트야는 자리에서 일어나며 시계를 올려다보았다. 새벽
5시가 조금 넘은 시간이었다. 깨우기에는 너무 이른 시간이었
다. 무슨 급한 일이 있는 모양이었다.

"곤히 자는데 잠을 깨워서 미안해요. 급히 할 말이 있어 왔어
요. 블라디미르 이바노비치한테 부탁해 보세요. 내가 얘기해
주었다는 말은 하지 말고요."

"네?"

블랙 로즈의 갑작스러운 말에 나란트야는 어리둥절했다.

"제가 깊이 생각해 봤는데, 그를 찾아가 우리 두목에게 압력

을 넣어 달라고 부탁해 보세요. 그는 러시아 마피아 세계에서 절대적인 인물이라 우리 두목이 그의 부탁을 거절하기는 힘들 거예요. 또 그의 눈에 잘못 들면 앞으로 조직을 유지해 가는 데 전혀 좋을 게 없고요. 그는 모든 마피아 조직 두목들이 두려워하는 존재예요. 그리고 우리 두목이 KGB에 들어오기 전에 붉은 군대에 복무한 적이 있었는데, 그때 블라디미르 이바노비치가 그의 까마득한 상관이었다는 얘길 들은 적이 있어요. 그러니 그는 능히 우리 두목의 생각을 바꿀 수 있을 거예요. 그리고 이건 그 누구한테도 절대 비밀로 해 주세요.”

“알았어요. 그런데 당신네 두목은요?”

나란트야가 이렇게 남들이 다 자는 깊은 새벽에 그녀의 방을 찾아 들어온 블랙 로즈가 걱정스러웠다.

“두목은 밖에서 자는 모양이에요. 어젯밤 들어오지 않았어요. 그리고 밖을 지키는 보초를 제외하고는 모두 깊이 잠들어 있어 아무도 제가 여기 들어오는 걸 보지 못했어요. 저는 아침 일찍 일이 있어 나가야 해요. 공항에 나갈 때 여기 사내들한테 부탁하세요. 그럼 모셔다드릴 거예요. 그럼 잘 자요.”

그녀는 나란트야의 볼에 가볍게 입을 맞춘 후 문을 열고 나갔다.

그녀가 나간 후 나란트야는 이바노비치에게 전화했다. 그러고는 연락도 없이 모스크바를 떠난 것에 대해 사과했다.

“이젠 네가 어디 있는지 알았으니 괜찮아. 나는 우리 러시아

총각 놈들이 너를 납치해 간 줄 알고 걱정을 많이 했어."

그는 그 와중에도 농담을 늘어놓았다. 참으로 쾌활한 성격이
었다.

나란트야는 아침 식사를 끝내자마자 건물 내에 있는 사내들
에게 작별 인사를 했다.

"당신 두목에게 즐겁게 쉬다 간다고 전해 주세요. 그리고 갈
랴한테도 못 만나고 떠나 아쉬워했다고 말해 주세요."

일부러 블랙 로즈를 빼놓지 않았다. 새벽에 그녀가 방에 찾
아 들어왔던 사실을 감추기 위해서였다.

그녀는 일행과 함께 사내들이 준비해 준 차를 타고 공항으로
향했다. 그리고 공항에서 다시 블라디미르 이바노비치에게 전
화를 넣었다.

"빠! 빠의 도움을 받아야 할 것 같아요. 그래서 지금 모스크
바로 올라가 만나 뵈려고요."

"그래, 그럼 도착하는 즉시 별장으로 와라. 공항으로 차를 보
내마. 점심이나 함께하자."

이바노비치가 걸걸한 목소리로 말했다.

"그래, 그렇게 중대한 일의 거래선을 쉽게 바꿀 수가 없겠지.
알겠다. 내 빅토르비치한테 직접 부탁해 보겠다. 그렇지만 그
가 거래선을 바꿀 경우 네 조직도 뭔가 대가를 지불해야 할 게
다."

그녀의 이야기를 끝까지 들은 이바노비치의 표정이 진지해
졌다.

"저희는 북한 정부에서 제시한 거래 가격보다 더 많은 금액
을 지불할 용의가 있어요."

나란트야의 말에 그는 표정을 풀고 껄껄껄 웃으며 말했다.

"그래, 알겠다. 내 최선을 다해 볼 테니 우선 점심을 먹고 기
운을 내자꾸나. 우리 도첸카가 요즘 마음고생이 많았겠는데?"

도첸카는 러시아어로 딸을 친근하게 부르는 애칭이었다.

이바노비치 옆에는 커다란 개가 혀를 내민 채 엎드려 있었
다. 페치카(전통 러시아식 난로) 위에서는 전통차를 끓일 때 쓰는
사모바르가 허연 김을 내뿜었다. 잘 마른 나무가 열기를 내뿜
으며 활활 불타오르면서 이따금 '탁탁!' 하고 나무 타는 소리를
냈다. 바닥에는 주단 대신 털이 그대로 남은 짐승 가죽이 깔려
있었다. 벽으로부터 시작해 모든 장식이 통나무로 된 방은 밖
의 차가운 날씨와는 상관없이 포근한 느낌을 주었다.

한쪽 벽을 차지한 대형 벽장에는 도자기와 구식 무기 같은
골동품들이 진열되어 있었다. 골동품과 그림을 사들이는 것은
이바노비치의 취미 중 하나였다. 이 별장 안에는 골동품들만
가득 진열된 방들과, 사방 벽면에 그림이 걸린 방들이 있었다.
그 모든 것이 가격을 매길 수 없을 정도로 귀한 것들이었다.

자그마한 나무창을 통해 내다보이는 정원에는 눈이 하얗게
쌓여 있었다. 나란트야는 며칠 동안 이곳에 머물면서 지친 심

신을 달래고 싶은 유혹을 쉽게 뿌리칠 수 없었다.

　다음 날, 나란트야는 일행과 함께 다시 우크라이나로 향하는 여객기에 몸을 실었다.

　온몸이 오싹 떨렸다. 몸살이 난 모양이었다. 요 며칠 동안 계속 긴장한 데다 제대로 잠을 못 잔 탓이었다.

　오전에 그녀를 바래다주면서 이바노비치가 걱정스러운 표정을 지으며 말했다.

　"얼굴이 안 좋아 보인다. 너무 무리하지 말고 몸 생각도 해 가면서 일을 해라. 그러다 쓰러지기 십상이다."

　그러나 성혁의 사형 집행일이 얼마 남지 않아 시간을 지체할 수 없었다. 또 책임자가 둘씩이나 오랫동안 조직을 떠나 있을 수도 없는 노릇이었다.

　그날 저녁, 나란트야는 보리스 빅토르비치와 다시 마주 앉게 되었다.

　"블라디미르 이바노비치한테서 얘기 들었습니다. 당신을 친딸처럼 생각하실 정도로 아낀다고 하시더군요. 그러면서 잘 부탁한다고 하셨습니다. 그분은 제 옛 상관이었습니다. 또 지금은 저희 조직을 많이 도와주기도 하시고요."

　그는 이틀 전과는 달리 아주 친절하게 그녀를 대해 주었다. 사회주의 특유의 끈끈한 인연과 마피아 세계의 철저한 상하 관계가 크게 작용한 모양이었다. 특히 러시아 사람들은 동유럽

내에서도 우정과 의리가 끈끈한 것으로 유명했다. 그들은 지리상으로는 유럽에 속해 있으면서도 실리를 우선으로 하는 일반 유럽인들과는 달랐다.

"알겠습니다. 블라디미르 이바노비치의 부탁대로 당신을 돕도록 하지요. 플루토늄을 넘겨드리겠습니다. 그러나 3월 30일이 작전 개시일이니 그 후에나 넘겨드릴 수 있을 겁니다."

그의 손에서 빙글빙글 돌아가던 담배 파이프가 그 자리에 멈췄다.

말도 안 되는 소리였다. 성혁의 사형 집행일인 3월 25일 이전에 넘겨받지 않으면 아무 소용이 없었다.

"그건 안 돼요. 늦어도 3월 24일 밤까지는 플루토늄을 넘겨받아야 합니다."

"그렇게는 곤란한데……."

말을 길게 끌며 깊은 생각에 잠긴 듯 눈을 감고 있던 그가 드디어 결심했는지 눈을 뜨며 말을 이었다.

"그럼 이렇게 합시다. 저희에게 북한 정부가 제시한 가격보다 더 많은 액수를 지불하는 것 외에 당신 조직에서 운영하는 쿠바 거래선을 넘겨주시오. 우리도 이번 일 때문에 좋은 거래선인 북한을 잃게 되었으니 그 보상을 받아야 한다는 생각이오. 그러면 3월 24일 밤까지 플루토늄을 넘겨주겠소."

맞았다. 그가 노린 것이 바로 이것이었다. 그는 이미 나란트야 조직에 대해 철저히 조사했고, 이렇게 플루토늄을 넘겨주는 날짜를 걸고넘어진 것이었다.

'여우 같은 놈!'

나란트야는 속으로 중얼거렸다.

쿠바는 그녀 조직의 주요 거래선 중의 하나였다. 라틴 아메리카의 유일한 사회주의 국가로 미국과 직접 대치하고 있는 쿠바는 엄청난 군사력을 필요로 했다. 이전에 쿠바는 군사력의 대부분을, 미국으로부터 쿠바를 보호하려는 소련의 군사 원조에 의존하고 있었다. 그러나 소련의 공산 체제가 붕괴되면서 쿠바에 대한 군사 지원이 급격히 감소하다가 거의 중지되다시피 한 상태에 이르렀다. 그 결과 쿠바는 군수품의 큰 비중을 무기 밀매 조직을 통해 싸게 사들이는 데 의지할 수밖에 없게 되었다.

그렇지 않아도 성혁 문제로 조직에 폐를 끼치는 것에 대한 미안한 생각을 떨칠 수 없는 그녀는, 차마 쿠바 건마저 넘겨주겠다는 말을 쉽게 할 수가 없었다. 그녀는 먼저 뷰얀과 조직의 고문인 엔크바트에게 양해를 구해야겠다고 생각했다.

"무슨 말인지 알겠어요. 상의해 보고 내일 아침 확답을 드릴게요."

그녀의 대답에 빅토르비치는 어색한 표정을 지으며 말했다.

"저는 도와드리려고 최선을 다했습니다. 그러니 블라디미르 이바노비치에게 섭섭한 말은 말아 주십시오. 그리고 마지막으로 당부하고 싶은 것은 이번 일을 절대 보안 사항으로 취급해야 한다는 겁니다. 만약 북한 정부에서 눈치채면 보복 조치를 취할 수 있습니다. 우크라이나 정부에 플루토늄을 빼내려는 우리의 계획을 흘릴 수 있단 말입니다."

"그 점은 염려하지 않아도 됩니다."

이 말을 남기며 나란트야는 그의 방을 나섰다.

그날 밤, 충실한 측근인 뷰얀의 동의를 얻어 낸 그녀는 몽골의 엔크바트에게 상황을 설명했다.

"어차피 벌여 놓은 상황이니 가급적 신속하게 끝을 맺도록 해라. 다른 걱정은 하지 않아도 된다."

나이 많은 그가 느릿한 말투로 그녀의 걱정을 덜어 주었다.

19

1994년 3월 15일경 평양시 외곽인 순안 구역 곳곳에 커다란 방이 붙었다.

공고
1994년 3월 25일 오전 10시 공설 운동장에서 조국을 배신하고 외국으로 도망치려는 천추에 용서 못 할 엄중한 죄를 저지른 민족 반역자 김성혁을 인민의 이름으로 사형에 처한다. 많은 군중들이 와서 관람하기 바란다.
평양시 사회안전부

"야, 공설 운동장에서 사람을 총살한대!"
철없는 아이들이 신이 나서 뛰어다니며 동네방네 소리를 질러 댔다.

공고와 함께 평양시의 많은 기관, 기업소 당 위원회에 사형 집행 당일 사람들을 동원해 사형 집행 현장으로 모이라는 지시가 내려졌다. 특히 성혁이 대학생이었던 점을 고려해, 평양 시내의 대학 당 위원회에 특별 지시를 내려 대학생 동원에 신경을 썼다.

3월 24일 밤. 나란트야는 초조한 마음으로 우크라이나 공화국에서의 연락을 기다렸다.

작전 개시 시간은 밤 12시 정각이었다. 핵무기 제조 공장 내의 일부 고위 간부들이 개입된 빈틈 없는 작전이었다. 그들은 오늘 작전이 끝나는 것과 동시에 가족을 데리고 외국으로 탈출할 계획이었다. 그곳에서 그들은 협조의 대가로 받은 돈으로 새로운 생활을 시작할 것이다. 빅토르비치의 조직이 그들의 우크라이나 공화국 탈출까지 맡아 처리할 예정이었다.

밤 12시 30분, 즉 3월 25일 0시 30분. 나란트야의 조직원들은 약속된 장소에서 플루토늄이 실린 트럭을 빅토르비치의 조직원들로부터 인수하기로 되어 있었다. 현장에는 여느 때와 마찬가지로 뷰얀이 나가 지휘했다. 트럭을 인수하면 다른 트럭들에 나눠 탄 그녀의 조직원들이 삼엄한 경계를 펼치며 플루토늄이 실린 트럭을 몽골로 이송할 예정이었다. CIS 영토를 벗어날 때까지는 빅토르비치의 조직원들도 함께 움직이며, 트럭이 무사히 국경을 넘을 수 있도록 협조하기로 했다. 그들은 우크라이나 공화국 군에서 발급한 특별 수송 증명서와, CIS 국경을 무사 통과할 수 있는 여러 가지 공화국 증명서들을 소지했다. 몽골 국경에서는 트럭을 타고 국경을 넘어오는 조직원들과 합세할 그녀의 다른 조직원들이 기다리고 있었다. 전 조직원들이 총동원된 작전이었다.

나란트야 옆에는 젊은 부관이 긴장된 표정으로 그녀의 지시를 기다렸다.

오후에 북한 대사관에서 일하는 몽골인을 통해 대사가 대사관 내에 머물러 있는 것을 확인했다. 북한 대사관에서 근무하는 국가보위부 요원 풍산개에게는 이번 일을 절대 비밀에 부쳤다. 김원남의 편지에 그의 얘기가 없는 걸로 봐서 승호의 사람은 아닌 것으로 판단했다.

'뻐꾹! 뻐꾹! 뻐꾹!'

벽에 걸린 뻐꾸기시계가 12시를 가리켰다.

'지금 작전이 시작되었겠군.'

그녀는 속으로 시간을 계산해 보았다. 작전이 차질 없이 진행된다면 정확히 삼십 분 후에 전화를 받게 되어 있었다.

"체스 판을 가져오세요."

그녀는 부관에게 지시했다.

부관은 이미 그녀의 속마음을 알고 있다는 듯이 아무 말 없이 체스 판을 들고 왔다. 그러고는 그 위에 말들을 배치했다.

"자, 그럼 먼저 수를 놓으세요."

그녀가 마주 앉은 부관에게 지시했다.

초조해진 마음을 가라앉히면서 시간을 보내기에는 체스가 최고였다. 서로 밀고 밀리는 수에 의해 말들이 여러 개 떨어져 나갔다. 그녀는 체스를 두면서도 시곗바늘이 12시 30분을 지나는 것을 놓치지 않았다.

'지금쯤 전화가 와야 하는데. 혹시……?'

'따르릉!'

순간 그녀의 순간적인 추측을 비웃기라도 하듯 전화벨이 조용한 공간을 뒤흔들었다. 정확히 12시 36분이었다.

부관이 전화기를 그녀에게 넘겨주었다.

뷰얀의 목소리가 들렸다.

"물건을 넘겨받았습니다."

"수고했어요. 지금 출발하세요."

그녀는 부관에게 전화기를 넘겨주며 지시했다.

"북한 대사관을 빨리 연결하세요."

부관이 잠시 후 그녀에게 다시 전화기를 넘겨주었다.

"연결됐습니다."

수화기에서 졸린 듯한 남자 목소리가 들렸다. 아마 당직자인 모양이었다.

"조선민주주의인민공화국 대사관입네다."

"당신네 대사를 바꿔 주세요."

나란트야가 정확하고도 짤막하게 용건을 말했다.

"예? 실례지만 당신은 누굽니까?"

남자의 목소리가 갑자기 커졌다. 아닌 밤중에 홍두깨 내미는 격으로 깊은 밤중에 전화해 다짜고짜 대사를 바꿔 달라고 하니 적이 당황한 모양이었다.

"나송 컴퍼니 대표 바트나산입니다."

그녀의 조직은 대외적으로 나송 컴퍼니로 알려져 있었다.

"나송 컴퍼니요? 네, 이름은 많이 들어 보았지만 지금 대사님은 깊은 밤중인지라 공관에서 휴식을 취하고 계시기 때문에 바꿔 드릴 수 없습니다. 내일 오전에 다시 전화해 주십시오."

남자가 예의를 갖추며 그녀의 청을 거절했다.

"여보세요. 명심해 들으세요. 이건 당신 정부와 관련된 아주 중요한 문제입니다. 지금 대사와 통화를 못 하면 당신 정부는 돌이킬 수 없는 피해를 입게 될 겁니다. 그러면 당신은 그에 대한 책임에서 벗어나기 힘들 테고요."

잠시 말이 없던 남자가 결심한 듯 말했다.

"그럼 전화를 끊지 말고 기다리세요. 대사님 자택으로 돌려 드리겠습니다."

전화기에서는 한참 동안 침묵이 흘렀다. 이윽고 수화기를 통해 다시 남자의 굵은 목소리가 들렸다.

"여보세요. 제가 몽골 주재 조선민주주의인민공화국 대사 권대영입니다. 저와 통화를 하려고 하신다면서요?"

권대영에 대해서는 그녀도 익히 들어 잘 알고 있었다. 구소련 시절 모스크바 종합대학을 졸업한 그는 몽골 외교가에서 점잖은 신사로 통했다.

"안녕하세요, 대사님. 깊은 밤중에 전화를 드려 죄송합니다. 저는 나송 컴퍼니 대표 바트나산입니다. 북한 정부에 아주 중요한 문제를 통보해 드리고자 전화를 드렸습니다."

"그렇습니까? 어떤 문제인지 말씀해 주십시오."

대사가 궁금한 목소리로 물었다.

"대사님, 실례지만 대사님께는 말씀드릴 수 없는 문제입니다. 저는 북한 당 중앙위의 장성택 위원과 직접 통화하고 싶습니다."

"아하, 그래요? 그런데 지금 조국에서도 깊은 새벽이라 다 주무실 텐데……."

그가 곤란하다는 듯이 말했다.

"오늘 새벽을 넘기면 안 되는 대단히 중요하고도 시급한 문제입니다. 장성택 위원과 연락해 폭풍 1호 문제로 제가 통화하고 싶어 한다고 말씀해 주십시오. 그럼 저와 통화하길 원하실 겁니다."

"정 그렇다면 제가 노력해 보지요. 우리 당직자 동무에게 그쪽 전화번호를 남겨 주길 바랍니다. 그럼 장성택 위원 동무하고 통화가 되는 대로 연락드리겠습니다."

"그럼 연락 기다리겠습니다. 이렇게 깊은 밤중에 휴식을 방해해서 죄송합니다."

나란트야가 대사에게 양해를 구했다.

"괜찮습니다. 다 우리 조국을 위하는 일인데요. 전화 주셔서 고맙습니다."

대사는 오랜 외교 생활이 몸에 밴 듯 아주 점잖게 전화를 끊었다.

대사관 당직자에게 전화번호를 알려 준 후 그녀는 전화를 내려놓았다.

MGIA에 오랫동안 몸담았던 그녀는 곧 북한으로부터 전화가 오리라는 것을 확신했다. 그 어느 나라를 막론하고 비밀경찰 총수가 있는 곳에는 항상 핫라인이 연결되어 있었다. 그래서 어느 때건 중요한 문제에 한해서는 그와의 지체 없는 통화가 가능했다.

그녀의 추측은 정확했다. 이십 분도 채 되지 않아 전화벨이 울렸다. 전화기를 들자 유창한 영어가 들려왔다. 영국식 영어였다.

"여보세요. 혹시 영어를 하실 수 있습니까?"

"예, 할 수 있습니다."

나란트야가 대답했다.

"여기는 조선민주주의인민공화국 국가보위부입니다. 조금 전에 저희 대사 동지하고 통화를 해 장성택 위원 동지와 말씀을 나누고 싶다고 하셨다고요. 저는 위원 동지를 보좌하는 사람입니다. 지금 위원 동지는 전화를 받으실 수 없는 상태이기 때문에 저에게 용건을 말씀해 주십시오. 제가 즉시 전해 드리겠습니다."

"그래요. 그렇다면 위원께 당신들이 폭풍 1호 작전으로 구매하기로 되었던 물건이 우리 손에 들어와 있다고 전해 주세요."

나란트야가 독일어 발음이 섞인 영어로 말했다.

"전화를 끊지 말고 조금만 기다리십시오."

일이 분쯤 지났을까? 남자의 느릿한 목소리가 들렸다.

"안녕하십니까? 제가 장성택이라는 사람입니다. 좀 전에 우리 직원 동무에게 폭풍 1호에 대해 말씀하셨다는데, 다시 구체적으로 얘기해 주시겠습니까?"

그도 영국식 영어를 구사했다. 처음 사람처럼 유창하지는 않았지만 발음과 문법이 정확했다.

"네, 저는 몽골에서 군수품을 전문으로 취급하는 나송 컴퍼니의 책임자입니다. 당신들이 구매하려던 플루토늄이 지금 저희 손에 들어와 있습니다."

그녀가 간단명료하게 말했다.

"그게 어떻게 당신들 손에 들어가 있지요?"

그가 메마른 목소리로 물었다.

"30일이 작전 개시 예정이었던 폭풍 1호 작전은 오늘 0시에 시작되어 0시 30분에 성공적으로 막을 내렸습니다. 작전이 끝나는 것과 동시에 저희 조직에서 물건을 인수했습니다."

"그런데 그 물건을 왜 당신들이 인수했느냔 말이오?"

그가 다그쳐 물었다.

"그럴 이유가 있습니다."

그녀가 단호하게 말했다.

"당신이 지금 얘기하는 것을 어떻게 믿을 수 있겠소?"

가라앉은 목소리였다.

"러시아 쪽에 연락을 취해 확인해 보십시오."

"그래, 그 물건을 어떻게 할 작정이오?"

"저희가 제시하는 요구 조건을 들어주면 당신들이 당초 러시아 조직에 제시했던 가격대로 넘겨드릴 수 있습니다."

"당신들의 요구 조건이 뭐요?"

그의 목소리가 점점 더 가라앉았다.

"옛 동독 유학생 출신으로 1993년 12월에 압록강을 통해 해외로 탈출하려다 체포되어 사형을 언도받은 김성혁이라는 사람이 있습니다. 또 당신도 잘 알겠지만, 그의 탈출을 도왔다는 죄목으로 함께 체포된 국가보위부 해외 담당 정보실의 특수과 과장이었던 서승호라는 사람이 있습니다. 그들을 넘겨주십시오."

전화기 저쪽에서는 얼마 동안 아무런 대꾸도 없었다.

나란트야는 많이 황당해하고 있을 그의 얼굴이 그려졌다. 그녀 또한 아무 말 없이 조용히 기다렸다.

이윽고 그가 다소 차가운 목소리로 물어 왔다.

"그들과는 어떤 사이오?"

순간, 나란트야는 망설였다. 사실대로 말할까도 싶었지만, 그건 불필요한 일이었다. 대충 아무렇게나 말해도 저들은 이쪽의 요구 조건을 받아들일 수밖에 없는 상황이었다. 하지만 그렇기 때문에라도 나란트야는 사실대로 말해 주고 싶었다. 당신들이 가로막았던 사랑이 지금 어떻게 맺어지고 있는지 똑똑히 보라고, 당당히 알려 주고 싶었다.

나란트야는 또박또박 아주 천천히 상대를 향해 말했다.

"성혁은 제가 사랑하는 사람입니다."

다시 잠깐의 침묵이 있었다. 잠시 후에 그가 다시 물었다. 무언가에 억눌린 듯한 목소리였다.

"서승호 과장은요?"

"저의 사랑을 도와준 사람입니다."

나란트야는 이번에도 또박또박 대답했다.

"알겠소. 일단 생각해 보고 연락드리겠소."

"김성혁의 사형 집행일이 25일 바로 오늘이라는 것을 아십니까? 빠른 결단을 바랍니다."

나란트야는 장성택에게 성혁의 사형 집행일을 확인시켰다.

그는 다른 대꾸 없이 전화를 끊었다.

"러시아에 빨리 연락해 폭풍 1호에 대해 알아보라우. 기리고 날래 우리 집으로 서승호와 김성혁에 대한 사건 기록철을 보내지 못하갔어?"

나란트야와의 통화를 마친 장성택은 다시 전화를 넘겨받은 보좌관에게 고래고래 소리를 질러 대며 지시를 내렸다.

집에서 곤히 잠자다가 갑작스레 전화를 받은 장성택에게 통화 내용은 청천벽력 같았다. 국가보위부에서 극비 사업으로 추진하고 있는 폭풍 1호가 어떻게 그녀에게 새어 나갔는지, 또 어떻게 플루토늄이 그녀에게 넘어갈 수 있었는지 정말 귀신이 곡할 노릇이었다. 만약 그게 사실이라면 김정일에게 보고할 일이 막막했다. 다혈질인 그가 노발대발할 것은 보지 않아도 너무나 뻔했다.

옆에서는 김정일의 친여동생인 김경희가 남편의 이런 심정을 아는지 모르는지 입을 헤벌린 채 꿈속을 헤매고 있었다. 전혀 부족함을 못 느끼면서 살아온 그녀는 한번 잠들면 누가 업어가도 모를 지경이었다. 또 그 누구든 잠잘 때 깨우는 것을 용서하지 않았다.

'성혁과 서승호를 넘겨달라!'

장성택은 국가보위부 직원인 승호에 대해서 너무나 잘 알고 있었다. 승호가 성혁의 해외 탈출을 돕다 체포되었을 때 그는 심한 배신감과 분노, 그리고 위기감마저 느꼈었다.

전화를 끊은 지 얼마 안 되어 사건 기록철이 도착했다. 그는 서재로 들어가 사건 기록철을 펼쳤다.

사건 기록철에는 동독 유학 시절 성혁이 나란트야라는 몽골 유학생과의 금지된 사랑 때문에 소환되었다는 내용이 적혀 있었다.

'그럼, 아까 전화한 나송 컴퍼니 대표의 이름이 바트나산이 아니라 나란트야란 말인가?'

그가 승호의 사건 기록철까지 꼼꼼히 들여다보고 있을 때 전화가 왔다.

보좌관의 목소리는 풀이 죽어 있었다.

"러시아 쪽과 연락이 됐습네다. 그녀의 말이 맞습네다. 플루토늄은 이미 그녀 조직의 수중에 넘겨졌다고 합네다."

그는 치밀어오르는 울분을 참으며 지시를 내렸다.

"알았다. 김성혁의 사형 집행을 중지시켜라. 그리고 몽골에 전화해 그 사실을 통보해라."

북한으로부터 자신의 제안을 받아들이겠다는 전화를 받은 나란트야는 눈을 감았다. 가슴 한쪽이 미세하게 찰랑거렸다. 그 물결은 아주 조금씩 뜨거워지면서 나란트야의 온몸을 타고 돌았다. 이윽고 자신도 모르게 짧은 탄식이 새어 나왔다.

"아……."

그 이상 어떤 말도 어떤 생각도 할 수 없었다. 나란트야는 두어 번의 심호흡으로 마음을 가라앉히고 나서 부관을 불러 지시했다.

"파티를 준비하세요."

"네, 알겠습니다."

오랜만에 그녀의 밝은 표정을 본 부관은 신이 난 듯 씩씩한 목소리로 대답했다.

"오늘 사형 집행을 안 한대."

"왜 갑자기 안 한다는 거이야."

"나도 모르갔시야."

"기럼 미리 알려 줄 것이디 왜 오라 말라 해 가지고 고생을 시키는 거이야."

"하긴 사람이 죽지 않는다니까 다행이긴 하구만 기래."

성혁의 사형을 집행하기로 되어 있던 순안 구역 공설 운동장에 모였던 사람들이 투덜거리며 운동장을 빠져나갔다.

운동장 가장자리에는 총살할 때 사람을 움직이지 못하게 묶어 놓으려고 가설해 놓은 굵은 통나무가 덩그러니 서 있었다.

"오늘 총살하지 않는대요!"

총으로 사람을 직접 쏘는 것을 구경하게 되었다고 기뻐하던 철없는 아이들은 아쉬운 목소리로 소리치며 뛰어다녔다.

성혁의 사형을 집행하지 않는다는 국가보위부의 급작스러운 지시가 공장 기업소와 대학에 전달되었다. 조직에서 준비한 트럭을 타고 순안 구역으로 가려고 공장 기업소와 대학 정문에 모여들었던 사람들은 헛걸음을 면할 수 있었다. 하지만 전화와 같은 통신 체계가 발달하지 않아 연락이 불가능한 마을 단위에서는 책임자들인 인민 반장들이 공설 운동장으로 마을 사람들을 동원했다가 허탕을 쳤다.

"아니, 일들을 어드렇게 기딴 식으로 하는 거이요. 어드렇게 국가적인 예산에 의해 움직이는 한 국가의 합법적 비밀정보기구인 국가보위부가 한낱 사조직에 불과한 외국의 무기 밀매 조직에 플루토늄을 뺏긴단 말이오?"

김정일은 억이 막힌 듯 더는 말을 잇지 못했다.

"친애하는 지도자 동지, 정말 면목이 없습네다. 전혀 예상치 못했던 일이어서……."

"기걸 지금 말이라고 하오! 지금이 어드런 때이요. 전 세계에서 사회주의 진영을 붕괴시킨 국제 반동 세력들과 남조선 정부가 날마다 우리 사회주의 체제를 무너뜨리려고 호시탐탐 노리고 있는데, 뭐? 예상치 못했던 일이라구? 기래 가지고 어드렇게 적들의 책동을 물리치고 이 체제를 보위할 수 있갔오?"

김정일의 가차 없는 질책에 장성택은 몸 둘 바를 몰랐다. 쥐구멍이라도 있으면 들어가 숨고 싶은 심정이었다.

오전에 장성택의 보고를 받은 김정일은 눈이 딱 감기는 것 같았다. 아니 어떻게 플루토늄을 빼앗길 수 있단 말인가? 핵무기 카드는 그가 체제를 유지하는 데 없어서는 안 될 절대적인 것이었다.

김정일은 며칠 전의 악몽이 되살아났다.

그는 최근에 진행되고 있는 북미 회담에서 유리한 위치를 차지하는 것이 급선무라고 생각했다. 그래야 북한에 핵 시설이 들어서는 것을 두려워하는 미국으로부터 체제 유지에 절실히 필요한 경제 원조를 최대한 끌어낼 수 있을 것이라고 판단했다. 그러나 회담 장소에 나온 미국은 북한의 요구를 들어줄 듯하면서도 호락호락 넘어가지 않았다.

또 남한 정부는 패트리엇 미사일을 배치하려고 하는 등 군사적 우위를 차지하려고 했다. 강수를 두어야겠다고 생각한 김정일은 1994년 3월 19일 제8차 남북 실무접촉 북측 대표단 단장인 박영수에게 지시해 남측 대표에게 으름장을 놓아 전쟁 분위기를 조성하도록 했다. 그의 지시대로 박영수는 남측 수석 대표 동영배 차관에게 '대화에는 대화, 전쟁에는 전쟁으로 대응할 준비가 돼 있다', '전쟁이 일어나면 서울은 불바다가 될 것이고 동 선생도 살아남지 못할 것이니 살고 싶으면 미국 여권을 준비하는 것이 좋을 것이다'라며 강경 발언을 했었다.

그러나 한반도 상황에 위기감을 느끼고 당장 달려와 회담을 할 거라고 생각했던 미국은 항공 모함을 한반도 쪽으로 이동시켜 전쟁을 일으키면 가만두지 않겠다는 듯 으르렁거렸고, 남한 정부는 붙고 싶으면 한번 붙어 보자는 식으로 초강경 태세를 취했다. 또한 국제 여론은 북한을 맹렬히 비난했다. 성질 같아서는 불을 확 지르고 싶었지만, 구소련과 중국이 북한에 대해서 손을 뗀 마당에 미국과 남한 두 나라와 단독으로 싸운다는 것은 결과가 불을 보듯 뻔했다.

김정일은 북측 대표단 단장이었던 박영수를 해임하고 국제 무대에서 미국에 유화 제스처를 보내야 했다. 한반도 위기 조성을 통한 미국 측의 양보를 받아 내려는 계획은 완전한 실패가 되었다.

'핵무기만 있었더라면 미국에 그렇게 쉽게 굴복하지 않는 것인데……'

이번 폭풍 1호 작전에 거는 김정일의 기대는 이루 말할 수 없이 컸다.

'저 바보 같은 자식이 핵무기 생산에 절대적으로 필요한 플루토늄을 뺏기다니……'

김정일은 이를 부드득 갈았다. 생각하면 할수록 화가 치밀어 올랐다. 그는 죄지은 학생처럼 고개를 푹 숙인 채 서 있는 장성택의 귀싸대기를 때리고 문밖으로 내쫓고 싶은 심정이었다. 그러나 큰일을 위해서는 사사로운 감정을 억제해야 한다고 생각했다. 그래도 주변에서 믿을 사람은 피붙이와 다름없는 매제인 장성택밖에 없었다.

"기래, 사형에 처하기로 했던 놈이 어떤 자식이라구?"

김정일의 물음에 장성택은 그제야 겨우 고개를 들어 자료를 가져다주었다.

"예, 김성혁이라는 옛 동독 류학생입니다."

김성혁. 들어 본 이름 같았다. 얼마 안 되는 유학생들에 대한 모든 문제는 김정일의 직접적인 결제를 통해 처리되었기 때문이었다.

자료를 들여다보던 김정일은 또 다른 배신감을 느껴야 했다.

'이 자식들 열심히 배워 와서 체제 유지에 도움이 되라고 아까운 외화를 들여가며 류학을 보냈더니, 뭐? 에미나이 품속에 빠져서 헤어나질 못하고 있어?'

그뿐 아니라 그의 아버지 김일성도 유학생들을 금싸라기라고 부르며 대단히 아꼈다. 그런데 그들이 그의 뒤통수를 후려 갈긴 것이었다.

그의 집무실에는 남한의 전 채널과 일본을 비롯한 여러 채널의 위성 방송을 볼 수 있는 일곱 대의 텔레비전이 놓여 있었다. 가끔 남한 텔레비전에서 귀순한 전 북한 고위 간부들이나 유학생들의 인터뷰와 방송 활동을 보여 주었다. 그럴 때면 당장 텔레비전을 부숴 버리고 싶었다. 세상에 믿을 놈 하나도 없다는 생각이 등골을 오싹하게 만들었다. 줄줄이 남한으로 달아난 유학생들과 고위 간부들에 대한 소문은 북한 젊은이들과 지식인 층뿐 아니라 온 북한 주민들을 동요시키기에 충분했다.

"기 에미나이를 만나서 협상을 해가지고 플루토늄을 꼭 받아 내라우."

김정일의 목소리는 푹 가라앉아 있었다. 그의 운명과도 결코 무관하지 않은, 체제 유지에 결정적인 열쇠가 옛 북한 유학생의 여자 친구 손에 있다니 기가 막힐 따름이었다.

"네, 모든 것을 다 바쳐 임무를 수행하겠습네다."

장성택은 기다렸다는 듯이 황급히 문을 열고는 집무실을 나섰다.

　국가보위부 해외 담당 정보실장은 두 명의 부하 직원과 함께 북경으로 향하는 여객기에 몸을 실었다. 장성택의 지시에 따라 북경에서 나란트야를 만나 협상에 필요한 구체적인 문제를 토의하기 위해서였다. 사건의 중요성으로 인해 그가 직접 나서게 된 것이었다. 협상 장소는 북경 주재 북한 대사관으로 정했다.
　공항에서는 북경 주재 대사관에 파견된 국가보위부 직원이 그들을 맞이했다. 정보실장인 그가 구동독 시절 북한 대사관에서 근무할 때의 직책인 북경 주재 북한 대사관 사상 담당 당 부비서직을 맡고 있는 직원이었다.
　차를 타고 들어오는 동안 북경 시내 곳곳에서 'DAEWOO', 'HYUNDAI', 'SAMSUNG'과 같은 남한 기업들의 대형 광고 간판들이 눈에 들어왔다. 남한 기업들의 활발한 경제적 진출을 실감하게 하는 풍경이었다. 사람들의 복장도 그가 이전에 왔을 때보다 훨씬 세련되어 보였다. 중국은 해가 다르게 빠른 변화를 겪고 있었다.
　그들이 탄 차가 대사관에 들어섰다. 차가 들어서자 대사관 당 비서가 뛰어나왔다. 국가보위부 실장은 그에게도 무시할 수 없는 존재였다. 그런 것이 귀찮아 그는 나란트야와의 협상 장소를 다른 곳으로 정하려고 했다. 그러나 폭풍 1호의 비밀이 새어 나가는 바람에 혼쭐이 난 장성택이 안전한 대사관을 극구 고집하는 바람에 양보할 수밖에 없었다.

"저, 대사 동지는 지금 중요한 일 때문에 중국 외교부에 들어가 있습네다. 실장 동지를 맞이할 수 없게 되어 미안하다는 말씀을 전해 달라고 했습네다."

당 비서가 송구스러운 표정을 지으며 대사의 말을 전했다.

"괜찮습네다. 저는 전혀 신경 쓰지 마시고 일들을 보십시오."

정보실장은 사무실에 들어가 커피라도 한잔하자는 당 비서의 청을 거절하고 숙소로 향했다. 숙소는 대사관 내에 따로 마련되어 있는 VIP 방이었다.

숙소로 들어가자 부하 직원이 나란트야가 머물기로 되어 있는 호텔룸으로 전화했다.

남자가 전화를 받았다. 그는 남자에게 용건을 말했다.

"안녕하십니까? 저는 평양에서 온 사람입니다. 나송 컴퍼니의 바트나산을 부탁합니다."

"잠시만 기다리십시오. 곧 바꿔 드리겠습니다."

잠시 후 여자 목소리가 들렸다.

"제가 바트나산입니다."

"실례지만 조금만 기다려 주십시오."

부하 직원이 정보실장에게 전화를 넘겨주었다.

"안녕하십니까? 국가보위부에서 온 사람입니다."

정보실장의 말에 여자가 침착한 목소리로 되받았다.

"연락 기다리고 있었습니다."

"그럼 오늘 오후 5시에 대사관 차를 보내 드릴 테니 그걸 타고 오십시오."

나란트야가 일행을 둘러보더니 다시 전화에 대고 말했다.

"알겠습니다. 호텔 정문에 5시까지 나가 있겠습니다. 그런데 저희 일행을 태운 차가 한 대 더 따라붙게 될 겁니다."

"그래요. 알겠습니다. 저는 대사관 정문에 통보해 조치를 취하겠습니다."

그녀의 경호를 책임진 사내들의 차일 것이라고 생각하며, 그는 전화를 내려놓았다. 무기 밀매 조직 두목들은 항상 주위에 경호원을 달고 다녔던 것이다.

오후 5시 30분경, 두 대의 승용차가 북경 주재 북한 대사관 안으로 들어갔다. 한 대는 대사관 번호가 부착되어 있었고, 다른 한 대는 일반 번호가 부착된 벤츠 승용차였다.

김일성 배지를 단 양복 입은 사내들이 대사관 청사 앞에서 내리는 사람들을 맞이했다. 대사관 사상 담당 당 부비서와 정보실장, 그리고 그들과 함께 평양에서부터 동행한 국가보위부 직원들이었다. 그들은 차에서 내린 사람들을 회의장으로 안내했다.

회의장 문 앞에 이르자, 앞서 걷던 국가보위부 직원들이 멈춰 섰다. 그러고는 여자만 들여보내고 나머지 일행은 손으로 막았다. 협상 회의는 정보실장과 여자의 단독 회담으로 진행되도록 약속이 돼 있었다. 철저한 비밀을 보장하기 위해서였다.

여자가 들어서자 정보실장이 다가가 영어로 인사했다.

"안녕하십니까? 오시느라 수고 많이 하셨습니다. 저는 조선민주주의인민공화국 국가보위부 해외 담당 정보실장입니다."

"그래요, 반갑습니다. 제가 바트나산입니다."

여자가 자신을 소개했다.

그녀가 내민 손을 잡으며 정보실장은 실례되지 않을 정도로 그녀를 찬찬히 뜯어보았다.

'이 여자가 바로 나란트야란 말인가?'

연약해 보이는 이 여자가 성혁의 일생을 뒤바꾸어 놓고, 또 지금은 북한 정부를 쩔쩔매게 한다는 것이 믿기지 않았다. 그는 나란트야의 실물을 처음 보았다. 성혁을 동독에서 소환할 때는 그녀의 사진도 보지 않고 접수된 정보에 의해서만 처리했다. 이전에 승호가 그녀의 조직과 처음 군수품 거래를 텄을 때, 그녀에 대한 자료를 제출한 적이 있었다. 그때 그 자료 속에 끼어 있던 희미한 사진을 한 번 보았을 뿐이었다.

한눈에 보기에도 대단히 아름다운 얼굴이었다. 짙은 남색의 정장을 입은 그녀에게는 중후함마저 배어 있었다.

"자, 자리에 앉으시지요."

그가 나란트야에게 자리를 권했다.

정보실장의 부하 직원이 테이블 위에 커피와 음료수, 과자를 비롯한 간단한 디저트를 가져다 놓고 나갔다.

문이 닫히자 정보실장은 이야기를 시작했다.

"그럼 긴말할 필요 없이 곧장 본론에 들어가지요."

"그게 좋겠군요."

나란트야의 짤막한 대답이었다.

"우리 정부에서는 김성혁과 전 국가보위부 특수과 과장 서승호를 넘겨주기로 결정했습니다."

정보실장이 그녀의 표정을 살피며 말했다.

"잘 판단하셨군요."

나란트야는 예상하고 있었다는 듯 아주 담담한 표정이었다.

"그 대신 약속대로 물건을 안전하게 넘겨주셔야 합니다. 가격은 우리가 러시아 조직에 지불하기로 했던 바로 그 가격대로 말입니다."

나란트야는 간단하면서 명료하게 질문에 대답했다.

"그건 염려하지 마세요."

"우리 측 입장은 교환 날짜를 5월 말쯤으로 잡았으면 하는데 어떻습니까?"

정보실장이 물었다.

"저희 쪽에는 전혀 문제가 없습니다."

"그래요. 그렇다면 5월 31일로 정합시다."

"그게 좋겠군요."

나란트야가 동의했다.

정보실장이 말을 이었다.

"물건은 중국과 몽골 사이의 국경 지역에서 넘겨받겠습니다. 그다음부터는 우리가 중국을 통해 북한으로 들여가겠습니다."

"좋을 대로 하십시오."

그녀는 북한 측의 입장에서는 그게 더 안전할 것이라고 생각했다. 북한과 중국은 아주 밀접한 관계였기 때문이다.

"그리고 마지막으로 말씀드리고 싶은 것은 당신들이 가지고 있는 물건을 확인하고 싶습니다. 러시아 쪽에 연락해 보았지만 다시 한번 물건을 확인하고 싶은 게 우리 측 입장입니다. 이번에 저와 함께 동행한 국가보위부 직원 중 한 명이 당신들을 따라 몽골에 들어갈 겁니다. 당신들을 믿지 못한다고 기분이 불쾌하실 수 있겠지만 양해해 주시기 바랍니다."

물건을 확인하라고 한 것은 장성택이었다. 그는 이번 일에 대해서는 모든 것을 철저히 하고 싶어 했다.

"알았어요. 당신들의 의견이 정 그렇다면 그렇게 하십시오."

나란트야는 폭풍 1호 때문에 쓰라린 경험을 한 그들의 입장을 이해할 수 있었다.

"이번 일에 필요한 다른 구체적인 문제들은 저희 직원이 당신이 임명하는 조직원을 만나 상의할 겁니다."

협상이 어느 정도 마무리되자 정보실장은 꼿꼿이 세우고 있던 몸가짐을 조금 흐트러뜨리며 말을 이었다.

"그럼 저녁 식사 전까지 딱딱한 공적인 얘기는 집어치우고 사적인 얘기나 나눠 봅시다."

그는 담뱃갑을 들어 그녀에게 담배를 권했다.

그가 권한 담배를 꺼내 문 나란트야가 다소 긴장을 풀고 담배 연기를 길게 내뿜으며 물었다.

"성혁은 지금 어떻게 지내고 있나요?"

질문을 받은 정보실장은 그녀를 물끄러미 쳐다보았다. 그러고는 담배를 한 대 꺼내 물더니 이번에는 독일어로 말했다.

"그 질문에 대답하기 전에 먼저 저에 대해 구체적으로 소개하면, 저는 나란트야 당신을 이전부터 알고 있었습니다."

"네? 저를 이전부터 알고 있었다고요?"

그녀는 그가 그녀의 본명을 알 뿐만 아니라 갑자기 독일어까지 쓰는 것에 어리둥절했다.

"그래요. 성혁이 동독 유학 시절 당신과의 관계 때문에 북한으로 소환될 당시 저는 동독 대사관에 파견된 국가보위부 직원이었습니다. 불행하게도 제가 상급의 지시를 받고 성혁의 소환 문제를 직접 다룬 당사자입니다."

나란트야는 그제야 회의장에 들어선 그를 처음 보는 순간, 어디선가 보았던 것 같은 느낌이 들었던 이유를 알 수 있었다. 기억이 났다. 그는 동독의 글라우카우에서 성혁을 끌고 가던 두 중년 남자 중의 한 명이었다.

"미안합니다. 제가 그때 당신들에게 몹쓸 짓을 해서……. 그러나 그것은 제 임무였습니다. 사람이 살아가면서 자기가 원하지 않는 일을 해야 할 때가 적지 않다는 것을 당신도 잘 아시겠지요."

정보실장은 동의를 구하듯 그녀를 쳐다보았다. 하지만 나란트야는 그의 시선을 외면한 채 침묵을 지켰다.

"저를 용서할 수 없겠지요. 그 마음을 이해합니다. 저도 굳이 용서를 강요하진 않겠습니다. 성혁은 지금 국가보위부 감방에 있습니다. 그에 대한 일체 심문이나 고문은 중지됐습니다. 이전에 심문받으면서 생긴 상처 때문에 건강이 좋지는 않습니다. 그러나 너무 염려하지 마십시오. 성혁을 절대로 죽게 내버려두진 않을 겁니다. 그가 없으면 물건을 넘겨받을 수 없다는 것을 북한 정부가 더 잘 알고 있으니까요."

"승호는요?"

나란트야가 다시 물었다.

"승호는 성혁보다 비교적 상태가 좋은 편입니다. 그는 정치범들을 수용하는 승호리 지하 감옥에 갇혀 있습니다."

대답을 끝낸 정보실장은 꽁초만 남은 담배를 비벼 끄고 새로운 담배를 꺼내 물었다. 두 손가락 사이에 낀 담배를 입에서 떼며 그가 말했다.

"질문에 대답했으니 이번엔 제가 물어도 되겠죠?"

"안 될 것도 없지요."

그녀가 대답했다.

"이건 제가 개인적으로 궁금해서 묻는 건데, 폭풍 1호에 대한 정보를 누구한테서 받았습니까?"

"그건 대답할 수 없어요."

나란트야는 김원남을 궁지에 빠뜨릴 수는 없었다.

정보실장은 실망한 표정을 짓지는 않았다.

"그래요. 그럼 할 수 없지요. 제 판단을 말씀드리죠. 분명 김원남 지도원이 승호를 구하려는 생각으로 당신들에게 정보를 넘겨주었을 겁니다. 그는 승호의 측근이었으니까요. 또한 그는 얼마 전에 행방을 감추었거든요. 당신의 전화를 처음 받은 후, 국가보위부에서는 여러 가지 근거에 기초해 폭풍 1호의 정보 누설자는 내부에 있다고 판단했습니다. 러시아 쪽 조직에서는 폭풍 1호에 대해 두목과 블랙 로즈라는 우리 정보원밖에 모르고 있었습니다. 그런데 그들이 전혀 알지도 못하는 당신에게 느닷없이 정보를 제공할 리는 없지요. 그래서 내부자 소행으로 판단하게 된 겁니다. 그러던 중 색출 작업이 진행된 지 며칠 안 되어 김 지도원이 그의 여자 친구와 함께 행방을 감춘 겁니다. 그는 승호의 측근이었고, 몽골에서 승호와 함께 당신을 만났던 일도 있고 해서 가장 유력한 용의자로 의심받고 있었거든요. 아무도 모르게 감시의 눈을 피해 사라진 것을 보면 사태를 예견하고 미리 준비했던 모양입니다."

나란트야는 김원남이 보낸 편지의 끝부분에 쓰여 있던 '새로운 결심을 해야 할 것 같다'라는 문구가 생각났다. 그 당시는 스쳐 지났었는데 지금 돌이켜 보니 그는 그때부터 탈출을 계획하고 있었던 것이 확실했다.

정보실장의 이야기가 이어졌다.

"우리 국가보위부에서는 김 지도원이 중국을 통해 해외로 탈출했다고 추정하고 있습니다. 해외 생활을 오래 했고, 해외 출장도 잦았던 그에게 외국 생활이 적응하기는 그리 힘들지 않을 겁니다. 또 해외 곳곳에 깔린 국가보위부 비밀 정보원들 중에는 그가 믿을 만한 사람도 있을 테니까요. 블랙 로즈도 플루토늄이 당신들 손에 들어갔다는 사실을 마지막으로 알리고 자취를 감췄습니다. 아마 국가보위부의 조치가 두려웠던 모양입니다."

'블랙 로즈!'

나란트야는 성혁의 문제에 몰두하느라 플루토늄을 넘겨받은 후 그녀에 대해 잊고 있었다.

"승호를 구해 줘서 고맙습니다. 그는 제가 가장 아끼는 부하 직원이었습니다. 성혁에 대해서도 마찬가지고요. 그가 사형에 처해졌다면 그에 대한 저의 죄책감이 더욱 커졌을 겁니다."

정보실장은 자리에서 일어나 창가로 다가갔다. 잠시 창밖을 내다보더니 다시 돌아서 창문턱에 기대며 말했다.

"이 방에서는 아무 이야기나 해도 괜찮습니다. 도청이 안 돼 있으니까요. 해외 공관들에 대한 도청은 우리 국가보위부 직원들의 임무입니다. 그래서 안심할 수 있습니다. 그래도 혹시나 해서 이 방에 대한 철저한 조사를 실시했습니다. 당신들이 우리의 보안 개념을 강화시켰고, 또 이번 일은 우리 국가보위부로서는 철저한 비밀을 요하는 아주 중요한 일입니다."

그들의 대화는 저녁 식사 시간이 늦어지는 줄도 모르고 계속
됐다.

몽골로 돌아오는 기내에서 나란트야는 '뉴욕타임스'를 펼쳐
들었다. 신문 일면에는 시시각각으로 긴장 상태로 치닫고 있는
남북한 상황에 관한 기사가 실려 있었다. 영변 핵 시설을 폭격
하기 위한 미국의 가상 시나리오와, 전쟁 발발 시 북한군을 섬
멸하기 위한 가상 전략 전술도 상세히 소개되었다. 또한 기사
에는 북한이 핵무기를 가지는 것을 절대로 용납할 수 없다는
미국의 강경한 입장도 잘 나타나 있었다.

'과연 북한이 핵을 소유하는 것은 불합리한 것이고, 세계 평
화를 위협하는 용납될 수 없는 일인가?'

이런 의문과 함께 그녀의 머릿속에는 북한 대사관 회의실에
서 정보실장이 토하던 열변이 떠올랐다.

"저는 당신들의 이번 작전에 감탄했습니다. 급소를 공격당
한 북한 정부는 자존심을 버리고 당신들의 요구를 들어줄 수밖
에 없었지요. 그래서 사형수인 성혁의 공개 처형을 당일 취소
한 겁니다. 유례가 없던 일이었습니다. 북한 정부는 지금 엄청
난 경제난에 봉착해 있습니다. 그것은 곧 군사비의 삭감을 의
미하지요. 그와는 반대로 경제적 성장과 함께 남쪽의 군사비

는 점점 늘어나고 있는 실정이고요. 때문에 북한 정부는 남북한의 늘어나는 군사력 차이에 큰 불안감과 위기의식을 느끼고 있습니다. 또한 남한에는 세계 최강의 군사력을 자랑하는 미군이 주둔해 있고, 세계 곳곳에서는 고립되어 가는 북한 정부에 대한 개방 압력을 늦추지 않고 있는 상황입니다. 한마디로 북한 정부는 사면초가에 빠진 셈이 되어 버렸습니다. 그래서 고민 끝에 정책 결정자들은 경제도 살리고 국방도 살리는 탈출구를 핵무기에서 찾은 것입니다. 북한 정부로서는 핵무기를 보유하면 여러 가지 장점이 있지요. 우선, 군사비에 대한 지출을 대폭 삭감할 수 있다는 겁니다. 핵무기를 가지고 있으면 북한 정부가 적대국으로 생각하는 미국과 일본, 남한 정부가 선뜻 덤벼들지 못하기 때문이죠. 둘째, 군사비에 대한 지출 삭감 폭만큼 예산을 경제난 해소에 돌릴 수 있다는 것입니다. 셋째, 북한 정부에 대한 주변 강대국의 내정 간섭과 개방 개혁 압력이 적어진다는 것이지요. 핵무기를 가지고 덤비는 나라를 섣불리 대할 수 있는 간 큰 나라는 없으니까요. 넷째, 핵무기를 협상 카드로 부유한 경제국인 미국이나 일본으로부터 경제적 원조를 얻을 수 있다는 것입니다. 이 모든 것을 종합해 볼 때 핵무기는 북한 정부에서 체제 유지를 위해 절대로 포기할 수 없는 최후의 보루입니다."

정보실장의 이야기는 열기를 더해 갔다.

"북한 내에도 체제 변화와 개방 개혁을 바라는 지식인층이 적지 않습니다. 주로 외국 생활을 해본 유학생 출신이나 해외 공관 근무 경험자들이 주를 이루고 있습니다. 저도 그들 중 한 명에 속하고요. 전쟁을 원하지 않는 우리 개혁 개방 지향파들도 북한 정부의 핵 보유를 반대하지만은 않습니다. 또 북한의 핵무기 보유가 전쟁을 억제하는 데 도움이 될 수도 있습니다. 만일 핵무기 카드마저 없이 남북한의 군사력 차이가 심각하게 벌어진다면, 위기를 느낀 김정일이 그 차이가 더 커지기 전에 죽기 살기로 전쟁의 불을 지를 수도 있다는 판단입니다. 고양이에게 쫓기던 쥐도 막다른 골목에 몰리면 고양이를 문다는 격이지요. 또한 자기네는 핵무기를 가지고 있으면서 힘을 키워도 되고 약소국은 안 된다는 미국을 비롯한 강대국들이 가지고 있는 그런 발상 자체도 우리 북한 지식층이 이해할 수 없습니다."

정보실장은 잠시 말을 끊고는 감정을 가라앉힌 후, 한결 부드러워진 목소리로 말했다.

"북한 군부에서 같은 동족에게 핵을 사용할 가능성은 거의 희박하다고 봅니다. 또 핵무기 보유가 조국 통일 후 강력한 통일 국가 건설에도 도움이 될 것입니다."

그의 이야기 중 많은 부분에 수긍이 갔다. 그러면서 그녀는 살아가며 늘 지키려고 노력한 생활 좌우명을 떠올렸다.

'상대방의 행동을 판단할 때, 자기 입장에서만 생각하지 말고, 상대방의 입장에서도 생각해 보자.'

여객기가 착륙하려는 듯 고도를 낮추기 시작했다.

두 대의 검은색 벤츠 승용차가 군인들이 무장 보초를 서고 있는 정문을, 아무런 검문도 받지 않은 채 쏜살같이 통과해 순안 비행장 활주로 안으로 들어섰다. 짙은 선팅을 한 승용차 안은 누가 탔는지 전혀 들여다보이지 않았다. 속도를 늦추지 않고 달리던 승용차는 모스크바행 조선민항 여객기 트랩 앞에 멈춰 섰다.

각 차의 뒷문을 통해 양복을 입은 세 명의 사내가 내렸다. 세 명씩 움직이는 사내들의 두 무리 중, 가운데 있는 사내 중의 한 명은 진한 선글라스와 흰색 마스크로 얼굴을 거의 가리고 있었다. 그들은 급하게 트랩을 올라갔다. 선글라스를 낀 사내가 여객기 안에 들어가기 전에 하늘을 올려다보았다. 하늘은 맑고 햇빛이 쨍쨍 내리비쳤다. 사내들이 여객기 안으로 사라지자 육중한 문이 굳게 닫혔다.

승용차들은 여객기가 움직이는 데 방해되지 않게 뒤로 물러났다. 여객기가 움직이기 시작하자, 승용차 안에 있던 사내가 무전기에 대고 나지막한 목소리로 말했다.

"출발했습니다."

여객기가 하늘로 떠올라 자취를 감추자, 두 대의 승용차는 다시 쏜살같이 활주로를 빠져나갔다.

모스크바 공항에 도착한 후 사내들은 조선민항 여객기에서 내렸다. 그들은 공항 청사 내 대기실에서 잠시 기다리다가, 곧

바로 러시아 민항 여객기인 아에로플로트로 갈아탔다. 몽골행 여객기였다.

사내들이 여객기를 타려고 공항 청사를 벗어날 때 러시아 공항 경찰이 의심스러운 눈초리로 다가왔다. 그는 사내들을 아래위로 훑어본 후 선글라스를 낀 사내에게 다가가 선글라스를 벗으라고 했다. 잠시 주저하던 사내는 하는 수 없다는 듯이 선글라스를 벗었다. 그러자 공항 경찰이 얼굴을 찡그리며 빨리 사라지라는 손짓을 했다.

세 대의 러시아산 군용 트럭이 몽골의 넓은 초원을 가로질러 달렸다. 트럭 행렬의 맨 앞은 러시아산 군용 지프차였다.

트럭과 지프차에 나눠 탄 사내들은 전부 몽골군 전투복으로 중무장하고 있었다. 얼핏 보기에 군사 작전을 수행 중인 군인의 모습이었다. 무기 역시 모두 러시아산이었다. 지나가던 군인들이 차량 행렬을 향해 경례를 하는 모습이 간간이 보였다.

모스크바를 출발한 아에로플로트 여객기가 도착하기 삼십 분 전, 고급 외제 승용차 여러 대가 줄지어 몽골의 울란바토르 공항으로 들어섰다.

공항 청사 앞에 멈춰 선 승용차에서 사내들이 줄줄이 내렸다. 그들은 가운데 차량에서 내린 여자를 호위하듯 둘러싼 채 공항 청사 안으로 들어갔다. 그녀는 검은 선글라스에 모자를 쓴 차림이었다.

공항 측에서 마중 나온 사람의 안내를 받아 그들은 공항 청사 내에 있는 VIP 대기실로 향했다. 대기실에 다다르자 여자를 비롯한 몇 명만 안으로 들어가고 나머지 사내들은 문밖을 지켰다. 대기실 안에 들어선 일행이 자리에 앉자 공항 여직원이 커피와 음료수를 날라 왔다.

선글라스를 벗어 테이블 위에 올려놓은 여자는 커피를 마시는 대신 담배를 꺼냈다. 옆의 사내가 얼른 라이터를 켠 후 그녀의 담배에 가져다 댔다. 여자는 아무 말 없이 시계를 자주 들여다보았다.

'따르릉!'

전화벨이 울리자 사내들 중 한 명이 전화를 받았다. 전화기를 들고 잠시 듣기만 하던 사내는 "알았다"라는 한마디를 남기고 전화를 끊었다. 그러고는 여자에게 보고했다.

"스위스 은행 계좌로 입금된 것이 확인되었다고 합니다."

여자는 다시 시계를 들여다보았다. 시곗바늘은 6시를 향하고 있었다.

앉아 있던 사내들 중 한 명이 자리에서 일어나 여자에게 말했다.

"나가보겠습니다."

여자가 고개를 끄떡였다.

사내는 대기실 문을 조용히 열고 밖으로 나갔다. 밖에서 지키고 있던 사내들 중 두 명이 그를 따랐다. 그들은 처음 공항에 들어설 때 안내했던 직원을 따라 공항 청사를 가로질러 활주로 방향으로 향했다. 출입구를 지키고 있던 공항 경찰들은 공항 직원에게 경례만 붙일 뿐 그들을 제지하지 않았다.

활주로 쪽을 향한 공항 청사 내 마지막 출입문을 나선 그들은 그 자리에 멈춰 서서 하늘을 올려다보았다. 낮이 길어진 탓인지 태양이 아직 주변을 환하게 밝히고 있었다.

잠시 후 사내들 중 한 명이 손가락으로 하늘을 가리키며 나지막이 소리쳤다.

"도착하고 있습니다."

그가 가리킨 곳에서 까만 작은 점이 점점 커지며 흐물흐물 다가오는 것이 보였다. 몸체를 확대해 나가는 그 물체는 여객기가 분명했다.

"보고해."

대기실에서 나온 사내가 지시했다. 그러자 옆의 사내가 무전기를 들고 속삭였다.

"여객기가 도착하고 있습니다."

대기실 안에 있던 사내가 리시버를 통해 들리는 그의 말을 여자에게 복창했다.

"여객기가 도착하고 있다는 보고입니다."

여자는 다시 한번 시계를 들여다보았다. 6시가 조금 지나 있었다.

십오 분쯤 지나 리시버를 낀 사내가 다시 여자에게 보고했다.

"그들을 맞이했답니다. 지금 모시고 들어오는 중이라고 합니다."

"알았어요."

여자는 천천히 자리에서 일어났다.

옆에 서 있던 사내가 그녀가 빠져나가기 편하도록 의자를 뒤로 당겼다.

여자의 발걸음이 문가로 향했다. 그러고는 양쪽 출입문을 활짝 열었다. 문고리를 잡은 그녀의 손이 가늘게 떨렸다.

공항 청사 저쪽에서 밖으로 나갔던 사내들이 양복 입은 남자들을 동행해 오고 있는 것이 보였다. 그들이 가까이 다가올수록 여자의 심장은 세차게 박동했다. 여자의 몸이 저도 모르게 한 걸음 한 걸음 앞으로 움직였다. 대기실에서 나온 사내들도 그녀의 뒤를 천천히 따랐다.

"모시고 왔습니다."

가까이 다가온 사내들이 그 자리에 멈춰 서서 그녀에게 보고했다.

여자는 양복을 입은 남자들 속에서 승호를 발견했다.

'성혁은?'

그녀는 사내들 속에서 성혁을 찾았지만 그의 모습이 보이지 않았다.

그때 승호 옆에 서 있던 남자가 왼손을 떨면서 선글라스와 마스크를 천천히 벗었다. 벗겨진 선글라스가 바닥으로 떨어져 나가며 물기가 가득 고인 남자의 오른쪽 눈이 드러났다. 눈꺼풀의 살들이 서로 엉겨 붙은 왼쪽 눈은 눈동자가 보이지 않았다. 남자의 남은 한쪽 눈에서 눈물이 주르르 흘러내렸다. 입술은 여기저기 살점이 뜯어져 나가 너덜너덜했다.

"나란……트야!"

남자의 찢긴 입술 사이로 떨리는 목소리가 흘러나왔다.

나란트야는 순간 그 자리에서 굳고 말았다.

"성혁!"

젖은 목소리로 그를 불렀다. 그녀의 눈가에 눈물이 가득 고였다.

성혁이 절룩거리며 그녀에게 다가왔다. 나란트야는 쓰러질 듯 달려가 그의 품에 안기며 부르짖었다.

"누가 당신을 이렇게 만들었어요? 당신에게 누가 이런 짓을 했어요?"

나란트야는 하염없이 눈물을 흘렸다. 아무 말 없이 떨리는 손으로 그녀의 머리를 쓰다듬는 성혁의 눈에서도 눈물이 계속해서 흘러내렸다. 속이 비어 축 늘어진 오른쪽 소매도 가볍게 떨렸다.

공항을 떠나 달리는 차 안에서 성혁의 품에 꼭 안긴 나란트야는 그의 오른쪽 소매를 계속 어루만지며 눈물을 흘렸다.

뒷차에 탄 뷰얀이 전화기를 들었다. 그러고는 몽골 국경에 나가 있는 부하들에게 지시를 내렸다.

"작전은 마무리되었다. 물건을 넘겨줘라."

그와 동시에 몽골과 중국을 잇는 국경 지역에서 트럭 한 대
가 대기하고 있던 북한 국가보위부 직원들에게 넘겨졌다. 넓은
초원을 가로질러 달리던 차량 행렬 중간에서 두꺼운 철판으로
뒤덮인 적재함을 달고 달리던 군용 트럭이었다.

평양에서 울란바토르까지 성혁과 승호를 수행한 네 명의 사
내들은 국가보위부 직원들이었다. 그들은 성혁과 승호를 넘겨
준 후 북한 대사관에서 마중 나온 차를 타고 공항을 떠났다.

20

'북한 주석 김일성이 남한의 최고 통치자 김영삼과의 남북 정상 회담에 동의했다. 김일성은 이 같은 사실을, 평양을 방문하고 있는 미국의 전직 대통령 카터와의 회담에서 발표했다.'

병원 침대에 누워 있던 성혁은 머리맡에 놓인 라디오를 통해 영국 BBC 방송 뉴스를 듣고는 눈을 번쩍 떴다.

'아니, 이게 무슨 소리지? 혹시 내가 잘못 들었나?'

성혁은 순간 자기 귀를 의심했다. 그는 왼팔을 뻗어 라디오의 볼륨을 높였다.

'7월 25일에 열릴 예정인 이번 회담은 지금까지 지속되어 온 남북한의 긴장 완화와 하나의 한국을 만들어 나가는 데 획기적 전환점이 될 것이다. 남북한 최고 통치자의 접촉은 1945년 한국이 두 개로 갈라진 이후, 49년 만에 이루어지는 최초의 사건

으로…….'

아나운서는 분명 북한의 김일성 주석과 남한의 김영삼 대통령의 회담에 관해 이야기하고 있었다.

'정말 김일성과 김영삼이 만난단 말인가?'

전혀 예상하지 못했던 일이었다. 도저히 믿기지 않았다. 붕대에 칭칭 감긴 그의 얼굴 중 유일하게 드러나 있는 오른쪽 눈에서 놀라움과 기쁜 표정이 서로 엇갈렸다.

'제발 회담이 잘되어야 할 텐데…….'

그는 마음속으로 회담의 성공을 간절히 빌었다.

울란바토르에 도착한 다음 날 그는 승호와 함께 병원에 실려 가 종합 검진과 치료를 받았다. 그리고 얼마 전에는 심한 고문으로 생긴 상처들을 없애기 위한 대대적인 성형 수술도 받았다. 고문으로 잃은 왼쪽 눈에는 인공 안구를 끼워 넣었다. 몽골 최고의 의료진이 집도한 수술은 성공적으로 끝나, 지금은 회복기에 접어들었다. 승호는 전 국가보위부 직원이었다는 것이 작용했는지 고문으로 인한 상처가 성혁보다 깊지 않았다.

성혁과 승호에 대한 나란트야의 정성은 이루 말할 수 없이 지극했다.

그로부터 보름 후, 병원에서 퇴원한 성혁과 승호는 나란트야 소유의 별장으로 옮겼다. 뒤에는 야산이 있고 앞에는 호수가 펼쳐진 아름다운 곳이었다.

나란트야는 요즘 별장에만 주로 머물며 성혁을 돌보았다. 조직 일은 뷰안이 대부분 맡아 처리했다. 뷰안은 저녁마다 별장을 찾아 그날 일을 보고하고 중요한 일에 대해서는 그녀의 지시를 받았다.

별장으로 옮겨 온 지 오 일째 되는 날이었다. 성혁은 별장 앞 정원에 앉아 호수를 바라보며 나란트야로부터 그동안 살아온 이야기를 들었다. 자신의 어깨에 머리를 기댄 그녀의 머리카락을 왼손으로 쓰다듬었다. 그녀에게서 풍기는 머리카락 냄새가 좋았다.

몸이 완쾌된 승호는 기사와 함께 주변으로 드라이브하고 온다며 조금 전에 별장 밖으로 나가고 없었다.

차가 멈추는 소리가 나더니 차 문이 열리며 승호가 내렸다. 그러고는 헐레벌떡 그들을 향해 달려왔다.

"승호 형, 드라이브 간다더니 왜 돌아왔어? 무슨 일이 생긴 거야?"

성혁이 의아한 표정을 지으며 물었다.

그들에게 다가온 승호는 숨이 찬지 헉헉거리며 말했다.

"김일성이 죽었대!"

"뭐?"

성혁이 놀란 표정으로 되물었다.

"차 안 라디오에서 들었는데 말이야, 글쎄 김일성이 죽었다는 거야. 그래서 다시 차를 돌려 세워가지고 막 달려온 거야."

"무슨 얘길 하는 거예요?"

그들의 빠른 한국어를 알아듣지 못한 나란트야가 궁금해하며 독일어로 물었다.

성혁은 그녀에게 독일어로 상황을 설명했다. 그러고는 라디오를 가져다줄 수 있는지 물었다. 성혁은 아직 마음대로 몸을 움직이기가 불편했다.

나란트야가 방으로 뛰어 들어가 라디오를 가지고 나왔다. 그녀가 얼마 전 그들을 위해 특별히 마련한 것으로 북한 방송도 아주 잘 잡히는 단파 라디오였다.

성혁은 북한 방송으로 채널을 맞추려고 다이얼을 이리저리 돌렸다. 잘못된 보도인지 확인하고 싶어서였다.

1980년대 중반 그들이 동독에서 유학 생활을 할 때 외국 방송을 통해 김일성 사망 소식을 접한 적이 있었다. 그때 소스라치게 놀란 북한 유학생들이 북한 대사관에 전화해서 알아보는 등 난리를 쳤으나 결국 얼마 후 오보로 판명되었다.

치지직거리던 잡음이 그치며 북한 아나운서의 목소리가 들려왔다.

'우리 혁명의 령도자이시며, 백전백승 강철의 영장이시며, 우리 인민의 수천 년 력사에서 처음으로 맞이했던 절세의 영웅이시며 인민들을 위해서 한평생을 바쳐오신 어버이 수령 김일성 동지께서 만 팔십이 세의 나이로 애석하게도 우리 곁을 떠났습네다. 이는 우리 전체 조선 인민과 세계 혁명적 인민들의 커다

란 슬픔이며…….'

김일성의 사망 소식을 전하는 아나운서의 목소리가 슬픔에 젖어 떨렸다.

거의 오십 년 동안 북한 인민들에게 신적 존재로 군림하면서 장기 집권을 해온 김일성이 죽었다는 것이 선뜻 믿기지 않았다. 아니, 더 정확히 말하면 그도 나이가 들면 어쩔 수 없이 죽음의 길을 갈 수밖에 없는 평범한 인간이라는 사실을 인정하는 것이 더 어려웠다. 그를 맹목적으로 우상화하고 따랐던 지난날이 허탈하게만 느껴졌다.

"김일성이 죽었으니 북조선도 변할 날이 얼마 남지 않았겠지. 그럼 우리가 조국에 가볼 수 있는 날이 그리 멀지 않은 것도 같다."

승호의 눈에 눈물이 글썽였다. 그런 그를 바라보는 성혁과 나란트야의 눈가에도 물기가 어렸다.

조국은 그들에게 가슴 아픈 고통과 눈물을 안겨 주었다. 하지만 등을 돌릴 수도 잊을 수도 없는, 그들을 낳아 준 부모님과 친척, 친구들이 살고 있는, 태를 묻은 어머니 땅이었다.

성혁과 승호는 말없이 호수를 바라보았다. 잔잔한 물결 위로 햇빛이 반짝였다.

나란트야를 찾아서

유충민 한국골프과학기술대학교 이사장

전철우와는 오랫동안 선후배 사이로 알고 지냈다.

1996년, 그가 실화를 바탕으로 한 소설을 출간했다는 이야기를 듣고 책을 구입해 읽었다. 읽는 동안 깊은 인상을 받았고, 특히 소설 속 여주인공인 나란트야라는 인물은 책을 덮은 뒤에도 기억에 오래 남았다.

그 무렵 나는 몽골에 투자해 울란바토르에서 몽골 최초의 멀티플렉스 극장인 '팅기스극장'을 운영하고 있었다. 그런 상황에서, 문득 철우에게 나란트야를 실제로 찾아보지 않겠느냐고 제안했다. 철우는 처음에는 그것이 가능하겠느냐며 조심스러워했지만, 그녀가 어떻게 살고 있는지 몹시 궁금해했고, 가능하다면 꼭 한 번 만나 보고 싶다고 했다.

나는 몽골 법인을 통해, 1986년부터 1987년까지 동독 글라우카우에서 독일어 교육을 받았던 몽골 유학생 나란트야를 찾는다는 내용의 광고를 신문과 텔레비전, 그리고 내가 운영하던 팅기스극장을 통해 내보냈다.

한 달 정도가 지났을 무렵, 팅기스극장의 광고를 본 관객을 통해 나란트야를 알고 있다는 연락이 왔다. 그전에도 몇 차례 제보가 있었지만, 확인해 보면 사실이 아니어서, 이번에도 큰 기대는 하지 않았다. 그러나 제보자와 통화한 직원이 나란트야라는 여성과 직접 통화를 했고, 그 과정에서 전철우를 알고 있다는 사실도 확인되었다. 여러 정보를 종합한 결과, 이번만큼은 나란트야가 맞다는 확신이 들었다.

우리는 팅기스극장에서 만나기로 약속했고, 철우와 나는 울란바토르로 날아갔다.

2004년 뜨거운 여름, 몽골 울란바토르 팅기스극장에서 철우와 나란트야가 재회했다. 소설 속 젊은 시절의 모습은 아니었지만, 그 만남에는 기쁨과 안도, 그리고 말로 다 표현하기 어려운 감정이 담겨 있었다. 그리고 늘 어딘가 우수에 차 있던 철우가 그날만큼은 한결 편안해 보였다.

그 이후로도 나는 그가 오래도록 평안하고 행복하기를 바라는 마음을 갖게 되었다. 지금도 가끔, 그 여름날의 장면이 아련하게 떠오른다.

'솔롱고, 그 연인의 나라'를 다시 내며

1996년, 나는 오랫동안 마음 깊은 곳에 묻어 두었던 이야기를 처음으로 세상에 내놓았다. 동독 유학 시절 함께 공부했던 북한 유학생 권승혁(소설에서는 김성혁으로 등장한다)과 그가 사랑한 몽골 출신 유학생 나란트야에 관한 이야기였다.

당시 옛 기억을 떠올리는 것만으로도 마음 한쪽이 저릿해지고 눈물이 북받쳐 여러 번 글쓰기를 멈춰야 했다. 그들의 얼굴, 목소리, 눈빛 하나하나가 너무도 생생했기 때문이다. 그들이 겪어야 했던 갈등과 희생, 그리고 그 모든 순간을 곁에서 지켜보며 느꼈던 나의 죄책감과 무력감까지, 마치 시간이 전혀 흐르지 않은 듯 선명하게 되살아났다.

세월이 흘렀지만, 그 기억은 조금도 바래지 않았다. 동독의 어느 대학 교정을 거닐며 미소를 나누던 두 사람의 모습이 지금도 눈앞에 생생하다. 그들은 누구보다 성실했고, 누구보다 사랑에 진지한 사람들이었다. 그러나 그 진실한 마음은 체제와 규율이라는 이름 아래 가혹하게 짓밟혔다. 북한 출신 유학생에게 외국 여성과의 교제는 허용되지 않았기에, 그들의 사랑은 죄가 되었고 죄의 대가는 가혹했다.

그들이 받은 상처와 고통을 지켜보며 나는 죄책감이라는 이름의 그림자를 안고 살아야 했다. 그들의 눈물 앞에서 나는 그들을 지켜주지 못한 한 사람에 불과했기 때문이다.

오랜 시간이 지난 지금도 가끔 그날의 장면이 불쑥 기억을 헤집고 나온다. 창백한 얼굴로 우리를 바라보던 승혁의 눈빛은 내게 하나의 질문을 남기고 사라지지 않았다.

'우리가 겪은 이 모든 일은 도대체 무엇이었는가.'

체제는 왜 이들의 사랑을 두려워했는가, 우리는 왜 그토록 무력했는가, 그날의 선택들은 무엇을 남겼는가. 그 질문은 내가 남한으로 향하는 길을 선택하게 만든 여러 이유들 중 하나였으며, 이 이야기를 쓰게 한 동력이기도 했다.

개정판을 준비하면서 나는 다시 한번 그 시절을 마주했다. 시간이 흐르며 세상은 많이 변했다. 냉전의 풍경도, 분단의 긴장도 예전과는 달라졌고, 사람들의 삶의 모습과 생각 또한 크게 달라졌다.

그러나 시대가 어떻게 바뀌었든 변하지 않는 것이 있다면 인간이 다른 인간에게 기대는 사랑의 본질일 것이다. 체제는 사람을 규정할 수 있지만 누군가를 향한 마음까지 통제할 수는 없다는 사실을, 나는 그들의 삶을 통해서 깨달았다. 그 사랑은 체제와 이념의 억압 속에서도 꺼지지 않았고, 그 때문에 더욱 소중하고 아프게 다가온다.

이 이야기는 단순히 한 사람의 회고가 아니다. 시대와 현실이 인간의 삶에 어떤 상처를 남기는지, 그리고 그 상처 속에서 우리가 무엇을 지켜야 하는지를 묻는 기록이라고 생각한다. 사랑은 개인의 감정이면서 동시에 사회와 시대를 비추는 거울이기도 하다. 승혁과 나란트야의 사랑은 짧았지만, 그 짧은 시간 속에서 한 인간이 무엇을 잃고 또 무엇을 얻을 수 있는지를 우리에게 묻고 있다.

나는 이 개정판을 통해, 독자들이 두 사람의 사랑을 다시 한 번 깊이 들여다봐 주길 바란다. 그 사랑은 완벽하지도 않았고, 오래 지속되지도 못했지만, 그 어떤 꾸밈도 없는 참으로 인간다운 사랑이었다. 그리고 나는 그 사랑을 제대로 그려 냈는지 여전히 확신할 수 없지만, 진심을 다해 노력했다는 것만은 분명히 말할 수 있다.

이 책을 다시 세상에 내놓으며 여전히 나는 소망한다. 오랜 세월 마음속에 죄의식처럼 남아 있던 두 사람의 기억이, 이 소설로나마 용서받게 되기를. 그리고 그 두 사람에게 이 책이 작은 위로 한 조각이 되어 가닿기를.

2026년 2월
전철우

솔롱고, 그 연인의 나라

초판 1쇄 인쇄 2026년 3월 6일
초판 1쇄 발행 2026년 3월 13일

지은이 전철우
펴낸이 김주연
펴낸곳 베누스

출판등록 2024년 7월 19일 제2024-000104호
주소 경기도 파주시 재두루미길 150, 3층 (신촌동)
전화 031-957-0408
팩스 031-957-0409
이메일 venusbooks@naver.com

ISBN 979-11-989626-6-9 03810

ⓒ 전철우, 2026